Leonie Halter

Orcus Gammeus

Das Mädchen mit den singenden Klingen

Bibliografische Informationen der Deutschen Nationalbibliothek
Die Deutsche Nationalbibliothek verzeichnet diese Publikation in der Deutschen Nationalbibliothek; detaillierte bibliographische Daten sind im Internet über http://dnb.d-nb.de abrufbar.

ISBN 9783738630985

© Leonie Halter 2012, 2015

Herstellung und Verlag:

Books on Demand GmbH, Norderstedt

Für meinen Bruder Luis, der immer ein begeisterter
Zuhörer und ein kritischer Ratgeber war.

Alles, was der Mensch insgeheim im Schutz der nächtlichen Finsternis tut, wird einmal ans Tageslicht gelangen.

Khalil Gibran

1. In geheimer Mission

Die Nacht war schwarz; so schwarz wie der Reiter inmitten des schlafenden, endlos erscheinenden Waldes. Da ihn die Zeit drängte, trieb er sein Pferd so schnell über einen der einsamen, verschlungenen Pfade, dass sich die Luft um ihn herum hörbar teilte.

Er trug einen höllennatterfarbenen Lederanzug, der zum Schutz vor Pfeilen sowohl im Brustbereich als auch am Rücken mit Metallblättern verstärkt war. Um seinen Hals hing ein marmoriertes, glattes Mineral, welches unaufhörlich leise klappernd gegen die harte, blechbeschwerte Jacke schlug.

Seine kräftigen, langen Haare schimmerten hirschkäferschwarz; genau wie das Fell des Pferdes. Sie wurden im Nacken von einem Band zusammengehalten, aus dem sich im Laufe der anstrengenden Reise ein paar Strähnen gelöst hatten, die nun im Rhythmus des Hufschlags über sein Gesicht wehten.

Gleichmäßig hämmerten die Eisen der Stute in der Dunkelheit auf den Boden. Sie war ein außergewöhnlich schönes und aufmerksames Tier, dessen feine Nüstern den umgestürzten Baumstamm hinter der nächsten Biegung bereits gewittert hatten. Ohne zu zögern setzte die zarte Schwarze mit einem sicheren Sprung über das Hindernis hinweg.

Währenddessen blies der Wind die ligusterbeerfarbenen Strähnen aus dem Gesicht des Reiters. Es war weiß, als sei es aus Alabaster; sein Ausdruck hart, wie in Stein gemeißelt. Dieses Antlitz schien ohne Fehler zu sein; so makellos, wie man es sonst nur von Märchenfiguren oder Statuen kennt.

Die Iris seiner Augen schimmerte außergewöhnlich grün; in einem dunklen, moosartigen Ton, der – wenn man näher hinsah – obendrein auch noch sandmohnrote Flecken erkennen ließ.

Der Mann führte kein Gepäck mit sich, nur einen kunstvoll geschwungenen Bogen samt Köcher, an dem zahllose Rabenfedern befestigt waren.

Unaufhaltsam eilten die beiden voran, bis völlig unerwartet ein riesiger Bär im Dickicht am Rande des Weges erschien. Obwohl er in der Dunkelheit kaum zu erkennen war, erfasste der geübte Blick des schwarzen Reiters ihn sofort, sodass auch schon ein Pfeil in seiner

Brust steckte, ehe er fliehen oder gar angreifen konnte. Ohne einen Laut von sich zu geben, kippte der Koloss zur Seite. Der Tod kam augenblicklich!

Mit einem kurzen Ruf brachte der Schütze sein Pferd zum Stehen, um den leblosen Körper aus der Nähe zu betrachten. Er lächelte zufrieden, denn der ihm zu Füßen liegende Braune hatte – genau wie alle anderen Farbigen – in diesem Wald nun wirklich nichts verloren. Hier wurden nur schwarze Tiere geduldet, denn SIE waren die Herrscher.

Ein unsägliches Triumphgefühl stieg in ihm auf. Für diesen Treffer würde Rubine ihn sicherlich reich belohnen! Sie würde sich darüber freuen, dass er ihr half, die gewünschte Ordnung aufrechtzuerhalten. Doch bis zum Nebelschloss waren es noch über tausend Meilen!

Eilig presste er seine Fersen in die Flanken der Stute, und schon preschten sie wieder davon. Rastlos rauschten sie an den fahlen, still in sich versunkenen Bäumen vorbei.

Es war nicht verwunderlich, dass die Hände des Mannes zu schmerzen begannen! Er hatte den rauen, hölzernen Bogen in den letzten Tagen immer wieder gespannt – viel zu oft, was seiner hellen, durchscheinenden Haut nicht gut bekommen war. Jetzt, nach dem letzten Schuss, drängte zu allem Überfluss eine kalte, glitzernde Flüssigkeit an die Oberfläche. Sie war blau wie die Blüten der Berglilie.

Nur gut, dass seine Stute weder Zaumzeug noch Zügel brauchte, dass sie den Weg genau kannte und im Zweifelsfall einwandfrei auf seine Worte hörte.

Abgesehen von dem Klappern der Hufe, dem zarten Scheppern der Blechblätter sowie dem Zischen der Luft um Reiter und Pferd war nun kein Geräusch mehr zu hören; keine Regung mehr wahrzunehmen. Kein weiterer Waldbewohner wagte mehr, sein Versteck zu verlassen. Die Ankunft des schwarzen Reiters hatte sich schnell herumgesprochen. Sie schreckte zweifellos alle übriggebliebenen Farbigen ab.

Atemlos näherten sie sich einem breiten Bach. Die Stute wieherte. Sie beschleunigte ihr Tempo weiter… jagte in halsbrecherischem Galopp auf das Wasser zu… hob ab… streckte ihre langen, dünnen Beine im Flug und landete elegant auf der anderen Seite.

„Gut gemacht, Morgana", flüsterte er fast zärtlich mit einer Stimme, die so seltsam klang wie eine fremde Melodie, bestehend aus einer Verkettung einzigartiger Sequenzen. „Du bist die Beste von allen!" Anerkennend strich er dem Tier über den Hals.

Er war sehr stolz darauf, diese herausragende Stute als Lohn für seine Dienste bekommen zu haben. So brauchte er sich nicht länger mit unzuverlässigen, grob gebauten Dingern –

ähnlich Ackergäulen – herumzuschlagen, die nicht besonders schnell, geschweige denn schwarz waren.

Er wusste genau, dass solche Pferde Seltenheitswert besaßen und nur die engsten Vertrauten Rubines eines bekamen. Umso mehr freute er sich, nun endlich in diesem Kreis zu sein. Morgana war in der Tat ein ganz besonderes Exemplar: die wertvolle Beute einer Plünderung.

Nach und nach verschwanden die Bäume. Der Pfad wurde nun langsam breiter; bald ging er in eine gepflasterte Straße über. Während sich das Blickfeld allmählich etwas aufhellte, verlangsamte Morgana ihren Schritt. Der Tag brach an.

In gemäßigtem Trab bewegten sich Reiter und Pferd auf die vor ihnen liegende Lichtung zu, wo sich am Wegrand ein kleines, heruntergekommenes Anwesen zeigte.

Es war vollkommen grau und vermoost. Die Zeit hatte tiefe Risse in die Fassade gegraben. Klebrige Spinnweben hingen an den verwitterten Holzfenstern. An vielen Stellen schob sich Efeu über das Mauerwerk bis in die Fensterlaibungen hinein. Nur das Dach schien neu zu sein. Seine Ziegel glänzten in einem frischen, nahezu vollendeten Schwarz.

Noch während er abstieg, trat eine Frau aus der Tür, deren blass rosafarbene Augen vor Freude strahlten, als sie ihn sah.

„Unakit! Schön, dass du da bist! Ich habe lange nichts von dir gehört." Sie schob sich elegant über die Schwelle, um ihm Bogen und Köcher aus der Hand zu nehmen.

„Quarze", murmelte er nur, bevor er ihr die Pfeile reichte.

Sie trug ein eng anliegendes, lachsfarbenes Gewand, das ihren schmalen Körper stark betonte, und sie etwas zerbrechlich erscheinen ließ. Auf der bleichen Haut ihres Dekolletees schimmerte ein flach geschliffener, blumenförmiger Rosenquarz. Ihre glänzenden, blonden Haare waren so lang, dass sie in sanften Wellen fast bis zur Hüfte fielen. Ja, Quarzes Gesicht war immer noch genauso ebenmäßig wie seines; ihr Ausdruck genauso hart.

Sie hatten sich lange nicht gesehen – Jahre um genau zu sein! – weshalb ihre Schönheit ihn in Erstaunen versetzte. Dennoch… Rubine konnte sie keine Konkurrenz machen. Das konnte nur eine...

Quarze ließ die Stute zu den anderen Pferden bringen. Dann geleitete sie Unakit schweigend hinein.

Sie führte ihn in einen großen Raum, dessen Fenster von außen gänzlich überwuchert waren. Die sattgrünen, handtellergroßen Blätter vor der Scheibe machten ihn so duster, dass man sich erst an das schwache Licht gewöhnen musste, um den früheren Glanz dieses alten Gemäuers erahnen zu können.

Seine hohen Decken waren mit kunstvollen, teilweise abgeplatzten Ornamenten verziert. Riesige, ausgeblichene Ölporträts hingen an den Wänden; ein uralter, alabasterner Springbrunnen befeuchtete die Luft. Auf dem unebenen Steinboden breiteten sich aufwändig geknüpfte, abgewetzte Teppiche aus, die auch jetzt noch ausgesprochen gut zu den handgearbeiteten, antiken Möbeln passten.

Unakit setzte sich erschöpft an den schweren Sumpfweidentisch, wo er seine geschundenen Hände bereitwillig mit einer scharf riechenden Flüssigkeit behandeln ließ. In diesem Punkt vertraute er Quarze. Er war sich sicher, dass sie genau wusste, was in solchen Fällen zu tun war; denn sie beherrschte die Kunst des Heilens, so wie viele Frauen seines Volkes. Obwohl die benetzten Stellen wie Feuer brannten, begannen sie doch, sich augenblicklich wieder zu verschließen. Seine Gastgeberin, die alles kritisch verfolgte, lächelte zufrieden. Es würde – ihren Erwartungen entsprechend – nicht mal eine Narbe zurückbleiben.

Als sie den Blick zur Tür gewandt in die Hände klatschte, erschien unverzüglich eine Dienerin, die aus ihren kristallklar funkelnden Augen neugierig zu ihnen hinüber schaute. Mit unterwürfigem Tonfall meldete sie ihre Ankunft:

„Ihr habt gerufen, Herrin Rosenquarze?"

„Ja, Bergkristalle", antwortete Quarze freundlich, aber bestimmt. „Wir haben hungrigen Besuch."

Die Herbeigerufene huschte auf der Stelle davon, um mit einem Tablett voll dampfender Schüsseln zurückzukommen. „Feuermöhren, Mondblumentee, Graukartoffeln und Echsenfleisch. Habe ich noch etwas vergessen?"

„Es ist gut, meine Liebe.", bedankte Quarze sich schnell. „Du kannst wieder gehen!" Sie hatte lange auf ihren Gast gewartet, weshalb sie nun endlich mit ihm alleine sein wollte.

Unakit häufte sich Kartoffeln, Echsenfleisch und Möhren auf den Teller. Gierig fing er an zu essen. Wann hatte er zum letzten Mal etwas so Köstliches in den Magen bekommen? Es musste schon eine Ewigkeit her sein!

Während er die angebotenen Speisen hemmungslos in sich hineinschlang, spürte er Quarzes gespannten, ungeduldigen Blick auf sich ruhen. Sicher wollte sie wissen, was er von seiner Reise zu berichten hatte.

Nachdem der größte Hunger gestillt war, ließ er das Besteck sinken. Er brachte es nicht übers Herz, sie noch länger warten zu lassen… Außerdem würde sie es früher oder später ja doch erfahren…

„Quarze, ich war so unendlich lange fort", begann er zögernd, „und bringe schlechte Nachrichten." Sein Blick wurde finster. „Ich habe von Weltenwanderern gehört, die Rubine stürzen wollen… von Tieren, die zum Aufstand aufgerufen haben… Man sagte mir, dass der schwarze Strand nicht mehr zu unserem Reich gehört..." Er stockte, da seine Nachbarin ihn so aufgebracht und fassungslos ansah, dass es ihm nicht möglich war, weiter zu sprechen.

„Niemand wird Rubine stürzen! Ihre Macht ist im ganzen Finsterwald – von den Feuerbergen bis über alle Meere – bekannt! Niemand wird es wagen, sich ihr entgegen zu stellen."
Die Schärfe ihrer Worte erschreckte ihn. Sie hatte ja nicht die geringste Ahnung! Wie konnte sie nur so naiv sein? Eindringlich versuchte er, die Lage genauer zu erklären: „Du unterschätzt unsere Gegner, glaube mir. SIE sind mit Unterstützung der Tiere und der Kraft von Saphire sehr stark."
Seine Zuhörerin schien zunächst ein wenig verwirrt zu sein; dann lachte sie abfällig. „Als ob das Viehzeug eine ernstzunehmende Bedrohung wäre. Wie du weißt, haben wir die Wilden weit genug von hier vertrieben. Die anderen leben in Gefangenschaft. Daran ändert auch Saphire nichts. Diese Leute, von denen du redest, müssen wirklich verrückt sein! Sicher kennen sie Rubines Gaben nicht." Sie verzog spöttisch die Mundwinkel. „Und was den schwarzen Strand betrifft, kannst du ganz beruhigt sein. Den haben wir freiwillig den Nymphen überlassen."

Quarze war völlig atemlos, als sie endlich schwieg. Doch wusste Unakit nur zu genau, dass sie soeben gelogen hatte. Rubine kannte keinen Großmut. Nie und nimmer hätte sie etwas so Wertvolles verschenkt! Im Gegenteil! Er war sich sicher, dass die Fürstin – gerade im Falle der Nymphen – eine ihrer schlimmsten Niederlagen erlebt hatte.

„Die Tiere kommen zurück", beschwor er Quarze also aufs Neue. „Alle Bunten, die wir aus den Wäldern verbannt haben, übertreten unsere Grenzen. Heute habe ich einen Braunbären erlegt. Ich glaube nicht, dass er allein war… viel eher, dass sich die übrigen bereits mit Saphire zusammengeschlossen haben. Du weißt ja, wie überzeugend sie sein kann…"

„Natürlich", unterbrach Quarze ihn unwirsch. „Dennoch kann sie es – wie du siehst – weder mit mir noch mit Türkise oder Rubine aufnehmen, sonst hätte sie es längst getan!" Sie machte eine kurze Denkpause. „Ich weiß, dass diese erbärmlichen Kreaturen auf ihrer Burg Zuflucht finden und Saphire sie gesund pflegt, wenn sie verwundet sind. Wirklich weiterhelfen kann sie ihnen aber nicht."

„Ihr Symbol ist die blaue Taube", erzählte Unakit unbeirrt weiter. „Sie reitet auf Schimmeln… Durch ihr Gebiet fließt ein enzianfarbener Fluss, in dem sich die ungewöhnlichsten Wesen tummeln… An ihren Bäumen wachsen Früchte aller Arten..."

„Schluss damit!" Das wollte Quarze jetzt erst recht nicht hören. „Rubines Macht ist grenzenlos", widersprach sie, die Arme trotzig vor der Brust verschränkt. „Sie hat überall Spione. Auch dort. Wir wissen genau, wie es in ihrem Reich aussieht." Mit vorwurfsvollem Unterton setzte sie hinzu: „Man merkt, dass du die Fürstin über Jahre nicht gesehen hast! Sonst würdest du nicht so an ihr zweifeln!"

Für einen Moment schloss sie die Augen. Wehmütig dachte sie an die Zeit zurück, in der Rubine und sie unzertrennlich gewesen waren. Sie bedauerte sehr, dass sich die Dinge geändert hatten; dass jetzt etwas zwischen ihnen stand – etwas, das sie nicht erklären konnte.

„Auch ich habe sie lange nicht gesehen", gestand sie nach einer Weile. „Wichtige Nachrichten schickt sie mir nur noch über die Dienerschaft. Aufträge gibt sie mir gar nicht mehr." Dabei klang sie so traurig, dass Unakit Mitleid mit ihr bekam. Während seiner Abwesenheit schien er doch einiges verpasst zu haben, weshalb er sie aus seinen rotgepunkteten Augen auffordernd ansah.

Ihr Gesicht – ihr alabasterfarbenes, weißes – wurde daraufhin noch bleicher, als es ohnehin schon war; ihre Züge verhärteten sich. „Rubine mag Türkise lieber als mich", stieß sie mit verbitterter Stimme hervor. „Außerdem ist sie ganz vernarrt in Jade. Sie stellt dieses kleine Ding auf die Stufe einer Schwester!"

Das war es also! Aber warum?

„Sie vertraut mir nicht mehr, obwohl ich immer mein Bestes gegeben und alles zu ihrer Zufriedenheit erledigt habe." Quarzes Stimme überschlug sich fast, während Tränen der Wut aus ihren Augen rannen. „Selbst du bist ihr näher. Du stehst hoch in ihrer Gunst", schluchzte sie weiter, bevor es ihr gelang, sich wieder zu fangen. „Seit Ewigkeiten redet jedermann hier über deinen heiklen Auftrag. Sie soll schon auf dich warten… und glaube nur ja nicht, dass ihr der Unfug, den du gerade von dir gegeben hast, gefällt."

Ihre kompromisslosen Worte trafen Unakit so, dass er verzagt in sich zusammensank. „Überlege dir gut, was du ihr erzählst", warnte sie ihn. „Wie ich hörte, soll sie schon ein wenig verärgert sein, weil du dich nicht an die Abmachung gehalten hast." Quarze legte die Stirn in Falten. „Ihr hattet eine Spanne von zwei Jahren vereinbart, nicht von drei."

Sie hielt inne, worauf Unakit seinen eigenen, aufgeregten Herzschlag hören konnte. Das stimmte natürlich, doch hatte er seine Aufgabe nicht schneller erledigen können.

Eilig schaufelte er den Rest Möhren in sich hinein, während sie ihm schweigend zusah. Als er fertig war, stand sie auf.

„Deine Rast hier ist um, Unakit. Du solltest dich schleunigst auf den Weg machen! Rubine will ganz sicher nicht, dass du dich länger als nötig bei mir aufhältst."
Auch ihr Gast erhob sich.

„Du hast dich sehr verändert, mein Lieber", warf sie ihm zum Abschied noch vor. „Wo ist dein Kampfgeist geblieben? Wo ist deine Zuversicht? Wir werden siegen!" Insgeheim hoffte sie natürlich, dass Rubine ihren Fehler irgendwann bereuen und sie – Quarze – zurück an ihre Seite nehmen würde. Früher oder später musste sie doch einsehen, dass sie ohne ihre wahre Schwester nicht auskam…
Bei diesem Gedanken schenkte sie dem Besuch ein schwaches Lächeln. „Auf Wiedersehen Unakit. Pass gut auf dich auf!"

Der nun völlig Verunsicherte lief nach draußen. Wenn Quarze Recht behielt und Rubine tatsächlich verärgert war, durfte er keine Zeit mehr verlieren. Ob sie bereits von seiner Rückkehr wusste? Er glaubte, es aus den Worten ihrer Schwester herausgehört zu haben.

Im Stall angekommen stellte er fest, dass Morgana frisch gestriegelt war. Bergkristalle, dachte er gleich, während er sich über das saubere, glänzende Fell seiner Stute freute. Ohne zu zögern schulterte er seine Waffe, führte das Tier ins Freie und schwang sich auf seinen Rücken.
Er schaute nicht mehr zurück; winkte Quarze auch nicht mehr. Sein Blick war eisern nach vorne gerichtet; genau wie seine Gedanken. Obwohl noch ein guter Teil der Strecke vor ihnen lag, würden sie das Nebelschloss voraussichtlich beim nächsten Morgengrauen erreichen. Dann würde er Rubine wiedersehen...
Unakit versuchte, sich ihr Bildnis ins Gedächtnis zu rufen, was ihm aber nicht gelang. Er erinnerte sich nur bruchstückhaft an ihren Hochmut, …ihre Härte, …ihre Eleganz und natürlich …an ihre Schönheit.

Dunkelheit legte sich über Reiter und Pferd, als sie die Lichtung wieder verließen. Hier – im Gebiet der Schwarzen – gelang es nicht mal den Strahlen der Sonne bis in die Tiefen des dicht belaubten Waldes vorzudringen.

Morgana, die sich lange genug ausgeruht hatte, nahm mit Leichtigkeit ihre alte Reisegeschwindigkeit auf. Sie war ein Geschöpf der Finsternis, welches sich bekanntermaßen auch ohne Licht zurechtfand.

Während die beiden beharrlich an nur schemenhaft wahrnehmbaren Pfaueneiben – oder waren es Lerchenlinden? – vorbeizogen, hörten sie einen Vogel schreien. Er musste irgendwo hoch oben in den Wipfeln sitzen. Angestrengt versuchte Unakit, ihn ausfindig zu machen.

Obwohl das Tier zwischen den Blättern kaum zu erkennen war, freute er sich. Vielleicht würde es ihm ja doch noch gelingen, Rubine zu besänftigen. Wenn er ihr bei seiner Ankunft einen Bunten überreichen könnte, würde sie ihm den Verzug bestimmt verzeihen.

Ohne genauer hinzusehen richtete er einen seiner Pfeile zum Himmel, so, wie er es immer tat – schnell und absolut sicher. Sein Opfer gab ein ersticktes Krächzen von sich, bevor es tot zu Boden fiel. Gespannt lief er zu der Stelle des Aufpralls, wo er den Farn ein wenig zur Seite schob.

Sein Atem stockte. Um Himmelswillen! Was war denn das?! Als er sich nach vorne beugte, um die Beute aufzuheben, erstarrte er. Das Blut wich ihm aus Gesicht und Gliedern. Er wurde blass wie das Hexenkraut am Fuße der Feuerberge, denn dieser Vogel war schwarz; ein Rabe, ein heiliges Tier!

Nie hätte er ein solches hier vermutet. Was hatte er nur getan?! Gehetzt griff er nach dem Kadaver, um ihn gleich darauf voller Verzweiflung in den nächstbesten Busch zu werfen. Hoffentlich hatte es niemand gesehen! Hoffentlich würde Rubine niemals davon erfahren!

Tief in seinem Innersten wusste er jedoch, dass er nicht das Geringste vor ihr geheim halten konnte. Ihr schwarzer Schwan sah einfach alles.

Mit gesenktem Kopf stieg er auf und ritt weiter. Er wäre so gerne umgekehrt; doch dafür war es jetzt zu spät…

Schwarze Schwäne

Leuchtend roter Mund

Ziehen Trauerkreise

Um das Schloss

Von Wasser umgeben

Die Brücken wurden hochgezogen

Zu früh versank sein Stern

Schwarze Schwäne

Leuchtend roter Mund

Trauer im Schloss

Ingrid Maria Sander

2. Die Fürstin der Finsternis

Das Nebelschloss war wie gewöhnlich von einer grauen, dampfenden Suppe umhüllt.

Als sie den Finsterwald hinter sich gelassen hatten, stieg Unakit ab. Obwohl das Tageslicht nun nicht mehr von riesigen, dicht belaubten Bäumen zurückgehalten wurde, konnte er die Hand kaum noch vor Augen sehen. Es war so diesig, dass sich nicht mal die nahe gelegenen Festungsmauern zu erkennen gaben.

Von hier aus musste er zu Fuß weiter gehen; er musste sich von seiner Intuition durch die trüben Schwaden leiten lassen. Das war zwar etwas mühselig, doch nicht weiter schwer, denn er hatte es gelernt; alle lernten es in dieser Welt.

Dicht gefolgt von Morgana, schritt er zügig voran, bis er den wilden Atem des schwarzen Flusses vernehmen konnte. Noch drang er nur als leise Andeutung durch die feuchte, schwere Luft, doch seine scharfen Ohren täuschten ihn nie! Morgana schnaubte sanft. Sie hatte es auch gehört! Jetzt war es nicht mehr weit!

Ohne Straucheln bewegten sich Reiter und Pferd über den unebenen, steinigen Boden auf die heimatlichen Klänge zu.

Währenddessen verwandelten sich die fernen Schwingungen zu einem diffusen Rauschen, welches mit jedem Schritt lauter wurde, um schließlich in ein donnerndes Dröhnen überzugehen. Hinter üppigen Auenkrautsträuchern tauchte ein wenig verschwommen das geheimnisvolle, dunkle Gewässer auf.

Direkt vor ihnen fiel das Gelände steil ab. Hohe Wellen peitschten mit großer Wucht gegen die Klippen; und als Unakit – wie schon so oft – hinunter in die schäumende, schwarze Brühe schaute, glaubte er für einen Moment lang, den glitzernden Schwanz einer Nymphe zu sehen.

Mitten im Fluss trotzte das ehrwürdige, uralte Gemäuer der brausenden Strömung. Seine Ausmaße ließen sich vom Ufer aus kaum abschätzen, doch wusste Unakit auch so, dass es unermesslich war. Gespenstisch hoch ragten seine Türme in den Himmel hinauf; über dem größten von ihnen prangte Rubines Flagge: ein schwarzer Schwan auf rotem Grund.

Er musste nicht lange warten, bis die gewaltige Zugbrücke heruntergelassen wurde. Jetzt gab es keinen Aufschub mehr! Widerstrebend stieg er auf Morganas Rücken, um langsam – so, als wolle er die Zeit doch noch anhalten – über das rissige Holz zu reiten.

Angespannt verfolgte er, wie sich die schweren Eisentore öffneten, hinter denen offensichtlich schon jemand auf ihn wartete.

„Unakit, schön dich zu sehen!", schallte es fröhlich über den Hof.

Der Heimgekehrte atmete auf, denn es war Rhodonit, sein bester Freund, dessen vertraute, wohlklingende Stimme er gleich erkannte. Schnell sprang er ab, um ihn in die Arme zu schließen. Zwischen ihnen hatte sich – allem Anschein nach – in den letzten drei Jahren nichts verändert.

Rhodonit war ganz der Alte geblieben; auch vom Aussehen her. Er trug die langen Haare nach wie vor im Nacken zusammengebunden; etwa so wie Unakit. Sein malvenfarbener Stein hing ihm – genau wie früher – an einem abgewetzten Lederriemen um den Hals. Da er keinen besonderen Wert auf Kleidung legte, hatte er sich – was sein Gegenüber schmunzelnd bemerkte – bis auf den heutigen Tag nicht von seiner altbekannten, roten Metallblattjacke getrennt.

Als Unakit ihn wieder losließ, stellte sich jedoch heraus, dass der Gute nicht ganz so heiter war, wie eben noch angenommen. Jetzt, nach der ersten Wiedersehensfreude, starrte er ein wenig verlegen an ihm vorbei, während er mit unübersehbarer Nervosität von einem Fuß auf den anderen trat. Irgendetwas – da gab es keinen Zweifel – lag ihm auf der Seele. Quarzes Worte tauchten im Gedächtnis des unglückseligen Jägers auf; unwillkürlich und bedrohlich, wie dunkle Wolken. Ob die Unruhe des Freundes womöglich mit seiner Verspätung zu tun hatte? Ein kalter Schauer lief ihm über den Rücken.

„Du warst lange weg, mein Lieber", murmelte Rhodonit dann endlich in die Stille, so, als hätte er seine geheimen Befürchtungen gehört. „Rubine ist wütend auf dich. Sie spielt mit dem Gedanken, dir deinen Stein wegzunehmen oder, was noch niederträchtiger wäre, dich Jade auszuliefern."

Unakit erstarrte. Er lag also richtig; und nicht nur das. Vermutlich stand es sogar schlimmer um ihn, als bisher angenommen.

Rubine war schon immer grausam gewesen; grausam und doch so unglaublich schön, dass es einem den Atem nahm und man den Schmerz, den sie verursachte, gleich wieder vergaß; eine gefährliche Göttin, die schneller tötete, als man einen Mucks machen konnte.

Krampfhaft umklammerte er den Unakit um seinen Hals. Sie durfte ihm den Stein nicht wegnehmen! Der Stein und er waren wie Brüder, seitdem er ihn das erste Mal berührt, ...seitdem er seine Magie gespürt hatte.

Und was Jade anging... Er kannte sie nicht, weshalb er auch nicht verstand, warum Rhodonit sie für das weitaus schlimmere Übel hielt. Natürlich hätte er seinen Freund sofort nach ihr gefragt, wenn nicht im gleichen Augenblick noch jemand dazugekommen wäre.

Eine zierliche Frau warf sich ungestüm um seinen Hals. Erst als sie ihn wieder frei gab bemerkte er, dass es Türkise war. Mit ihr hatte er nun wirklich am allerwenigsten gerechnet.

Ihr langes Kleid, das bis zum Boden reichte, glänzte grandcanyonblau; ebenso wie der Stein in ihrem Dekolletee. Sie hatte ihre dichten, schwarzen Haare auf Schulterlänge schneiden lassen, was ihr – wie Unakit nur ungern zugab – ausgesprochen gut stand. Es ließ sie irgendwie reifer aussehen.

Neugierig schaute er in ihre Augen. Ja… Sie schillerten immer noch cyanfarben… Sie waren immer noch so leuchtend hell… und hatten auch heute noch die gleiche, magische Anziehungskraft.

„Unakit! Gut, dass du da bist!" rief sie mit ihrer hellen, glockenklaren Stimme, durch deren Klang sich ein einzigartiger, zarter Hauch von Blaugrün auf ihre blassroten Lippen legte.

Auf seiner Reise hatte er nicht viel an sie gedacht. Erst jetzt, wo sie so anmutig vor ihm stand, erinnerte er sich dunkel daran, dass sie früher mal ein Paar gewesen waren; leider kein besonders glückliches. Sie hatten nur allzu oft wegen irgendwelcher Nichtigkeiten gestritten; so unerbittlich, dass Türkise letztendlich bei Smaragd geblieben war.

Smaragd, einer der kräftigsten und attraktivsten Männer bei Hofe, besaß ein sehr ruhiges, eher ausgeglichenes Gemüt. Mit ihm konnte man beim besten Willen nicht aneinander geraten... Unakit verlor sich in dem endlosen Blau ihrer Iris. Wenn er richtig darüber nachdachte, bereute er es heute, sie einfach gehen gelassen und Smaragd nicht zu einem Duell herausgefordert zu haben.

Ein leichter Stoß in die Rippen riss ihn aus seinen Gedanken. „Du hättest ja auch mal von dir hören lassen können!", beschwerte Türkise sich lautstark. „Ich bin fast wahnsinnig geworden. Drei Jahre hast du uns in Unwissenheit gelassen! Wir glaubten dich tot!" Nach einer kurzen Pause fügte sie etwas leiser hinzu: „Es wäre wirklich schlimm gewesen, wenn du nicht mehr aufgetaucht wärst!"

Überrascht suchte Unakit in ihren Augen nach einer Erklärung für diese völlig unerwartete, überschwängliche Anteilnahme. Ob es doch noch eine Verbindung zwischen ihnen gab? Sichtlich enttäuscht musste er feststellen, dass sie seinem Blick nicht standhielt. Stattdessen füllte sich nun auch ihr sanftes Gesicht mit Sorge, so, wie vorhin noch das von Rhodonit.

„Rubine ist außer sich", stieß sie mühsam hervor. „Ich glaube sie ist im Stande, Jade einzusetzen…" Ihre Stimme versagte, und sie brach ab.
Was hatten nur alle hier mit Jade? Sie schien ja der leibhaftige Teufel zu sein!

Unakit versuchte krampfhaft, sich dieses grüne Ungeheuer vorzustellen, während eingehüllt in weiße Nebelschleier zwei weitere Gestalten auf der Bildfläche erschienen. Vermutlich hatten auch sie längst mit seiner Ankunft gerechnet.
Für einen Moment lang glaubte er gar, seinen Rivalen vor sich zu haben, bis er an dem etwas dunkleren Farngrün der Kleidung schließlich doch erkannte, dass es Jaspis war. Ihn hatte er bei seinem letzten Aufenthalt nur selten gesehen; ein paar Mal vielleicht, als sie gemeinsam zur Jagd gegangen waren. Damals hatte er ihn als gutmütigen, hilfsbereiten Kameraden kennengelernt, auf den man sich hundertprozentig verlassen konnte.

„Es freut mich, dich zu sehen", grüßte Jaspis aufrichtig.

Seine Gemahlin hieß Achate. Sie war – ganz im Gegensatz zu ihrem Mann – nur mit Vorsicht zu genießen. Ihr schlanker, langer Körper steckte in einem ärmellosen, erdrauchroten Kleid, dessen Ausschnitt von unzähligen, kunstvoll geschliffenen Achaten verdeckt wurde. Die fuchsbraunen Locken hatte sie aufwändig hochgesteckt; ihre feuerdornfarbenen Augen funkelten. Formvollendet reichte sie ihm die Hand zum Gruß.

„Wir haben uns eine Ewigkeit nicht gesehen", säuselte sie mit einer Freundlichkeit, die keinen Zweifel daran ließ, dass sie ihn nicht leiden konnte. „Es sind Jahre vergangen seit der Nacht, in der du uns verlassen hast."

Unakit antwortete nicht. Er kannte sie schon lange, weshalb er vorzog, in ihrer Gegenwart nicht mehr als nötig zu sagen. Sie war – wie alle hier wussten – schwer einzuschätzen; außerdem berüchtigt für ihre unkontrollierten Wutanfälle. Darüber hinaus zählte sie seit jeher zu den besten Freundinnen seiner Herrin.

„Rubine schickt mich", fuhr sie dann auch gleich fort, wobei sie ihn auf eine unangenehme, einschüchternde Art taxierte. „Du sollst auf der Stelle zu ihr kommen."

Rasch drückte Unakit die Hand seines Freundes, klopfte Jaspis leicht auf die Schulter und warf Türkise noch ein letztes, verlegenes Lächeln zu, ehe er Achate hinterherging.

Das aus abertausend bunten Steinen erbaute Haupthaus hatte sich nicht verändert. Seine Eingangshalle war auch heute noch ausgesprochen eindrucksvoll und... dunkel; so dunkel, wie das Anwesen von Quarze.
Durch die langgezogenen, kleinen Windaugen drang kaum ein Lichtstrahl ins Innere. Ohne die Kerzen auf den gewundenen Metallständern hätte man nicht mal die großartigen Malereien gesehen, welche allesamt von Rubines Siegeszügen erzählten.
Zielstrebig bewegten sie sich an den martialischen Kunstwerken vorbei auf eine Tür zu, die er noch nie geöffnet hatte. Dahinter lag zweifellos das Zentrum der Macht.
Gleich würde er vor ihr stehen. Unakit konnte seine Aufregung kaum verbergen. Warum Rubine ihn wohl ausgerechnet hier – im Nebelschloss – sprechen wollte? Sonst hatte sie ihn doch immer an einen geheimen Ort im Wald bestellt.

Achate klopfte, und sie traten ein.
Der Saal vor ihnen war noch weiträumiger, als Unakit vermutet hatte; außerdem so prachtvoll gestaltet, dass er unwillkürlich darüber nachdenken musste, wie viele Baumeister, Maler und Bildhauer einst daran gearbeitet hatten. Auf dem steinernen, aus winzig kleinen Mosaikelementen zusammengesetzten Fußboden lag ein endlos langer, dunkelroter Teppich, der geradewegs auf den sagenumwobenen Thron zu führte. Dieser war von Meisterhand gefertigt. Er war über und über mit Rubinen besetzt; genau so, wie es sich die Leute im Land des Abends am Feuer erzählten.
Langsam traten die beiden näher, bis sie wenige Meter vor der Fürstin von der immensen Energie der roten Steine am Weitergehen gehindert wurden. Unakit erschrak. Er hatte

nicht damit gerechnet, dass diese Minerale einen solchen Bann erzeugen konnten. Ihre Kraft war so groß, dass sie niemanden hindurch ließen; auch Achate nicht. Notgedrungen blieben sie stehen. Ja…, jetzt verstand er auch, warum sich so viele, schauerliche Geschichten um diesen magischen Ort rankten und Rubine von den meisten für absolut unbesiegbar gehalten wurde.

Inmitten der funkelnden Juwelen saß seine Herrin, deren unvergleichliche Schönheit ihn auf der Stelle erstarren ließ. Während heiße Glücksgefühle wie Blasen eines Geysirs in ihm aufstiegen, wurde sein Atem zunehmend flacher, bis er vor Ehrfurcht und Angst zu zittern begann. Das kannte er schon. Es war jedes Mal so, wenn er ihr gegenüberstand. Verzweifelt versuchte er, wieder ins Gleichgewicht zu kommen. Er versuchte, sich zu konzentrieren, …seinen Körper unter Kontrolle zu bringen, doch es gelang ihm nicht. Ihre Ausstrahlung war viel zu stark.

Als sie ihn erkannte, gab sie Achate einen Wink, woraufhin diese ehrerbietig knickste und verschwand.

Rubine trug ein langes Kleid aus gladiolenrotem, samtartigem Stoff, in dessen Dekolletee ein caballerofarbener Edelstein blitzte. Ihre glänzenden, elsterschwarzen Haare waren über die Jahre ordentlich gewachsen, sodass sie ihr nun fast bis auf die Oberschenkel fielen. Zu ihren Füßen lag ein kelpieartiges Tier – viel länger als die heimischen Echsen; ein Höllenhund, der jeden Fremden allein durch seine Größe erschreckte.
Rechts und links des Throns wachten etliche Silberpanther; die letzten ihrer Art. Allem Anschein nach war es Rubine tatsächlich gelungen, den unbändigen Willen dieser stolzen Tiere zu brechen; sie in absolut zahme, treu ergebene Kreaturen zu verwandeln.

Unakit ließ den Blick schweifen. Erstaunt stellte er fest, dass hinter dieser Szenerie am Ende des Raumes noch jemand stand; jemand, den er nicht kannte. Dem Kleid nach handelte es sich um eine Frau, doch war ihr Gesicht so jung; zu jung. Es passte eher zu einem Mädchen. Das verunsicherte ihn.
Ein Schloss wie dieses war kein Ort für Kinder. Kinder wurden – solange er denken konnte – in eigens für sie angelegten Festungen untergebracht, wo man sie auf das harte Leben in der vom Krieg zerrissenen Außenwelt vorbereitete.
Was dieses kleine Wesen hier wohl zu suchen hatte?

Rubine erhob sich mit unnachahmlicher Grazie, wobei sich zeigte, dass der Stein um ihren Hals noch heller strahlte als alle anderen. Seine überlegene Aura war gar nicht zu übersehen. Völlig mühelos verließ sie das schützende Feld, um den Besuch in Empfang zu nehmen.

Unakit versuchte, ihre Züge zu deuten. Was hatte sie vor? Würde sie ihm eine Chance geben, die Verspätung zu erklären?

„Unakit, ich bewundere deinen Mut", begann sie sachlich; doch er traute ihr nicht. Er ahnte schon, dass dieser Tonfall nicht im Geringsten zu ihrer wahren Gesinnung passte. Regungslos wartete er ab. Nun, er hatte sich nicht getäuscht!

Ihre Miene verdüsterte sich von einer Sekunde zur anderen, worauf sie ihn in einem eben noch unvorstellbaren, dissonanten Fortissimo anfuhr: „Du lässt jahrelang nichts von dir hören, bleibst länger weg als vereinbart und erschießt einen heiligen Vogel! Ich kann nicht glauben, dass du es wagst, mir unter die Augen zu treten!"

Schrill, wie klirrendes Metall drangen ihre Worte in seine Ohren. Sie war wirklich sehr wütend, seine Herrin, und ihm war klar, dass er diesen Zorn – in welcher Form auch immer – über sich ergehen lassen musste.

„Jade!"

Das Mädchen hinter dem Thron kam augenblicklich an ihre Seite. Sie war um einiges kleiner als Rubine; außerdem so zart, dass sie eher einer Porzellanpuppe ähnelte, denn einem Lebewesen. Ihre schwalbenschwarz-gold gesträhnten Haare fielen schwerelos über das lange, schlangengrüne Kleid. Um den Hals trug sie – wie sollte es auch anders sein – einen Jadestein.

Das war sie also: Jade, vor der die anderen ihn so gewarnt hatten; ein Kind, das eigentlich in die Obhut von Erzieherinnen gehörte. Sie sah so harmlos aus, so unschuldig, und doch sollte sie die schlimmste aller möglichen Strafen sein?! Unakit wollte nicht glauben, dass von ihr eine ernstzunehmende Gefahr ausging.

Mit freundlicher Stimme wandte sich Rubine an das zerbrechliche, scheue Geschöpf gleich neben ihr. „Geht es dir gut?" fragte sie fast schon mütterlich.

Ihr Gegenüber nickte zaghaft.

„Ich sehe aber", entgegnete die Ältere besorgt, „dass du immer noch viel zu dünn bist, Liebes! Du musst bald zu Kräften kommen. Du weißt doch, dass wir in den Schlachten auf dich angewiesen sind."

Jade richtete den Blick verlegen zu Boden, während Rubine ihr aufmunternd zu lächelte.

„Wenn du nicht mehr zu dir nimmst, wird der Feind dich wegpusten. Ich habe dem Koch soeben befohlen, dir Kleehase mit Graukartoffeln zu kochen und erwarte, dass du deinen Teller artig leer isst."

Die Kleine zuckte leicht zusammen, stimmte aber zu.

Anschließend nahm die rot Gekleidete den irritierten Besucher erneut ins Visier. „Und nun zu dir", fauchte sie herzlos. „Ich habe dich kommen lassen, damit du erfährst, was passiert, wenn du mich ein zweites Mal so enttäuschst. Jade wird es dir zeigen!"

Unakit schauderte. Sollten die anderen am Ende etwa doch noch Recht behalten? Sollte dieses kleine, unwirkliche Ding allen Ernstes in der Lage sein, fürchterliches Unheil über ihn zu bringen? Eine lange Pause entstand, in der er spürte, wie ihm die Angst von hinten in den Nacken griff.

Auf Befehl der Fürstin trat Jade an ihn heran, um seine moosgrünen, sandmohngefleckten Augen ganz aus der Nähe zu fixieren. Er hatte nicht die geringste Ahnung, was sie von ihm wollte, bis ihre mambagrüne Iris mit einem Mal so hell erstrahlte, dass er seinen Blick nicht mehr abwenden konnte.

Er spürte ihre leuchtende Energie wie ein Gift in sich eindringen, ...immer tiefer, ...in jeden Winkel seines bleichen Körpers. Sie schien ihn zu zerschneiden, ...bei lebendigem Leibe, ...mit hundert Messern, ...in tausend Scheiben; ...und er, ...er konnte sich nicht rühren ... konnte nicht mal schreien ...war dieser furchtbaren Kraft völlig hilflos ausgeliefert. Er wollte weglaufen; konnte aber nicht. Er verlor jegliches Zeitgefühl. Er war außerstande festzustellen, wie lange seine Qualen dauerten – eine Ewigkeit, oder nur einen kurzen Moment?

Als die Lektion beendet war, begriff Unakit schlagartig, warum Jade so hoch in der Gunst seiner Herrin stand, ...warum sie hier im Schloss sein durfte, ...warum die anderen so große Ehrfurcht vor ihr hatten. Nur verschwommen hörte er, dass Rubine sie aus dem Saal schickte.

Erstaunlicherweise hatte er nicht mal einen Kratzer. Ziemlich undeutlich, wie durch einen Nebelschleier sah er die Fürstin lächeln. Auch er selbst schien zu lächeln; ganz gegen seinen Willen. Der Schock, unter dem er gerade noch gestanden hatte, schwand schon wieder dahin. Er konnte ihr nicht böse sein. Das konnte er nie.

„Ich weiß, dass du gerade eine äußerst schmerzhafte Erfahrung gemacht hast", sagte sie ungerührt, wobei sie ihm einen Becher roten Weines reichte, „doch konnte ich nicht umhin, dich mit der wunderbaren Gabe meiner schwesterlichen Freundin vertraut zu machen. Du hast es verdient." Dann sah sie ihn wild entschlossen an. „Wenn du meine Befehle erneut missachtest, wird Jade dich vernichten!"

Nach dieser Drohung nahm er erst mal einen großen Schluck. Quarze hatte also Recht: Sie stellte Jade tatsächlich auf die Stufe einer Schwester!

„Nun, was hast du mir zu erzählen?"

Während Rubine mit langsamen Schritten zum Thron zurück ging, kam ihr schwarzer Schwan durch eines der offen stehenden Fenster herein. Ganz selbstverständlich landete er auf ihrem Arm, worauf sie ihm zärtlich über das glänzende Gefieder strich.

Natürlich, diesen vermaledeiten Vogel gab es ja auch noch! Unakit hatte ihn schon fast vergessen! Dieser atemberaubend schöne Schwan war es ja, den Rubine liebte. Er war der Einzige, dem sie wirklich vertraute. Um seinen langen, schwarzen Hals trug er den gleichen roten Stein wie sie.

Alle im Land wussten, dass sie sich niemals von ihm trennen würde. Sie hatte tagelang geweint, als er kürzlich mit einem Pfeil im Flügel zu ihr gebracht worden war.

Unter den Leuten wurde er „Schwarzer Schatten" genannt, weil er ohne einen Laut auftauchen und genauso leise wieder verschwinden konnte. Angeblich war er auch schneller als die anderen Vögel. Man munkelte sogar, dass es ihm gelang, den Finsterwald mit einem einzigen Flügelschlag zu überqueren. Er wusste alles, was in der Umgebung des Schlosses geschah.

Rubine nannte ihn Nachtklang. Er war ihr Ein und Alles, ihr treuester Freund, ihr engster Verbündeter. Er aß von ihrem Teller und erhielt seine Fähigkeiten – genau wie sie – durch die Magie ihres Steines.

Oh, wie Unakit diesen Vogel hasste! Er glaubte nicht, dass es Eifersucht war, …oder doch? Eines stand jedenfalls fest: Rubine würde niemals ein anderes Wesen so freundlich und zuvorkommend behandeln wie ihn; kein anderes Wesen würde jemals so viel Macht besitzen wie er.

Mit einem hässlichen Grinsen im Gesicht ließ sich der schwarz Gefiederte zu ihrem Platz tragen, um sich dort in aller Seelenruhe auf dem Schoß seiner Gönnerin niederzulassen.

Rubine lächelte aufmunternd. „Nun, du wolltest von deiner Mission erzählen."

Unakit schwieg, die Augen auf den Schwan gerichtet. Dieser Mistkerl! Er hatte ihr von dem Raben erzählt…

„Unakit!"

Der scharfe Ton seiner Gebieterin ließ ihn zusammenzucken.

„Deine Mission… Was hast du erfahren?" Ungeduldig schob sie das Kinn vor, so, wie Türkise es auch tat, wenn ihr etwas gegen den Strich ging.

Obwohl er sehr nervös war, nahm sich der Aufgeschreckte vor, die Fürstin während seiner Ausführungen anzuschauen, was ihm jedoch nicht gelang. Ihre Augen waren einfach viel zu rot – anthurienrot, weshalb er seinen Blick schnell wieder auf etwas anderes lenken musste. Umso mehr bemühte er sich um einen ruhigen, angenehmen Tonfall:

„**ER** hat vor wiederzukommen..."

Verzweifelt brach er ab. Ihm war schon klar, dass die Melodie seiner Worte zunächst für eine ganze Weile im Raum stehen bleiben würde. Erst als sie ganz leise in der Ferne verklang, zwang er sich, seinen Kopf zurückzudrehen, um nun doch noch in das ebenmäßige Antlitz seiner Herrin zu schauen. Wie würde sie auf diese Nachricht reagieren?

Fürs Erste verzog sie keine Miene. Sie schien nachzudenken. Dann lachte sie kurz auf, so schrill und klar, dass es noch in seinen Ohren schallte, als es schon längst wieder still war.

„Das würde er nicht wagen, nach allem, was hier passiert ist. Nein! Er hat so viele traurige Erinnerungen an diese Welt…"

Da sie doch aufgeregter zu sein schien, als sie zugeben wollte, versuchte Unakit schnell, die Dinge ein wenig zu verharmlosen. „Wir werden schon mit ihm fertig", antwortete er leise, „und mit den anderen auch."

Ungeachtet seiner Bemühungen überzog Zornesröte ihre Wangen. „Und ob wir das werden! Schließlich bin ich stark genug, um mit einem alten Kauz zu kämpfen!" Sie bebte am ganzen Körper.

„Natürlich seid Ihr das", bestätigte er schnell. „Jedoch ist er diesmal nicht allein. Er bringt Verbündete aus der anderen Welt mit; seine Enkelinnen, von denen die jüngste eine besonders ausgefallene Gabe erhalten wird... Außerdem nehme ich an, dass Saphire sie beschützen wird…" Er stockte, um ihre Reaktion auf den Namen der Schwester abzuwarten, wobei er inständig hoffte, sie nicht noch weiter in Rage gebracht zu haben.

Rubines Brauen zogen sich etwas zusammen. Sonst geschah erst mal nichts.

Also fuhr er fort: „Zu allem Überfluss sind auch die Tiere auf ihrer Selte. All die Verbannten, die Braunen und Bunten; jene, die von unseren Pfeilen verfehlt wurden… und auch die Verwundeten…"

Bei diesen Nachrichten begann die Wut auf ihren Wangen nun doch erneut zu glühen. „Es ist eine Schande, Saphire in der Familie zu haben!", schrie sie ungehemmt. „Ihr Name beschmutzt unseren Stammbaum so sehr, dass ich ihn zerreißen würde, wenn ich könnte! Sie ist eine falsche Schlange, die sich vorgenommen hat, auf diesem Thron zu sitzen und mich dafür sogar umbringen würde."

Ein langes Schweigen entstand.

Ja, genau so war es. Unakit wusste, dass sie Recht hatte. Saphire würde ihre Schwester umbringen und zwar bei der erstbesten Gelegenheit; doch wusste er auch, dass Saphire – mal abgesehen von Nachtklang – so ziemlich die Einzige war, die Rubines Gaben Stand halten konnte. Sie war ebenso stark wie seine Herrin und – wenn er es sich recht überlegte – auch genauso hübsch.

Achate kam herein. Ihre Haare loderten wie Feuer durch das schummrige Dämmerlicht des Thronsaals. Sie brachte etwas zu essen.

Mürrisch reichte sie ihm ein silbernes Tablett, auf dem sich eine Schale Feuermöhren und ein kleiner Teller mit Fisch befanden. Fisch…? War das hier denn überhaupt Fisch? Die schuppige Oberfläche dieses merkwürdigen Klumpens schimmerte grünlich-violett; das Fleisch eher bläulich. So was hatte Unakit noch nie gesehen.

Er warf Rubine einen fragenden Blick zu. „Nymphenfleisch", erwiderte diese kaltherzig. „Manche von ihnen verirren sich in den Burggraben, und ich dulde sie dort nun mal nicht. Sie sind sehr schmackhaft, glaube mir."

Erschrocken dachte er an den glitzernden Schwanz, den er in den schwarzen Wogen des Flusses gesehen hatte. Ihm wurde übel. Mit einer groben Bewegung drückte er Achate das Tablett wieder in die Hände. Er konnte beim besten Willen nichts davon essen.

„Nun, da du nicht hungrig bist, können wir ja gleich weitermachen", stellte Rubine trocken fest. Sie trug ihm die Sache mit dem Essen nicht nach; es gab schließlich Wichtigeres. Erwartungsvoll sah sie ihn mit ihren rotglühenden Augen an.

Unakit atmete tief ein, ehe er weiter sprach. „Er wird bald hier sein… und er ist stärker, als Ihr ahnt."

Unzufrieden runzelte Rubine die Stirn. „Du wiederholst dich, Unakit. Wie ich bereits sagte, wird es ihm niemals gelingen, in unsere Welt zurückzukehren."

„Doch", erwiderte ihr Gegenüber bestimmt, wobei jede Farbe aus seinem Gesicht wich. „Euer Spion hat im Lager der Gegner ein Mädchen gefunden; eine Blinde mit ausgeprägten Zukunftsvisionen. Sie hat davon gesprochen, dass er mit seinen Enkelinnen aus der Welt, in die sie geflohen sind, zurückkehrt."

„Ach wirklich?" Unruhe kam in ihre Stimme.

„Ja", bekräftigte er zögernd. „Und das ist leider noch nicht alles!"

Spürbar gereizt bohrte sich ihre vor Aufregung zitternde Iris in seine. Sie glitzerte so stechend, dass er sich am liebsten zusammengekauert hätte. „Was gibt es denn sonst noch?", fragte sie lauernd.

„Ihr müsst wissen, meine Herrin", erklärte Unakit ausweichend, „dass die Auskünfte des Mädchens nicht leicht zu verstehen sind. Euer Spion musste sich an ihren Freund halten, um das, was sie erzählte, halbwegs deuten zu können..."

„Nun sprich schon!", fuhr sie ihn aufgebracht an. „Du weißt es doch, oder?"

In seiner Not nahm er sich vor, es so schnell wie möglich hinter sich zu bringen, auch auf die Gefahr hin, dass sie ihm in blinder Raserei seinen Stein wegnahm oder Jade herbeirief.

„Sie hat das Mädchen mit den singenden Klingen gesehen."

Nun war es endlich heraus. Mit angehaltenem Atem wartete er auf das, was passieren würde.

„Du meinst", flüsterte sie leise, fast ehrfürchtig, „das Mädchen aus dem alten Lied? Die Hüterin der Gerechtigkeit und des Friedens?"

„Ja", gab er mit gesenkten Lidern zurück. Dann wartete er wieder. Es blieb still.

Mit aller Kraft suchte Rubine in ihrem Gedächtnis nach den Worten des alten Wiegenliedes. „Nun", sagte sie schließlich mit einem gequälten Lächeln auf den Lippen, „dann bereiten wir ihnen einen gebührenden Empfang."

Eine große Last fiel von ihm ab. Sie schien ihn noch zu brauchen. „Wie Ihr wünscht, meine Fürstin", erwiderte er schnell. „Sie werden den Empfang bekommen, den sie verdienen."

Je länger man vor der Tür zögert,

desto fremder wird man.

Franz Kafka

3. Fremde Verwandte

Es regnete. Und wie es regnete! Dicke Tropfen klatschten auf die Straße, und es schien nicht aufhören zu wollen.

Emily mochte den Regen. Sie konnte ihn nur dann nicht leiden, wenn sie – wie heute – ohne entsprechende Kleidung hindurch laufen musste.

Haare, Jacke und Schuhe waren schon triefend nass! Wenn ihre Schulbücher nicht auch noch aufweichen sollten, musste sie jetzt endlich nach einem Unterschlupf suchen. Missmutig sah sie sich um.

An der nächsten Straßenecke befand sich eine große Bücherei, in der sie schon öfters ausgeliehen hatte. Was für ein Glück! Sie beschloss hineinzugehen, um drinnen so lange zu warten, bis der Wolkenbruch vorüber war.

Das Gebäude sah alt und etwas heruntergekommen aus; der Putz bröckelte schon von der Fassade. Dennoch handelte es sich – zumindest Emilys Meinung nach – um die beste Bibliothek in der Stadt. Langsam öffnete sie die Tür und trat ein.

Die Wände des riesigen, hell erleuchteten Saales waren mit Holz vertäfelt. Man konnte ihn nur schwer überschauen, da er von unzähligen Stellagen in einzelne Bereiche aufgeteilt wurde. So gab es eine Ecke für Kinderbücher, eine für Belletristik, eine andere für Sachbücher und so weiter. Zwischen den Regalen befanden sich gemütliche Tischgruppen für Leser, die Zeit zum Schmökern mitbrachten.

Direkt neben der Eingangstür hing ein alter Spiegel mit verschnörkeltem, staubigem Rahmen. Er reichte bis zum Boden. Emily konnte nicht anders; sie musste mit den Fingern über die kunstvollen Schnitzereien streichen. Sie spürte die Hebungen und Senkungen des Holzes; die Kratzer in der Oberfläche. Nach und nach zeichnete sich eine Spur im grauen, pelzigen Belag ab.

Gedankenverloren ließ sie die Hand sinken, um ihr Spiegelbild zu betrachten: den Körper eines zierlichen, vierzehnjährigen Mädchens mit hüftlangem, rabenschwarzem Haar, welches sich von den Schultern an leicht wellte.

Dieses Mädchen hatte ein schlankes, spitz zulaufendes Gesicht, dessen Haut so bleich war, dass sie fast weiß wirkte. In der Mitte seines farblosen Antlitzes befand sich eine gerade, schmale Nase; darunter ein voller Mund mit fest zusammengepressten Lippen. Es trug – diesem grauen Wetter zum Trotz – eine undurchsichtige, dunkle Sonnenbrille.

Je länger Emily darüber nachdachte, desto weniger erinnerte sie sich daran, ob jemals ein Fremder – jemand außer Patrick und Tamara – die unverfälschte Farbe ihrer Iris gesehen hatte.

Seit frühester Kindheit versteckte sie diese Augen nun schon hinter schwarzen Gläsern. Sie waren so ungewöhnlich, dass sie sich dafür schämte.

Von Weitem schimmerten sie einfarbig violett, was ja schon schlimm genug war; aus der Nähe betrachtet sah man zu allem Überfluss dann aber auch noch goldgelbe Schatten. Solche Augen hatte wirklich niemand außer ihr! Sie waren schrecklich!

Es gefiel Emily auch nicht, wie sie aus ihrem Gesicht hervorleuchteten. Hin und wieder glaubte sie sogar, ein unheimliches, feuriges Glühen zu bemerken. Nun, es war wirklich besser, wenn sie ihren Mitmenschen diesen Anblick ersparte!

In der Schule hielt man Emily für ziemlich eigenwillig, weil sie selbst bei geschlossener Wolkendecke – ja sogar im Klassenzimmer – eine Sonnenbrille trug; doch das störte sie nicht. *Es ist wegen einer Augenkrankheit*, gab sie für gewöhnlich zur Antwort, wenn sie darauf angesprochen wurde.

Natürlich war sie eine Außenseiterin. Sie war die Komische, mit der uncoolen Brille, den Hippie-Flower-Power-Klamotten und den guten Noten. Die anderen hielten gezielt Abstand und wechselten nur selten ein Wort mit ihr.

Wenn es Emily auch etwas traurig stimmte, dass sie keine Freundinnen hatte, brachte dieser Umstand doch durchaus seine Vorteile mit sich. So fand wenigstens niemand ihr Geheimnis heraus.

Heute hatte sie ein gelb-rot bedrucktes T-Shirt an; dazu eine blaue Jeans mit breitem Gürtel. Ihre Füße steckten in weißen, flachen Lederstiefeln.

Langsam wanderte ihr Blick wieder zum Kopf zurück; genauer gesagt zu den Ohren, die nach oben hin ungewöhnlich spitz zuliefen.

Vorsichtig versuchte sie, diese merkwürdigen Verwachsungen unter den Haaren zu verstecken; es ging aber nicht. Sie ragten immer wieder heraus, so wie bei Elben oder anderen fremdartigen, außerirdischen Wesen!

Emily glaubte, dass es sich – genau wie bei den Augen – um eine Missbildung handelte. Das glaubten auch Patrick und Tamara.

Sie waren Mediziner im städtischen Krankenhaus und wohnten zusammen mit ihr in einem kleinen Vorort ganz in der Nähe.

Wenn Emily krank war, wurde sie ausschließlich von ihnen behandelt. Sie durfte auf gar keinen Fall zu fremden Ärzten gehen. Das lag wohl an ihrem Blut. Irgendetwas stimmte damit nicht. Genauer hatten ihre Adoptiveltern es nicht erklärt. Sie erinnerte sich nur dunkel daran, dass sie als Kind an einer Treppenstufe hängen geblieben und hingefallen war. Ihre Wunde hatte damals irgendwie... anders ausgesehen; was angeblich auch der Grund dafür war, dass sie keinen Sport machen durfte; noch nicht mal in der Schule.

Nachdenklich ließ sie für einen kurzen Moment die Brille sinken, sodass sie ihre Augen betrachten konnte. Ja, sie waren immer noch violett, und hatten auch immer noch diese furchtbaren goldfarbenen Flecken!

Genau in diesem Augenblick wurde sie von einer angenehmen, leisen Stimme aus ihren Gedanken gerissen.

„Verzeihung, aber du heißt Emily oder?"

Schnell drückte sie die dunklen Gläser wieder auf die Nase und drehte sich um. Sie hoffte inständig, dass – wer auch immer gerade hinter ihr stand – diese seltsame Iris nicht gesehen hatte.

Es war ein greiser Mann mit sterndoldenweißen, zum Nacken hin etwas längeren Haaren. Er zählte vielleicht sechzig oder siebzig Jahre, wirkte aber kein bisschen gebrechlich – ganz im Gegenteil!

Seine erstaunlich kräftige Figur war in der für Senioren viel zu sportlichen, kieselfarbenen Lederweste gut zu erkennen; ebenso wie seine muskulösen Unterarme, die entblößt aus dem schildflechtengrauen Hemd herausragten. Da es am Kragen ein wenig offen stand, fiel sein ausgefallenes Halsband mit dem graphit-weiß gepunkteten Steinanhänger sofort ins Auge. Wirklich ein seltsames Schmuckstück für Leute in diesem Alter, dachte Emily kopfschüttelnd. Ob es sich hier um einen Edelstein handelte? Schade, dass sie ihn nicht genauer untersuchen konnte, ohne näher an ihn heranzutreten.

Neugierig schaute sie weiter nach unten.

Die Beine ihres Gegenübers steckten in einer langen Hose aus dickem, altmodischem Stoff, der je nach Lichteinfall in den verschiedensten Grautönen schimmerte.

Seine harten, groben Schuhe, um die sich inzwischen eine kleine Pfütze gebildet hatte, schienen riesig zu sein – um einiges größer als die von Patrick.

Obwohl der Alte etwas blass, vielleicht auch krank aussah, zeigte seine Haut nur wenig Falten; genau genommen nur ein paar Krähenfüße, die sich ganz zaghaft in beide Schläfen gegraben hatten.

Er trug eine schmucklose Sehhilfe; ein billiges Modell aus dem Supermarkt, das kein bisschen zum Rest der sonst doch eher außergewöhnlichen Gestalt passen wollte.

Emilys Blick glitt über seine Augen. Sie stutzte. Die Iris dieses betagten Mannes sah zwar anders aus als ihre, schien aber mindestens genauso merkwürdig zu sein. In ihrem dunklen Renkengrau glitzerten siebensternweiße Punkte, die an vereinzelte Schneeflocken auf gefrorenem Asphalt erinnerten. Sie glich – bei näherer Betrachtung – tatsächlich dem Stein um seinen Hals!

Die Stimme des Unbekannten war freundlich; sein Mund zu einem Lächeln gespannt, als er sich erneut an sie wandte: „Du kannst deine Brille ruhig unten lassen, ich habe sie schon gesehen."

Emily erstarrte. Wie dumm von ihr, die Brille abgesetzt zu haben! Jetzt wusste jemand über ihre Augen Bescheid; jemand, den sie gar nicht kannte. „Wer sind Sie denn?", fragte sie aufgeregt, am ganzen Körper zitternd. Hoffentlich merkte er das nicht!

„Natürlich, wie töricht von mir, mich nicht vorzustellen: Prof. Dr. Proges", entschuldigte er sich, während er ihr die Hand entgegenstreckte. „Ich habe dich schon ein paar Mal in dieser Bibliothek gesehen."

„Ich habe Sie noch nie gesehen", erwiderte Emily ohne einzuschlagen. Sie kniff die Brauen zusammen. Hier gingen doch so viele Leute ein und aus, dass man sich die einzelnen Gesichter unmöglich merken konnte. Ob sie ihm wegen der dunklen Gläser in Erinnerung geblieben war?

„Ich komme oft hierher", fuhr der Professor fort, während er sie aufmerksam betrachtete. „Nirgendwo sonst gibt es ein so gutes Sortiment über Pferdezucht." „Sie interessieren sich für Pferde?"

Natürlich wusste Emily, dass es auch männliche Pferdeliebhaber gab; getroffen hatte sie aber noch keinen. Die Jungen in ihrer Schule interessierten sich nicht im Geringsten für diese wunderschönen Tiere; ganz im Gegensatz zu den Mädchen.

Die meisten ihrer Klassenkameradinnen waren mit kitschigen Pferderomanen wie *Mona reitet ins Glück* oder *Ferien auf dem Ponyhof* groß geworden und hatten von ihren Eltern längst die Mitgliedschaft in einem Club erbettelt.

Sie selber würde – so, wie es im Moment aussah – wohl niemals eine Reiterlaubnis bekommen. Ihr fortwährendes Bitten und Jammern war ohne jeden Verhandlungsspielraum an Patrick und Tamara abgeprallt. Ihre Adoptiveltern, die sonst in den meisten Punkten sehr nachgiebig waren, ließen sich bei allem, was ein erhöhtes Verletzungsrisiko mit sich brachte, einfach nicht erweichen.

„Ja", antwortete Proges breit lächelnd, „ich habe ein eigenes Gestüt. Da muss man sich wohl für Pferde interessieren, oder?" Emily nickte zaghaft.

Abgesehen davon, dass dieser sonderbare, alte Kauz mit den komischen Augen ganz sympathisch zu sein schien, fühlte sie sich in seiner Gegenwart doch ein wenig unbehaglich. Sie hatte den Eindruck, dass hier irgendwas faul war.

Angestrengt versuchte sie, ihre Gedanken zu ordnen, wobei sie das, was er gesagt hatte, noch einmal genau durchging. Richtig! Da war es ja, was sie störte! Er hatte sie mit ihrem Namen angesprochen! Woher wusste er denn überhaupt, dass sie Emily hieß, wenn er sie doch angeblich nur vom Sehen her kannte?

„Warum haben Sie mich gerade Emily genannt?", brach es dann auch gleich aus ihr heraus. Diese Entdeckung hatte sie jetzt erst recht verunsichert.

„Weil ich deinen Namen kenne", antwortete der Professor freundlich, aber bestimmt.

Der Schwarzgelockten lief ein Schauer über den Rücken. Die Selbstverständlichkeit, mit der er über diese Sache sprach, verriet, dass er noch mehr von ihr wusste! Ängstlich wich sie zurück, um aus sicherer Entfernung genauer nachzufragen: „Wie meinen Sie das denn?"

„Nun, du bist adoptiert, nicht wahr?"

Emilys Gesicht wurde aschfahl. Dieser unheimliche Alte hatte in ihrem Leben herumgeschnüffelt; daran gab es jetzt keinen Zweifel mehr! Woher sollte er sonst wissen, dass... Sie hatte es ja niemandem verraten; nicht mal ihren Mitschülern. Wenn sie nach ihren Eltern gefragt wurde, erzählte sie immer von Patrick und Tamara, von der Arbeit im Krankenhaus und ihrem ganz alltäglichen Familienleben.

Ihre leibliche Mutter und ihr leiblicher Vater konnten ihr gestohlen bleiben. Die Tatsache, dass sie ihr Kind nicht bei sich haben wollten, hatte sie als Eltern schon vor Jahren disqualifiziert. Außerdem wollte Emily auch nicht, dass sich die beiden durch das dumme Geschwätz eines Fremden urplötzlich wieder in ihre Gedanken drängten…

Woher sie wohl diese schwarzen Haare hatte… und diese seltsamen Augen?

Als der Professor ihr nachdenkliches Gesicht sah, schmunzelte er still von sich hin. Ihre Verwirrung schien ihm zu gefallen.

Misstrauisch schaute die in sich Versunkene zu ihm hinüber. Wieso hatte er sie eigentlich an ihre Adoption erinnert? Wollte er ihre schöne, heile Welt ins Wanken bringen? Nicht doch! Das konnte sie auf gar keinen Fall zulassen. Sie musste diesen aufdringlichen Kerl unbedingt wieder loswerden, weshalb sie kurzerhand beschloss, ihn mit Hilfe einer kleinen Notlüge in die Flucht zu schlagen.

„Sie verwechseln mich. Ich bin nicht adoptiert", entgegnete sie etwas überstürzt, „und selbst wenn es so wäre, es ginge Sie nichts an…" Während sie die letzten Worte übertrieben spitz hinzufügte, hätte sie sich am liebsten auf die Zunge gebissen. So was Blödes! Jetzt verriet sie sich auch noch selbst! Ob er vielleicht etwas schwerhörig war und trotz dieses dämlichen Fehlers von ihr abließ?

Zu ihrem Ärger blieb der Alte jedoch stehen, um sie erneut mit einem freundlichen, strahlenden Lächeln zu beglücken. Ihr Täuschungsmanöver hatte ihn nicht im Mindesten aus der Bahn geworfen! „Du hast das Temperament deiner Mutter!", rief er fröhlich, fast schon ein wenig erleichtert.

Dieser Mistkerl will einfach nicht aufgeben, dachte Emily wütend, wobei sie so weit zurückstolperte, dass sie mit dem Rücken an ein Bücherregal stieß. Das war doch wohl die Höhe! Jetzt gab er auch noch vor, ihre Mutter zu kennen. Aufgebracht fuhr sie ihn an: „Wollen Sie mir etwa erzählen, dass Sie meine Mutter kennen? Noch nicht mal ich kenne sie! Ja, Sie haben Recht, ich bin adoptiert. Aber ich habe neue Eltern, die sich gut um mich kümmern. Wenn meine richtige Mutter mich geliebt hätte, hätte sie mich nicht weggegeben. Nein, ich will nichts davon hören!" Sie schrie den letzten Satz hinaus.

Proges zuckte zusammen. Er hatte nicht vermutet, dass dieses zarte Wesen so laut werden konnte. Eindringlich und zugleich besänftigend sagte er: „Deine Mutter wollte dich nicht weggeben! Glaube das nicht! Sie hatte keine Wahl."

Emily konnte sich nicht rühren. Ihr Gesicht war plötzlich blutleer; ihre Stimme nur ein Flüstern. „Sie kennen sie wirklich? Sie kennen meine Mutter?"

„Selbstverständlich! Ja!", bestätigte der Professor ernst.

Das Mädchen ihm gegenüber runzelte die Stirn. War das nun die Wahrheit, oder war es vielleicht doch eher ein Trick, um sie zum Reden zu bringen? Wie zum Teufel sollte sie nur schlau aus ihm werden? Nachdenklich fixierte sie sein Gesicht, bis ihr klar wurde, was sie bis dahin übersehen hatte! „Sie haben meine Ohren!", platzte sie heraus.

„Wie?"

Da er nicht ganz begriff, was sie meinte, erklärte sie es etwas genauer. „Ihre Ohren! Sie laufen oben spitz zusammen, wie meine. Sie sind genauso missgestaltet!"

„Oh, ja", antwortete Proges etwas irritiert. „Ich sehe, du bist eine aufmerksame Betrachterin."

Emilys Anspannung steigerte sich bis ins schier Unerträgliche. Ihr war nun klar, dass es hier nicht nur um einen dummen Spaß ging. Es handelte sich vielmehr um eine sorgfältig vorausgeplante Zusammenkunft, die ihr zukünftiges Leben grundlegend verändern würde!

„Kennen Sie meine Mutter gut?" In diesem Zusammenhang fiel ihr das Wort „Mutter" schwer. Sie hatte ja noch nie jemanden so genannt. Obwohl Tamara wirklich vorbildlich für sie sorgte, war sie doch eher so was wie eine gute Freundin, die man mit dem Namen anredete.

„Natürlich kenne ich sie gut", erwiderte der Professor grinsend. „Sehr gut sogar!" Dann sah er ihr fest in die Augen. „Ich bin immerhin ihr Vater."

Die kleine Schwarzhaarige starrte ihn entgeistert an. Ein aschfahler Glanz legte sich auf ihr Gesicht. „Wenn... wenn Sie der Vater meiner Mutter sind...", stammelte sie mühsam.

„Dann bin ich dein Großvater", vollendete der Alte den Satz.

Emily schwirrte der Kopf. Das alles ging ihr eindeutig zu schnell! „Können Sie das auch beweisen?!", wollte sie auf der Stelle wissen.

„Aber natürlich." Proges setzte zunächst eine betont sachliche Miene auf. Dann rief er laut durch den Raum: „Judith, komm doch mal bitte!"

Eine Seitentür, die Emily bisher noch gar nicht wahrgenommen hatte, öffnete sich, und ein Mädchen kam herein. Nun ja, bei genauerem Hinsehen passte das Wort *Mädchen* wohl doch nicht mehr so ganz. Es handelte sich eher um eine Jugendliche – vielleicht sechzehn oder siebzehn Jahre alt.

Sie war schwarzhaarig und bleich. Außerdem hatte sie etwas, das Emilys Aufmerksamkeit unweigerlich fesselte: spitz zulaufende Ohren.

Ihre Augen, die von ungewöhnlich langen, rauchschwalbenschwarzen Wimpern eingerahmt wurden, schimmerten ebenholzfarben; viel dunkler als menschenüblich. Sie waren so einnehmend, dass sie den Rest ihres Gesichts verblassen ließen, ...dass man sich regelrecht zwingen musste, den Blick auf etwas anderes zu lenken.

Insgesamt wirkte ihr Kopf ausgesprochen schmal; so schmal, wie ihr eigener. Kein Wunder! Lange, rabenfederartige Haare verdeckten ja – genau wie bei ihr selbst – einen Teil der durchscheinenden, bleichen Wangen.

Die Nase dieses Fräuleins war ebenmäßig; die Lippen gamanderrot.

Im rechten Ohr trug sie zwei Ohrstecker, von denen einer verdächtig nach einem Tierzahn aussah – vielleicht nach einem Schlangenzahn?

Emilys Herz begann, laut zu schlagen. Sie konnte sich kaum rühren. Sie stand da wie gebannt, denn das, was sie vor sich sah, war ein vergrößertes Abbild ihrer selbst. Das waren ihre Ohren, ihre Haarfarbe, ihre Nase und ihr Mund in einem anderen Gesicht.

Judiths Oberkörper steckte in einem ausgeschnittenen, pantherfellschwarzen Top, welches zu allem Überfluss auch noch etwas Bauch frei ließ. Ganz schön kess, dachte die Jüngere, während sie überlegte, ob sie später auch ein so tief einsehbares Dekolletee tragen würde. Etwas widerwillig musste sie dann zugeben, dass es zusammen mit dem großen, schwarzen Stein um ihren Hals gar nicht mal so übel aussah; ganz im Gegensatz zu der weiten Hose, die unförmig an den schlanken Beinen hin und her schlackerte. Der Farbton dieser hässlichen Beinkleider lag irgendwo zwischen Eisenhut und Bisamgrau, was darauf schließen ließ, dass sie ihre besten Tage längst hinter sich hatten.

Trotzdem fand Emily Judith – alles in allem – doch ziemlich hübsch.

Die schwarze Schöne legte den Kopf etwas zur Seite, sodass ihr die Haare leicht übers Gesicht fielen. Sie schien Emily nicht besonders zu mögen. Ihr abschätzender, fast schon unfreundlicher Blick war beim besten Willen nicht zu übersehen.

„Darf ich vorstellen, meine… ähm… andere Enkelin Judith", unterbrach Proges das unangenehme Schweigen.

Enkelin?! Emily wandte sich ab, um noch einmal in den Spiegel zu sehen.

Diese verflixte Ähnlichkeit… Sie versuchte krampfhaft Klarheit in ihren Kopf zu bekommen. Konnte das, was sich ihr mit Macht aufdrängte, tatsächlich wahr sein?

„Sie ist meine Schwester, oder?", fragte sie den Professor schließlich.

Dabei wurde ihr ganz schwindelig. Das war nun wirklich zu viel für einen Tag! Leute, die sie bis dahin gar nicht gekannt hatte, sollten plötzlich zu ihren nächsten Verwandten gehören? Sie – Emily – hatte eine Schwester; eine, die sehr schön, zugleich aber auch so unnahbar war?

Sie konnte sich nicht konzentrieren, konnte ihre wild durcheinander strömenden Gedanken nicht in einen sinnvollen Zusammenhang bringen – ganz egal wie sehr sie sich auch darum bemühte. Stattdessen hörte sie den Alten nur undeutlich, wie aus weiter Ferne antworten:

„Ja. So ist es."

Das Schweigen ist ein so herrliches Thema, dass man andauernd darüber reden könnte.

Jules Romains

4. Ende des Schweigens

Mit angespannter Miene registrierte Proges, dass Emily mit den Nerven völlig am Ende war. Ihr Verhalten gefiel ihm ganz und gar nicht – obwohl es in dieser Situation durchaus verständlich war. Er wusste, dass er sie so schnell wie möglich wieder zur Vernunft bringen musste, dass er ihr die Angst vor der neuen Situation nehmen musste, wenn er seinen Plan verwirklichen wollte.

„Wir haben dich niemals aus den Augen gelassen", begann er deshalb ganz besonders freundlich. „All die Jahre haben wir Kontakt zu deinen Adoptiveltern gehalten."
Als ob das die Sache besser gemacht hätte!
„Sie haben uns regelmäßig Fotos von dir geschickt und uns um Rat gefragt, wenn es Schwierigkeiten gab."
„Ich glaube kaum, dass Patrick und Tamara auf Ihre Hilfe angewiesen waren!", protestierte Emily unwirsch.

Was sollte das? Wollte dieser Großvater, den sie heute zum ersten Mal sah, jetzt auch noch behaupten, er wäre gar kein Fremder, weil er schon seit langem Anteil an ihrem Leben nahm?

Proges ließ sich nicht aus der Ruhe bringen. „Auch wenn du es nicht wahrhaben willst", sagte er bestimmt, „hat es in der Vergangenheit durchaus Situationen gegeben, mit denen sie nicht alleine fertig geworden sind – vor allem, als du klein warst." Er suchte kurz nach einem Beispiel. „Mit gerade mal drei Jahren bist du die Treppe runtergefallen und auf eine der harten Steinstufen geprallt. Dabei hast du dir eine Platzwunde zugezogen. Erinnerst du dich? Patrick und Tamara sind ganz durcheinander gewesen… Sie sind sofort zum Telefon gerannt, um mich anzurufen. Ich hab' ihnen dann alles erklärt und schließlich vorgeschlagen, dich in Zukunft vom Sportunterricht auszuschließen, damit so was nicht auch noch in der Öffentlichkeit passiert... "

Zu spät registrierte der Alte, dass diese Worte keineswegs dazu angetan waren, Emily von seiner Fürsorge zu überzeugen.

Entrüstet polterte sie los: „Was haben Sie sich denn nur dabei gedacht? Ich habe all die Jahre darunter gelitten, dass ich keinen Sport machen durfte! Ja, ich erinnere mich ganz genau an diese Aufregung, habe allerdings nie verstanden, warum eine kleine, dumme Verletzung zwei erfahrene Ärzte so aus der Fassung bringen konnte!" Ihre Stimme wurde immer lauter; noch lauter als vorhin.

Das war ja eine bodenlose Unverschämtheit! Erst die Sache mit ihrer Mutter und jetzt das! Was wollte er ihr heute denn noch alles auftischen? Sie hatte jetzt wirklich keine Lust mehr, sich zu beherrschen – egal, was er von ihr dachte.

Im Gegensatz zu ihrem Großvater, der einen leicht gereizten Eindruck machte, fand Judith diesen Ausbruch wohl eher vergnüglich. Sie grinste unverhohlen vor sich hin.

Genaugenommen hatte sie zwar allen Grund, Emily zu hassen, doch dafür konnte das kleine, aufgebrachte Ding ja nichts. Wie auch, wenn außer ihr – der Älteren – hier niemand wusste, was die Zukunft noch alles so bringen würde.

Abgesehen davon schien ihre Schwester jedoch gar nicht übel zu sein. Zumindest ließ sie sich nicht so schnell einschüchtern – nicht mal von Proges!

Anerkennend betrachtete sie das keifende Mädchen und beschloss, sich nun doch endlich an diesem Gespräch zu beteiligen.

Anstelle des Professors antwortete sie: „Proges wollte dir den Spaß nicht verderben! Er wollte dich nur schützen. Dein Blut ist nämlich…"

Emily erstarrte. Judith wusste von diesem Problem? Dann schien die Sache ja doch ernster zu sein, als bisher angenommen. Wahrscheinlich hatten Patrick und Tamara deshalb nie darüber sprechen wollen. Jedes Mal, wenn Emily davon angefangen hatte, waren sie ihr ausgewichen.

„Sind meine Werte nicht in Ordnung?", erkundigte sie sich vorsichtig.

Die Vorstellung, eine Krankheit zu haben, die Schlag für Schlag durch ihren Körper gepumpt wurde, jagte ihr einen Angstschauer über den Rücken; insbesondere, weil sie wusste, dass alle Störungen, die mit der Blutbildung zusammen hingen, ziemlich heimtückisch, unter Umständen sogar lebensbedrohlich sein konnten. Ihre Adoptiveltern hatten zu Hause schließlich oft genug über solche Fälle gesprochen.

Überraschenderweise brach Judith in schallendes Gelächter aus. „Eine Krankheit? Nein, nein! Keine Sorge. Du bist kerngesund!"

Emily seufzte erleichtert. Also doch keine Leukämie, Anämie oder irgendein anderes schlimmes Leiden! Doch was war es sonst?

„Du hast helles, blaues Blut, wie wir", erklärte ihr die große Schwester bereitwillig, so, als sei es das Selbstverständlichste auf der Welt. „Du kannst stolz darauf sein!" Sie schien sich köstlich darüber zu amüsieren, dass Emily der Mund vor Staunen offen stand.

„Wenn blaues Blut nicht krankhaft ist, warum darf ich mich dann nicht verletzen?", fragte Emily trotzig, während sie versuchte, sich an den Gedanken zu gewöhnen. „Jeder hat schließlich mal eine kleine Schramme. Da ist doch nichts dabei!"

Judith schüttelte den Kopf. Sie fand diesen Einwand ziemlich dumm, weshalb ihre Antwort auch so klang, als spräche sie zu einem kleinen Kind. „Blaues Blut ist nicht normal, nicht in diesem Land, nicht in dieser Welt. Oder hast du jemals von Menschen mit blauem Blut gehört? Wenn ein Fremder deine Verletzungen gesehen hätte, hätte es eine Menge unangenehmer Fragen gegeben!"

Nein, Emily war in der Tat noch nie jemandem mit blauem Blut begegnet. Umso merkwürdiger fand sie es, dass ausgerechnet ihre Familie welches hatte... und mal abgesehen davon… was meinte Judith eigentlich mit *nicht in dieser Welt*?

Da die neugierig Gewordene sich beim besten Willen keinen Reim darauf machen konnte, jedoch nicht wieder so von oben herab behandelt werden wollte, fragte sie jetzt lieber den Professor.

Der schüttelte zu ihrem Bedauern leider nur den Kopf. „Jetzt ist noch nicht die richtige Zeit für weitere Erklärungen", antwortete er abweisend. „Du wirst dich noch ein wenig gedulden müssen." Dann starrte er sie nachdenklich an, so, als überlege er, wie es nun weitergehen solle. „Ich möchte morgen ein Gespräch mit Patrick und Tamara führen", fuhr er schließlich fort. „Sage ihnen bitte, dass ich um sechzehn Uhr vorbeikomme."

„Sie kennen die beiden persönlich?" Emily war verblüfft. Gab es in ihrer Familie denn wirklich so viele Geheimnisse? Warum war er ihr zuhause noch nie begegnet?

„Natürlich kenne ich sie persönlich", grinste der Alte. „Ich habe dich ja schließlich zusammen mit meiner früheren Frau zu ihnen gebracht."

Emily verdrehte die Augen! Sie schämte sich in Grund und Boden, weil sie schon wieder eine überflüssige Frage gestellt hatte, und Judith sie nun bestimmt für einen Volltrottel hielt.

Zum Glück ignorierte ihre besserwisserische Schwester diese Peinlichkeit. Wahrscheinlich hatte sie ihr gar nicht richtig zugehört. Stattdessen trat sie plötzlich mit großer Ungeduld von einem Fuß auf den anderen. „Herr Proges", drängelte sie, „wir müssen weiter." Dabei deutete sie mit Nachdruck auf eine bronzefarbene, alte Uhr an der Wand.

Emily atmete erleichtert auf. Sie war froh darüber, ihren Großvater und ihre Schwester gleich wieder los zu sein. Die beiden haben sicher noch andere Termine, dachte sie still für sich und sollte damit sogar Recht behalten.

„Wir sind schon spät dran!", entschuldigte sich der Alte auf dem Weg zur Tür. „Wir müssen noch zu einer Auktion. Also: morgen um vier."

Es dauerte einen Moment, bis Emily begriffen hatte, dass ihre sonderlichen Verwandten tatsächlich gegangen waren. Dann kniff sie sich kräftig in den Arm. Hatte sie das alles nur geträumt?

Wie auch immer – die Sache würde sich ohnehin später aufklären, wenn sie wieder zu Hause war. Dann konnte sie Patrick und Tamara ja einfach fragen, ob sie den alten Kerl kannten.

Apropos… was hieß hier später? Wie viel Uhr war es denn jetzt eigentlich? Musste sie selbst nicht auch langsam mal aufbrechen? Ihre Adoptivmutter konnte ganz schön grantig werden, wenn sie nicht pünktlich zum Essen erschien. Außerdem wollte Tamara heute Truthahn kochen; eine ihrer Leibspeisen.

Zwölf Uhr dreißig! Sie musste sich beeilen. Mit schnellen Schritten verließ sie die Bibliothek. Sie lief hinaus auf die Straße; in den Regen, der zu allem Überfluss immer noch auf das Pflaster prasselte.

Beim Mittagessen brannte Emily darauf, ihren Adoptiveltern von der seltsamen Begegnung in der Bibliothek zu erzählen. Als sie den Namen *Prof. Dr. Proges* erwähnte, zuckten Patrick und Tamara unwillkürlich zusammen. Allem Anschein nach kannten sie ihn, schienen sich jedoch nicht sonderlich darüber zu freuen, dass Emily ihn getroffen hatte – ganz im Gegenteil!

Während die beiden mit sorgenvollen Blicken ihr Besteck sinken ließen, stieg die Spannung und es wurde still; beklemmend still.

„Nun ist die Zeit also gekommen…", begann Tamara mit brüchiger Stimme. Bekümmert legte sie die Stirn in Falten. Das tat sie immer, wenn eine Situation brenzlig wurde. Sie bedauerte sehr, dass sie unter diesen Umständen nicht länger schweigen konnte, so, wie all die Jahre zuvor. „Ich glaube… wir müssen dir einiges über deine Herkunft erzählen", gestand sie widerwillig, wobei sie auffordernd zu ihrem Mann hinüberschaute.

Patrick seufzte. „Deine Mutter und ich waren in derselben Klasse." Mühselig kramte er ein Taschentuch hervor, um sich ein paar Schweißperlen aus der Stirn zu wischen. Das hatte Emily noch nie gesehen! Normalerweise war er durch nichts – rein gar nichts – aus der Ruhe zu bringen. „Sie hieß Helena", fuhr er fort. „Sie hatte rabenschwarze Haare und spitz zulaufende Ohren wie du. Alle hielten sie für ein wenig ausgeflippt, weil sie ausschließlich violette Sachen trug und ihre Augen ständig hinter einer dunklen Sonnenbrille versteckte… Außerdem gab es da noch den Edelstein um ihren Hals, den sie niemals ablegte. Es war ein Amethyst."

Emily horchte auf. Sie erinnerte sich daran, dass Proges und Judith auch einen getragen hatten. Ob das in ihrer Familie so Sitte war?

„Nach der dreizehnten Klasse hab' ich sie dann leider aus den Augen verloren", unterbrach Patrick ihre Gedanken. „Ich hab' sie nie wieder gesehen." Er schwieg.

„Erzähle mir, wie ich zu euch gekommen bin", bat Emily ungeduldig. Sie wusste selbst nicht genau, warum sie nie danach gefragt hatte.

„Es war ein verregneter Freitag…" Patricks angestrengte Miene verriet, dass er darum bemüht war, sich die Einzelheiten wieder ins Gedächtnis zu rufen. „Ich war sechs-undzwanzig Jahre alt und schon etwas länger mit Tamara verheiratet, als plötzlich eine sonderliche, ältere Frau auftauchte, die uns unbedingt sprechen wollte. Sie stellte sich als Sybille van Gülden vor, hatte lange, hellgraue Haare…"

„… komische Augen und einen Stein um den Hals", mutmaßte Emily.

„Nein." Ihr Adoptivvater schüttelte den Kopf. „Ihre Augen waren völlig unauffällig, und einen Stein hat sie – soweit ich mich erinnern kann – auch nicht getragen."

„Oh!" Emily war etwas enttäuscht darüber, dass sie falsch gelegen hatte. Sie fragte sich, warum ihre Großmutter nicht zu den anderen passte, wollte Patrick mit dieser Sache je-doch nicht gleich wieder aus dem Konzept bringen.

„Nun", fasste der die Geschehnisse betont sachlich zusammen, „Sybille van Gülden be-hauptete, Helenas Mutter zu sein, und da ich mich freute, endlich mal wieder von ihr zu hören, bat ich sie herein. Zu meinem Bedauern verriet sie uns, dass Helena drei kleine Kinder bei ihr zurückgelassen hatte, bevor sie zusammen mit ihrem Mann spurlos ver-schwunden war."

Emily stutzte. Sie wusste nichts von einer weiteren Schwester. Vielleicht hatte er sich ja vertan. Wirklich zu dumm, dass Patrick nur kurz nach Luft schnappte, um gleich darauf weiter zu sprechen. So blieb ihr leider keine Zeit, diese Angelegenheit zu klären.

„Bei einer Tasse Kaffee klagte Sybille uns schließlich ihr ganzes Leid", fuhr er fort. „Sie erklärte uns, dass sie seit Helenas Verschwinden mehr oder weniger alleine mit euch Kindern fertig werden musste; dass Proges immer wieder geschäftlich verreiste und ihre Kraft langsam aber sicher zu Ende ging. Kein Wunder, sie war ja auch nicht mehr die Jüngste!" Er schmunzelte ein wenig. „Kurzum: sie suchte nach einer Adoptivfamilie – nach Ersatzeltern mit guten Nerven.

Ich weiß bis heute nicht, wie sie auf uns gekommen ist; …warum sie ausgerechnet das kleinste Kind abgeben wollte… Wahrscheinlich hat sie gedacht, dass kleine Kinder anpassungsfähiger seien, und eine Arztfamilie mit deinen Besonderheiten irgendwie zurechtkommen würde."

Er überlegte einen Moment. „Vielleicht hat sie aber auch einfach die alte Klassenliste herausgekramt und nach früheren Freunden gesucht! Wer weiß?" Unschlüssig zuckte er mit den Schultern.

Dann lächelte er versonnen. „Deine Mutter und ich waren natürlich nie ein Paar; eher gute Freunde. Wir gingen gerne ins Kino oder zum Bowlen. Später, in der zwölften Klasse, wurden wir beide zu Schülervertretern gewählt; sie zur Schulsprecherin, ich zu ihrem Vertreter."

Emily staunte. Damit hätte sie nie gerechnet, denn Patrick war vom Wesen her doch eher der schüchterne, unauffällige Typ; und ihre Mutter... mit den komischen Augen, den spitzen Ohren und der bleichen Haut...

Als Tamara ihr verdutztes Gesicht sah, musste sie trotz der angespannten Situation ein wenig grinsen. „Das hättest du ihnen nicht zugetraut, oder?"

„Nein, um ehrlich zu sein."

„Wie sah mein Vater denn aus?" Diese Frage war Emily gerade in den Sinn gekommen, als sie über die Eigenschaften ihres Adoptivvaters nachgedacht hatte.

Patrick schaute ratlos zu ihr hinüber. „Wir hatten lange keinen Kontakt mehr, deine Mutter und ich. Ich wusste ja nicht mal, dass sie einen Mann und Kinder hat."

Für einen Augenblick stockte das Gespräch. Schade! Er konnte also nichts über ihn sagen!

„Und... wie war meine Mutter so?" Als Emily den Faden wieder aufnahm, überschlug sich ihre Stimme fast. Sie wollte plötzlich alles, was sie jahrelang gar nicht interessiert hatte, so schnell wie möglich in Erfahrung bringen.

„Die meisten aus der Klasse fanden sie zunächst etwas unheimlich", antwortete Patrick, „vor allem wegen der dunklen Sonnenbrille. Sie ahnten ja nicht, dass sich darunter so ungewöhnliche, waldrebenfarbene Augen verbargen; auch ich wusste es nicht." Er machte eine kurze Denkpause, in der er die goldschattierte, violette Iris seiner Zuhörerin mit einem langen Blick bedachte. „In den ersten Jahren musste sie viel Spott über sich ergehen lassen. Doch das war ihr immer noch lieber, als mit der Wahrheit herauszurücken."

Emily schluckte. Sie musste an ihre eigene Lage denken, die ja auch nicht gerade einfach war.

„Mit zunehmendem Alter wurde es deutlich besser", fügte Patrick schnell hinzu. Es war ihm schon klar, dass er soeben ein heikles Thema angeschnitten hatte. „Irgendwann gaben dann selbst die übelsten Typen auf."

„Wie ist es denn dazu gekommen?", fragte Emily neugierig. Sie überlegte gerade, ob es eines Tages auch bei ihr endlich aufwärts gehen würde!

„Hm, ich glaube, die anderen erkannten mit der Zeit, dass sich hinter all ihren Eigenheiten ein guter Charakter verbarg", sagte Patrick.

„Wie meinst du das?"

„Nun ja, sie war im Grunde richtig nett. Sie lästerte nie über ihre Mitschüler; egal, was sie anhatten, egal, wie sie sich aufführten. Außerdem half sie immer, wenn jemand in Not war." Am Klang seiner Stimme merkte man, dass er sie richtig gern gehabt hatte. „Wenn sie ihre Meinung sagte, tat sie es so, dass sich niemand angegriffen oder verletzt fühlte; bis auf eine einzige Ausnahme." Jetzt kicherte er wie ein kleiner Schuljunge, der sich an eine witzige Situation erinnert.

„Erzähle schon", drängelte Emily.

„Nun, eines Tages, als sich einer der angesagtesten Kerle – wie schon so oft – auf dem Flur über eine Mitschülerin lustig machte, war es endlich mal so weit. Der umsichtigen Helena platzte der Kragen. Außer sich vor Wut hielt sie ihm einen Spiegel vors Gesicht. *Sieh dich nur an,* sagte sie. *Du bist ein hässlicher, pickeliger Gartenzwerg und kannst froh sein, wenn du überhaupt mal eine abbekommst.*" Jetzt musste er sogar lachen. „Glaube mir, der war danach ganz klein mit Hut."

Emily lachte nun auch. Sie war schon ein wenig stolz darauf, dass ihre Mutter so viel Mut aufgebracht hatte.

„Was waren ihre Hobbys? Welche Tiere mochte sie?"

Patrick überlegte kurz. Der Wissensdurst seines Gegenübers schien ja wirklich unersättlich zu sein. „Helena spielte Klavier; ziemlich gut sogar. Ab und zu gab sie kleine Konzerte. Das war wunderschön..." Gedankenversunken schloss er die Augen, so, als sähe er alles vor sich.

Sie konnte Klavier spielen? Emily staunte. Von dieser Begabung war bei ihr leider nichts zu spüren – ganz im Gegenteil! Sie hatte sich in der Vergangenheit konsequent geweigert, Instrumentalunterricht zu nehmen, obwohl Patrick und Tamara so oft versucht hatten, ihr das Musizieren schmackhaft zu machen.

„Helena war auch eine gute Reiterin", ergänzte Patrick, der diese brisante Angelegenheit eigentlich lieber ausgelassen hätte. „Ihre Eltern betrieben eine Vollblutzucht. Sie liebte Pferde über alles. In den Ferien nahm sie schon mal ein paar Freunde mit auf das Gut. Es lag mitten in unberührter Natur… Man musste eine halbe Ewigkeit mit dem Auto fahren, um dorthin zu gelangen."

Reiten! Das wäre auch was für Emily gewesen; doch hatte man es ihr ja nie erlaubt – wegen ihres Blutes! „Warum durfte meine Mutter denn reiten? War ihr Blut nicht auch… blau?" Bei diesen Fragen schaute sie Patrick provozierend in die Augen.

„Nun", gab dieser innerlich stöhnend zurück, „deine Mutter ritt ausschließlich auf dem Gut der Eltern. So konnte kein Fremder davon erfahren." Er fand es ziemlich anstrengend, immer wieder aufs Neue darüber diskutieren zu müssen.

Erschöpft hielt er inne, wobei er abwesend auf seine Hände starrte, die seit Beginn der Unterhaltung unruhig über die Tischplatte wanderten. Dann sagte er: „Als ich von ihrem Verschwinden hörte, bekam ich ein furchtbar schlechtes Gewissen. Ich machte mir Vorwürfe, weil ich die ganze Zeit über nicht einen Gedanken an sie verschwendet hatte. All die Jahre hatte ich mich nicht mehr bei ihr gemeldet, obwohl wir doch früher so gute Freunde gewesen waren."

An seinem Tonfall merkte Emily, dass er dieses unliebsame Gespräch nun endlich beenden wollte. Sie sah ein, dass er eine Verschnaufpause brauchte und verschob die noch offen gebliebenen Fragen bereitwillig auf später. Stattdessen berichtete sie weitere Einzelheiten von den Geschehnissen in der Bibliothek.

Während sie ausführlich von Proges geschickter Vorgehensweise, von dem Gestüt, von Judiths abweisender Haltung, von der Auktion und so weiter erzählte, wurde Patricks Blick allmählich leer; am Ende völlig ausdruckslos. Tamara nickte gelegentlich. Die Sache schien ihnen gehörig an die Nieren zu gehen; und als sie dann auch noch ankündigte, dass Proges morgen Nachmittag vorbeikommen würde, schaute sie in zwei bleiche, vor Schreck erstarrte Gesichter.

Sie begriff sofort, dass noch nicht alles gesagt war. Gleichzeitig ahnte sie schon, dass es nur noch schlimmer werden würde. Angsterfüllt hing sie an Patricks Lippen.

„Du musst wissen, dass wir dich nicht auf gewöhnliche Art adoptiert haben", gestand der mit gequälter Miene, nachdem er sich endlich dazu durchgerungen hatte, die ganze, erdrückende Wahrheit ans Licht zu bringen. Hilfe suchend schaute er zu Tamara. Seine Frau konnte doch jetzt auch mal was sagen! Sie tat es aber nicht. Mit gesenktem Kopf weigerte sie sich, ihm die Bürde der nächsten Sätze abzunehmen.

„Es gibt einen Vertrag zwischen deinem Großvater und uns…" Er stockte. Fahrig strich er sich durch die Haare. „Darin steht, dass wir für dich sorgen dürfen; allerdings nur bis zu deinem vierzehnten Lebensjahr…"

Alle Veränderungen, sogar die meistersehnten, haben ihre Melancholie. Denn was wir hinter uns lassen, ist ein Teil unserer selbst. Wir müssen einem Leben Lebewohl sagen, bevor wir in ein anderes eintreten können.

Anatole France

5. Abschied

Emily konnte nicht fassen, was sie da gerade gehört hatte. *Nur bis zu meinem vierzehnten Lebensjahr?!* Was sollte das denn heißen? Wollten ihre Adoptiveltern sie jetzt, wo sie vierzehn war, von heute auf morgen weggeben? Sollte sie etwa künftig bei Leuten wohnen, die ihr fremder waren als die Ureinwohner Australiens? Nein! Das würden Patrick und Tamara ihr doch nicht antun! Oder? Völlig aufgewühlt versuchte sie, Ordnung in ihre widersprüchlichen Gedanken zu bringen.

„Es ist schwer für uns alle", sagte Patrick langsam, während seine Beine unter dem Tisch nervös hin- und her wippten. „Doch bin ich mir ganz sicher, dass es dir schon bald gefallen wird, mit deinen richtigen Verwandten – deinem Großvater und deinen Schwestern – zusammen zu sein." Er gab sich wirklich große Mühe, seiner Stimme einen überzeugenden, festen Klang zu geben.

Vorsichtig schaute er zu Emily hinüber. Oh je! Das hatte er fast befürchtet! Ihre Augen begannen zu glühen, so, wie sie es immer taten, wenn ihr etwas gegen den Strich ging; und das hier ging ihr gewaltig gegen den Strich. Am liebsten wäre sie aufgesprungen, um alles rundherum kurz und klein zu schlagen. Was redete ihr Adoptivvater denn da für einen Blödsinn? Niemals würde sie – Emily – diesen komischen alten Kauz als Großvater anerkennen! Außerdem würde sie sich auch niemals mit Judith vertragen, so unfreundlich wie ihre Schwester sie behandelt hatte…
Moment!

„Ich habe wirklich zwei Schwestern?" platzte sie jetzt heraus. Eigentlich hatte sie das vorhin doch schon klären wollen. „Wie soll die andere denn heißen?"
„Nun, du hast tatsächlich zwei Schwestern", wiederholte Patrick bereitwillig. „Judith, die du bereits kennst, und Theresa; sie dürfte jetzt schon fast erwachsen sein."
Theresa! Hoffentlich war die wenigstens netter als Judith.

„Emily!" Tamara riss sie mit eindringlicher, aber sanfter Stimme aus ihren Überlegungen. „Du musst uns glauben. Dieser Abschied ist auch für uns entsetzlich. Immerhin verlieren wir eine über all die Jahre liebgewonnene Tochter." Ihre Augen glitzerten verdächtig. „Bedauerlicherweise können wir nicht ewig leugnen, dass du anders bist als wir. Bei uns konntest du deine wahre Persönlichkeit nie entfalten. Das muss sich jetzt ändern." Sie schwieg mit gesenktem Kopf, wobei ihr eine Haarsträhne über die Augen fiel. „Es tut uns wirklich leid, dass wir nicht früher mit dir darüber geredet haben. Wir haben es immer verdrängt und gehofft, dass deine Familie den Vertrag vielleicht vergisst."

Es war also genau so, wie Emily im ersten Moment vermutet hatte. Ihre Adoptiveltern würden sie bei Proges abgeben, wie sie auch Pakete ungefragt am Postschalter abgaben, um sie in fremde Länder zu verschicken. Mit einem Unterschied: Für sie – Emily – würde dabei noch nicht mal Porto fällig.

Ohne die beiden eines weiteren Blickes zu würdigen lief sie die Treppe nach oben – blind vor Tränen und unendlich enttäuscht. Sie wunderte sich, dass sie den Weg zu ihrem Zimmer überhaupt fand. Wutentbrannt knallte sie die Tür hinter sich zu, bevor sie sich kraftlos aufs Bett fallen ließ.

Dann schluchzte sie hemmungslos in ihre Kissen, still darauf hoffend, dass einer kommen würde, um sie zu trösten; doch niemand kam. Wahrscheinlich dachten ihre Adoptiveltern, dass es besser wäre, sie jetzt in Ruhe zu lassen. Sie wollten ja immer nur das Beste. Pah! Emily rief ihnen stumme Verwünschungen zu; ihren Möchtegerneltern, die sich wie Verräter benahmen und sie schon bald im Stich lassen würden, …die sich jahrelang um sie gekümmert hatten, …für die sie wie eine Tochter gewesen war… g*ewesen*. Bei diesem Wort krümmte sie sich vor Schmerzen. Ja. Sie war ganz sicher die längste Zeit ihre Tochter *gewesen*!

Als keine Tränen mehr kamen, fühlte Emily sich total erschöpft; krank irgendwie. Hatte sie Fieber? Sie war so heiß und schlapp.

Ihr Blick, der nun nicht mehr von warmen, feuchten Schleiern getrübt wurde, fiel auf den Nachttisch direkt neben dem Bett. Dort standen ein Wecker, die rote Leselampe und ihr Porzellanelefant, den sie von einem Indienurlaub mitgebracht hatte; um ihn herum jede Menge Krimskrams von all den anderen Orten, die sie in den letzten Jahren gemeinsam mit Patrick und Tamara besucht hatte.

Während sie das bunte Sammelsurium eingehend betrachtete, blieb ihre Aufmerksamkeit plötzlich an einem Bild hängen – genauer gesagt an einer Fotografie, die sie zusammen mit ihren Adoptiveltern zeigte. Emily hockte am Strand, irgendwo auf Mallorca, ein strahlendes Lächeln im Gesicht. Links und rechts von ihr sah man diese treulosen Gestalten; ebenfalls lächelnd. Sie hatten die Arme um ihre Schultern gelegt.

Emily fand das Bild widerlich. Sie wollte es nicht sehen; konnte sich nicht sehen, so glücklich und lachend. Wenn sie damals schon gewusst hätte, dass diese freundlichen Erwachsenen sie eines Tages so enttäuschen würden…

Mit einer schnellen Bewegung nahm sie den silbernen Holzrahmen vom Nachttisch, zog das Foto hinter dem Glas hervor und zerriss es. Sie zerriss es in unzählige winzige Stücke, öffnete ihr Zimmerfenster und warf die Schnipsel hinaus. Ein paar von ihnen landeten in der Regenrinne; die anderen wurden mit dem Wind davongetragen. Hoffentlich fliegen sie weit weg; so weit, dass sie nie mehr gefunden werden, dachte sie bitter.

In ihrer Raserei beschloss sie, sich auf der Stelle mit dem Auszug abzufinden. Etwas anderes blieb ihr im Grunde auch gar nicht übrig. Sie konnte auf gar keinen Fall bei Patrick und Tamara bleiben, nachdem die beiden sie jahrelang aufs Schändlichste betrogen hatten.

Unschlüssig betrachtete sie den leeren Rahmen. Ob sie ihn ebenfalls zerstören sollte? Nein. Lieber nicht. Vielleicht konnte sie ihn ja später – in ihrem neuen Leben – nochmal brauchen. Etwas übereifrig zog sie ihre blaue Reisetasche unter dem Bett hervor und packte ihn ein.

Dann ging sie zum Schrank. Sie riss wahllos irgendwelche Kleidungsstücke heraus, die sie anschließend lieblos dazu warf: Schlafanzüge, Pullover, T-Shirts, Socken, Jeans… Wütend fragte sie sich, wo man sie wohl hinbringen würde. Sie traute Proges durchaus zu, dass er mitsamt seinen Pferden in der Eiswüste oder im sengend heißen Death Valley hauste. Atemlos hielt sie inne.

Unter diesen Umständen erschien es ihr nun doch sinnvoller, genauer über den Inhalt der Tasche nachzudenken. Also räumte sie einige der unüberlegt ergriffenen Sachen wieder zurück, um dafür andere, sogfältig ausgewählte einzupacken. Als sie fertig war, hatte sie sowohl Wintermäntel, Hand- und Schneeschuhe, Wollpullover als auch leichte Sommerkleider für Höchsttemperaturen, Flip Flops, Röckchen und Bikinis dabei; für jedes Klima etwas.

Wenn sie schon ausziehen musste, dann am besten so schnell wie möglich und ohne viel Trara. Schlimmer konnte es nun wirklich nicht mehr werden. So, wie Patrick und Tamara sich benahmen, gab es offensichtlich keinen einzigen, vernünftigen Grund, länger als nötig in diesem Irrenhaus zu bleiben. Ihrem Großvater war sie wenigstens nicht egal! Immerhin wollte er sie bei sich haben. Ihre Adoptiveltern dagegen taten nichts – rein gar nichts – um sie zu behalten. Sie ließen alles einfach geschehen!

Eilig raffte sie ihren Schmuck zusammen: Silberanhänger, Ohrringe, Arm- und Fußkettchen. In einer Schatulle verpackt fanden auch sie gerade noch Platz in ihrer überfüllten Tasche. Aus der Abstellkammer gleich nebenan schleppte sie weitere Koffer und Rucksäcke herbei. Wie ein Wirbelwind lief sie durchs Zimmer, um alles einzusammeln, was ihr sonst noch am Herzen lag: Bettbezüge, Bücher, Stifte, einen Block, Schminke und, und, und… Am Ende hatte sie fast alles, was nicht niet- und nagelfest war, in einem Dutzend Taschen und Koffer verstaut. Mitten im Zimmer türmte sich ihr Besitz zu einem gewaltigen, völlig unstrukturierten Berg auf.

Emily dachte nach. Was sollte sie denn nur mit ihrem süßen, kleinen Chinchilla machen? Sollte sie es hier, in seiner gewohnten Umgebung lassen? Nach kurzem Zögern hievte sie den geräumigen Käfig mitsamt Futter und Streu dann aber doch noch auf die Spitze des Taschenmassivs. Wenn sie schon auszog, sollte ihr kleiner Liebling mitnichten im Verräterhaus bleiben!

Mit hochrotem Kopf schaute sie sich um, wobei ihr Blick erneut auf den kleinen Nachttisch fiel. Dort stand jetzt nur noch der Wecker; ein Geschenk von Tamara. Emily legte nicht den geringsten Wert darauf, ihn mitzunehmen. Seine Zeiger führten ihr jedoch vor Augen, dass diese Räumungsaktion ganze vier Stunden gedauert hatte und es nun an der Zeit war, schlafen zu gehen. Sie hatte sich vorgenommen, heute etwas früher Schluss zu machen, damit sie morgen bei Sonnenaufgang, wenn ihre „Ernährer" noch in den Federn lagen, heimlich durchs Haus streifen konnte, um nachzusehen, ob irgendwo noch etwas Wichtiges herumlag.

Nachdem sie Chilli gefüttert hatte, machte sie sich bettfertig. Sie versuchte, möglichst schnell einzuschlafen, was ihr aber nicht so recht gelingen wollte. Ihre Gedanken gaben einfach keine Ruhe. Außerdem begann ihr Magen zu knurren. Er erinnerte sie unmissverständlich daran, dass sie seit einer halben Ewigkeit nichts mehr gegessen hatte.

Genervt öffnete sie die unterste Schublade ihres Nachttisches, in der sie für gewöhnlich eine eiserne Reserve an Lebensmitteln verwahrte: eine Packung Käsestangen, Paprikachips, verschiedene Sorten Bonbons und eine halbe Flasche Cola – nicht das, was Patrick und Tamara unter einem vernünftigen Abendessen verstanden! Emily grinste bei diesem Gedanken. Sie war sich nicht mal sicher, ob die beiden den Inhalt dieser Schublade kannten. Nur eins war sicher: Sie hätten nicht gewollt, dass ihre Tochter so viele ungesunde Sachen in sich hineinstopfte; nur, um sie nicht sehen zu müssen.

Am nächsten Morgen wurde sie von einem leisen Klingeln aus dem Schlaf gerissen. Da sie den Wecker nach ihrem kleinen Imbiss vorsichtshalber unter das dicke Daunenkissen geschoben hatte, konnte ihn sonst niemand hören.

Noch ein wenig müde schlug sie die Augen auf. Sie bemerkte sofort, dass jemand im Raum gewesen war. Ihre Taschen und Koffer lagen jetzt nicht mehr so chaotisch herum wie gestern Abend noch. Sie standen an der Wand, ordentlich aufeinander geschichtet. Tamara, dachte sie gleich. Na, wenigstens hatte sie die ganzen Sachen nicht wieder ausgeräumt!

Auf Zehenspitzen schlich sie am Elternschlafzimmer vorbei. Dann streifte sie in aller Seelenruhe durchs Haus; fand aber nichts, was ihr wirklich von Bedeutung gewesen wäre. Am Ende ließ sie den Blick noch einmal durch die menschenleeren Räume gleiten. Hier hatte sie sich all die Jahre zuhause gefühlt! Emily merkte, wie ihr erneut Tränen in die Augen stiegen. Ohne einen Laut von sich zu geben, kehrte sie in die obere Etage zurück; in ihr Zimmer, wo sie sich wehmütig aufs Bett setzte.

Sie fragte sich, wie ihr neues wohl aussehen würde. Würde sie wieder so ein schönes für sich alleine haben oder würde sie es sich vielleicht sogar mit ihren Schwestern teilen müssen. Hoffentlich nicht mit Judith, dachte sie, während sie sich fahrig durchs Gesicht wischte.

Auf ihrer Fensterbank standen Orchideen – wunderschöne Exemplare, sowohl weiße als auch violette. Sie beschloss, diese Pflanzen auch noch mitzunehmen; nur für den Fall, dass ihr künftiges Heim trist war und etwas Farbe brauchen konnte.

Anschließend betrachtete sie die hohe Mauer aus Gepäck. Sie lächelte gequält. Ja, sie war bereit für den Umzug.

Die restlichen Stunden bis zu ihrem Auszug schienen sich endlos hinzuziehen.

Emily versuchte, ihren Adoptiveltern aus dem Weg zu gehen – was fast unmöglich war! Im Gegensatz zum Vorabend klebte heute immer einer von ihnen an ihren Fersen. Fortwährend versuchten sie, sich für ihr unmögliches Verhalten zu entschuldigen.

Als es Emily zu bunt wurde, schloss sie sich in ihrem Zimmer ein. Das hatte sie noch nie getan! Es schien, wie sie schnell feststellen musste, auch keinen Nutzen zu bringen, da die beiden von nun an unermüdlich an der Klinke rüttelten und sie baten, doch endlich nach draußen zu kommen. In seiner Verzweiflung drohte ihr Adoptivvater sogar, das Schloss aufzubrechen! Natürlich tat er es nicht. Stattdessen sah auch er irgendwann ein, dass seine Bemühungen sinnlos waren.

„Emily", rief Tamara abschließend noch durch die Türe, „ich weiß, dass du sehr enttäuscht bist. Glaube mir, wenn wir die Dinge ändern könnten, würden wir es tun! Komm doch nachher, wenn Proges da ist, wenigstens zum Kaffee runter! Ich backe einen Zitronenkuchen!"

Sie wollte sich gerade abwenden, als Emily ganz gegen ihren Willen herausplatzte: „Zitronenkuchen? Das ist doch mein Lieblingskuchen. Warum machst du ihn für diesen alten Kerl?"

„Ich mache ihn für dich!", antwortete Tamara leise.

Ein deutlich hörbares Zittern in ihrer Stimme verriet, dass sie zu weinen anfing, weshalb Emily die Tür jetzt doch einen Spalt breit öffnete. Als sie in das tränennasse Gesicht ihrer Adoptivmutter blickte, bekam sie Mitleid. Gleichzeitig ärgerte sie sich, weil sie es nicht ertragen konnte, Tamara so zu sehen – nicht einmal jetzt, wo sie allen Grund hatte, sie zu hassen! Mit langsamen Schritten trat sie in den Flur, um sie vorsichtig in die Arme zu nehmen. „Ich könnte dir ja beim Backen helfen!", hörte sie sich sagen.

Dann ging sie mit ihr die Treppe hinunter zur Küche, wobei der Vorsatz, diese elende Heuchlerin an ihrer Seite nur noch wie Luft zu behandeln, immer weiter dahin schmolz. Hand in Hand bereiteten die beiden den Teig vor, so, wie sie es schon viele Male getan hatten.

„Pass gut auf den Kuchen auf!", bat Tamara, als sie ihn in den Ofen geschoben hatte. „Ich bin gleich wieder da!"

Sicher will sie Patrick erzählen, dass ich mich mit der Situation abgefunden habe, dachte Emily ein wenig amüsiert. Wenn sie wüsste, was wirklich in mir vorgeht…

Etwa gegen halb vier, stellte sich statt der Enttäuschung und der Wut, die sie gerade durchlebt hatte, eine unangenehme, nie gekannte Unruhe ein. Emilys Herz begann, immer schneller zu schlagen.

Was würde jetzt gleich wohl auf sie zukommen? Konnte man sich mit vierzehn denn überhaupt so ohne weiteres von einem Leben in ein neues stürzen? Würde man nicht mit ziemlicher Sicherheit einen psychischen Schaden davontragen? Sie hatte den Eindruck, dass der Boden unter ihren Füßen nicht mehr sicher war, weshalb sie sich vorsichtshalber an der Wand festhielt.

Beim ersten Klingeln wankte sie mit weichen Knien von der Küche in den Flur. Wie in Trance öffnete sie die Tür, um überrascht festzustellen, dass Proges nicht allein gekommen war. Hinter ihm standen ihre Schwestern. Judith kannte sie ja schon.

Die junge Dame neben ihr war sicher Theresa. Nur undeutlich nahm Emily wahr, dass sie eine etwas kräftigere Figur hatte. Sie schien zu lächeln. Ihre rabenschwarzen Haare waren in schulterlange Stufen geschnitten, so, dass sie die kleinen Anhänger an ihren Ohren hervor blitzen ließen. Um den Hals trug sie einen Edelstein. Das hatte Emily auch nicht anders erwartet. Dieser hier glänzte heidelbeerblau; genau wie ihre Augen, mit denen sie ihr Gegenüber freundlich ansah. Sie schien eindeutig netter zu sein als Judith.

„Hallo, Emily", grüßte Proges lächelnd. „Darf ich vorstellen? Deine Schwester Theresa."

„Freut mich, dich kennenzulernen", erwiderte Emily höflich, bevor sie die Besucher in die Küche brachte.

Da Proges die Beiden nicht angekündigt hatte, war nur für vier Personen eingedeckt.

„Oh, Überraschungsgäste", bemerkte Tamara ein wenig verlegen, während sie versuchte, diese peinliche Angelegenheit mit einem breiten Grinsen zu überspielen. „Augenblick, ich hole noch zwei Teller…"

„Bemühen Sie sich nicht", wurde ihr Engagement von der Älteren gleich wieder gestoppt, „Das ist Emilys Tag. Judith und ich wollen nicht stören. Wir sind nur zum Schleppen gekommen."

„Zum Schleppen?", fragte die aufgeregte Gastgeberin irritiert.

„Natürlich, zum Taschen- und Kofferschleppen", erklärte Judith stöhnend. Es war nicht zu überhören, dass sie in Wirklichkeit gar keine Lust hatte, beim Umzug zu helfen. Sicher hatte Proges sie ohne ihre Einwilligung dazu verdonnert.

„Oh, äh… Na dann…" Judith hatte Tamara mit ihrer unfreundlichen Art vollkommen aus der Fassung gebracht. „Möchtet ihr nicht doch zuerst noch etwas essen?", fragte sie, sobald sie ihre Gedanken wieder geordnet hatte. „Es ist genug für alle da!"

Doch die beiden waren auf dem Weg nach oben bereits an ihr vorbei gelaufen.

Emily eilte ihnen hinterher. Sie wollte nicht, dass ihre Schwestern ohne ihr Beisein in ihren Sachen herumschnüffelten.

„Wir kriegen bestimmt nicht alles in den Kofferraum", gab sie zu bedenken, als sie oben angekommen waren.

„Keine Sorge", erwiderte Theresa zuversichtlich. „Wir haben zwei Autos dabei. Außerdem hat Proges darauf bestanden, dass wir die großen Anhänger mitnehmen. So viel wird es schon nicht sein…" Sie verstummte abrupt, als Emily die Zimmertür öffnete und damit den Blick auf ihre unzähligen Habseligkeiten freigab. „Wow!", war das erste, was sie herausbrachte. „Es wird wohl doch etwas knapp werden. Da müssen wir schon mit Verstand packen."

Judith fuhr sich leise fluchend durch die Haare. Es schien sie zu ärgern, dass Emily solche Unmengen zusammengesucht hatte.

„Nun… das hier ist mein Zimmer", erklärte die Jüngste etwas unbeholfen, um trotz aller Anspannung ein Gespräch in Gang zu bringen.

„Zimmer?" Judith betrachtete den Raum abfällig. „Das ist bestenfalls eine Abstellkam…" Sie kam nicht weiter.

„Hör auf", unterbrach Theresa sie schroff. „Du musst nicht immer alles, was anders ist, schlecht machen. Das hier ist ein sehr schönes Zimmer."

Die Zurechtgewiesene schwieg.

„Nicht jede Familie kann ihren Kindern gleich eine ganze Etage zur Verfügung stellen!" Theresas Augen funkelten jetzt so, wie die von Emily es auch taten, wenn sie wütend war.

„Lasst uns doch einfach anfangen", schlug Emily vor. Obwohl sie Judith die verdiente Rüge gönnte, wollte sie die Situation doch lieber wieder entschärfen, was ihr mit diesem Einwand tatsächlich auch gelang.

Ohne ein weiteres Wort griff Theresa nach dem erstbesten Gepäckstück. Sie schien ganz froh darüber zu sein, die Sache zum jetzigen Zeitpunkt nicht weiter vertiefen zu müssen.

„Es wird sicher etwas länger dauern, bis wir alles verstaut haben", antwortete sie nun wieder in neutralem Tonfall, wobei sie den Käfig in ihrer Hand genauer betrachtete. „Dein Haustier ist wirklich niedlich!"

„Sie heißt Chilli", erklärte Emily. „Sicher hat sie Angst. Sei also bitte vorsichtig, wenn du sie einlädst."

Der Duft des Kuchens zog durch den Flur.

„Emily", bestimmte die älteste der Schwestern, nachdem sie es bemerkt hatte, „heute ist dein großer Tag. Geh zu Patrick und Tamara. Sie wollen sicher, dass du ihnen beim Kaffeetrinken ein letztes Mal Gesellschaft leistest. Das hier schaffen wir schon allein!"

Widerstrebend willigte Emily ein. Sie wusste, dass Theresa Recht hatte; und wenn sie ehrlich war, musste sie zugeben, dass sie selbst auch gerne noch etwas Zeit mit ihren Adoptiveltern verbringen wollte.

Mit gemischten Gefühlen lief sie nach unten. Sie setzte sich zu den Erwachsenen, die bereits mit dem Essen begonnen hatten, und ließ sich ein dickes Stück des köstlichen Gebäcks auf den Teller schaufeln.

Als Gott am sechsten Schöpfungstag alles ansah, was er gemacht hatte, war zwar alles gut, aber dafür war auch die Familie noch nicht da.

Kurt Tucholsky

6. Eine neue Familie

Nachdem der silberne Porsche des Professors und die beiden Anhänger voll beladen waren, verstaute Theresa die letzte Reisetasche im Kofferraum ihres weißen Cabrios. Was für ein Wunder! Die Klappe ging gerade noch zu.

„Du hast wohl nur das Nötigste eingepackt!"

Judith sah Emily, die soeben mit dem Essen fertig geworden und nach draußen gekommen war, grinsend an. In ihrer Stimme lag schon wieder die für sie typische, missfällige Ironie. Mal abgesehen von ihrem Tonfall fand Emily diese Bemerkung jedoch auch inhaltlich ziemlich unpassend. Wollte Judith denn gar nicht verstehen, dass man in ihrer Lage so viel wie möglich mitnehmen musste? Warum hackte sie nur andauernd auf ihr herum – selbst jetzt, wo der Abschied nahte, ...wo schon genug dunkle Schatten auf ihr lasteten? Wahrscheinlich war es das Beste, wenn sie diese ärgerliche Stichelei einfach überhörte.

„Natürlich", gab sie mit einem aufgesetzten, breiten Strahlen zurück, „ich bin ziemlich anspruchslos."

Erstaunt über ihre eigenen, so locker daher geplapperten Worte, hielt sie kurz inne. Hatten sich ihre – Emilys – Mundwinkel tatsächlich gerade nach oben gezogen? Hatte sie tatsächlich gerade gelacht, obwohl sie heute ein neues Leben anfangen sollte? ...obwohl sie heute die Leute, die all die Jahre für sie gesorgt hatten, verlassen musste?

Wenn sie genau in sich hinein hörte, bemerkte sie, dass der heitere Ausdruck, den sie sich vor ein paar Sekunden noch gewaltsam ins Gesicht gezwungen hatte, ganz entgegen jeder Vernunft sogar ein wenig Wahrheit in sich trug. Neben Trauer, Enttäuschung, Angst und Wut schien auch eine völlig undefinierbare Art der Freude in ihr zu schlummern. Oder war es eher Neugier? ...unbedarfte, kindliche Neugier?

Vielleicht lag es ja an Theresa, die Emily gleich beim ersten Anblick ins Herz geschlossen hatte. Sie vermittelte ihr den Eindruck, in der neuen Familie willkommen zu sein – ganz im Gegensatz zu Judith, die bekanntlich jede Gelegenheit dazu nutzte, ihrem Unmut über den lästigen Familienzuwachs Luft zu machen.

Umso merkwürdiger war es, dass Emily sich selbst mit ihrer Peinigerin auf unerklärliche, magische Weise verbunden fühlte, ob sie nun wollte oder nicht. Vermutlich gehörte die ewig Grantige zu den bedauernswerten Wesen, die ihre empfindlichen Seelen hinter einer abstoßenden Maske verbargen. Ja, Emily war sich sogar fast sicher, dass diese eingebildete Schnepfe sie nicht hasste, sondern nur etwas Zeit brauchte, um sich an sie zu gewöhnen. Sie waren schließlich Schwestern. Durch ihre Adern floss das gleiche Blut!

Nachdenklich betrachtete sie die vollgestopften Autos. Wie ihr neues Zuhause wohl aussehen würde? Welche Schule sie besuchen würde? Ob ihre Großmutter Sybille noch lebte...?

Als die Drei sich endlich auf den Weg ins Haus machten, um dem Professor mitzuteilen, dass sie fertig waren, hielt Emily es nicht mehr aus.

„Wo wohnt ihr denn eigentlich?" Während sie ihre Schritte verlangsamte, sah sie Theresa erwartungsvoll an. Wenn sie auf diese Frage eine vernünftige Antwort bekommen würde, dann wohl am ehesten von ihr.

„Ein endloses Stück südlich von hier, mitten im Wald, in einer alten, sorgfältig renovierten Villa", verriet die große Schwester bereitwillig.

Emily fiel ein Stein vom Herzen! Der Professor lebte also doch nicht im Death Valley oder im ewigen Eis! Er besaß einen Landsitz im Grünen. Das fand sie gar nicht so schlecht! Mit etwas Glück konnte sie vom Fenster aus vielleicht sogar Hasen, Rehe oder Eichhörnchen beobachten.

„Wie sieht mein Zimmer aus?" Nachdem sie die Haustür aufgeschlossen hatte, starrte sie gleich wieder auf Theresas Lippen.

„Dein Zimmer? Du meinst wohl deine Zimmer!", warf Judith spöttisch ein.

Emily zog eine Grimasse. Wie sollte sie das auf Dauer nur aushalten? Sobald diese widerliche Krähe den Mund aufmachte, spuckte sie ihr auch schon vor die Füße. Zum Teufel mit ihr!

Theresa gab sich alle Mühe, die Situation zu retten, indem sie mit einem aufmunternden Lächeln bestätigte, was Emily still für sich längst gehofft hatte: „Deine Etage ist sehr schön; ganz neu in Stand gesetzt. Sie wird dir sicher gefallen."

„Wirklich?" Emilys Ärger verschwand so schnell, wie er gekommen war. Das war ja nicht zu fassen! Sie würde tatsächlich ein ganzes Stockwerk für sich alleine haben!

Da Theresa nicht wollte, dass Judith mithörte, beugte sie den Kopf ein wenig zu ihr hinüber. „Die Arme macht dir das Leben wirklich schwer", flüsterte sie, „aber glaube mir, du wirst nirgendwo eine Schwester finden, die fürsorglicher ist. Sie hat glattes Buchenparkett auf die alten Dielen legen lassen – aus Angst, du könntest über die verzogenen, rissigen Bretter stolpern! Also… urteile nicht falsch über sie!"

Schweigend traten sie ein, um quer durch den Flur über das Marmormosaik in Richtung Küche zu laufen. Emily beschloss, sich noch schnell nach ihrer neuen Schule zu erkundigen, bevor sie mit den Erwachsenen zusammentreffen und andere Dinge in den Vordergrund rücken würden. Zu ihrer Verwunderung bekam sie jedoch erst mal keine Antwort. Was war nur los? Wussten ihre Schwestern nichts darüber? …oder wollten sie es aus irgendeinem Grund nicht sagen?
Emily wartete. Die Stille wurde unangenehm; so peinlich, dass Judith die Katze dann lieber doch noch aus dem Sack ließ.

„Du wirst zu Hause unterrichtet!", verkündete sie knapp, in einem Ton, der keine Widerrede duldete.
„Was?" Emily glaubte, sich verhört zu haben. Vollkommen perplex hakte sie nach: „Ich werde zu Hause unterrichtet? Und von wem bitte sehr?"

Natürlich hatte sie schon davon gehört, dass reiche Familien Privatlehrer einstellten; doch auch, wenn man so sicher besser lernte als in einem Raum mit dreißig Jugendlichen oder mehr, wo es meistens laut zuging und die Lehrer nicht ausreichend durchgriffen – Spaß machte das bestimmt nicht!
Verstört harrte sie auf weitere Details, bis Theresa nach einer Weile widerstrebend das Wort ergriff, und Emily erkannte, dass die Sachlage all ihre Befürchtungen bei Weitem übertraf.

„Du wirst von Judith und mir unterrichtet."

Oh Gott! Diese Worte trafen sie mit der Wucht einer Kanonenkugel. Sie sollte von ihren eigenen Schwestern unterrichtet werden? Im ersten Moment dachte sie, es handele sich um einen Scherz. …keinen besonders guten. Klar! Aber…
Emily konnte ihr Entsetzen nicht verbergen. Mit weit aufgerissenen Augen und bleichen Wangen drängte sie Theresa, diese Entscheidung genauer zu erklären – leider vergebens. So, wie es aussah, hatte sie die große Schwester mit ihrer Reaktion gründlich verärgert.

In der Küche angekommen saßen die Erwachsenen immer noch am Tisch, vertieft in eine angeregte Unterhaltung, die augenblicklich abriss, als die Jugendlichen erschienen.

„Ihr seid fertig!" rief der Professor schmunzelnd. „...und ich dachte schon, wir müssten hier übernachten!"

Dann wurde es ganz ruhig. Eine unangenehme Spannung floss durch den Raum. Sie machte das Atmen zunehmend schwerer.

„Wir haben mit Proges über deine Zukunft gesprochen", murmelte Emilys Adoptivvater etwas später leise in die Stille, wobei er sich nach Kräften darum bemühte, unbesorgt zu klingen. „Wir sind uns sicher, dass es dir in deinem neuen Zuhause gefallen wird."

Von diesen wenigen Worten völlig erschöpft verstummte er gleich wieder. Sie wussten alle, dass es nun an der Zeit war, Lebewohl zu sagen…

Emily kam sich in dieser Situation furchtbar hilflos vor. Tränen drängten sich erneut in ihre Augen. Patrick und Tamara waren ihr in den vielen Jahren doch fester ans Herz gewachsen, als sie zugeben wollte, sodass es schon weh tat, nicht zu wissen, wann sie diese vertrauten Gesichter das nächste Mal sehen würde.

Mit bleiernen Beinen ging sie auf Tamara zu. „Ich hab' dich lieb", flüsterte sie kaum hörbar, während sie ihre Adoptivmutter fest an sich drückte.

„Ich dich noch viel mehr, Emily", gab Tamara genauso leise zurück. Sie weinte jetzt auch. „Es tut mir leid, dass wir es dir nicht längst gesagt haben… Glaube mir, es fällt uns unendlich schwer, dich zu deiner richtigen Familie zurückkehren zu lassen."

Emily nickte tapfer. Nach allem, was sie in den letzten Stunden durchgemacht hatte, hätte sie nicht gedacht, dass dieser Abschied so schwer sein würde. War es nicht gestern Abend noch ihr größter Wunsch gewesen, so schnell wie möglich von hier zu verschwinden?

Unsicher sah sie zu Patrick hinüber. Seitdem er ihr gesagt hatte, dass sie zu Proges ziehen musste, war sie besonders fies zu ihm gewesen. Ob er ihr noch böse war? Emily wusste, dass er seine Gefühle sehr gut hinter einer aufgesetzten Gleichgültigkeit verbergen konnte. Deshalb gab sie sich einen Ruck, machte einen beherzten Schritt auf ihn zu und umarmte auch ihn.

„Dich habe ich auch sehr lieb", sagte sie, worauf seine Augen tatsächlich zu glitzern begannen. „Was ich in meiner Wut gesagt habe, war nicht so gemeint!"

Patrick kämpfte für einen Augenblick mit den Tränen; dann besiegte er sie, sodass Emily – trotz der großen Trauer – innerlich ein wenig grinsen musste. Wie oft hatte sie gerätselt, was ihren ruhigen, aber starken, väterlichen Freund zum Weinen bringen würde! Jetzt hatte sie es herausgefunden! Nur mit Mühe und Not ließ er sich zu einem leisen *Wir werden dich vermissen herab*, was jedoch in diesem Zusammenhang eindeutig nach einem *Ich liebe dich auch* klang.

Emily vermutete, dass Judith solche Verabschiedungen kindisch und überflüssig fand; doch hielt die im Augenblick überraschenderweise mal den Mund. Wenn sie nicht alles täuschte, war sogar ein winzig kleiner Hauch von Anteilnahme in ihren wunderschönen, ebenholzfarbenen Augen zu erkennen.

Als nichts mehr zu sagen war, begleitete Patrick seine Adoptivtochter zu Theresas Cabrio. Er wartete geduldig, bis sie auf dem Beifahrersitz Platz genommen hatte. Dann drehte er sich langsam um. Mit gesenktem Kopf lief er am Rosenbeet vorbei zur Eingangstreppe, wo Tamara bereits auf ihn wartete.

Emily warf einen letzten Blick auf ihr altes Heim. Es war so schön; …ein gemütliches, weißes Haus mit braunem Dach, zwei Garagen und einem kleinen Garten. Vor der Haustür standen ihre Lieben... Langsam aber sicher bekam sie Panik. Ihr Hals schnürte sich zusammen. Fast gleichzeitig tauchte in der Magengegend ein unangenehmes, flaues Gefühl auf. Sollte sie nicht doch lieber aussteigen und zurücklaufen… in ihr behütetes, unkompliziertes Leben? Noch war es nicht zu spät!

Voller Entsetzen musste sie jedoch feststellen, dass es ihr nicht möglich war, sich zu rühren! Ihre Arme und Beine gehorchten einfach nicht!

Allein aus diesem Grunde saß sie schließlich doch noch da, als ihre Schwester den Motor anließ und ordentlich Gas gab. Judith und Proges folgten im Porsche des Professors. Glücklicherweise entspannten sich ihre Gliedmaßen schnell wieder, sodass sie jetzt wenigsten winken konnte, bis ihre langjährigen, herzensguten Betreuer nur noch als kleine Punkte am Horizont zu sehen waren.

An der nächsten Straßenecke sackte sie völlig erschöpft in sich zusammen. Die Vorfreude, die sie irgendwann einmal verspürt hatte, war wie weggeblasen. Ihr ganzes Leben würde sich nun ändern. Aber wie? Genau genommen hatte sie bisher doch nur sehr wenig darüber herausfinden können.

In diesen Gedanken versunken merkte sie gar nicht, wie schnell die Häuser ihres Heimat-örtchens im Rückspiegel verschwanden. Erst als auch die Nachbardörfer und die ihr ver-traute Großstadt in der Nähe längst außer Sichtweite waren, kam sie wieder zu sich.

Beklommen schaute sie durchs Fenster nach draußen. Allem Anschein nach befanden sie sich bereits im tiefsten Hinterland; inmitten unberührter Wiesen und Felder. Emily kannte sich nicht mehr aus. Sie fand es komisch, dass keine Ansiedlung mehr zu sehen war – nicht mal ein einsames Gehöft! Ihr neues Zuhause schien doch weiter draußen zu liegen, als ihr lieb war! Sie wurde unruhig. Alle paar Minuten erkundigte sie sich bei Theresa, wann sie denn endlich ankommen würden. *Du musst dich noch gedulden!*, antwortete die-se nach jeder Anfrage ein wenig genervter, ohne sich dabei auf eine Uhrzeit festzulegen.

Nur gut, dass Emily irgendwann einschlief! So bekam sie wenigstens nicht mit, dass ihre Schwester noch die ganze Nacht weiterfuhr, und der nächste Morgen längst angebrochen war, als der Wagen vor einem unüberschaubaren Buchenwald zum Stehen kam. An dieser Stelle hörte die asphaltierte Straße auf.

„Wir sind fast da!"

Theresa war froh, diese anstrengende Reise endlich hinter sich zu haben. Vorsichtig stieß sie ihre kleine Schwester in die Seite. Emily blinzelte schlaftrunken unter den halb geöffne-ten Lidern hervor.

Was war das hier für ein gottverlassener Ort? Sie musste erst richtig wach werden, um sich daran zu erinnern, dass Theresa bereits gestern von der alten Villa im Nirgendwo erzählt hatte, und ihr die Vorstellung, etwas abseits zu leben, auch ganz gut gefallen hatte. Jetzt wo dieses unbändige, alles verschluckende Grün direkt vor ihnen lag, war es ihr al-lerdings doch etwas unheimlich, so weit entfernt von jeder Zivilisation einquartiert zu wer-den.

„Warum habt ihr euch denn ausgerechnet in dieser trostlosen Gegend niedergelassen?", fragte sie vorsichtig. „Hier ist es so einsam."

Theresa verzog das Gesicht. Sie verstand nicht, warum Emily auf einmal so kleinmütig war. „Dieser Wald, die umliegenden Weiden, die Felder und auch die Anlagen, die du spä-ter noch sehen wirst, gehören Proges", gab sie trocken zurück. „Er muss vor Ort sein, um alles verwalten zu können. Abgesehen davon lieben wir die Abgeschiedenheit. Wir sind gar nicht scharf darauf, mehr Menschen als unbedingt notwendig um uns herum zu haben."

Emily staunte. Sie hatte zwar gewusst, dass Proges eine Pferdezucht betrieb, nicht aber, dass er so viel Land besaß.

„Wie kann ein alter Mann das alles hier in Ordnung halten?"
Die Naivität ihrer Beifahrerin heiterte Theresas Stimmung gleich wieder auf. „Der Professor macht die Arbeit natürlich nicht allein. Er hat jede Menge Angestellte." Während sie still in sich hinein kicherte, zeigten sich ein paar Fältchen an den äußeren Winkeln ihrer heidel-beerblauen Augen. „Es gibt Bauern, die sich um die Nutztiere und die Felder kümmern; Mechaniker und Handwerker, die den Besitz in Schuss halten, den Tierarzt, einige Zim-mermädchen und den Gärtner; ...ach ja, ...für die Pferde etliche Stallburschen und Berei-ter. Hab' ich noch jemanden vergessen?" Sie dachte nach.

Theresas Ausführungen ließen Emily innerlich ein wenig aufatmen. Sie beschloss, das aufschlussreiche Gespräch möglichst lange in Gang zu halten, um ihr noch andere, bislang offen gebliebene Fragen zu stellen. Der Vorschlag, hier erst mal auf Judith und Proges zu warten, kam ihr demnach gerade recht. So konnte sie in der verbleibenden Zeit versuchen, weitere Einzelheiten über ihre Familie in Erfahrung zu bringen.

„Welche Pferde züchtet ihr denn eigentlich?" platzte sie spontan in die Überlegungen der Älteren.
„...Äh... Araberpintos", erklärte diese, nachdem sie ihre Gedanken neu sortiert hatte. Sie schien sehr stolz darauf zu sein.
„Wirklich?!" Natürlich kannte Emily diese Rasse aus ihren Pferdebüchern. Sie war sehr selten. Angeblich gab es nur um die 300 registrierte Exemplare.
„Die meisten von ihnen werden als hochwertige Turnierpferde verkauft", ergänzte Theresa. „Ein paar behalten wir für uns."
„Du hast ein eigenes Pferd?" forschte Emily aufgeregt.
„Mehrere!" Ihre Nachbarin grinste. „Die meisten besitzen einen tadellosen Stammbaum – eigentlich alle, bis auf meine Lieblingsstute. Die stammt nicht aus unserer Zucht. Ich hab' sie auf einem Pferdemarkt erstanden. Sie war so abgemagert, dass sie zum Abdecker sollte. Ihr Fell ist ganz weiß – bis auf ein paar Flecken über dem rechten Auge, an den Fesseln und auf dem Rücken, die – je nach Lichteinfall – fast blau wirken. Ich nenne sie Tagtraum."
Nach diesen Ausführungen bedachte sie die Kleine neben ihr mit einem kritischen Blick: „Kannst du eigentlich reiten?"
„Nein", murmelte Emily trotzig. „Ich durfte ja nicht."

„Stimmt! Wie konnte ich das nur vergessen!" Theresa schlug sich vor die Stirn. „Nun, dann wird es wohl eine kleine Änderung auf deinem Stundenplan geben müssen."

Emily stutzte kurz, traute sich aber nicht, genauer nachzufragen. Immerhin war sie bei diesem Thema schon einmal voll ins Fettnäpfchen getreten.

Erleichtert stellte sie fest, dass Judith und Proges im Rückspiegel auftauchten.

Theresa startete den Wagen, um zielstrebig in den vor ihnen liegenden, unbefestigten Waldweg einzubiegen. Der lehmige Boden unter ihren Reifen war von den letzten Regengüssen ziemlich ausgewaschen, weshalb man ihn wohl eher mit einem Jeep als mit einem Cabrio oder einem Porsche befahren konnte.

Im Geiste malte Emily sich bereits aus, was passieren würde, wenn gleich die Ölwanne aufriss oder die Achse brach. Doch nichts dergleichen geschah. Die beiden Fahrer umschifften sämtliche Schlaglöcher, ohne ein einziges Mal aufzusetzen! Mit unglaublicher Präzision steuerten sie ihre Fahrzeuge im Schritttempo über den schmalen, unebenen Pfad, bis nach einer Weile kleine Ausschnitte des verwunschenen Anwesens zwischen den Bäumen zu erkennen waren.

Als sie die Zufahrt erreichten, konnte Emily das alte, ehrwürdige Gemäuer in voller Größe bestaunen. Es handelte sich um einen imposanten, alten Herrensitz mit fünf großen Stockwerken, mehreren Balkonen, verschnörkelten Säulen und vielen, vielen Fenstern. Sie fragte sich sofort, wer wohl auf die Idee gekommen war, ein solches Haus mitten in den Wald zu bauen. Vielleicht ein reicher Künstler, der sich vor der Welt verstecken wollte? …oder ein Mafiaboss?

Bei genauerem Hinsehen fand sie, dass Proges diese Liegenschaft tatsächlich sehr geschmackvoll restauriert hatte. Ganz besonders gut gefiel ihr das kontrastreich gemaserte Holz der schweren Eingangstür.

Im Vorhof angekommen stellten sie die Autos ab. Hier befand sich – nicht weit von den Parkbuchten entfernt – ein Brunnen aus weißem Travertin. Er war so beeindruckend, dass Emily ihn unbedingt aus der Nähe betrachten musste. Sein gigantischer Sockel trug eine riesige, steinerne Schüssel, aus deren Mitte ein hochkant aufgestellter Quader emporragte. Der ließ zu allen vier Seiten hin kaltes, klares Wasser heraussprudeln, welches mit Getöse in die Tiefe stürzte.

Auf dem Quader stand ein Pferd; ein Hengst – lückenlos mit goldener Farbe überzogen. Ob es echtes Blattgold war? Das überdimensionale Tier stieg mit den Vorderbeinen, während seine lange Mähne majestätisch hinter ihm her wehte… Einfach phantastisch, dachte die jüngste der Schwestern. Eine imposantere Skulptur hatte sie noch nie gesehen.

Als sie aus dem Staunen wieder herausgekommen war, stellte sie fest, dass das gesamte Gelände – der Hof und auch der parkartige Garten – von einem mächtigen Zaun umgeben war. Jeder einzelne Metallstab dieser unzähligen, schmiedeeisernen Elemente endete nach oben hin mit einer gewundenen Spitze.

Sicher wegen der Einbrecher, dachte Emily. Sie bekam eine Gänsehaut. Ihr wurde mit einem Mal wieder bewusst, dass reiche Leute immer in Angst lebten; vor allem, wenn sie keine Nachbarn, geschweige denn einen Sicherheitsdienst in der Nähe hatten.

Instinktiv suchte sie nach Bewegungsmeldern, …nach Überwachungskameras, konnte jedoch nichts dergleichen entdecken.

Stattdessen blieben ihre Augen an einem kleinen Anbau hängen. Emily sah etwas genauer hin. Es schien ein Zwinger zu sein. Grimmige Hunde aller Arten liefen hinter den Gittern auf und ab. Bestimmt hatten sie fürchterliche, scharfe Zähne. Wenn man die Ohren spitzte, konnte man sie aus der Ferne knurren hören. Es klang so, als wollten sie sagen: Wenn wir hier raus kommen, bist du tot!

Judith erriet ihre Gedanken und erklärte: „Sie sind sehr gefährlich, und Großvater ist der Einzige, dem sie gehorchen. Kurz vor Mitternacht entriegelt er den Käfig. Danach darfst du das Gebäude ausschließlich in seiner Begleitung verlassen. Verstanden! Glaube mir, so manch ein Einbrecher läge längst unter der Erde, wenn Proges seine Lieblinge nicht rechtzeitig zurückgepfiffen hätte."

„Was machen sie denn?", hakte Emily nach. Sie musste unbedingt wissen, wie weit diese bösartigen Tiere gingen.

Die Ältere sah sie ungerührt an. „Es ist sicher besser, wenn ich es dir nicht sage. Du bist ja jetzt schon ganz weiß!"

„Doch, …bitte", drängte die Abgewiesene, denn ihr war klar, dass sie auf gar keinen Fall ruhig schlafen konnte, wenn sie nicht wusste, was nachts auf diesem Grundstück geschah.

„Nun, sagen wir so…", Judith setzte ein süffisantes Grinsen auf. „Wenn du draußen herumläufst, strecken sie dich gnadenlos nieder, und das nur, um sich danach sogleich in deinen Eingeweiden zu verbeißen."

Dann wandte sie sich ab und lief ohne ein weiteres Wort den Kiesweg entlang, geradewegs auf die Eingangstreppe zu. Eine leichte Brise strich durch ihre langen, rabenfederschwarzen Haare. Wie hübsch sie ist, dachte die Zurückgelassene jetzt wieder. Sie hätte wirklich viel dafür gegeben, von dieser kühlen Schönheit etwas wohlwollender behandelt zu werden.

Begleitet von Proges und Theresa folgte sie Judith.

Schon bald war nicht mehr zu überhören, dass irgendjemand kam, den die Hunde nicht kannten. Ihr eben noch etwas verhaltenes Knurren schwoll zusehends an, bis es schließlich in ein ohrenbetäubendes Geheul überging. Emily beobachtete die wild durcheinander tobenden Kreaturen aus den Augenwinkeln. Eins war sicher: Judith hatte nicht gelogen. Diese Höllenhunde würden auch sie nicht verschonen. Sie würden nicht eine Sekunde davor zurückschrecken, sie zu töten.

Proges, der ihre Sorge bemerkte, flüsterte seinen Ungeheuern ein paar geheimnisvolle, beschwörende Worte zu, woraufhin diese augenblicklich verstummten. Das beruhigte die Verängstigte fürs Erste. Die Tatsache, dass sie aufs Wort folgten, war zumindest ein kleiner Trost.

Als sie die Stufen hinaufgestiegen waren, zog Theresa einen verschnörkelten, etwas abgestoßenen Schlüssel aus ihrer Hosentasche, den sie behutsam in das alte, verrostete Schloss steckte. Nachdem sie ihn umgedreht hatte, stieß sie das gewaltige Portal auf.

Die gusseisernen Scharniere quietschten leise, und Emily glaubte, vor Spannung gleich umzufallen, während drei Stimmen – eine freundlich-leise, eine zwitschernd-fröhliche und eine frostig-mürrische – wie aus einem Mund verkündeten:

„Willkommen in deinem neuen Zuhause, Emily! Willkommen daheim!"

Herr, setze dem Überfluss Grenzen

und lasse die Grenzen überflüssig werden.

Lasse die Leute kein falsches Geld machen,

aber auch das Geld keine falschen Leute.

Hermann Joseph Kappen

7. Das „Güldsche Gut"

Theresa schob die kleine, aufgeregte Schwester in die endlos erscheinende Eingangshalle. Hier waren die Wände im unteren Bereich mit Holz vertäfelt; mit dem gleichen, welches Emily eben schon bei der schwer gängigen Haustüre bewundert hatte. Der schlichte, kalkhaltige Putz darüber bot ausreichend Platz für Proges' Gemäldesammlung. So, wie es aussah, hatte ihr Großvater eine Vorliebe für altmodische Landschaftsbilder in wuchtigen, goldverzierten Rahmen. Nun ja. Emily runzelte die Stirn. Über Geschmack ließ sich eben nicht streiten!

Auf dem Boden glänzten polierte, diagonal verlegte Marmorplatten, die den Raum deutlich breiter machten, als er in Wirklichkeit war. Von der Farbe her passten sie ausgezeichnet zu den italienisch anmutenden Terracottatöpfen, die das geräumige Foyer zu beiden Seiten säumten und allerlei exotische Gewächse beherbergten.

Weiter hinten befand sich eine Sitzgruppe: ein paar schwarze Ledersessel, die ordentlich um einen mit Intarsien verzierten Tisch gerückt waren. Darüber hing eine riesige Holzplanke mit der Aufschrift: *Güldsches Gut*. Das hatte man sicher vom Namen der Großmutter abgeleitet: Sybille van Gülden.

Neben den einladenden Fauteuils wartete ein grauhaariger Mann in weißem Frack auf die Heimkehrenden. Vermutlich war es einer der Angestellten.

Als sie näherkamen, zauberte er ein herzliches Lächeln über sein Gesicht.

„Ah, da sind Sie ja, Emily! Ich bin James und bewirte hier die Gäste. Darf ich Ihnen eine kleine Erfrischung anbieten? Champagner oder Orangensaft?"

„Gerne, James", entschied Proges für seine Enkeltochter. „Allerdings werden wir der jungen Dame erst mal alles zeigen. Dann schauen wir wieder bei Ihnen vorbei."

„Ich habe dir im Auto gar nicht von ihm erzählt", murmelte Theresa zu Emily gewandt, wobei sie angesichts ihres Versäumnisses verständnislos den Kopf schüttelte. „James ist schon bei uns, seit ich denken kann. Er ist sehr nett, aber immer übertrieben höflich. Er siezt alle, die älter sind als zehn."

Darüber hatte Emily sich auch schon gewundert. Zum ersten Mal in ihrem Leben hatte man sie so angesprochen wie eine Erwachsene.

„James ist absolut zuverlässig. Er ist die wichtigste Vertrauensperson auf diesem Gut", erklärte die Ältere weiter. „Du kannst deine Sorgen getrost mit ihm besprechen, er behält sie garantiert für sich. Außerdem weiß er für alles einen Rat. James ist unentbehrlich für uns. Er erledigt den ganzen Papierkram und macht die besten Cocktails der Welt."

Eine Seitentür knarrte. Sie lenkte die Aufmerksamkeit der Anwesenden unweigerlich auf eine elegante, braunhaarige Frau, die vermutlich schon etwas länger in einem der angrenzenden Zimmer auf sie gewartet hatte. Ohne ein Wort der Begrüßung kam sie mit ihren lackledernen Stilettos auf Proges zu.

Sie trug ein langes, hellblaues, mit aufwändigen Stickereien versehenes Seidenkleid; darüber eine Kette aus geschliffenen Kristallen. Ob es Diamanten waren? Etliche grobe Hautfalten verrieten, dass sie die Fünfzig längst hinter sich gelassen hatte. Sie verrieten auch, dass ihr im Laufe der Jahre jegliche Herzenswärme abhanden gekommen war. Der eisige Blick, mit dem sie einen nach dem anderen betrachtete, übertraf selbst den von Judith, sodass Emily sich in ihrer Gegenwart unendlich klein und bedeutungslos vorkam.

„Gräfin von Fels!", empfing der Großvater sie höflich. „Ich habe ja gar nicht gewusst, dass Sie heute vorbeikommen!"

„Herr Professor! Schön Sie zu sehen!"

Ganz im Gegensatz zu Theresa, die artig lächelte, fiel es Judith nicht im Traume ein, Freundlichkeit vorzutäuschen. Stattdessen riskierte sie schon lieber einen scharfen Seitenblick von Proges.

„Ich nehme an, Sie führt – wie immer – Geschäftliches hierher!", erkundigte der Alte sich nun ganz besonders gefällig, so als wolle er sich für das unangebrachte Verhalten seiner Enkelin entschuldigen.

„Allerdings", bestätigte die Gräfin wichtig, „Ich brauche neue Springpferde. Die alten haben ausgedient, und ich hoffe sehr, verehrter Herr Proges, dass Sie wieder etwas Passendes für mich haben. Ich habe nämlich nicht vor, künftig auf die Siegerprämien zu verzichten." Ein gieriger Ausdruck huschte über ihre Züge.

„Natürlich, ich werde Ihnen gleich die Allerbesten zeigen", versprach Proges, „doch vorher sollten Sie unsere Jüngste kennen lernen, die leibliche Schwester von Judith und Theresa. Sie hat lange Zeit bei Pflegeeltern gelebt. Wir haben sie gestern dort abgeholt, damit sie in Zukunft bei uns wohnen kann."

Es wäre Emily deutlich lieber gewesen, wenn er geschwiegen hätte, denn nun kam sie erneut ins Visier dieser stechend kalten Augen.

„Du bist also Helenas drittes Kind", stellte die Gräfin trocken fest. Vermutlich hatte sie nicht das geringste Interesse an diesen Familiengeschichten. „Na, dann hoffen wir mal, dass du nach Theresa schlägst." Anschließend wandte sie sich gleich wieder an Proges. „Gehen wir nun endlich zu den Ställen", drängelte sie, „meine Zeit ist begrenzt."
„Selbstverständlich." Der Alte ertrug das affige Getue seiner Kundin mit der Gelassenheit eines Profis. Als er mit ihr durch den Hintereingang hinausging, atmeten die Jugendlichen hörbar auf.

„Sie ist schlimm", stöhnte Theresa leise, während das falsche Lächeln aus ihrem Gesicht verschwand. „Ich würde ihr kein einziges Pferd verkaufen!"
„Komm, du brauchst dich doch nun wirklich nicht aufzuregen", entgegnete Judith ein wenig empört, „dich kann sie ja wenigstens leiden."
Die Ältere hielt es nicht für ratsam, auf diese Bemerkung einzugehen. Sie wollte auf gar keinen Fall eine endlose Diskussion über ordentliches Benehmen vom Zaun brechen. „Die Gräfin ist eine unserer Stammkunden", erklärte sie Emily stattdessen, „sie braucht viel Geld, um ihre Besitztümer in Ordnung zu halten. Deshalb ist sie auch so scharf auf die Prämien. Natürlich reitet sie nicht selber. Sie kann gar nicht reiten. Dennoch weiß sie einiges über rassige Pferde, deren Schönheitsmerkmale usw. Sie weiß genau, wie man ein gutes Springpferd von einem schlechten unterscheidet. Meistens kauft sie junge, vor Kraft strotzende Hengste mit tadellosem Stammbaum, die schon eingeritten sind."

Da Proges inzwischen vollauf beschäftigt war, beschlossen Judith und Theresa, Emily das Haus auf eigene Faust zu zeigen. Es machte auch wirklich keinen Sinn, auf ihn zu warten! Ein Geschäft dieser Größenordnung konnte sich – wie beide aus Erfahrung wussten – unter Umständen bis zum Abend hinziehen.

Fürs Erste blieben sie im Erdgeschoss. Es war Emily bisher noch gar nicht aufgefallen, dass es hier unten im Eingangsbereich so viele Türen gab. Als ihr Blick neugierig an den Wänden entlang glitt, stellte sie schnell fest, dass auf jeden der sorgfältig bepflanzten Kübel eine folgte. Es mussten deutlich mehr als ein Dutzend sein!
Zur Rechten befanden sich unter anderem das Büro des Großvaters, das Besucherzimmer mit gemütlichen Ledersesseln; das Pokalzimmer, in dem etliche Edelmetallpreise vor sich hin staubten und mehrere Personalzimmer für die Stubenmädchen, James und den Koch.

„Die anderen Angestellten wohnen in kleinen Fachwerkhäusern am Rande des Guts", erläuterte Theresa kurz. „Sie kommen jeden Morgen mit dem Auto hierher."

Emily schwirrte der Kopf. Dieser Rundgang konnte ja noch Stunden dauern! Etwas widerwillig folgte sie den Schwestern zur anderen Seite des riesigen Flures.

Hier lag – direkt neben dem Ruhezimmer – der Ahnensaal. Mal abgesehen von den schweren Marmorskulpturen, die auf eigens für sie angefertigten Podesten thronten, befanden sich in diesem Raum zahllose Bilder von Familienmitgliedern; unter anderem auch der Stammbaum der van Güldens.

Ein paar Türen weiter ging es ins Vertragszimmer. Hier wurden die Geschäfte abgewickelt. Emily musste ein wenig grinsen, als sie sich umsah. Neben dem schweren Schreibtisch stand tatsächlich ein ausrangiertes Rüttelbrett, in dem etliche erlesene Tropfen mit Engelsgeduld auf den richtigen Anlass warteten. Nun, da lässt es sich der Alte beim Verkauf eines Pferdes aber richtig gut gehen, dachte sie belustigt, wobei sie sich im Geiste vorstellte, wie Proges von Fels eines seiner Schätzchen anbot.

Nach der Führung durch das Parterre war sie bereits so erschöpft, dass sie sich verzweifelt fragte, wie viele Räumlichkeiten in den anderen Stockwerken wohl noch folgen würden.

„He, hörst du mir eigentlich zu?" Theresas ärgerliche Stimme ließ sie zusammenfahren. „Klar", log Emily, die in Wirklichkeit keine Ahnung hatte, wovon gerade die Rede gewesen war. Ohne lange nachzudenken versuchte sie, vom Thema abzulenken. „Die Stufen hier sehen wirklich sehr alt aus." Etwas Besseres war ihr auf die Schnelle nun mal nicht eingefallen.

„Äh... ja, sind sie auch", gab ihre Schwester argwöhnisch zurück, während sie die kunstvoll gefertigte Treppe zum ersten Stock weiter hinaufstieg. So, wie es aussah, war es der Schwindlerin nicht gelungen, sie zu täuschen.

„Du musst lernen, aufmerksam zu sein", fuhr die Ältere dann auch gleich fort. „Du kannst es dir in Zukunft nicht mehr leisten, vor dich hin zu träumen. Ein kleiner Moment der Unaufmerksamkeit könnte dich das Leben kosten." Sie blieb auf der letzten Stufe stehen, um der Verunsicherten fest in die Augen zu schauen. „Hast du verstanden, Emily? Du musst dich konzentrieren, wenn du überleben willst."

Die Kleine hinter ihr begriff nicht im Geringsten, was Theresa damit sagen wollte. „J-Ja, habe verstanden", stammelte sie ungeachtet dessen, während sie sich im Stillen darüber ärgerte, dass sie schon wieder nicht die Wahrheit sagte.

„Du hast gar nichts verstanden", bemerkte ihre große Schwester ärgerlich, „Es geht nur darum, dass..."

„Theresa, das reicht jetzt." Emily war überrascht, Judiths raue, brummige Stimme zu hören. Hatte die sich bisher nicht verbissen darum bemüht, so wenig wie möglich zu der ihrer Meinung nach ohnehin völlig überflüssigen Einführung beizutragen? „Ich denke, wir können es ihr auch ein anderes Mal erklären."

Die Zurechtgewiesene wartete, bis auch die beiden anderen oben angekommen waren. Dann fragte sie irritiert: „Wie lange willst du es denn noch vor dir herschieben, Judith? Irgendwann müssen wir es ihr doch sagen." Ihre Stimme klang jetzt viel gereizter als zuvor. Sie ließ keinen Zweifel daran, dass diese Meinungsverschiedenheit früher oder später noch in einen handfesten Streit ausarten würde.

Obwohl die Jüngere nicht direkt antwortete, wuchs die Spannung zwischen den Schwestern. Es wurde ruhig; zu ruhig. Theresas starrer Blick brannte in dem von Judith, während Emily genau spürte, dass ihre Gegenwart augenblicklich ziemlich unerwünscht war.

Wie richtig sie mit dieser Vermutung lag, merkte sie spätestens, als Judith sich ganz unvermittelt – ohne einen erkennbaren Anlass – stöhnend ans Handgelenk griff, so, als sei ihr Arm gebrochen oder verrenkt. Mit schmerzverzerrtem Gesicht bat sie die Unbeteiligte ein paar Eiswürfel zu holen.

„Du musst rechts durch das blaue Zimmer gehen, dann links und anschließend wieder rechts. Im Raum mit dem Goldfischaquarium findest du den Gefrierschrank."

Es war Emily sofort klar, dass Judith nicht die geringste Verletzung hatte, ...dass ihr ganzes Theater nur eine Masche war, um sie aus dem Weg zu schaffen. Trotzdem freute sie sich, dieser unangenehmen Situation entfliehen zu dürfen. Vielleicht gelang es ihr ja, die beiden heimlich zu belauschen. Immerhin schien es hier um ihr zukünftiges Leben zu gehen.

Mit dem Vorsatz, den Inhalt des nun folgenden Gespräches in Erfahrung zu bringen, lief sie artig nach rechts ins blaue Zimmer, genau wie Judith es wollte. Dann schloss sie die Tür und legte ein Ohr ans Holz.

„Sie ist noch zu jung", klagte Judith ernsthaft besorgt. „Wir können ihr das nicht antun."

„Du weißt, dass wir keine Wahl haben", entgegnete die Ältere schroff. Sie war so aufgeregt, dass sich ihre Stimme dabei fast überschlug. „Oder", fuhr sie in etwas gedämpften, aber drohenden Ton fort, „willst du deinen Namen hier – auf diesem Gut – in Stein gemeißelt sehen?"

„Immer noch besser, als ein unschuldiges Kind in die Geschichte hineinzuziehen", zischte ihr Gegenüber zurück. „Jahrelang war sie uns egal, obwohl wir wussten, dass sie irgendwo auf dieser Welt bei einer Pflegefamilie wohnt, und jetzt? Jetzt nehmen wir sie zu uns, weil wir sie brauchen, ...weil sie im richtigen Alter ist und das gleiche Blut hat wie wir. Warum bist du nur so selbstsüchtig?"

„Wir dürfen ihr die wahre Geschichte nicht vorenthalten", erwiderte Theresa davon völlig unbeirrt. „Sie muss wissen, warum wir anders sind als alle Wesen, denen sie je begegnet ist. Du wirst sehen, sie wird uns helfen. Sie wird sich wieder an ihre Wurzeln erinnern, wenn sie erst mal dort ist..."

„Genau das wird nie passieren", behauptete Judith unwirsch, so, als wäre sie sich absolut sicher. „Wir hatten vereinbart, dass wir ihr die Wahl lassen; ...und glaube mir, wenn sie erst mal sämtliche Gefahren kennt, die dort auf sie warten, wird sie bestimmt nicht mitkommen."

„Es wird ihr gut tun, endlich dort zu sein." Die Stämmigere von beiden weigerte sich mit ungewöhnlicher Sturheit, auf die Worte ihrer Schwester einzugehen. „Es ist immerhin ihre Welt, ihr Zuhause. Sie wird sich dort wohlfühlen."

„Wenn sie nicht direkt getötet wird!", warf die andere aufgebracht ein. „Du weißt doch ganz genau, dass wir uns im Krieg befinden. Wie soll sie sich denn schützen? Sie kann ja nicht mal kämpfen!"

„Genau dafür haben wir doch den Unterrichtsplan entwickelt." Theresa brachte Judith mit Nachdruck in Erinnerung, dass sie wochenlang daran gearbeitet hatten. „Wir machen sie mit ihren verborgenen Fähigkeiten vertraut. Ich wette, sie weiß gar nicht, was sie alles kann."

Die schlanke Schwarzäugige überlegte kurz. „Wir sollten wenigstens abwarten, wie sie mit dem neuen Lernstoff zurechtkommt", schlug sie dann vor. Sie hatte wohl eingesehen, dass es keinen Sinn machte, noch weitere Argumente ins Feld zu führen. So, wie es aussah, war Theresa ohnehin durch nichts auf der Welt von ihrem Vorhaben abzubringen.

„Wo bleiben die Eiswürfel?!"

Emily hastete aus dem blauen Raum in den nächsten und den übernächsten. Wo war denn nur dieser verflixte Gefrierschrank? Planlos irrte sie umher, bis sie schließlich zugeben musste, dass sie sich hoffnungslos verlaufen hatte.

„Ich finde den Raum nicht!", schrie sie so laut sie konnte.

„Kein Problem, meine Hand tut auch gar nicht mehr weh", hallte es ihr von Weitem entgegen. „Du kannst ruhig ohne Eis zurückkommen!" Judiths Stimme klang ziemlich amüsiert.

Ach ja, dachte Emily ärgerlich, während sie überlegte, wo sie sich im Augenblick eigentlich befand. Als ob sie dir jemals weh getan hätte!

„Beeile dich, wir wollen dir doch auch noch die anderen Stockwerke zeigen", hörte sie Theresa rufen.

Sie schämte sich. „Um ehrlich zu sein: Ich weiß überhaupt nicht mehr, wie ich hierhergekommen bin."

„So? Wie sieht denn der Raum aus, in dem du dich gerade befindest?", dröhnte es durch den Flur. Ein unterdrücktes Kichern folgte.

Emily schaute sich um. „Ich sehe eine Stereoanlage, ein paar blaue Sessel, blaue Gardinen und einen Schreibtisch mit Laptop."

„Dann bist du in meinem Arbeitszimmer", stellte die Älteste fest. „Geh jetzt geradeaus durch den nächsten Raum bis ins Fernsehzimmer. Wenn du danach links abbiegst und geradeaus durch die Tür gehst, bist du auf dem Gang. Von dort aus kannst du uns sehen."

Bereitwillig folgte das Mädchen den Anweisungen, die sie gerade bekommen hatte, sodass sie am Ende tatsächlich wieder vor ihren Schwestern stand. Die beiden taten so, als ob es den Streit nie gegeben hätte; und Emily, die möglichst unschuldig lächelte, fragte ein wenig zu übereifrig:

„Also, setzen wir unsere Besichtigung jetzt fort?"

Sie bereute jedoch schnell wieder, so interessiert getan zu haben, denn die Anzahl der Zimmer, die noch vor ihnen lag, schien endlos zu sein. Außerdem geisterte das, was sie soeben erfahren hatte, unaufhörlich in ihrem Kopf herum. Woher sollte sie stammen? Aus einem Kriegsgebiet? Bis eben hatte sie noch gedacht, dass sie den Rest ihres Lebens – zumindest den Rest ihrer Jugend – hier auf dem Güldschen Gut verbringen würde!

Die Etage, auf der sich dieses seltsame Spektakel zugetragen hatte, gehörte ihrer ältesten Schwester; so viel hatte die heillos Verwirrte bereits verstanden. All ihre Räume waren blau gestrichen. Sie liebte Blau. Vermutlich trug sie genau deshalb auch einen blauen Stein um ihren Hals.

„Es ist ein Sodalith", verriet Theresa gerne, worauf sie der Jüngeren anvertraute, dass dieser Stein sehr wichtig war, so wichtig, dass sie ohne ihn gar nicht mehr leben konnte.

Ihre Zuhörerin fand es etwas übertrieben, sich so an Schmuckstücke zu hängen. Sie selbst hielt nichts davon, jeden Tag den gleichen Anhänger zu tragen. Sie wechselte lieber ab.

Die zweite Etage war die des Professors.

„Wenn er zufällig mal da ist, wohnt er hier", erklärte ihr die engagierte Führerin freimütig, bevor sie von ihrer Nachbarin unsanft in die Seite gestoßen wurde. Anscheinend wollte Judith nicht, dass sie sich gedankenlos über Proges Lebensgewohnheiten ausließ. „Ich meine... äh... weil er oft unterwegs ist... wegen der Pferde", fügte sie daraufhin schnell hinzu.

„Ach so!" Emily nickte einsichtig.

Sie gab sich mit dieser Erklärung zufrieden, obwohl sie genau wusste, dass man ihr die Wahrheit mal wieder vorenthielt. So, wie die Ausgebremste gestottert hatte, steckte zweifellos noch etwas anderes hinter der häufigen Abwesenheit des Großvaters! Ob sie mit dieser unheimlichen Geschichte vom Krieg zusammenhing? Egal, dachte sie bei sich. Nach allem, was ich bisher über diese merkwürdige Familie erfahren habe, verzichte ich lieber freiwillig auf weitere Details.

Judith bewohnte die dritte Etage. Sie hatte allem Anschein nach nicht das Geringste für helle Farben übrig. Ihre Zimmer waren asphaltgrau gestrichen; außerdem völlig anders eingerichtet als die von Theresa. Während die Ältere mit Hilfe von Plüschsofas, Flauschteppichen und Gardinen aus Organza eine ganz spezielle Art der Gemütlichkeit in ihre blauen Zimmer gezaubert hatte, bevorzugte die immer schlecht Gelaunte wohl eher den schlichten, kalten Wohnstil.

Überall standen elegante, schwarze Lackmöbel herum. Silbrige Vorhänge dämpften das Licht. Im glänzenden Leder der modernen Sitzgarnitur spiegelte sich ein grauer, langhaariger Teppich, der zwar etwas Abwechslung, jedoch nicht mehr Wärme in ihren Wohnraum brachte.

Jeder wie er will, dachte Emily stirnrunzelnd. Sie war sich jetzt fast sicher, dass der Geschmack ihrer Schwestern mit den Steinen um ihre Hälse zu tun hatte.

„Meiner ist ein Blackstone", erklärte Judith knapp, ohne dabei auf irgendwelche Zusammenhänge einzugehen.

Blackstone? Die Jüngste stutzte. Bedeutete das übersetzt nicht einfach nur *schwarzer Stein*? Warum sollte man so einen mit sich herumtragen?

„Du hältst dich wohl für besonders schlau, was?!", blaffte die Schwarzäugige. Sie wurde richtig zornig, als Emily es wagte, ihr diese Überlegungen mitzuteilen. „Dann merke dir eines, du dumme Gans: Der Blackstone ist ein Edelstein. Er wird auch Gabbro genannt."

„Judith!" Theresa versuchte, sie zu besänftigen. „Das ist doch kein Grund, direkt so aus der Haut zu fahren. Sie konnte es doch nicht wissen."

Wie sich kurz darauf herausstellte, hatte die Aufgebrachte, mal abgesehen von den schwarzen Sachen und dem Gabbro, auch noch eine Vorliebe für seltsame Tiere. Einige äußerst merkwürdige, schwimmende Arten tummelten sich in ihrem Schlafzimmer hinter einer riesigen Glaswand: hässliche und schöne, gemusterte und graue.

Emily wurde neugierig. Sie wunderte sich darüber, dass sie keine von ihnen bestimmen konnte, obwohl sie im Biologieunterricht doch immer so gut aufgepasst hatte. Wo Judith die wohl aufgetrieben hatte?

Bevor sie aus dem Staunen herauskommen konnte, wurde sie von den beiden Älteren auch schon nach nebenan gezogen. Voller Stolz zeigten sie ihr ein von Judith selbst entworfenes Terrarium. Wenn man davorstand, glaubte man, eine andere Welt vor sich zu haben. Unbekannte Stauden, filigrane Sträucher und sonstige märchenhaft anmutende Gewächse drängten sich aus dem sandigen Boden ans Licht. Unruhige Kleintiere wuselten wild durcheinander. Bunte, fremdartige Schmetterlinge, ja sogar Vögel schwirrten durch die Luft.

Judith behauptete, all diese Tiere von überführten Schmugglern bekommen zu haben. Eine wirklich komische Geschichte, fand Emily. Obwohl sie gerne genauer gewusst hätte, woher all diese unbekannten Lebewesen stammten, fragte sie lieber nicht. Sie hatte nicht den Eindruck, dass die stolze Besitzerin mit ihr darüber sprechen wollte.

Als sie später die Treppe zur vierten Etage hinaufstiegen, konnte sie sich kaum ruhig halten, denn diese Etage würde – so viel hatte sie bereits erfahren – ihr neues Reich werden. Erleichtert atmete sie auf, als sie die sonnendurchfluteten Räume, das helle Parkett und die schönen, verschnörkelten Fichtenholzmöbel sah.

Der erste Raum, den sie zusammen mit ihren Geschwistern betrat, war rot gestrichen, der nächste grün, der übernächste orange. Das Bad hatte blaue Kacheln; und Emily glaubte zu träumen, als sie – genau vor dem Fenster – tatsächlich einen Whirlpool entdeckte.

Überall standen blühende Pflanzen herum. Vergrößerte Tier- und Naturfotos hingen an den Wänden.

Ja, Judith und Theresa hatten tatsächlich genau ihren Geschmack getroffen. Konnten sie etwa Gedanken lesen oder hatten sie heimlich bei Patrick und Tamara nachgefragt? Wie auch immer – Emily war begeistert. Allem Anschein nach war es doch gar nicht so schlecht, bei ihrer richtigen Familie zu leben…

Wäre da nur nicht dieses Gespräch zwischen den älteren Schwestern gewesen! Es hatte sich wie ein Fluch auf ihre Schultern gelegt; einer den sie nicht so ohne weiteres wieder los werden würde. Sie war hier, weil sie gebraucht wurde, …gebraucht wurde wozu?

Wie konnte Theresa nur annehmen, dass sie freiwillig in ein Kriegsgebiet ziehen würde? Nein! Völlig ausgeschlossen! Heimat hin oder her. Sie würde garantiert nicht mitgehen!

Innerlich aufgewühlt und etwas enttäuscht darüber, nicht um ihrer selbst willen hierhergeholt worden zu sein, nahm Emily erst mal ein warmes Bad, während ihre Schwestern das Gepäck nach oben schleppten.

Anschließend ließ sie sich von Judith und Theresa dazu überreden, ihren anstrengenden Einzugstag mit den sagenumwobenen Cocktails von James zu feiern. Natürlich wurde es dann doch später als erwartet, sodass Mitternacht längst vorüber war, als die beiden sie zurückbrachten und ihr eine gute Nacht wünschten. Nun ja, wenn man Judiths Brummen als *Gute Nacht, Emily. Schlaf gut!* interpretieren wollte.

Bedauerlicherweise sollte es mit dem Einschlafen jedoch nicht so recht klappen. Schuld daran waren die Ereignisse des Tages und noch etwas anderes: Sie war mutterseelenallein auf ihrer riesigen Etage. Ob sie überhaupt so viel Platz brauchte?

Draußen konnte Emily das Gebell der Hunde hören, die pausenlos auf dem Grundstück auf und ab liefen.

Wenigstens hatte sie noch Chilli. „Ich bin froh, dass du bei mir bist", flüsterte sie beklommen in das Fell ihres Tierchens, wobei sie zu der Einsicht kam, dass die Dinge bei Tage ganz anders erschienen als bei Nacht. Eine ganze Etage für sich zu haben, war schön – wenn es hell war. Im Dunkeln war es einfach nur gruselig.

Verborgen bleibt, was Du verbergen wolltest –

Als Millionen Sonnen Du vor uns aufrolltest –

Da wolltest Du uns Macht und Schönheit zeigen,

Vor solcher Größe muss der Mensch sich neigen.

Friederike Kempner

8. Verborgene Fähigkeiten

„Das ist ein Scherz oder?!"

Emily starrte völlig entgeistert auf den neuen Stundenplan. Da niemand außer ihr im Zimmer war, öffnete sie die Tür einen Spalt breit, um empört in Richtung Treppenhaus zu rufen:

„Ihr wollt mich wohl zum Narren halten!"

Doch ihre Worte verhallten ungehört in den menschenleeren Gängen.

Dabei hatte der Morgen so gut angefangen! Sie hatte richtig lange ausschlafen dürfen! Anschließend hatten die Angestellten – etwa um elf – ein leckeres Frühstück serviert: Schokocroissants, Salzbrezel, weiße Semmel; dazu alle möglichen Marmeladensorten, Nusscreme und warmen Kakao.

Als sie genüsslich in eines der süßen, weichen Brötchen gebissen hatte, waren ihr Patrick und Tamara in den Sinn gekommen. Innerlich grinsend hatte sie sofort daran denken müssen, dass sie in ihrem alten Zuhause ganz sicher nicht an Obst, Körnerbrötchen mit Salat, Käse oder Tomaten und einem selbstgepressten Orangensaft vorbeigekommen wäre.

Erst dann hatte sie diesen knitterigen, kleinen Zettel von Theresa gefunden.

Guten Morgen, ich hoffe, dass du gut geschlafen hast. Heute Nachmittag beginnt dein Unterricht. Wir fangen ausnahmsweise erst um 14.00 Uhr an. Normalerweise geht es um 8.00 Uhr los. Erschrick nicht, wenn du den Stundenplan liest. Er ist anders als alle, die du je gesehen hast...

Damit hatte ihre Schwester voll ins Schwarze getroffen. So etwas war ihr wirklich noch nie unter die Augen gekommen:

Montag:

8.00–10.00 Uhr Bogenschießen

10.00–12.00 Uhr Schwertkampf

12.00–14.00 Uhr Ausdauerlaufen

14.00–15.00 Uhr Pause

15.00–17.00 Uhr Pflanzenkunde

17.00–19.00 Uhr Tierkunde...

„Was soll das denn sein… wo stehen denn Deutsch, Mathematik, Geschichte und Chemie?!"

Emily hatte diesen ausgemachten Schwachsinn kein bisschen komisch gefunden. In ihrer Verzweiflung war sie den Plan gleich mehrere Male durchgegangen. Leider umsonst! Sie hatte beim besten Willen kein einziges vertrautes Fach finden können. Stattdessen war sie immer wieder über Heilkunde, Pflanzenkunde, Tierkunde, Steinkunde, Reiten, Klettern, Speerwerfen und anderen Hokuspokus gestolpert.

Da sie auf ihr Rufen hin keine Antwort bekam, beschloss sie, die Nachricht von Theresa erst mal zu Ende zu lesen. Vielleicht konnte sie anhand des Geschriebenen feststellen, ob es sich hier nur um einen dummen Streich oder – entgegen aller Vernunft – doch eher um einen ernstzunehmenden Ausbildungsplan handelte. In ihrer Familie war ja schließlich alles möglich!

Der Unterricht findet, wie du siehst, von Montag bis Samstag statt. Sonntag ist frei. Da du keine Reiterfahrung mitbringst, mussten wir den ursprünglich von uns vorgesehenen Kanon noch erweitern. Zugegeben, er ist jetzt etwas lang, aber ich bin sicher, dass dir das Lernen mit der Zeit sogar Spaß machen wird. Für die sportlichen Dinge wird Judith zuständig sein. Sie wird dir zeigen, wie man mit Pferden umgeht und sich im Kampf zur Wehr setzt. Die anderen Fächer werde ich übernehmen. Mein Unterricht wird in meinem Arbeitszimmer, der Unterricht von Judy draußen stattfinden. So wie es jetzt aussieht, wirst du volle zehn Stunden am Tag arbeiten. Daran wirst du dich wohl erst gewöhnen müssen.

An dieser Stelle lächelte Emily gequält. Nein, das konnten ihre Schwestern doch nicht im Ernst von ihr verlangen!

Deine erste Unterrichtsstunde hast du heute bei Judith: Ausdauerlaufen. Glaube mir, nach ein paar Wochen wirst du nicht mehr wiederzuerkennen sein.

Bis nachher, Theresa

PS: Das ist kein Witz!

Nun wusste sie es also. Dieser völlig verrückte Stundenplan hatte tatsächlich ab sofort Gültigkeit! Instinktiv schaute sie auf ihre Armbanduhr und erschrak.

Wenn Theresas Anweisungen ernst gemeint waren, musste sie in einer halben Stunde zum Unterricht erscheinen. Eilig sprang sie unter die Dusche, zog sich an, schminkte sich ein wenig und fütterte Chilli. Dann begab sie sich auch schon auf den Weg zur Empfangshalle. Sie wollte an ihrem ersten Tag auf keinen Fall zu spät kommen!

Es freute sie, dass sie sich heute besser zurechtfand als gestern – zumindest in ihrer Wohnung! Man musste sich vom Badezimmer aus einfach nur rechts halten, um ohne Umwege das Treppenhaus zu erreichen. Im Grunde war es doch gar nicht so schwer, wie sie zunächst gedacht hatte.

Als sie nach ein paar Minuten ohne fremde Hilfe im Erdgeschoss ankam, wurde sie bereits erwartet.

„Wo hast du denn so lange gesteckt?", schimpfte Judith gleich drauflos. „Hast du dich wieder verirrt oder nur herumgetrödelt?"

„Ich bin doch pünktlich", verteidigte Emily sich lautstark. Ihrer Meinung nach war sie sogar noch ein klein wenig zu früh, was Judith bedauerlicherweise ziemlich egal zu sein schien.

„Merke dir ein für alle Mal", fuhr sie völlig ungerührt fort, „was auch auf dem Plan steht, du hast immer zehn Minuten vor Unterrichtbeginn da zu sein."

„Das konnte ich doch nicht wissen!" Emilys Stimme klang jetzt richtig trotzig. Der Ärger über diese unverschämte Forderung hatte sie deutlich mutiger gemacht.

„Dann weißt du es jetzt", erwiderte ihre Schwester barsch, während sie sich zum Gehen wandte. Sie gehörte eindeutig zu den Leuten, die immer das letzte Wort haben mussten. „Los, beeile dich, heute steht ein Zwanzigkilometerlauf auf dem Programm."

„Ein was?!", fragte Emily fassungslos. Sie hatte noch gar nicht bemerkt, dass Judith schon längst verschwunden war. Eilig folgte sie ihr durch die schwere Eingangstür nach draußen. „Das soll Unterricht sein? Was ist mit Mathe, Religion, Physik..."

„Alles unwichtig", erklärte ihre besserwisserische Lehrerin schroff. Sie marschierte jetzt nur noch zügiger voran.

„Nein, das stimmt nicht! Mathe ist durchaus wichtig!", widersprach Emily hartnäckig, während sie hinter ihr herlief. „Ohne Mathe kommt man nicht weit." Das hatte Patrick ihr eingebläut, und Emily fand, dass er damit auch richtig lag.

„Glaube mir", grinste Judith überheblich, „es ist viel wichtiger, dass du dich verteidigen oder wenigstens weglaufen kannst. Was nützt dir denn der Satz des Pythagoras, wenn du dich bei Angriffen nicht zu schützen weißt?"

Darüber hatte Emily noch nie nachgedacht. Wozu auch? Bisher war sie auch ohne diese Fähigkeiten ganz gut zurechtgekommen.

Nachdem sie eine Weile stumm neben ihrer Schwester her getrottet war, musste sie erneut an das Gespräch zwischen Judith und Theresa denken. Natürlich! Wie hatte sie das nur vergessen können? Sie sollte ja – wenn sie alles richtig verstanden hatte – auf ein Leben in ihrer Heimat vorbereitet werden… auf ein Leben im Krieg!

Kein Wunder, dass Judith den allgemein bildenden Fächern keine Bedeutung beimaß. Das hier war gar kein ordentlicher Unterricht! Das war eine Ausbildung im Kriegshandwerk!

Unwillig stapfte Emily weiter. Sie fragte sich immer wieder aufs Neue, ob sie nicht lieber umdrehen sollte. Es konnte sie doch wohl keiner zwingen, diesen blöden, von ihren Schwestern gemeinschaftlich ausgebrüteten Quatsch, mitzumachen. Mal abgesehen davon würde sie ganz bestimmt nicht in dieses unzivilisierte Land reisen, wo sich die Einwohner gegenseitig umbrachten, und der Tod hinter jedem Busch lauerte.

Warum sie dann doch bei Judith blieb, wusste sie selber nicht.

Die Mädchen entfernten sich immer weiter von der alten Villa. Schon bald überquerten sie unzählige Weiden, auf denen prachtvolle, braun-weiß gescheckte Araberpintos grasten. Im Vorbeigehen konnte Emily beobachten, wie die Stallburschen den Tieren frisches Wasser brachten. Sie konnte beobachten, wie die Zimmerleute von der Witterung zerstörte Zäune reparierten. Gelegentlich sah sie auch eines der kleinen Häuser, in denen die Angestellten mit ihren Familien wohnten.

Als sie die Grenzen des Gutes längst hinter sich gelassen hatten, breitete sich vor ihren Augen eine völlig unberührte, hügelige Landschaft aus. Hier war es wunderbar ruhig. Außer dem Gezwitscher der Vögel sowie dem Rascheln ihrer Schritte im Gras war nun nichts mehr zu hören.

„Da drüben ist der Start", murmelte Judith plötzlich in die Stille, während sie auf den Waldrand am Fuße der nächsten Kuppe zeigte. „Nur noch ein paar Meter..."

Ein leises Wiehern mischte sich unter die Vogelstimmen. Es kam so unverhofft, dass Emily sich augenblicklich umdrehte. Auf der Anhöhe, die sie gerade hinter sich gelassen hatten, erschien ein prachtvolles, rabenschwarzes Pferd – ohne Sattel und Zaumzeug! Ob es davongelaufen war?

Mit eleganten Bewegungen trabte es auf die Schwestern zu. So, wie es aussah, musste es wohl ziemlich wertvoll sein. Seine samtigen, braun-schwarzen Augen, die langen, schmalen Fesseln, wie auch das seidig glänzende Fell deuteten – Emilys Meinung nach – zumindest darauf hin.

„Schau, meine Stute", flüsterte Judith leise, wobei ihre Stimme so zärtlich klang, dass Emily sie gar nicht wiedererkannte. „Ich habe sie Nachtwind genannt. Ihre Farbe gleicht der Nacht, die Art zu laufen dem Wind. Davon abgesehen, springt sie ausgezeichnet – auch im Gelände."

…Nachtwind. Im ersten Moment fand Emily diesen Namen ziemlich albern. Er hätte genauso gut in einem ihrer Kinderbücher stehen können. Dann erinnerte sie sich jedoch an die Leichtigkeit, mit der das Tier eben noch über die Wiese gelaufen, an die Anmut, mit der die lange, gewellte Mähne hinter ihm her geflattert war, und musste einsehen, dass ihre Schwester die richtige Wahl getroffen hatte.

„Sie ist ein Friese", erklärte die Ältere. „Großvater hat sie auf einer Auktion ersteigert. Dafür werde ich ihm ewig dankbar sein! Für mich ist sie mehr als nur ein Pferd; …sie ist meine engste Freundin; …sie ist mein Steintei..."

An dieser Stelle brach sie ab. Sie richtete den Blick verschämt zur Seite, so, als sei sie gerade im Begriff gewesen, etwas Verbotenes zu sagen. Anschließend fügte sie schnell hinzu: „Ein Leben ohne sie kann ich mir gar nicht mehr vorstellen."

Trotz ihres Nachsatzes erkannte Emily sofort, dass Judith sich mit dieser Erklärung aus der Affäre ziehen wollte, …dass sie die Sache auf gar keinen Fall weiter vertiefen wollte. Aha, dachte sie ärgerlich, da haben wir also schon wieder so ein streng gehütetes Geheimnis. Es schien ja eine ganze Menge davon zu geben!

Obwohl sie inzwischen eingesehen hatte, dass es besser war, nicht allzu viel über ihre Schwester und den Rest der Familie zu wissen, begann sie sich doch langsam aber sicher darüber zu ärgern, dass man ihr nicht zutraute, mit der neuen Situation zurechtzukommen.

Nachtwind, die den Zwischenfall zum Grasen genutzt hatte, gesellte sich jetzt wieder zu ihnen. Fasziniert beobachtete Emily, wie die schöne Stute ihren schweren, kantigen Kopf auf die Schulter der Schwester legte, um sich an den rosafarbenen Nüstern streicheln zu lassen. Sie schien sehr anhänglich zu sein. Ja, es gab keinen Zweifel. Die beiden mochten sich. Sie gehörten wirklich zusammen.

Als Judith sich wenig später von ihrem Liebling abwandte, kehrte das altbekannte, herablassende Grinsen augenblicklich in ihr Gesicht zurück. Wortlos streckte sie Emily ihre rechte, zur Faust geschlossene Hand entgegen. Was sollte das denn jetzt? Die Jüngere stöhnte. Sie hasste es, wenn man sie rätseln ließ.

Für einen kurzen Augenblick dachte sie, dass ihre Schwester die vorhin versäumte Begrüßung vielleicht nachholen oder sich sogar für ihr unmögliches Verhalten entschuldigen wolle… Dann verwarf sie diese Vermutung jedoch gleich wieder.

Zum Glück öffnete Judith nun endlich ihre Finger, worauf ein streichholzschachtelgroßes, schwarzes Kästchen zum Vorschein kam; ein winziges technisches Gerät.

„Das ist ein Peilsender", erklärte sie, während sie sich – wie schon so oft – über das erstaunte Gesicht ihrer Schülerin amüsierte.

„Befestige ihn irgendwie an deiner Kleidung, damit ich immer weiß, wo du bist."

Vorsichtig nahm Emily das kleine Teil an sich und verstaute es in ihrer linken Hosentasche.

„Soll ich etwa alleine laufen?", fragte sie aufgebracht, nachdem sie begriffen hatte, warum sie den Sender bekommen hatte.

„Selbstverständlich!", nickte Judith, die ihrer Stute freundschaftlich den samtigen Hals tätschelte.

„Aber... ich kenne den Weg doch gar nicht", protestierte Emily. Sie wollte nicht glauben, dass ihre Schwester gleich in der ersten Stunde solche Anforderungen stellte.

„Geh einfach geradeaus, bis du an den Wald kommst. Dort findest du einen schmalen Pfad. Den schlägst du ein. Irgendwann kommst du dann schon wieder hier an." Die Stimme der Älteren klang inzwischen etwas genervt: „Es ist nur ein Zwanzigkilometerlauf, den wirst du doch wohl ohne mich schaffen!" An ihrem Blick konnte man sehen, dass sie kein Nein akzeptieren würde.

Also nickte Emily tapfer und antwortete mit möglichst fester Stimme: „Ja... äh... ich denke, das schaffe ich."

Anschließend wunderte sie sich darüber, dass sie nicht *Ich habe Angst, mich zu verlaufen*, auch nicht *Es wäre mir lieber, wenn du mich beim ersten Mal begleiten würdest* und schon gar nicht *Ich gehe aber nicht alleine in den Wald* gesagt hatte.

Sie erinnerte sich dunkel daran, Tamara früher einmal versprochen zu haben, niemals alleine dort herumzulaufen. Das war einfach zu gefährlich. Immer wieder berichteten die Zeitungen von Überfällen. Außerdem musste man sich vor den wilden Tieren in Acht nehmen! Soweit Emily wusste, wurden selbst erwachsene Männer gelegentlich von wütenden Keilern attackiert. Wie konnte Judith ihr das nur antun?

Während sie unruhig von einem Fuß auf den anderen trat, zog ihre Schwester mit stoischer Gelassenheit eine kleine Stoppuhr aus der Hosentasche.

„Du hast genau zwanzig Minuten Zeit; dann erwarte ich dich wieder zurück", erklärte sie in einem Ton, der keine Widerrede duldete.

„Moment! Meinst du, ich habe nur ein paar Minuten für einen Zwanzigkilometerlauf?" Emily versuchte krampfhaft, die Fassung zu bewahren. Entsetzt starrte sie in das Gesicht ihrer Schwester.

Die dachte kurz nach. Eine steile Falte entstand zwischen ihren Brauen. „Na schön, sagen wir fünfundzwanzig Minuten", gab sie schließlich nach, „aber nur, weil es dein erstes Mal ist. Später werden wir die Laufzeit noch um einiges verkürzen."

„Dafür wäre sogar eine Stunde noch zu wenig", schrie Emily außer sich. Sie war jetzt vollkommen verzweifelt. Das, was diese aufgeblasene Zimtzicke da von ihr verlangte, war ja absolut unmöglich!

„Du bist noch nie gelaufen, oder?" Judith blieb ganz ruhig, während sie die kleine Schwester nachdenklich von der Seite betrachtete.

Natürlich hatte sie Recht! Emily war noch nie gelaufen. Patrick und Tamara hatten ihr ja schließlich alles, was nicht gerade Spazierengehen oder Wandern hieß, verboten.

Am Gesichtsausdruck ihres Gegenübers merkte die Fragende, dass sie ins Schwarze getroffen hatte. „Wusste ich es doch", lächelte sie. „Auf deine Adoptiveltern ist nun mal Verlass!" Dann wurde sie ein wenig verbindlicher: „Keine Sorge! Du hast Talent. Das wird schon!"

Emily ärgerte sich. Woher wollte ihre großspurige Schwester das denn nun schon wieder wissen? Sie hatten sich doch gerade eben erst kennengelernt!

„Wir haben dieselben Eltern", erklärte Judith mit entwaffnender Selbstverständlichkeit. „Du hast es geerbt."

Nach diesen Worten drehte sie sich um. Vorsichtig griff sie in die wallende Mähne ihrer Stute, um sich gleich drauf mit einem gekonnten Satz nach oben zu schwingen.

„Wir machen derweil einen kleinen Ausritt", verkündete sie fröhlich, während Nachtwind ungeduldig mit den Hufen scharrte. „In fünfundzwanzig Minuten sind wir wieder hier."

Emilys Knie wurden weich. Wenn sie aus dieser Nummer noch herauskommen wollte, dann jetzt!

„Ich fühle mich nicht gut", klagte sie schnell. Vielleicht würde die Ältere den Blödsinn ja lassen, wenn sie ihr vorgaukelte, krank zu sein. „Wahrscheinlich die viele Aufregung! Am besten gehen wir wieder zurück, damit ich mich etwas hinlegen kann."

Judith grinste belustigt. „Aber natürlich darfst du ein wenig schlafen", gab sie regungslos zurück, „allerdings nur, wenn du das ausgefallene Talent besitzt, beim Schlafen zu laufen, was..." Jetzt lachte sie aus vollem Halse. „...selbst in unserer Familie noch nicht vorgekommen ist!"

Sie ließ ihr Pferd wenden und galoppierte davon, ohne sich noch einmal umzuschauen.

Emily starrte ihr entsetzt hinterher. Ihre Schwester ritt ohne Sattel und Zaumzeug. Sie klammerte sich nur mit den Beinen am Rücken ihres Pferdes fest. Ihre linke Hand lag auf dem Knie. Die rechte hing lässig neben dem Körper, wo sie im Takt des Hufschlags hin und her wippte. Nachtwinds Mähne, der bodenlange Schweif sowie Judiths kräftige, offene Haare tanzten übermütig durch die Luft, während ihre Körper zunehmend miteinander verschmolzen. Nach einer Weile waren sie nicht mehr zu sehen.

Angst kroch über Emilys Rücken. Sie kribbelte auf ihrer Haut wie ein ganzer Schwarm lästiger Insekten. Immerhin befand sie sich mutterseelenallein irgendwo auf einer Wiese; vor ihr ein völlig unbekanntes Waldstück.

Sollte sie versuchen, den Weg zum Gut zurückzufinden? Hm. Sie würde sich bestimmt verlaufen. Sollte sie hier warten, bis Judith zurückkam? Nein. Auch das würde Ärger geben. Womöglich würde sich ihre Schwester später bei Proges über ihre Faulheit beschweren... und den wollte sie auf gar keinen Fall wütend machen.

Verzweifelt suchte sie nach einer besseren Idee, bis sie endlich einsah, dass es nicht den geringsten Ausweg gab.

„Geh geradeaus bis an den Waldrand", hatte Judith vorhin gesagt.

Also gut. Widerwillig näherte sie sich ihrem Startpunkt. Der kleine Pfad war wirklich nicht zu übersehen! Nachdem sie ein paar Mal tief durchgeatmet hatte, um ruhig zu werden, begann sie dem Weg zu folgen.

Zwanzig Kilometer! Und die sollte sie in fünfundzwanzig Minuten schaffen! Wahrscheinlich handelt es sich um ein Missverständnis, dachte Emily zu ihrer eigenen Beruhigung. Judith hat wahrscheinlich zwei Kilometer gemeint – oder vielleicht zwölf?

Im Geiste stellte sie sich vor, wie hämisch die Ältere grinsen würde, wenn sie aufgab; mit welcher Genugtuung sie an den folgenden Tagen auf sie herabsehen würde, wenn sie nicht pünktlich zurückkam. Diesen Gefallen wollte sie ihr ganz bestimmt nicht tun – egal wie lang die Strecke vor ihr noch war. Also beschleunigte sie ihr Tempo und begann zum ersten Mal in ihrem Leben zu rennen.

Schneller und schneller federten Emilys Beine über den Waldboden. Es war schon seltsam: ihre Muskeln funktionierten völlig reibungslos – ganz ohne Anstrengung – obwohl sie untrainiert waren. Im Laufe der Zeit legte sie weiter an Geschwindigkeit zu, bis sie schließlich mit der Leichtigkeit eines Straußenvogels durchs Dickicht raste! Sie hätte nie für möglich gehalten, dass sich ein Wesen ihrer Art aus eigener Kraft so schnell fortbewegen konnte. Ob das noch jemand außer ihr fertig brachte? Judith vielleicht… oder Theresa?

Ein bisher unbekannter Ehrgeiz trieb sie dazu, ihr Tempo noch mehr zu steigern. Am Ende flogen die Bäume geradezu an ihr vorbei, so dass sie das Gefühl hatte, in einem fahrenden Auto zu sitzen. Es war überwältigend. Auf diese Weise würde sie locker dreißig Kilometer schaffen! Was Judith wohl dazu sagen würde, wenn sie bereits vor den anberaumten fünfundzwanzig Minuten am Ziel war?

Allah nahm eine Hand voll Südwind und erschuf daraus das Pferd.

Astrid Frank

9. Steinteiler

Die Wochen zogen sich dahin, bis Emily gar nicht mehr so recht wusste, wie lange sie schon hier – auf dem Güldschen Gut – war. Anfangs hatte sie noch jeden Sonnenaufgang gezählt und abends im Bett wehmütig an ihr altes Zuhause gedacht; inzwischen ließ sie sowohl das eine als auch das andere bleiben.

Der praktische Unterricht wurde zusehends härter, was sich unter anderem darin zeigte, dass Judith ihr Pensum beim Ausdauerlaufen von Stunde zu Stunde nach oben schraubte. Letztes Mal musste sie fünfzig Kilometer in dreißig Minuten zurücklegen, wobei sie trotz ihres Talents ganz schön ins Schwitzen kam!
Im theoretischen Unterricht erging es ihr nicht besser. Theresa verlangte von ihr, dass sie die Eigenschaften unzähliger Pflanzen, Tiere und Gesteine auswendig lernte! Jede Stunde kamen neue hinzu, weshalb sie schon bald nicht mehr wusste, wie sie diese Flut an Informationen dauerhaft im Kopf behalten sollte... Abgesehen davon hatte sie ja nicht mal Klassenkameraden, hinter denen sie sich gelegentlich verstecken konnte!
Wenn sie ihre Situation richtig betrachtete, grenzte es schon fast an ein Wunder, dass sie nicht längst zusammengebrochen war und diesen Irrsinn stattdessen immer wieder aufs Neue über sich ergehen ließ. Nun ja, ab und zu beschwerte sie sich schon, aber dann kam sie – warum auch immer – doch wieder pünktlich zur nächsten Stunde. Es schien fast so, als ob ihr innerer Führer sie gegen ihren Willen in ihr neues Leben zerrte.

Ein Tag glich dem anderen:
Pünktlich um 6.30 Uhr wurde Emily aus dem Schlaf gerissen. Dann musste sie aufstehen, duschen, den Fächern entsprechende Kleidung anziehen und frühstücken. Anschließend begann ihre Leidenszeit, die sämtliche Lebensenergien raubte und tatsächlich von acht bis neunzehn Uhr dauerte. Zurück auf ihrer Etage würgte sie dann für gewöhnlich nur noch schnell ein paar Brote in sich hinein, bevor sie hundemüde ins Bett fiel.
Es blieb keine Zeit mehr für irgendetwas anderes. Keine Zeit für Fernsehen, für Computerspiele, für Romane und... keine Zeit für Chilli! Ihr heiß geliebtes Haustier wurde nun von den Zimmermädchen versorgt. Das gefiel Emily am allerwenigsten! Sicher würde Chilli irgendwann beleidigt reagieren und nichts mehr von ihr wissen wollen.

Außerdem fragte sie sich, warum man ihr einen Laptop und einen brandneuen Flachbildschirm auf die Etage gestellt hatte, wenn sie sich gar nicht damit beschäftigen konnte.

Trotz all der ganzen Plackerei musste sie fairerweise zugeben, dass die neuen Fächer, wenn sie auch seltsam anmuteten und sie nicht im Traume daran dachte, das Gelernte jemals anzuwenden, doch aufregender waren als Mathe, Deutsch, Biologie, Geschichte und Physik. Am liebsten kam sie zum Reitunterricht. Sie freute sich riesig darüber, nun endlich mit diesen großen, stolzen Tieren arbeiten zu dürfen!

Als sie nach der ersten Stunde mit wackligen Knien und einem Strahlen im Gesicht nach Hause gegangen war, hatte sie an Tamaras Worte denken müssen: *Du durftest bisher nicht du selbst sein!* Emily verstand nun, was sie damit gemeint hatte! Zu schade nur, dass sie beim Reiten nicht so viel Talent zeigte wie beim Laufen. Im Gegensatz zum Ausdauerlaufen, was ihr auf Anhieb und ohne irgendeine Unterweisung gelungen war, musste sie die Technik des Reitens mühsam erlernen.

Die Ställe waren riesige, moderne Gebäude mit roten Dächern und weiß getünchten Außenmauern. Drei Viertel der Stellflächen wurden für die Zuchthengste und -stuten gebraucht; der Rest für die Privatpferde.

Es gefiel Emily, dass die Tiere in ihren Boxen fast so viel Platz hatten wie auf einem Paddock. Nirgendwo gab es Fliegen, Mäuse oder Schwalbennester – noch nicht mal Spinnenweben! Wenn man die Stallgassen entlangging, konnte man unzählige Araberpintos bewundern, die sich hier von ihren langen, anstrengenden Ausbildungseinheiten ausruhten. Wie elegant und sauber sie waren! Wahrscheinlich wurden sie jeden Tag mehrmals gestriegelt. Bei diesem Anblick konnte sie schon verstehen, dass von Fels solche Tiere haben wollte!

„Pferde", hatte Judith ihr nach der letzten Reitstunde erklärt, „sind sehr wichtig für uns. Sie laufen zwar nicht schneller als wir, halten aber länger durch. Außerdem überwinden sie Hindernisse mit arteigener Leichtigkeit. Ohne sie ist ein Überleben gar nicht möglich. Merk dir das!"

„Kein Problem." Emily war an diesem Tag schon deutlich besser mit dem herrischen Umgangston ihrer Schwester zurecht gekommen. Insgeheim hatte sie sich diebisch darüber gefreut, dass sie viel mehr mit diesen Worten anfangen konnte, als ihr Gegenüber vermutete.

An einem der folgenden Tage stand Ausdauerreiten auf dem Programm.

„Das ist unsere Königsdisziplin", schulmeisterte Judith, die, als Emily gerade frühstückte, kurz den Kopf zur Tür hereinstreckte. „Mit Dressurreiten und Springreiten alleine kommst du nicht weit. Es ist unbedingt notwendig, dass du lernst, mehrere Stunden ohne Pause auf einem Pferd durchzuhalten!"

Emily stöhnte innerlich. Warum musste Judith nur immer so übertreiben? Wollte sie ihr den Spaß am Reiten etwa gleich wieder verderben? Nach einer solchen Tortur würde ihr mit Sicherheit alles weh tun! Außerdem – wenn sie sich schon derart abrackern sollte – war ihrer Meinung nach jetzt auch endlich mal eine umfassende Erklärung für diese ganze Schinderei fällig, oder? Worum ging es denn eigentlich in dem Krieg, der ihren gesamten Ausbildungsplan bestimmte... und... was hatte sie damit zu tun?

Sie verschlang den letzten Bissen ihres Brotes. Da Judith keine Verspätung duldete, lief sie in Windeseile die Treppen hinunter, wünschte James in der Empfangshalle einen guten Morgen und verschwand durch die Eingangstür.

Als sie am vereinbarten Treffpunkt erschien, war ihre Schwester längst da. Ungeduldig winkte sie die Jüngere zu sich: „Komm schnell, wir müssen noch ein geeignetes Pferd für dich suchen."

Die Mädchen gingen durch das riesige Holztor in einen der Ställe. Hier standen, wie Emily bereits wusste, die Privatpferde der Familie. Einige von ihnen hatte sie in den vorangegangenen Stunden schon kennengelernt. Insgesamt waren es etwa dreißig Tiere, die nur von eigens für sie ausgesuchtem Personal betreut wurden. Die betagten unter ihnen bekamen das Gnadenbrot, hatten absolute Narrenfreiheit und durften tun, was sie wollten – Hauptsache sie waren glücklich.

Emily hatte erst gar nicht glauben können, dass der Alte seine Pferde so sehr liebte. Offensichtlich liebte er sie um einiges mehr als seine Enkelinnen, denn im Gegensatz zu der sonst doch eher unterkühlten Atmosphäre in ihrem neuen Heim, spürte man auf dem Gestüt eine ungeahnte Wärme – zumindest zwischen Mensch und Tier.

Judith besaß, genau wie Theresa, ein Dutzend Pferde, von denen sie aber nur eines regelmäßig bewegte: Nachtwind. Alle anderen überließ sie den Bereitern, die sich auch um die Tiere ihrer älteren Schwester kümmerten.

Theresa tauchte nämlich – im Gegensatz zu Judith – nur ganz selten hier auf. Wahrscheinlich lag es daran, dass sie den Nachmittagsunterricht vorbereiten musste. Wenn sie trotzdem mal ausritt, begnügte sie sich mit ihrer Lieblingstute, dem einzigen Mischling des Gestüts. Es machte ihr nichts aus, schon nach dem Anfängerparcours abbrechen zu müssen, weil die alte Dame nicht mehr konnte.

Heute Morgen wartete Tagtraum im Stall auf den Hufschmied. Da ihr Fell die Aufmerksamkeit der Besucher unweigerlich auf sich lenkte, bemerkte Emily gleich, dass die Flecken auf ihrem Rücken tatsächlich einen Blaustich hatten.

Am Ende des Ganges blieb Judith stehen. Sie öffnete die vor ihr liegende Box, um einen braunen Wallach mit weißer Blesse herauszuführen. „Das ist Austin", verkündete sie mit einem Anflug von Spott in der Stimme. „Er ist sehr lieb. Mit ihm kommt wirklich jeder zurecht. Ich wette, ihr werdet euch gut verstehen."

„Gehört er dir?" Emily strich dem Pferd vorsichtig über das glänzende Fell.

„Ja", antwortete ihre Schwester knapp. Sie hasste überflüssige Fragen, weshalb sie gleich darauf auch ohne große Umschweife mit dem Unterricht begann. „Zum Ausdauerreiten braucht man einen leichten, komfortablen Sattel", erklärte sie schroff, bevor sie blitzschnell in einer der vielen Kammern verschwand, um ein sperriges Lederpaket herbeizuschaffen, welches sie ihrer staunenden Schülerin mit einer gekonnten Bewegung auf den linken Unterarm schob.

„Und das soll leicht sein?" fragte Emily empört, während sie ein wenig in sich zusammensackte.

Judith ignorierte diesen Einwand. Stattdessen ließ sie die Jüngere aufsatteln. Anschließend überprüfte sie kritisch, ob der Gurt auch richtig festgezogen war. „Alles in Ordnung", stellte sie brummig fest, worauf zu Emils Verwunderung von draußen ein leises Wiehern folgte.

Ohne ein weiteres Wort zu verlieren drückte Judith der Schwester Austins Zügel in die Hand, damit sie den Riegel ungehindert zur Seite schieben konnte. Nachtwind kam herein. Die rabenschwarze Stute tänzelte aufgeregt hin und her. Sie schien sich – ganz im Gegensatz zu Emily – unbändig auf diesen anstrengenden Ausritt zu freuen.

„Wir brechen jetzt auf", ordnete Judith an, während sie ihren temperamentvollen Liebling zwischen den Ohren kraulte. „Meine schwarze Schöne kann es kaum erwarten." Ihre letzten Worte klangen so liebevoll, fast zärtlich, wie damals an Emilys erstem Unterrichtstag. In altbekanntem Tonfall fügte sie nach einer kurzen Atempause kichernd hinzu: „Heute werde ich dich begleiten. Es könnte ja schließlich sein, dass du vor Erschöpfung aus dem Sattel kippst."

Bestimmt nicht, dachte Emily wütend, den Gefallen werde ich dir nicht tun. Ich werde ganz sicher durchhalten!

Sie brachten die Pferde nach draußen. Im staubigen Sand des Vorhofs versuchte die soeben Beleidigte verzweifelt, ohne Judiths Hilfe nach oben zu kommen. Sie wollte es unbedingt alleine schaffen – jetzt erst recht! Nachdem sie ein paar Mal abgerutscht war, gelang es ihr schließlich, im Steigbügel Halt zu finden und sich am Sattel hochzuziehen. Erleichtert griff sie nach den Zügeln.

„Du reitest heute mit einem Vielseitigkeitssattel", erläuterte Judith grinsend. Ihr war selbstverständlich nicht entgangen, dass es mit dem Aufsteigen nicht sofort geklappt hatte. „Damit kann man auch springen, wenn es notwendig wird. Du darfst ihn so lange benutzen, bis du ganz sicher geworden bist. Dann probieren wir es auch ohne ihn. Wie du bestimmt schon gemerkt hast, reitet keiner von uns mit Sattel und Zaumzeug."
Ja, Emily hatte längst gemerkt, dass ihre Familie anders war – schrecklich anders! Ohne Sattel und Zaumzeug zu reiten war jedoch ausnahmsweise mal eine Tradition, die ihr gefiel.

Judith kletterte behände auf den Rücken ihrer Stute, die gleich darauf unverzüglich antrabte. Im Vorbeireiten wandte sie sich erneut an Emily: „Ach... bevor wir aufbrechen, muss ich dir unbedingt noch etwas verraten! Austin ist ein ganz besonderes Pferd. Wenn er zu langsam läuft, brauchst du nur zu pfeifen!" Dann preschte sie lauthals lachend davon.

Ihr werdet euch gut verstehen, klang es noch in Emilys Ohren, während sie sich nach Kräften darum bemühte, den beiden zu folgen. Was für ein Blödsinn! Austin und sie verstanden sich überhaupt nicht! Er hatte seinen eigenen Kopf und ließ sich von einem ungeübten Mädchen noch weniger als gar nichts sagen.
Mit aller Kraft presste sie ihre Fersen in seine Seiten. Sie zog wild an seinen Zügeln. Es half alles nichts. Der störrische Gaul machte keinen Schritt in die richtige Richtung; marschierte stattdessen jedoch seelenruhig auf eine Wiese, wo er mit eselähnlicher Sturheit zu fressen begann.
Als ihre Schwester kaum noch zu sehen war, erinnerte sich Emily an das, was Judith vorhin gesagt hatte: *Du brauchst nur zu pfeifen!* In ihrer Not probierte sie es.
Austin reagierte auch gleich – allerdings nicht so, wie sie erwartet hatte! Er stieg mit den Vorderbeinen, um anschließend in völlig überstürztem Jagdgalopp hinter seinem Artgenossen her zu rasen. Sie konnte sich kaum im Sattel halten. Das wild gewordene Tier wur-

de mit jedem Schritt schneller; …so schnell, dass sie schon bald an Nachtwind und Judith vorbeirauschten.

Emily klammerte sich am Sattelknauf fest. Als blutige Anfängerin hatte sie nicht die leiseste Ahnung davon, was man tun musste, um so einen Wildfang wieder zur Vernunft zu bringen. Starr vor Angst bohrten sich ihre Fingernägel in das harte Leder. Wie lange würde sie das noch durchhalten? Die Spannung in den Armen ließ schon deutlich nach; sie begann, bedenklich im Sattel zu schwanken. Sicher war es nur noch eine Frage der Zeit, bis sie stürzen würde.

Plötzlich – Emily hatte schon fast aufgegeben – zerrissen zwei gellend schrille Pfiffe die flirrende Luft. Während Austin langsam zum Stehen kam, atmete die Reiterin auf seinem Rücken erleichtert auf. Sie war noch am Leben! Was für ein Glück!

Einen kurzen Moment lang hatte sie das Gefühl, sich bei Judith für ihre Rettung bedanken zu müssen. Dann fragte sie sich allerdings, wie es denn eigentlich zu dieser Situation gekommen war. Warum hatte Judith ihr diesen dämlichen Ratschlag denn überhaupt gegeben? Hatte sie gewusst, was passieren würde? Unsicher beobachtete sie das Gesicht der großen Schwester, die gerade dabei war, mit Nachtwind aufzuschließen.

Als sie kurz darauf ein amüsiertes Flackern in den ebenholzschwarzen Augen der Herannahenden erkannte, begann es in ihrem Inneren zu brodeln. Nun war ihr alles klar.

„Du Biest, das war kein Versehen! Du hast mich absichtlich gedemütigt! Du elendes Miststück!“, schrie sie aus vollem Halse, wobei sie Judith mit ihrer violett glühenden Iris zornig anstarrte. „Ich werde nie mehr zu diesem lebensgefährlichen Unterricht kommen!“

So wütend wie Emily in diesem Augenblick war, sollte es noch eine ganze Weile dauern, bis sie sich wieder beruhigt hatte. Erst dann ritten die beiden weiter; schweigend, Seite an Seite. Zwischendurch ließ sich Judith dazu herab, ihr die Eigenheiten des Wallachs genauer zu erklären.

„Wenn er Schritt gehen soll, musst du in die Hände klatschen, wenn er traben soll, mit der Zunge schnalzen, wenn er galoppieren soll, mit den Fingern schnipsen.“ Sie machte eine kurze Pause. „Wenn du allerdings möchtest, dass er Gas gibt“, setzte sie hinzu, „ist Pfeifen genau das richtige Mittel.“

Die Miene ihrer Zuhörerin erstarrte. Musste diese blöde Kuh denn jetzt nochmal davon anfangen? Emily konnte nicht fassen, dass Judith nun auch noch Salz in die Wunde streute. Endlos enttäuscht von ihrer schönen, grausamen Schwester schnalzte sie Austin ins

Ohr, damit er antrabte und ein wenig vorauslief. Sie wollte Judith auf gar keinen Fall sehen lassen, dass sie immer noch betroffen war und sich auch immer noch ein wenig schämte.

Stunden vergingen, bis die Jüngere endlich wieder einlenkte. Obwohl sie sich fest vorgenommen hatte, kein einziges Wort mehr mit Judith zu sprechen, wollte sie den Rest des Weges nun doch dazu nutzen, ihr eine Frage zu stellen, die sie schon länger mit sich herumschleppte. „Woher weiß Nachtwind eigentlich, was sie tun soll? Du hast ihr bisher doch noch kein einziges Kommando gegeben!"

Judith stutzte. Bevor sie antwortete, sah sie ihr Gegenüber nachdenklich an, so, als überlege sie noch, ob sie es ihr verraten solle. Dann gab sie sich einen Ruck und sagte: „Ich lenke sie mit meinen Gedanken." Ein künstliches Lachen folgte. Vermutlich tat es ihr schon wieder leid, so offenherzig gewesen zu sein. Wahrscheinlich versuchte sie nachträglich, ihre Antwort wie einen Witz aussehen zu lassen – vergebens. Emily wusste nur zu genau, dass sie die Wahrheit gesagt hatte; wenn sie auch noch so unglaubwürdig klang.

Auf dem Gutsgelände angekommen, spürte Emily ihre Arme und Beine nicht mehr. Es fiel ihr schwer abzusteigen. Als sie auf dem Boden stand, dachte sie im ersten Augenblick, dass sie nun nicht mehr in der Lage wäre, einen Fuß vor den anderen zu stellen. Sie zwang sich, ein paar Schritte zu gehen, worauf das Gefühl in ihren Gliedmaßen nach und nach zurückkehrte. Morgen früh würde sie einen gewaltigen Muskelkater haben, daran gab es keinen Zweifel.

„Im Reiten bist du leider nicht ganz so talentiert wie im Laufen", bemerkte Judith nun schon zum x-ten Male, „aber mach dir keine Sorgen. Mit ein bisschen Übung kriegen wir das schon hin." Sie rutschte elegant von Nachtwinds Rücken, um mit ihrer Stute zum Stall zu gehen.

Sicher will sie ihr Pferd noch striegeln und füttern, bevor sie es wieder auf dem Gelände herumlaufen lässt, dachte Emily. Judiths Liebling genoss ja bekanntlich Sonderrechte. Er durfte sich hier völlig frei bewegen; genauso wie ein Mensch.

„Verdammt", fluchte die Ältere, als sie vor dem schweren, hölzernen Tor angekommen waren, „Nachtwind hinkt." Besorgt verschwand sie im Geräteraum, um einen Hufkratzer zu holen.

Währenddessen sattelte Emily ab. Sie brachte alles auf seinen Platz zurück; dann kam sie wieder nach draußen.

Ihre Schwester hockte bereits auf dem Boden. Sie war gerade dabei, den rechten Hinterhuf der Stute von Unrat zu befreien. „Das Auskratzen ist wichtig", erklärte sie beiläufig,

„weil sich bei jedem Ausritt Dreck hinter den Eisen sammelt. Der geht nicht von alleine weg. Man muss ihn entfernen. Manchmal sind auch kleine Steinchen dabei. Wenn man sie übersieht, kann das Pferd nicht mehr laufen." Gewissenhaft suchte sie den gesäuberten Bereich ab. „Ich finde nichts, was für ihr Hinken verantwortlich sein könnte", murmelte sie ratlos, während sie sich mit vorgeschobener Unterlippe eine Haarsträhne aus dem Gesicht blies. „Es ist mir ein Rätsel, warum sie mit diesem Bein nicht auftreten will."

Emily kam näher und beugte sich hinunter. Vielleicht konnte sie ja was erkennen. „Das Hufeisen von Nachtwind sieht ganz anders aus als das von Austin", stellt sie verblüfft fest.

„Wirklich?" Judith zuckte zusammen. Es war ihr offensichtlich unangenehm, darauf angesprochen zu werden. „Du musst dich getäuscht haben."

„Nein, habe ich nicht", entgegnete Emily unbeirrt. „Dieser Beschlag ist nicht aus Eisen."

Während sie ihre Behauptung untermauerte, fragte sie sich, warum sie ihre Schwester mit dieser Feststellung so verunsichert hatte. Neugierig fuhr sie mit den Fingern darüber. Um welches Material konnte es sich handeln? Es war glänzender, dunkler, glatter und viel edler als Metall. In der Hoffnung auf eine Erklärung schaute sie zu ihrer Schwester hinüber. Als ihr Blick an dem Gabbro in Judiths Ausschnitt hängen blieb, fiel es ihr wie Schuppen von den Augen.

„Es ist aus Stein… aus Edelstein… aus Blackstone!"

Judith war so überrascht, dass sie keinen Versuch unternahm, ihr zu widersprechen. Sie war zum ersten Mal, seit Emily sie kannte, wirklich sprachlos. Anscheinend hatte sie nicht damit gerechnet, dass ihre kleine Schwester so genau hinsehen und so messerscharfe Schlüsse ziehen würde. Sauer war sie aber nicht – jedenfalls nicht auf Emily!

„Nachtwind hat scheinbar einen Narren an dir gefressen", sagte sie kopfschüttelnd, wobei sie ihrem Pferd einen ärgerlichen Klaps auf die Kuppe gab. „Es ist einfach unglaublich, dass dieser dusselige Gaul dir dabei hilft, Dinge herauszufinden, für die du noch viel zu grün hinter den Ohren bist!" Dann schaute sie Emily ernst in die Augen. „Nun weißt du es also. Nachtwind und ich teilen den gleichen Stein. Die Energie der zusammenstrebenden Hälften bindet uns aneinander. Wir sind unzertrennliche Verbündete; …Steinteiler eben."

Schließlich schimpfte sie noch ein wenig mit ihrer Stute, bis diese die Ohren zurücklegte und beleidigt davon trabte. Von ihren Beschwerden war nun natürlich nichts mehr zu bemerken.

Emily drehte sich wortlos um. Sie musste jetzt gleich beim theoretischen Unterricht erscheinen. Hoffentlich konnte sie sich überhaupt konzentrieren! Hoffentlich kreisten ihre Gedanken nicht immer nur um Judith, Nachtwind und den gemeinsamen Edelstein!

Was es wohl bedeutete, so eng mit einem Tier verbunden zu sein? Warum Judith den Stein ausgerechnet mit Nachtwind teilte? Wie war das nochmal... hatte sie nicht auch behauptet, Nachtwind mit ihren Gedanken lenken zu können?

Als sie die Stufen zu Theresas Arbeitszimmer hinaufstieg, war ihr Kopf noch immer voller Fragezeichen.

Wer in die Fremde will wandern,
Der muss mit der Liebsten gehn,
Es jubeln und lassen die andern
Den Fremden alleine stehn.
Was wisset ihr, dunkele Wipfel,
Von der alten, schönen Zeit?
Ach, die Heimat hinter den Gipfeln,
Wie liegt sie von hier so weit!

Am liebsten betracht ich die Sterne,
Die schienen, wie ich ging zu ihr,
Die Nachtigall hör ich so gerne,
Sie sang vor der Liebsten Tür.

Der Morgen, das ist meine Freude!
Da steig ich in stiller Stund
Auf den höchsten Berg in die Weite,
Grüß dich, Deutschland, aus Herzensgrund!

Joseph von Eichendorff

10. Heimweh

Am nächsten Morgen fiel Emily aus allen Wolken. Während üblicherweise ofenwarme Brötchen, Kakao und süße Aufstriche serviert wurden, war heute auf dem Tablett nichts dergleichen zu finden. Stattdessen entdeckte sie schon von Weitem eigenartige Pasteten, süßlich riechenden Tee und ein mehliges, brotartiges Etwas.
Außerdem wunderte sie sich darüber, dass Theresa diese seltsamen Speisen höchstpersönlich ins Zimmer schleppte. Das war bisher noch nie vorgekommen.

Die Ältere wünschte ihr einen guten Morgen. Nachdem sie alles auf dem Nachttisch abgestellt hatte, ließ sie sich mit einem kleinen Seufzer in den grünen Sessel direkt neben Emilys Bett fallen.
Sie trug ein knöchellanges, muscanfarbenes Kleid, darunter ebenso blaue Stöckelschuhe. Ihre Handgelenke waren mit mehreren goldenen Armreifen bestückt. Ganz schön unpassend für einen gewöhnlichen Tag, fand Emily, die zu allem Überfluss dann auch noch eine zichorienartige Blume in den welligen, stufig geschnittenen Haaren der Schwester entdeck-

te. Fast wie Evelyn Valera aus Maske in Blau, dachte sie still für sich, wobei sie nicht so recht wusste, was sie davon halten sollte, dass Theresa mit ihrem Outfit immer so übertrieb – Judith übrigens auch! Auch sie hüllte sich in lange, schicke Gewänder, wenn sie nicht gerade irgendeine Sportart unterrichtete.

Lag es an Proges Reichtum oder handelte es sich mal wieder um eine Marotte ihrer Familie? Eines stand jedenfalls fest: Niemand, den sie aus ihrem früheren Leben kannte, hatte sich je so aufgetakelt.

„Ich hab' dir ein paar Lebensmittel mitgebracht, die du unbedingt kennenlernen musst", erklärte die gerade Hereingeschneite, mit der linken Hand auf eine geblümte Porzellantasse deutend. „Das hier sieht zwar aus wie Tee; es ist aber keiner. Es ist der Saft der Lunarauke."

Emily warf einen flüchtigen Blick in das bunt bemalte Gefäß. Die warme, dampfende Brühe darin war gelb, wirkte jedoch kein bisschen außergewöhnlich. Vom Geruch her hätte es sich auch um irgendeinen Früchtetee handeln können. Gelangweilt wandte sie sich ab. Eigentlich wollte sie jetzt lieber irgendwas Vernünftiges frühstücken. Sie hatte wirklich einen Bärenhunger.

Theresa stöhnte leise, als sie das Desinteresse ihrer noch etwas verschlafenen Schülerin bemerkte. Sie begann, demonstrativ mit einem verschnörkelten Löffel in der Tasse herumzurühren, wodurch das Getränk augenblicklich einen silbernen Schimmer annahm.

„Lunarauken", erklärte sie, den Blick geradewegs auf den Inhalt der Tasse gerichtet, „findet man nur bei Vollmond, darum der Name. Sie wachsen an den Flussufern unserer Heimat. Ihr Saft verleiht einzigartige Überlebenskräfte. Leider verwechselt man sie sehr leicht mit der goldkleegelben Sternenanemone, die ebenfalls in den Auen zu Hause und farblich nur sehr schwer von der Rauke zu unterscheiden ist. Im Gegensatz zur Rauke ist die tückische Anemone jedoch absolut ungenießbar."

Zu Emilys Erstaunen zog Theresa zwei in Plastik verpackte, leicht angetrocknete Stauden aus dem wallenden Stoff ihres Kleides. Solche Pflanzen waren ihr trotz all der Lernerei noch nie begegnet!

„Wir haben vor einiger Zeit Setzlinge hierhergebracht", erklärte die Ältere beiläufig. „Die wachsen auf dem Gut; im Glashaus." Dann sah sie ihrem Gegenüber auffordernd in die goldschattierten Augen. „Ich möchte, dass du herausfindest, welche die Lunarauke ist!"

Mit einer gekonnten Bewegung zog sie die Pflanzen vorsichtig aus der Hülle, um sie neben das Tablett auf den Nachttisch zu legen. Ganz schön schwierig, dachte Emily.

Diese riesigen, filigran gewachsenen Blüten sahen sich tatsächlich ziemlich ähnlich. Sie zeigten beide einen körbchenartigen Stand mit unzähligen, zungenförmigen Blättern. Darüber hinaus hatten beide die gleiche, gelbe Färbung, deren ausgeprägte Strahlkraft ihnen ein fremdartiges, fast übernatürliches Aussehen verlieh. Die Erste besaß einen langen, gewundenen Stiel, der zu allen Seiten hin kleine, kreisförmige Blätter austrieb; die Zweite einen kantigen, mit Dornen besetzten Stängel sowie paarig gefiedertes Laub.

Da jede auf ihre Weise an den Mond erinnerte, fiel es Emily nicht leicht, sich zu entscheiden. Sie brauchte dringend weitere Anhaltspunkte. Vielleicht würde ja ein einfaches, kleines Experiment mehr Licht ins Dunkel bringen!

Zielstrebig nahm sie eine der Stauden in die Hände. Sie bog den Stängel so lange, bis er brach, um die austretende Flüssigkeit genauer zu betrachten. Bedauerlicherweise gewann sie nur ein paar armselige Tropfen, die jedoch allemal ausreichen sollten, um ihr auf die Sprünge zu helfen.

Theresa wurde unruhig. Emilys Vorgehensweise schien ihr ganz und gar nicht zu gefallen. Ungeduldig rutschte sie in ihrem Sessel nach vorne, so, als wolle sie im nächsten Moment eingreifen. Mit Argusaugen verfolgte sie jeden einzelnen Handgriff der kleinen Schwester, ließ sie letztendlich aber gewähren.

Die winzigen, etwas zähflüssigen Lachen auf dem lackierten Kiefernholz waren grün und rochen unangenehm modrig; genaugenommen sogar etwas ekelhaft. Emily rümpfte die Nase. Angewidert legte sie das seltsame Gewächs zur Seite.

Nun wandte sie sich der anderen Pflanze zu, die aufgrund ihrer Stacheln gar nicht so einfach anzufassen war. Es dauerte etwas, bis sie eine Stelle gefunden hatte, an der sie zwischen die messerscharfen Spitzen greifen konnte. Vorsichtig durchtrennte sie den Stiel. Wie sich schnell herausstellte, war sein substanzloser, wässriger Inhalt gelb und erinnerte vom Duft her an das merkwürdige Gebräu auf dem Tablett. Sie kam der Sache offensichtlich näher. Um ihre Vermutung zu untermauern, strich sie abschließend vorsichtig über die weichen, samtigen Blüten. Ein silbrig glitzernder Staub setzte sich ab.

„Das ist die Lunarauke", verkündete sie siegesgewiss, während sich ein zufriedenes Lächeln auf ihre Lippen legte. „Daran gibt es keinen Zweifel mehr!"

„Richtig!" Sichtlich erleichtert lehnte Theresa sich zurück.

Emilys Augen begannen vor Stolz zu strahlen. Sie war sehr glücklich darüber, auf so eine gute Idee gekommen zu sein.

„Jetzt musst du das hier aber auch mal probieren", drängte Theresa, wobei sie ihr die immer noch angenehm warme Tasse in die Hand drückte.

Emily erschrak, als sie einen kleinen Schluck der Lösung zu sich nahm. Dieses dünne, gleißende Gebräu brannte wie Feuer, so sehr, dass sie nur noch ein klägliches Krächzen von sich geben konnte.

Theresa kicherte leise vor sich hin. „Es ist nur am Anfang etwas unangenehm, dann wird es besser."

Zum Glück behielt sie Recht. Nach wenigen Sekunden waren die Schmerzen wieder verschwunden. Stattdessen verbreitete sich nun eine wohlige Wärme – vom Magen ausgehend – über den ganzen Körper.

„Oh", seufzte Emily vollkommen begeistert, „das ist ja wirklich angenehm. Genau das Richtige, wenn man sich bei Tagesanbruch aus dem Bett quälen muss! Ich glaube, ich könnte jeden Morgen ein bisschen davon vertragen."

„Mit den Essenzen der Lunarauke darf man nicht verschwenderisch umgehen", widersprach Theresa. „Sie sind sehr wertvoll. Du musst wissen, dass diese Art in ihrem natürlichen Lebensraum nur von äußerst erfahrenen Heilern gefunden wird. Wir brauchen sie, um uns in ungewöhnlich kalten Nächten vor dem Erfrieren zu schützen."

Dann deutete sie schaudernd auf die Sternenanemone. „Diese hier ist lebensgefährlich. Sie tötet in wenigen Sekunden."

Emily wurde ganz weiß im Gesicht; grauweiß. Kein Wunder, dass es ihrer Schwester schwer gefallen war, sie so leichtsinnig mit dem Stängel dieser Giftpflanze herumhantieren zu sehen! Mit versteinerter Miene beobachtete sie, wie Theresa die Anemone mit Hilfe einer Serviette vom Nachttisch nahm.

„Geh dir lieber mal die Finger waschen", empfahl sie ihrer Schülerin, bevor sie das lädierte Exemplar in den Mülleimer warf. „Ich werde in der Zwischenzeit den gefährlichen Saft wegwischen."

Als Emily zurückkam, wirkte sie ziemlich genervt. Sie hatte gerade darüber nachgedacht, ob sie sich so früh am Morgen – noch nicht mal angezogen – weiterhin mit diesen komischen Nahrungsmitteln, ja sogar lebensbedrohlichen Elixieren auseinandersetzen wollte.

Wenn Theresas Ausführungen der Wahrheit entsprachen, war sie dem Tod gerade eben mal wieder nur knapp entkommen. Das setzte ihr ganz schön zu, weshalb sie sich jetzt ernsthaft fragte, wie lange sie sich wohl noch gefallen lassen sollte, dass ihre Schwestern sie jeden Tag aufs Äußerste forderten, ohne ihr zu erklären, worauf diese elende Plackerei letztendlich hinauslaufen würde. Mit den armseligen Bruchstücken und Andeutungen, die sie gelegentlich verlauten ließen, konnte sie nun wirklich nicht viel anfangen. Sie brachte es einfach nicht fertig, die bereits vorhandenen Informationsfetzen in einen sinnvollen Zusammenhang zu bringen. Am Ärgerlichsten aber fand sie, dass Judith sich selbst mit Bruchstücken und Andeutungen schwer tat!

Je länger Emily darüber nachdachte, desto entschlossener war sie, sich nicht noch Tage oder gar Wochen hinhalten zu lassen. Nein! Sie würde ihrer Lehrerin unter diesen Umständen ganz bestimmt keinen Gefallen mehr tun. Sie würde ganz bestimmt nicht in eine dieser grässlichen Pasteten beißen!

„Sag mir zuerst, was das alles soll!", forderte sie in barschem Ton, während sie die ihr entgegengestreckte Hand mit der scharf riechenden, sauerdornrot gefüllten Teigtasche zur Seite stieß.

Theresa zog die Brauen zusammen. Sie war sichtlich irritiert von dieser unerwartet aggressiven Reaktion. „Nun, wie du sicher weißt", entgegnete sie arglos, „sind unsere Sinne direkt nach dem Aufwachen am allerschärfsten."

Als ob Emily sich mit dieser Erklärung zufrieden gegeben hätte! Trotzig funkelte sie ihr Gegenüber an: „Ich meine nicht nur die blöden Zauberspeisen, ich meine alles! Warum muss ich diesen Quatsch hier lernen? Warum werde ich von euch in Sportarten unterrichtet, besser gesagt gedrillt, die keinen Nutzen für mich bringen? Wen interessiert es denn schon, ob ich mit Schwertern oder Pfeil und Bogen umgehen kann; …und wen interessiert es, ob ich alle Begriffe kenne, die ich seit Wochen in Heilkunde auswendig lernen muss?"

Jetzt war endlich mal gesagt, was sich bei Emily in den letzten Wochen angestaut hatte. Verzweifelt sah sie Theresa an, doch die blieb erst mal stumm. Der heftige Ausbruch ihrer kleinen Schwester hatte sie völlig unvorbereitet getroffen.

„Du bist sehr ungeduldig", bemerkte sie etwas später. Mehr schien ihr dazu – trotz Bedenkpause – wohl nicht eingefallen zu sein!

„Ja, genau, das bin ich!", schrie Emily aufgebracht. Sie war dieses blöde Rumgedruckse endgültig leid. „Ich will keine einzige Sekunde mehr warten. Ich habe ein Recht darauf zu erfahren, was ihr mit mir vorhabt!" Da auch jetzt keine Antwort kam, setzte sie unversöhnlich hinzu: „Ach was… ihr könnt mich mal! Ich will endlich wieder in Mathe, Deutsch, Englisch und Physik unterrichtet werden. Ich will wieder zu Patrick und Tamara! Ich will ein normales Abitur machen und anschließend vielleicht Jura oder Medizin studieren!"

Nach diesen Worten hatte Theresa nun doch Mitleid mit ihrem überhitzten, ungestüm gestikulierenden Gegenüber. Etwas unüberlegt erklärte sie: „Ich fürchte, du wirst nicht studieren."

Ein kurzer Augenblick verging, bis Emily die Tragweite dieses Satzes begriffen hatte. Dann lief sie rot an; feuerrot. Ihre Knie begannen zu zittern. Es sah ganz so aus, als ob sie jetzt gleich einen ausgewachsenen Wutanfall bekommen würde. Theresa erschrak. So bedrohlich funkelnd hatte sie die ametrinfarbene Iris ihrer sonst doch eher zurückhaltenden Schwester noch nie gesehen. Zu ihrer eigenen Sicherheit beschloss sie, das Zimmer lieber rechtzeitig zu verlassen!

Als sie den Flur entlang in Richtung Treppenhaus eilte, ertönte hinter ihr ein lauter Knall. Irgendetwas war gerade mit großer Wucht gegen die Türe geprallt. So laut wie dieser Gegenstand zuerst an das Holz und dann auf das Parkett geschlagen war, konnte es sich nur um den dicken Band mit technischen Details zum Bogenschießen handeln, den Judith Emily vor ein paar Tagen geschenkt hatte. Gleich darauf ertönte ein weiteres Krachen, gefolgt von stampfenden Schritten.

Theresa flüchtete in Windeseile auf ihre Etage. Sie hatte nicht im Traume damit gerechnet, dass dieses kleine Nesthäkchen so ausrasten konnte.

Emily spürte, wie sie anfing durchzudrehen. Das Blut rauschte in ihren Adern; es stieg in ihren Kopf. Wie eine wild gewordene Furie rannte sie durchs Zimmer. Was sollte sie nur tun? Alle ihre Pläne hatten sich soeben in Nichts aufgelöst! Ihre – Emilys – Meinung interessierte hier wohl niemanden. Inzwischen war ja wohl auch keine Rede mehr davon, dass sie selbst über ihr Leben entscheiden durfte!

Da ihr Zorn sich durch das Werfen der Bücher nicht ausreichend abkühlen ließ, machte sie sich auf die Suche nach ihrer großen Schwester. Wo steckte sie nur? Theresa war einfach abgehauen, ohne sich dieser Angelegenheit zu stellen!

Immer wieder schossen Emily die gleichen Gedanken durch den Kopf. Warum war sie eigentlich so übereilt hierhergekommen? Hatte sie sich damals schon – vielleicht insgeheim – nach ihrer leiblichen Familie gesehnt; oder war es doch eher der Wunsch gewesen, Patrick und Tamara diesen jahrelangen Betrug heimzuzahlen? Wie auch immer – jetzt steckte sie jedenfalls mitten in der Pampa fest, die nächsten Häuser meilenweit entfernt. Warum musste sie auch ausgerechnet die unnormalste Familie haben, die es gab?

Zum Teufel mit dem ganzen Reichtum! Patrick und Tamara hatten ja schon immer gesagt, dass Geld nicht glücklich macht, und genau so war es auch! Das wusste Emily jetzt. Sie wollte nur noch weg; nach Hause, in ihr vertrautes, altes Leben.

„Ich habe ihr gesagt, dass sie nicht studieren wird", gestand Theresa, als Judith herbeigelaufen kam. Die Schwarzäugige hatte das Gepolter schon von weitem gehört, worauf sie dem Lärm bis in die erste Etage gefolgt war.

„Na, dann herzlichen Glückwunsch!", sagte sie süffisant, während sie sich verärgert an ihr vorbeischob. „Da hast du ja was Schönes angerichtet!"

Theresa folgte ihr. „Mensch, Judith! Was hast du denn? Irgendwann müssen wir ihr doch die Wahrheit sagen!"

Mit einer abrupten Bewegung drehte die jüngere der beiden sich um, so dass ihre langen, glänzenden Haare durch das Gesicht der Verfolgerin peitschten. „Einige Wahrheiten ja. Aber doch nicht *diese* Wahrheit." Dann eilte sie weiter, die Treppen hinauf zum vierten Stock.

Theresa versuchte, mit ihr Schritt zu halten. „Wie soll sie denn all die kleinen Besonderheiten unserer Familie verstehen, wenn wir ihr nicht endlich von Orcus Gammeus erzählen?", fragte sie aufgeregt.

Judith gab keine Antwort. Schweigend nahmen beide die letzten Stufen zu Emilys Etage. Dann hielten sie an, um erst mal tief durchzuatmen, ehe sie zu ihr ins Zimmer gingen.

Als sie eintraten, saß Emily erschöpft auf dem Boden, den Rücken zu ihnen gewandt. Sie hatte die Suche nach Theresa schnell wieder aufgegeben, um stattdessen wahllos irgendwelche Seiten aus ihrem Kräuterkundebuch zu reißen. Eine nach der anderen flog zerknüllt in hohem Bogen durch die Luft. Dabei schien sie sich durch nichts stören zu lassen, weshalb die gerade Hereingeplatzten ihr zunächst eine ganze Weile zusahen. Ob sie gar nicht gemerkt hatte, dass sie nicht mehr alleine war?

„Wir müssen reden!" murmelte Theresa schließlich in die bedrückende Stille. Das passte gerade so zwischen zwei Papiergeschosse und weckte wider Erwarten tatsächlich Emilys Interesse.

Die Abwesende schaute nun endlich auf, wobei sie die Gesichter der Besucherinnen ausgiebig in Augenschein nahm. Wollten ihre Schwestern jetzt tatsächlich einlenken? Es sah ja fast danach aus. Langsam, kaum hörbar antwortete sie: „Also gut."

Ein wenig kleinlaut schaute sie sich um. Was würde Proges zu diesem Chaos sagen? Wenn er herausfand, was hier passiert war, würde sie ihm wohl oder übel erklären müssen, warum sie die teuren Bücher zerstört hatte. Vorher jedoch würde Theresa eine Rüge einstecken müssen, weil sie so unüberlegt mit der Tür ins Haus gefallen war.

Sicher hatte der Alte das Gepolter längst gehört. Vielleicht befand er sich sogar schon auf dem Weg hierher! Der Holzboden knarrte.

„Gibt es Probleme?", rief er aus der Ferne über den Flur.

Kurz darauf trat er ein. Seine Aura war einschüchternd. Sie ließ jeden Muskel erstarren – nicht nur bei Emily! Angespannt verfolgten die Mädchen den Blick seiner dunkelgraugepunkteten Augen, die zunächst einen Moment auf Emily ruhten, ehe sie durch den Raum glitten, um das Bücherchaos zu betrachten.

„Ja, es gibt Probleme", stellte er sachlich fest, worauf er sich wie erwartet mit ernster Miene zuerst an Theresa wandte. „Ich wäre dir dankbar, wenn du mir das alles hier erklären würdest."

Die beiden verschwanden aus dem Zimmer, um in Proges Büro in Ruhe über die Vorkommnisse zu sprechen. Hoffentlich legt Theresa ein gutes Wort für mich ein, flehte Emily innerlich, wobei sie gedankenversunken auf die gegenüber liegende Wand starrte. Krampfhaft versuchte sie eine Entschuldigung für ihr unangebrachtes, hysterisches Verhalten zu finden.

Judith setzte sich derweil in den grünen Sessel, von wo aus sie mit einer kleinen Gabel gelangweilt in der verschmähten Pastete herumstocherte. Wenn sie nichts Besseres zu tun hat, überlegte Emily, nachdem sie eingesehen hatte, dass sie keine Ausrede finden würde, kann ich ihr ja endlich mal eine Frage stellen, die mich schon seit Langem beschäftigt:

„Warum redet ihr euren Großvater eigentlich immer mit Herr Proges an?"

Judith dachte eine Weile nach, bevor sie antwortete. „Für uns ist er genauso fremd wie für dich. Wir haben ihn kaum gesehen, als wir klein waren. Er ist andauernd… auf Geschäftsreisen gewesen. Sybille hat sich um uns gekümmert; ...bis zu ihrer Trennung vor ein paar Jahren.

Obwohl er sich danach öfter hier aufgehalten hat, haben wir bis heute keine echte Beziehung zu ihm; …er auch nicht zu uns. Hin und wieder spricht er mit uns über die Heimat, wie es früher einmal war und… " Sie unterbrach sich selbst, weil sie nicht vorhatte, Theresas Fehler zu wiederholen und Dinge preiszugeben, über die der Professor lieber persön-

98

lich mit Emily sprechen wollte. „Eines Tages wird er dir alles erzählen." Nachdenklich drehte sie eine Haarsträhne zwischen den Fingern. „Er ist uns irgendwie unheimlich. Man kann nicht in seiner Gegenwart sein, ohne zu frieren. Für mich ist er kein Großvater, sondern eher so was wie ein guter Lehrer."

Später, als Proges und Theresa wieder zu ihnen hereinkamen, zog Emily instinktiv den Kopf ein. Jetzt war sie an der Reihe!

„Emily!", begann der Alte dann auch gleich. „Kommst du mal?"

Mit hängenden Schultern folgte sie ihm bis auf den Flur. Sie hatte sich vorgenommen, gar nicht erst zu warten, bis sie in seinem Büro angekommen waren, sondern lieber gleich mit einem Schuldgeständnis zu beginnen. „Ich habe die ganzen Bücher kaputt gemacht...", stammelte sie kleinlaut.

Doch Proges hörte ihr gar nicht zu. „Wenn wir unten sind, werde ich dir von Orcus Gammeus erzählen", versprach er stattdessen. „Es ist wirklich an der Zeit, dass du mehr darüber erfährst!"

Wo die Natur aufhört, ihre Abbilder zu schaffen, dort beginnt der Mensch aus natürlichen Dingen mit Hilfe der Natur unendliche Bilder zu schaffen.

Leonardo da Vinci

11. Der Ahnensaal

Emily folgte dem Professor aufgeregt ins Erdgeschoss; besser gesagt in den Ahnensaal. Sie erkannte ihn gleich wieder. Mit seinen handbemalten Büsten, den Skulpturen, den protzigen Gemälden und dem riesigen Familienstammbaum war er ihr nur allzu gut in Erinnerung geblieben. Jetzt konnte sie diese merkwürdige Sammlung endlich mal genauer betrachten. Neugierig schaute sie sich um.

Hm… Die hier abgebildeten Personen gehörten zu ihren Verwandten; daran gab es nicht den geringsten Zweifel. Schon von Weitem erkannte sie diese abartigen, bunten Augen, die geraden Nasen und die spitz zulaufenden Ohren. Ja, sie sahen ihr wirklich sehr ähnlich; erschreckend ähnlich. Außerdem trug jeder von ihnen einen Edelstein um den Hals, genau wie Proges, Judith und Theresa.

Unwillkürlich verglich Emily die Bilder mit den Skulpturen. Dabei stellte sie fest, dass die gemalten Gesichter viel differenzierter dargestellt waren als die in Stein gehauenen. Vermutlich wegen des Materials, überlegte sie kurz. Wahrscheinlich war es gar nicht möglich, diesen harten, widerspenstigen Felsblöcken Leben einzuhauchen.

Noch während sie diesen Gedanken nachging entdeckte sie kantige Schriftzüge unter den Figuren. Schade, dass sie sich nicht entziffern ließen! Es lag zu viel Staub darauf. Genaugenommen lag hier überall Staub. Er zog sich wie ein grauer Schleier über sämtliche Gegenstände. Emily wunderte sich. Blitzte nicht – abgesehen von diesem Raum – das ganze Haus vor Sauberkeit?

Grübelnd ließ sie ihre Augen noch einmal über die Statuen gleiten. Warum hatte man sie so ordentlich in einer Reihe nebeneinandergestellt? Es musste doch einen Grund dafür geben! Nun, sie waren – soweit Emily anhand der Gesichter feststellen konnte – nach dem Alter der Modelle sortiert.

Von rechts ausgehend, türmte sich zunächst das lebensgroße Abbild eines bärtigen, fast kahlköpfigen Mannes auf. Da sein Gesicht mit unzähligen, groben Falten übersät war, schätzte Emily ihn auf mindestens siebzig Jahre – genau wie die weißhaarige Frau zu seiner linken. Vielleicht gehörte sie sogar zu ihm. Zumindest mochten die beiden den gleichen Kleidungsstil. Beide waren in schweren, samtartigen Stoff gehüllt.

Die Figur daneben – wieder eine Frau – sah schon ein wenig jünger aus. Ihre graumelierten Haare ließen das ursprüngliche Schwarz noch deutlich erkennen. Außerdem war ihre Haut wesentlich glatter als die der Nachbarin. Ihr enganliegendes Rüschenkleid, welches ebenso wie das schwere Samtkleid der Greisin bis auf den Boden reichte, warf unzählige, feine Falten. Es verriet, dass sich die Mode inzwischen geändert hatte.

Zu gerne wäre Emily mit der Hand über die Oberflächen der Objekte gefahren, um den Staub zu entfernen! Sie traute sich aber nicht. Diese Werke hatte, so, wie es aussah, noch nie jemand berührt; und sie wollte auf gar keinen Fall die erste sein, die es tat. Dann verzichtete sie schon lieber auf einige der kunstvollen Details.

Nach und nach betrachtete sie die übrigen Figuren, wobei sie versuchte das Alter der Männer und Frauen einzuschätzen, bis sie schließlich bei den letzten in der Reihe – den Teenagern und Kindern – angekommen war. Emily stutzte. Irgendetwas schien hier nicht zu stimmen. Richtig! Diesen Kreaturen, von denen einige in Emilys Alter waren, fehlte es gänzlich an jugendlicher Ausstrahlung!

Erschrocken schaute sie ihren Großvater an. Sie entdeckte eine seltsame Rührung in seinen Augen, die für einen wie ihn schon ziemlich ungewöhnlich war. Er schien mit den Tränen zu kämpfen.

„Diese Skulpturen zeigen unsere Toten", erklärte er nur mühsam. „Sie sind allesamt unter ziemlich grausamen Umständen gestorben." Dabei versuchte er, sachlich und nüchtern zu klingen, was ihm jedoch nicht gelang.

„Oh", bemerkte Emily ergriffen. „Manche von ihnen sind aber nicht besonders alt geworden!"

Da Proges nicht reagierte, vertiefte sie sich mitleidig in das starre Gesicht eines etwa siebzehnjährigen Mädchens. Es hatte den gleichen leeren, unglückseligen Ausdruck wie die anderen. Ganz schön gruselig, dachte Emily, nachdem sie nun wusste, dass die Linie zwischen den Lippen wie auch die steile Falte auf der Stirn absichtlich so schnurgerade und scharf aus dem Stein gemeißelt worden waren. Was in aller Welt hatte diese junge Dame so verhärtet? Warum war sie so früh aus dem Leben geschieden?

Ein kurzer Blick auf ihre Kleidung warf noch weitere Fragen auf: Wieso trug sie einen derart groben Anzug, unförmige, globige Schuhe und obendrein sogar ein Schwert im Gürtel? Das passte doch gar nicht zu ihr. Welches Mädchen würde freiwillig so was anziehen? Ob das mit dem Krieg zu tun hatte, von dem sie seit ihrer Lauschaktion wusste?

Obwohl sie vor Neugierde fast platzte, verzichtete sie darauf, nach der Lebensgeschichte dieses traurigen Wesens zu fragen. Es war ihr schon klar, dass der Professor jetzt nicht darüber sprechen wollte.

Als sie nicht länger über die frostigen Züge, den zusammengekniffenen Mund und die merkwürdige Bekleidung ihres stummen Gegenübers nachdenken wollte, wandte sie sich den Gemälden zu, die – allem Anschein nach – ebenfalls dem Alter der Personen entsprechend geordnet waren. Emily fand den Stil, in dem sie gemalt waren, etwas altertümlich. Er erinnerte stark an italienische Renaissancebilder; an die von Botticelli, Michelangelo oder Leonardo da Vinci.

Zu ihrer Überraschung waren die weiter zurückliegenden Arbeiten ausnahmslos in freundlichen Farben gehalten. Gelb, Orange, Braun und ein dunkles Rot dominierten. Sie verliehen sowohl den Porträts als auch den Szenerien Wärme und Lebendigkeit.
Wenn man die sorgfältig ausgestalteten Gesichter der dargestellten Personen betrachtete, konnte man deren Befindlichkeit ablesen. Einige lachten sogar. Kein Wunder! Sie standen ja noch mitten im Leben. Außerdem waren sie – wie man an den silbernen Schalen, goldenen Kerzenständern und anderen wertvollen Einrichtungsgegenständen erkennen konnte – auch recht wohlhabend.
Ihre Kleidung entsprach in etwa den Roben der dahingeschiedenen Verwandten. Während die Männer mit halbwegs bequemen Anzügen ganz gut bedient waren, mussten die Frauen sich wie gehabt mit langen, unpraktischen Röcken herumschlagen. Eines der Gewänder erinnerte Emily an ihre Schwestern. So laufen die beiden heute noch rum, dachte sie mit einem spöttischen Grinsen auf den Lippen, die eine in Sodalithblau, die andere in Gabbroschwarz.
Dann begriff sie mit einem Mal, warum Judith und Theresa immer passend zu ihrem Stein gekleidet waren. Natürlich! Die anderen Familienmitglieder hielten es genauso – selbst die Männer! Neugierig drehte sie sich zu Proges um. Die weißen Streifen auf dem grauen Stoff seines Anzuges erschienen ihr nun in einem ganz anderen Licht.

Was zum Teufel hatten diese Steine zu bedeuten? Emily wusste zwar, dass Judith ihren mit Nachtwind teilte, sonst aber nichts. Ob Theresa und Proges ebenfalls Steinteiler besaßen? „Warum hab' ich eigentlich keinen Stein?" fragte sie zaghaft in die Stille. Sie fühlte sich auf einmal so unvollständig; irgendwie leer. Wenn schon jeder in ihrer Familie einen solchen Anhänger mit sich herumschleppte, wollte sie endlich auch einen haben; ...dann würde sie schon merken, was es damit auf sich hatte.

„Du musst dich noch ein klein wenig gedulden", antwortete der Professor langsam. „Ich werde es dir so bald wie möglich erklären."

Die Bilder am Ende der Wand unterschieden sich deutlich von den anderen. Wo eben noch prunkvolle Häuser und gepflegte Parkanlagen zu sehen waren, breiteten sich nun undurchdringliche, dunkle Wälder aus. Grüne Farbe in all ihren Schattierungen bestimmte die Kompositionen.

Manche der Gestalten waren inmitten des Dickichts kaum zu erkennen. Ihre geschuppten Lederhosen und Jacken erinnerten an den groben Anzug des steinernen Mädchens. Als Emily nähertrat bemerkte sie, dass auch diese Leute bewaffnet waren. Sie trugen Pfeil und Bogen, Schwerter oder Messer in den Händen. Keiner von ihnen lachte. Nur wenige schienen über Zwanzig zu sein.

Mit einem leichten Räuspern trat Proges an ihre Seite. „Und, wie findest du die Sammlung?"

Emily zögerte kurz. „Sie... ist sehr schön", sagte sie, wobei sie ihren Blick schnell auf die freundlichen Gemälde zu ihrer Rechten richtete, „besonders die Bilder mit den warmen Farben."

Der Professor nickte zustimmend, bevor er mit unüberhörbarem Stolz in der Stimme erklärte: „Diese Bilder und Figuren habe ich vor einiger Zeit selbst angefertigt. Durch mein ausgesprochen gutes Erinnerungsvermögen war es mir möglich, Situationen, die schon lange zurückliegen, detailgenau darzustellen."

Emily staunte. Ihr Großvater beherrschte die komplizierten Techniken der alten Maler und Bildhauer?! Er konnte Gesichter, Kleider, Einrichtungsgegenstände und andere Begebenheiten aus dem Gedächtnis so genau wiedergeben?!

„Ja. Ich besitze eine ganz besondere Gabe…", fuhr er ungerührt fort. „Trotzdem hat es mich sehr viel Kraft gekostet, das Schicksal unserer Ahnen für die Nachwelt festzuhalten. Ich habe ein ganzes Jahr gebraucht, und als ich endlich fertig war, wollte ich nicht, dass irgendjemand meine Werke berührt… daher der Staub."

Emily seufzte. Sie war heilfroh, ihre Finger davon gelassen zu haben.

„Und was sagst du zu den Steinskulpturen?", wollte er dann noch wissen. Ihm war schon aufgefallen, dass sie Emily Angst einjagten.

Langsam und ein wenig widerwillig drehte seine Enkeltochter sich zu den überirdisch schönen, gleichzeitig aber auch so leblosen Gesichtern um. „Äh, die Skulpturen… Ich…

weiß nicht…", stammelte sie. Sie wollte nicht sagen, dass ihr die Figuren gefielen, denn sie fand, dass ihre kalten, leeren Augen den Betrachter erschreckten, so dass er gar nicht erst dazu kam, nach ihrer Schönheit zu suchen. Man fragte sich wohl eher, welche schaurigen Geschichten all diese starren Gesichter zu erzählen hatten. Aber das brauchte ihr Großvater ja nicht unbedingt zu wissen.

„Verstehe", sagte Proges, nachdem seine Augen ein paar Mal nachdenklich über die Steinköpfe geglitten waren. „Ich mag sie auch nicht."

Verflixt! Der Alte hatte sie doch glatt durchschaut. Zum Glück war er nicht eingeschnappt.

„Warum glaubst du, sind deine Verwandten im Laufe der Zeit immer früher verstorben?", fragte er sie stattdessen. Seine Frage kam so überraschend, dass es eine Weile dauerte bis Emily sich wieder an das burschikose, steinerne Mädchen mit Schwert erinnerte.

„Sie sind im Kampf gestorben?", antwortete sie unsicher.

Der Professor sah sie wohlwollend an. „Ja", nickte er zufrieden. „Das hast du gut erkannt."

Dann wandte er sich den Bildern zu. „Diese Gemälde stellen wichtige Situationen im Leben der jeweiligen Personen dar. Kannst du vielleicht die ein oder andere erläutern?"

Emily stöhnte innerlich. Sollte das jetzt etwa eine Unterrichtsstunde werden? Sollte sie sich wirklich ganz ohne Vorkenntnisse – einfach so – irgendeinen Schwachsinn aus den Fingern saugen? Wahrscheinlich, dachte sie, hat der Alte einfach keine Lust, selbst vorzutragen, was hinter seinen Werken steckt!

Trotz alledem wagte sie nicht, sich zu beschweren. Artig trat sie näher an die Bilder heran, um sich zu überlegen, mit welchem sie am ehesten beginnen könnte. Zu ihrer eigenen Verwunderung entschied sie sich für eines mit grünem Hintergrund.

Es zeigte einen älteren Jungen mit dunkelbraunen Haaren, der geduckt durch dichtes Dornengestrüpp schlich. Die zum Boden geneigten Enden der langen Ranken trafen sich über seinem Rücken, so, als ob sie nach ihm greifen wollten. In der linken Hand trug er ein großes Schwert, mit dem er vergeblich auf das unbändige Grün einschlug. Seine Gesichtszüge wirkten gefasst und konzentriert; gleichzeitig aber auch unendlich verzweifelt.

Hinter den Dornen war ein Löwe zu sehen – ein weit aufgerichteter – der mit seinen riesigen Vordertatzen eine goldverzierte Krone in die Höhe hielt. Irgendetwas schien ihn zu bedrohen.

Emily musste ganz dicht an das Gemälde herantreten, um zu erkennen, dass es Schlangen waren; kleine, heimtückische, giftgrüne Schlangen, die sich um seinen prächtigen Körper wanden. Aus ihren Kiefern ragten spitze, furchteinflößende Zähne. Eines dieser widerlichen Reptilien versuchte bereits, mit seinem hässlichen Maul nach dem wertvollen Kopfschmuck zu schnappen.

Emily dachte einen Augenblick über die versteckte Bedeutung dieser Abbildung nach. Sie war gar nicht so einfach zu entschlüsseln. Dann begann sie zögernd: „Dieser Junge hier war ein großartiger und tapferer Schwertkämpfer. Er hat auch dann noch weitergekämpft, als alles verloren war. Er hat gekämpft wie ein Löwe?" Mehr fiel ihr dazu nun wirklich nicht ein.

„Ich helfe dir ein wenig", sagte der Professor, als er einsah, dass Emily dieser Aufgabe noch nicht gewachsen war. „Überlege zuerst, was der Löwe und die Krone bedeuten könnten!"

„Der Löwe ist vermutlich das Zeichen für den König; die Krone das Zeichen für die Macht", erwiderte Emily spontan. Das war ihr jetzt wie Schuppen von den Augen gefallen. „Vielleicht stand der Junge im Dienste eines Königs, dessen Macht von Aufständischen bedroht wurde. Vielleicht wollte er Hilfe holen und wurde dabei durch irgendetwas aufgehalten. Ähm… Die Dornen könnten für feindliche Kämpfer stehen, oder?"

Emily verstand nicht genau, was Proges daraufhin in sich hinein murmelte. Er schien kurzzeitig etwas weggetreten zu sein. Es klang so wie: Ja, ... so viele, dass... keine Chance... Dann hüstelte er. Hatte er ihr überhaupt richtig zugehört? „Das war wirklich gut", fuhr er nach einer Weile laut und deutlich fort. „Klug gedacht. Dann weißt du sicher auch, warum der König auf diesem Bild nicht von Ratten oder Mäusen, sondern von Schlangen bedroht wird?"

„Schlangen sind hinterlistig", überlegte Emily.

„Genau", freute sich Proges. „Der König ist in diesem Falle Opfer eines Verrats geworden. Die Verräter waren seine Freunde. Deshalb schaut er so verwirrt und wehmütig drein. Sie haben sich lautlos in seine Nähe geschlichen, um ihn dann vom Thron zu stürzen..."

„Und was passierte mit dem Jungen?", fragte Emily. Sie ahnte schon, dass die Sache kein gutes Ende genommen hatte.

„Der Junge wollte, wie du schon richtig gesagt hast, Hilfe herbeiholen", erzählte der Professor traurig. „Leider hatte er kein Glück. Er lief geradewegs in eine Falle, aus der er nur schwer verletzt entkommen konnte."

Emily spürte einen Kloß im Hals. Sie musste zugeben, dass ihr das Schicksal dieses Jungen sehr zu Herzen ging. Es berührte sie viel mehr als jene Kriegsschicksale, die sie hin und wieder in Fernsehdokumentationen gesehen hatte. Kein Wunder! Dieses hier war ja auch zweifelsohne mit ihrem eigenen verwoben. Dieser Verrat betraf auch sie, ob sie es nun wahrhaben wollte oder nicht.

Aufgeregt ging sie die grünen Bilder der Reihe nach durch; immer darum bemüht, die verborgenen Geschichten hinter den zarten Pinselstrichen zu finden. Proges freute sich über ihr Interesse. Bereitwillig hörte er ihren Interpretationsversuchen zu und verbesserte sie, wenn sie danebenlag.

Es überraschte Emily, dass sie mit der Zeit immer mehr Gefallen daran fand, die Symbolik der Darstellungen zu entschlüsseln – selbst dann, wenn ihr die Deutung das blanke Entsetzen ins Gesicht trieb! Als sie endlich bei den rotgründigen Bildern angekommen waren, atmete sie hörbar auf.

Stunden vergingen, bis Emily alle Gemälde betrachtet und dadurch eine grobe Vorstellung vom Leben ihrer Vorfahren bekommen hatte. Sie wusste jetzt, dass ihre Ahnen lange Zeit in Frieden und Überfluss gelebt hatten; so lange, bis durch die Selbstsucht einer einzigen Person ein grausamer Krieg entbrannt war, der bis zum heutigen Tage andauerte.

Sie fragte sich zaghaft, was für eine Rolle sie darin spielen sollte. Sollte sie wirklich für den Frieden in ihrer Heimat kämpfen? Sollte sie für ein Land kämpfen, das sie nicht mal kannte?

Währenddessen befreite Proges die Schriftzeichen unter den Skulpturen vom Staub. Jetzt konnte sie endlich ein paar Buchstaben erkennen: *Charoite 111.- 300. Feuerjahr.* Was war denn das? Sollte die Dame, unter der es stand, etwa 289 Jahre gelebt haben?

„Nun", sagte der Professor mit leiser Stimme, „du hast sicher längst festgestellt, dass die Inhalte meiner Malereien nichts mit dem irdischen Leben zu tun haben. Oder hast du in den Nachrichten schon mal davon gehört?"

Emily schwieg. Sie fand das alles sehr verwirrend. In ihrer bisherigen Vorstellung lag die Heimat zwar weit weg von hier, in einem eher unbekannten Gebiet, aber ganz sicher nicht in einer anderen Welt. Frustriert senkte sie den Kopf. Seit sie in dieser verrückten Familie war, hatte sie andauernd das Gefühl zu versagen!

Bestimmt erzählt mir der Alte jetzt gleich von außerirdischen Daseinsformen, dachte sie beklommen. Das würde ihm wirklich ähnlich sehen!

Als er ihr wenig später seine knochigen Hände auf die Schulter legte, lief es ihr eiskalt den Rücken hinunter.

„Es gibt noch mehr Welten als diese", sagte er tatsächlich, wobei er sie eindringlich und erwartungsvoll ansah.

Obwohl Emily sich ganz sicher war, dass er nicht scherzte, musste sie gegen ihren Willen aus vollem Halse lachen. Ihre Stimme klang ziemlich heiser, fast ein bisschen hysterisch. Ja, sie hatte es geahnt! Er wollte ihr nun allen Ernstes weismachen, sie befände sich in nur einer von vielen Welten.

„Was ist denn daran komisch?", fragte er so streng, dass ihr jegliche Lust weiterzulachen augenblicklich verging.

„Entschuldigung", japste sie schrill, ganz außer Atem, „ich komme mir gerade vor wie in einem meiner Fantasybücher. Dort ist auch immer die Rede von Parallelwelten, in denen mysteriöse Kreaturen ihr Unwesen treiben."

Der Professor überlegte einen Moment. Danach wurde er wieder freundlicher. Schließlich schmunzelte er sogar. „Na, dann weißt du ja, wie man in diese Welten gelangt!?"

Das Mädchen dachte kurz nach. „Durch Zaubertränke, Fenster, Bücher oder Schränke…"

Wenn sie so aufgebracht war wie eben, …wenn ihre violette Iris vor Aufregung glänzte, konnte Proges ihr nicht lange böse sein. Schließlich war es Helenas ungestümes Wesen, das in solchen Situationen aus ihr herausbrach.

In Erinnerungen an seine Tochter verzog er das Gesicht zu einem amüsierten Grinsen. Kurz darauf kicherten sie beide los, bis ihnen die Tränen über die Wangen liefen.

„Ich habe nie solche geistlosen Texte gelesen. Durch Zaubertränke, Fenster usw.", stieß er nach einer Weile prustend hervor. „Das ist ja wirklich gut."

Es dauerte einen Augenblick, bis Emily begriff, dass er sich nicht – wie zunächst vermutet – über ihre Bücher lustig machen wollte, sondern gerade dabei war, sie in ein weiteres, wichtiges Geheimnis einzuweihen. Gespannt fragte sie: „Was für eine Möglichkeit gibt es denn noch?!"

Die weißgesprenkelten, dunkelgrauen Augen des alten Mannes fixierten ihre goldschattierten. Dann fragte er mit leiser Stimme, so leise, dass Emily sich anstrengen musste, ihn zu verstehen: „Sage mir, mein Kind, was weißt du über Steine?!"

Edelsteine

DIAMANTEN SIND TRÄNEN DER ENGEL
RUBINE SPIEGELN IHR BLUT
TÜRKISE ZEIGEN DIE FARBEN DES MEERES
GRANATE VERKÖRPERN DIE GLUT

IM ONYX SIEHT MAN DUNKELHEIT-TRAUER
DER AMETHYST MACHT UNS REIN
DAS JADEGESTEIN WALD UND WIESEN VERTRITT
UND ROSENQUARZ STEHT FÜR EWIGES SEIN

SO HAT JEDER STEIN JEDER MENSCH JEDES TIER
UND JEGLICHE PFLANZE UND BAUM
SEINE KRAFT SEINEN NUTZEN UND SEINEN SINN
IM LEBEN IM TOD UND IM TRAUM

Erika Kühn-Maurer

12. Steinmagie

„Ü...über Steine", stotterte Emily. Damit hatte sie im Traume nicht gerechnet.
„Ja, über Steine – genauer gesagt über Edelsteine", wiederholte Proges, wobei er sie auffordernd ansah.

Emily schluckte. Obwohl sie nun schon seit Längerem in Steinkunde unterrichtet wurde, schien ihr Kopf in diesem Bereich doch ziemlich leer zu sein. Der Grund dafür war – wie sie insgeheim zugeben musste – leider nicht besonders ehrenhaft. Steine interessierten sie nicht im Geringsten; noch nicht mal Edelsteine. Dagegen konnte sie nichts tun. Der langweilige Stoff wollte einfach nicht in ihrem Gedächtnis bleiben.

„Edelsteine", begann sie stockend, während sie ihr Hirn verzweifelt nach eventuell doch noch vorhandenen Informationsfetzen absuchte, „sind... äh... Steine... und sie..." Emily wurde rot. Wie peinlich! Das war ja nicht mal ein richtiger Satz! Verlegen blickte sie auf ihre Schuhspitzen. Wirklich zu schade, dass sie nicht augenblicklich im Erdboden versinken konnte!
Proges grinste nur: „Theresa hat nicht übertrieben. Dein Wissen lässt tatsächlich sehr zu wünschen übrig. Das muss sich dringend ändern."

Die Glut im Gesicht seiner Enkelin stieg daraufhin unaufhaltsam bis in die Spitzen der Ohren, weshalb er sich schließlich genötigt fühlte, ihr etwas auf die Sprünge zu helfen.

„Du hast Recht", sagte er immer noch ein wenig amüsiert. „Steine sind sie; Steine, die seit Tausenden von Jahren alle denkenden Wesen mit ihrer Schönheit verzaubern; Steine, die einst durch den Vulkanismus zu Tage gebracht wurden; Steine, die ein Geheimnis in sich tragen…"

Nachdem er sich vergewissert hatte, dass Emily ihm aufmerksam folgte, fuhr er fort: „Sie leben nicht – tot sind sie aber auch nicht, sonst wäre man sicher nie auf die Idee gekommen, ihnen die unterschiedlichsten Fähigkeiten zuzusprechen."

Ja, irgend so was hatte Theresa auch schon mal erwähnt.

„Wahrscheinlich ist sie nicht die beste Lehrerin", dachte Proges laut, als er merkte, dass die Kleine ihm gegenüber auch jetzt noch nichts zu sagen wusste. „Was hat sie denn die ganze Zeit mit dir gemacht? Sie hat dir ja nicht mal die Grundlagen vermittelt!"

Emilys Gerechtigkeitsempfinden begann zu rebellieren. Sie konnte diesen Vorwurf auf gar keinen Fall einfach so im Raum stehen lassen.

„Theresa kann nichts dafür!", protestierte sie heftig. Nun gut, der Unterricht machte ihr zwar keinen Spaß… Dennoch durfte man ihre Schwester nicht einfach für ihr Versagen verantwortlich machen. Immerhin hatte sie sich in der Vergangenheit nach Kräften darum bemüht, jeglichen Inhalt so anschaulich wie möglich zu gestalten.

Der Alte beschloss, nicht näher darauf einzugehen. Er wollte keine Diskussion vom Zaun brechen, zumal er sich längst damit abgefunden hatte, dass er bei Adam und Eva beginnen musste.

Im Stile einer Vorlesung legte er los:

„Was macht diese Steine so besonders, was ist ihr Geheimnis? Manche Forscher behaupten, sie könnten heilen, andere meinen sogar…", hier senkte er die Stimme, „dass sie Magie besitzen!"

Erwartungsvoll schaute er zu seiner Enkelin hinüber, die jetzt zum zweiten Mal an diesem Tag lauthals zu lachen begann.

„Was ist daran so komisch?", erkundigte er sich irritiert.

„Ach, kommen Sie schon", keuchte Emily, während sie nach Luft schnappte. „Wer soll das denn glauben?!"

Der Professor schien sichtlich enttäuscht zu sein. „Du tust es also nicht?!"

Emily suchte nach Worten. Sie wollte nichts Falsches sagen, aber auch nicht lügen, nur um dem Alten zu gefallen.

„Übernatürliche Kräfte sind nicht nachweisbar", entgegnete sie vorsichtig. „Wäre es da nicht ganz schön töricht, an Magie zu glauben?"

Sie brauchte nicht lange, um zu verstehen, dass sie sich mit ihrer Ehrlichkeit gerade ziemlich unbeliebt gemacht hatte. Erschrocken sah sie den Großvater an.

Sein Gesicht wurde zunächst fahl, dann starr; wie in Stein gemeißelt. Innerhalb von Sekunden verbreitete er eine solche Kälte, dass Emily trotz ihrer warmen Kleidung zu zittern begann. Ihr Standpunkt hatte ihn sichtlich wütend gemacht. Warum zum Teufel regte er sich denn so darüber auf? Sie hatte doch nur ihre Meinung gesagt – und das wohlgemerkt in einem absolut neutralen Tonfall! Abgesehen davon hatte er sie ja selbst danach gefragt.

Proges grau-weiße, bedrohlich pulsierende Iris ließ jedoch keinen Zweifel daran, dass er anderer Meinung war. Angespannt beobachtete Emily jede seiner Bewegungen. Was machte er denn da?

Während er mit wirrem Blick an ihr vorbei ins Leere starrte, griff er fahrig, aber zielgerichtet nach seinem Stein. Sein Geist schien sich irgendwo außerhalb des Körpers zu konzentrieren, so, wie bei japanischen Kampfsportlern kurz vor dem nächsten Schlag.

Vorsichtshalber trat Emily einen Schritt zurück. Sie wäre nur zu gerne aus dem Zimmer gelaufen – dummerweise ging es nicht! Ihre Füße wollten sich einfach nicht mehr bewegen. So musste sie notgedrungen stehenbleiben, um auf das zu warten, was passieren würde.

Die Spannung im Raum stieg bis ins schier Unerträgliche. Aller Wahrscheinlichkeit nach ging sie von dem Stein aus, den der Professor fest in seiner rechten Hand hielt. Als Emily schließlich glaubte, seine Finger ein wenig zucken zu sehen, ließ ein fürchterlicher Lärm das Gebäude erzittern. Instinktiv hielt sie sich die Ohren zu. Sie schloss die Augen. Jetzt war alles zu spät! Sie hatte ihren Großvater so gereizt, dass er sie vernichten würde. Ihr Körper war wie gelähmt. War sie schon tot oder träumte sie nur?

Beklommen öffnete sie ihre Lider einen Spalt breit, um die Situation zu klären. Vermutlich lebte sie noch. Das Haus war noch da und der Professor auch. Ja, sie befand sich immer noch im Ahnensaal... Alle Skulpturen und Malereien schienen unversehrt zu sein.

Wieder ganz bei Sinnen stellte sie jedoch fest, dass sich vor ihren Füßen – in den schönen, hellen Marmorfliesen – ein riesiges Loch befand.

Um Himmels Willen, der Verrückte hat eine Kanone, dachte sie für einen Moment, bevor ihr wieder einfiel, dass sie nichts dergleichen gesehen hatte. Proges hatte keine Waffe gezogen. Er hatte lediglich seinen Steinanhänger berührt!

Also… wie war es zu diesem gewaltigen Einschlag gekommen? Emilys Gedanken überschlugen sich; ihr Verstand wehrte sich verzweifelt gegen das, was sich mit Macht in ihr Hirn drängte. Sie wollte es einfach nicht glauben. Konnte das alles wirklich... an dem Stein liegen?

Auf dem Gesicht des Professors erschien ein überlegenes Lächeln.

„Was ist passiert?", fragte Emily schockiert. „Was in aller Welt ist hier so knapp vor meinen Füßen eingeschlagen?"

„Nun, es gibt zwei Möglichkeiten, das Erlebte zu deuten", antwortete der Großvater betont gelassen. Er redete jetzt wieder so, als ob er mit einer Horde Studenten über ein wissenschaftliches Experiment sprechen würde. „Die erste wäre, alles für Einbildung zu halten, damit die überlieferten Gesetze nur ja nicht ins Wanken geraten; …was auf eine sehr eingeschränkte Sicht der Dinge schließen ließe..."

„Und die andere?", unterbrach seine Enkeltochter ihn mit zitternder Stimme. Sie schien immer noch unentschlossen und sehr aufgewühlt sein.

„Die zweite liegt doch auf der Hand", erwiderte der Professor kopfschüttelnd. Er war sich sicher, dass Emily die Antwort auf ihre Frage bereits wusste, sich jedoch weigerte, sie auszusprechen. „Sie besteht darin, an die Magie der Steine zu glauben!"

Während Proges diesen Satz sagte, regte sich erwartungsgemäß massiver Widerstand in Emily. Provozierend fixierte sie den Großvater. „Und was ist, wenn ich das nicht kann?"

Das alles passte gar nicht in ihr Weltbild. Ihre Lehrer – die richtigen, an ihrer alten Schule – hätten es für lächerlich und unlogisch gehalten. Sollte er diesen Blödsinn doch jemand anderem erzählen! Allein die Tatsache, dass sich dieses Ereignis nicht sofort erklären ließ, sagte überhaupt nichts. Zauberer konnten einen schließlich auch an der Nase herumführen. Bestimmt war das, was er ihr gerade vorgemacht hatte, auch nur ein ausgeklügelter Trick. Nein, so schnell konnte man sie nicht überzeugen!

Der Professor beschloss, sich nicht von Emilys Worten provozieren zu lassen. Wenn er richtig darüber nachdachte, konnte er ihr nicht mal verübeln, dass sie sich weigerte, an die Kraft der Steine zu glauben. Solche Phänomene waren ihr bisher ja auch noch nicht begegnet. Außerdem hatte sie längst die Denkweise der wissenschaftlich geprägten Welt übernommen, welche solche Begebenheiten grundsätzlich leugnete.

Der Alte seufzte. Warum musste sie nur so hartnäckig sein? Es würde ein gutes Stück Arbeit werden, ihr die Edelsteinmagie der Gammeuser nahe zu bringen. Vielleicht war es auch einfach noch zu früh für solche Demonstrationen! Hatte er sie verängstigt? Er durfte nicht so ungeduldig mit ihr sein. Sie war ja noch ein halbes Kind.

Nachdenklich ließ er den Blick vom Gesicht seiner Enkelin zu dem Loch im Boden gleiten.

„Tut mir leid", sagte er besänftigend. „Für dich muss es schlimmer aussehen, als es in Wirklichkeit ist. Lass dir die Sache nachher doch einfach noch mal durch den Kopf gehen!" Dann wandte er sich langsam zur Tür. „...wirklich zu schade, dass du die Dinge noch nicht so sehen willst, wie sie tatsächlich sind", murmelte er im Weggehen. „Wenn du mir doch nur ein klein wenig vertrauen würdest..."
Zu Emilys Leidwesen blieb er jetzt sogar stehen, um das Gespräch wieder aufzunehmen. Es schien ihm unmöglich zu sein, den Raum ohne ein Erfolgserlebnis zu verlassen.
„Ich kann einfach nicht", polterte sie aufgebracht. „Ich fühle mich wie in einem Irrenhaus! Alle um mich herum benehmen sich merkwürdig. Jeden Tag erzählt man mir irgendeinen anderen Schwachsinn. Außerdem bin ich ständig in Gefahr. Judith und Theresa haben mich alleine in den Wald geschickt, mich auf einem bockenden Pferd reiten, mich mit hochgiftigen Pflanzen herum forschen lassen... Und jetzt dieser blöde Hokuspokus!" Sie war außer sich. „Durch diesen Unsinn hätte ich beinahe meine Füße verloren. Seid ihr etwa aus dem Untergrund? Ist das hier vielleicht ein Ausbildungslager für Terroristen?"

Aha! Seine Vermutung schien richtig zu sein. Er hatte sie erschreckt.

„Ich weiß, dass dir vieles fremd vorkommt", lenkte er ein, „trotzdem brauchst du keine Angst zu haben – erst recht nicht vor mir. Ich hätte dich niemals verletzt."

Emily horchte auf. Wieso hatte er *Ich hätte dich nie verletzt* gesagt? Wollte er etwa behaupten, den Stein beeinflussen, ihm mit seiner Hand Befehle erteilen zu können? Neugierig geworden überlegte sie, ob sie sich nicht doch mal anhören sollte, was er zu sagen hatte.

„Sind Sie sich sicher?"
Proges wusste nur zu gut, dass dieser Funken Interesse nicht verlöschen durfte. Deshalb beeilte er sich, ihr zu antworten: „Jeder Gammeuser gehört einem Edelstein an, den er immer bei sich trägt. Von ihm erhält er eine, maximal zwei magische Gaben. Sie werden Steingaben genannt. Die Bindung an den Stein ist so groß, dass sein Besitzer ohne ihn nicht vollständig ist."

Emily schaute ihren Großvater zweifelnd an. Sollte das mit den Anhängern am Ende noch die Kaprice einer ganzen Welt sein!

„Meiner ist ein Obsidian", fuhr der Professor ungerührt fort, wobei er keinen Zweifel daran ließ, dass er es wirklich ernst meinte. „Er verleiht mir die Fähigkeit, Energien zu bündeln, um sie an einen Ort meiner Wahl zu schicken. Außerdem wird mein Gedächtnis durch ihn so stimuliert, dass ich – wie du an den Gemälden und Statuen gesehen hast – Dinge aus der Vergangenheit glasklar vor Augen sehe, so, als würden sie gerade geschehen."

Ob das, was er sagte, nun stimmte oder nicht: Emily war auf einmal doch irgendwie fasziniert von seinen Geschichten. Ja, sie war – aus welchem Grunde auch immer – geradezu begierig darauf, mehr über diese Steine zu erfahren.

„Warum braucht man diese Gaben?", fragte sie aufgeregt.

„In unserer Heimat tobt, wie du ja inzwischen schon weißt, ein unerbittlicher Kampf", erklärte der Professor. „Nur wer Steingaben hat, kann überleben. Sie verschaffen die notwendige Überlegenheit. Wenn wir sie gut beherrschen, sind sie uns im Ernstfall eine große Hilfe."

Emily staunte. „...und welche Gaben können die Steine sonst noch vermitteln?"

„Manche von uns können mit ihrer Hilfe das Schwert so sicher führen, dass es niemals den Gegner verfehlt. Andere können ihre Pfeile über hunderte von Metern ins Ziel lenken, einige sogar andere Gestalten annehmen oder in die Zukunft sehen..."

Das war ja abenteuerlich! Emily versuchte, sich diese Möglichkeiten bildlich vorzustellen, was eine ganze Weile dauern sollte.

„Warum habe ich eigentlich keinen Stein?" Zu dieser Frage hatte der Alte sich eben noch ausgeschwiegen. Vielleicht war er ja jetzt gesprächiger.

„Du wurdest hier auf der Erde geboren", bedauerte er schulterzuckend. „Hier gibt es keine Steinmagie, weil keiner an sie glaubt. Edelsteine aus dieser Welt zeigen keine Wirkung."

Seine Enkeltochter, die vor Kurzem noch gar nichts von alledem wissen wollte, machte einen sichtlich geknickten Eindruck, sodass er sich schnell überlegte, wie er sie wieder aufheitern konnte. „Eines Tages wirst auch du einen erhalten", versprach er schließlich. „Im Moment genügt es allerdings, wenn du dich auf dein gammeusisches Talent fokussierst."

Emily stutzte. Wovon sprach er denn jetzt schon wieder?

„Erinnere dich", fuhr Proges fort, als er merkte, dass sie schon wieder auf dem Schlauch stand, „Judith hat dich direkt nach deiner Ankunft mit ihm vertraut gemacht. Es wird innerhalb einer Familie von Generation zu Generation vererbt. Bei uns ist es die Fähigkeit, überdurchschnittlich schnell laufen zu können. So, wie es aussieht, wirst du wohl noch ein Weilchen brauchen, bis du es so gut kannst wie die anderen."

Warum hatte er ihr das denn nicht schon viel früher gesagt? Wenn sie mehr über diese Dinge gewusst hätte, wäre sie doch gleich von Anfang an viel fleißiger gewesen.

„Es ist wirklich wichtig, dass du dein Talent ausbaust", wiederholte der Alte mit Nachdruck, in einem Tonfall, der darauf hinwies, dass die Lektion für heute beendet war.

„Ja." Emily stimmte ihm artig zu, obwohl sie tief in ihrem Herzen längst wusste, dass ihr von nun an nichts wichtiger sein würde als der Stein. Die Sehnsucht nach ihm erfüllte sie schon jetzt, so, als wäre sie immer da gewesen. Welcher würde es sein? Welche Fähigkeiten würde sie durch ihn bekommen?

„In Steinkunde wirst du künftig von mir unterrichtet", teilte Proges ihr zum Abschluss noch mit. „Ich hoffe doch stark, dass du heute mehr gelernt hast als in den vergangenen Wochen."

Emily nickte schnell.

„Das ist gut", freute ihr Großvater sich, während er sie in Richtung Tür schob. „In diesem Fach darfst du nie mehr schlafen. Hörst du! Es ist das wichtigste und das schönste überhaupt!"

Das hatte selbst seine Enkeltochter inzwischen verstanden. Sie nahm sich fest vor, von nun an wirklich aufmerksam zu sein. Mit vielen guten Vorsätzen verließ sie zusammen mit dem Professor den Ahnensaal.

Es gibt viel Trauriges in der Welt und viel Schönes.

Manchmal scheint das Traurige mehr Gewalt zu haben,

als man ertragen kann,

dann stärkt sich indessen leise das Schöne

und berührt wieder unsere Seele.

Hugo von Hofmannsthal

13. Alter Glanz

Die nächsten Wochen vergingen wie im Fluge. Dabei stellte Emily überraschenderweise fest, dass sie mit der Zeit immer größeres Interesse an ausgefallenen Unterrichtsinhalten bekam. Hatte sie noch vor Kurzem nur ungern zugehört, wenn es um Pferdehaltung oder Überlebensstrategien in der Wildnis ging, so wollte sie jetzt – da der Wunsch nach einen eigenen Stein unwiderruflich Besitz von ihr ergriffen hatte – plötzlich alles, was man ihr auftrug, mit Auszeichnung meistern.

Alles – bis auf das sture Eintrainieren von Pflanzen-, Tier- und Steinbeschreibungen. Das ging ihr nach wie vor gehörig auf den Wecker. Obwohl sie sich aufgrund der Gespräche, die sie in der letzten Zeit mit Proges geführt hatte, irgendwie zu ihrer Heimat hingezogen fühlte, konnte sie sich immer noch nicht vorstellen, wozu es gut sein sollte, all dieses Zeug auf Kommando runter rattern zu können.

Es würde ohnehin schnell wieder in Vergessenheit geraten, weil die meisten dieser Mineralien- und Lebensformen hier gar nicht existierten, mal abgesehen von den Pferden. So was lernte man – zumindest ihrer Meinung nach – doch viel leichter vor Ort.

Nach dem Mittagessen machte sie sich auf den Weg zum Büro des Professors. Sein Lieblingsfach stand mal wieder auf dem Stundenplan. Als Emily eintrat, wurde sie bereits erwartet.

Ihr Großvater saß am Schreibtisch, wo er – wie gewöhnlich – auf einer seiner wertvollen Pfeifen herum kaute. Ein undefinierbarer, leicht holziger Duft erfüllte den Raum. Zögernd setzte Emily sich auf den Stuhl, der ihm gegenüber für sie bereitgestellt war. Sie fragte sich gleich, warum der Alte ihn nicht einfach am Besuchertisch stehen gelassen hatte. Da gehörte er doch eigentlich hin! So war sie nun gezwungen, ihn anzusehen; in diese intelligenten, aber erschreckend kalten, grau-weißen Augen zu schauen, deren gesprenkelte Iris so eisig glänzte, dass sie die Lider senken musste.

„Heute...", fing der Professor an, wobei Emily innerlich drei Stoßgebete zum Himmel schickte, dass er nicht wieder eine Tabelle oder einen ellenlangen Text über Edelsteine auf Lager hatte, den sie später auswendig lernen musste, „...erzähle ich dir eine Geschichte."

Puh! Sie atmete erleichtert auf. Also weder eine Tabelle noch ein Text. Entspannt lehnte sie sich zurück.

„Und wie heißt Ihre Geschichte?"

„Orcus Gammeus – eine Welt voller Edelsteinmagie", flüsterte Proges geheimnisvoll.

Emily verzog das Gesicht. Da war es ja wieder, dieses Andere-Welt-Gequatsche. Sie hatte schon gehofft, dass er sie damit in Ruhe lassen würde – vergebens! Unschuldig über das ganze Gesicht strahlend, brachte er das strittige Thema erneut zur Sprache.

Immerhin ließ die Begeisterung für den anstehenden Vortrag seine weiß-gefleckte Iris weicher werden, sodass man ihr nun deutlich leichter standhalten konnte. Sollte er also ruhig davon erzählen, wenn es ihn glücklich machte. Sie konnte ihn ja doch nicht davon abhalten.

„Orcus Gammeus ist, ob du es nun glauben willst oder nicht, eine andere Welt – eine Parallelwelt", begann der Professor mit erhobener Stimme. „Es gibt sie mindestens genau so lange wie die Erde." Er machte – wie immer, wenn er etwas Wichtiges zu sagen hatte – eine kurze Pause, um sich davon zu überzeugen, dass Emily auch wirklich zuhörte; dann fuhr er fort:

„Sie entstand an einem Ort, nicht weit von hier, an dem sich – rein zufällig – Millionen, ja Abermillionen außergewöhnlich kraftvolle Edelsteine vereinten. Die Energie dieser Steine schuf einen unvergleichlichen Lebensraum; sie ließ eine prächtige Pflanzen- und Tierwelt entstehen – vielfältiger und weitaus schöner als du dir vorstellen kannst.

Montis Gammeus, der größte Vulkan dieser Peristase, verteilt bis heute in regelmäßigen Abständen Gesteinssplitter über das Land, deren Kraft die Atmosphäre stabil hält. Er ist das Herz von Orcus. Er bestimmt auch die Zeitrechnung. Die Gammeuser bezeichnen die Spanne zwischen den Ausbrüchen als Feuerjahr. Sie beträgt vierhundertfünfzig bis sechshundert Tage."

Proges kramte ein leeres Blatt aus der Schublade, auf dem er mithilfe eines alten Kugelschreibers Täler, Flüsse und Ozeane zu zeichnen begann.

Während er sich darum bemühte, den Zauber von Orcus in einer Skizze festzuhalten, dachte Emily an all die unterschiedlichen Daseinsformen, mit denen sie sich bisher nur widerwillig auseinandergesetzt hatte. Verwundert bemerkte sie, dass doch noch so einiges hängengeblieben war – genug, um zusammen mit den Darstellungen des Professors ein atemberaubendes Bild entstehen zu lassen:

Vor ihrem inneren Auge entfaltete sich eine sanfte, grüne Hügellandschaft, eingefasst von endlosen Meeren. Wo man auch hinsah wuchsen hell klingende Goldbuchen, Kristallplatanen, Bärentrauben; vereinzelt in den Sümpfen sogar dickblättrige Echsensträucher. Über dieser wilden Flora schwirrten elfenartige Sonnenboten leise vor sich hin kichernd durch die flirrende Luft.

Auf der Himmelslärche im Mittelpunkt der Szenerie hockte eine strahlend weiße Singkönigin, die ganz ohne Scheu eines ihrer schönsten Lieder erklingen ließ. Ja, sie war wirklich die größte aller Diven. Emily fiel wieder ein, dass sie nicht überall sang. Für ihren grandiosen Auftritt kamen nur die imposantesten Bäume in Frage.

Inmitten von Gipfelgras und Höhenkraut entsprangen klare Flüsse, die sich anmutig talwärts wanden. Ihr durchscheinendes, türkisblaues Wasser beherbergte die Glücksrenke und den Freudentaucher; an Stellen mit geringer Strömung außerdem den scheuen Kicherbiber. Unzählige Nymphen spielten in den Wellen. Sie waren die größten der gammeusischen Wassergeschöpfe. Am Abend kamen sie gerne ans Ufer, um ihre muschelsilbernen Haare zu kämmen und die Umgebung mit ihren eigenartigen, betörenden Melodien zu erfüllen.

„Am eindrucksvollsten ist das Licht", unterbrach Proges ihre Träumereien. „Es ist ganz anders als hier; viel heller. Es durchdringt die Materie, wodurch der für Orcus charakteristische Glanz – eine transparente, bunt schillernde Aura – entsteht. Glaube mir, wenn die alten Maler davon gewusst hätten, wären sie bestimmt nicht in die Toskana oder die Provence gereist."

Emily schloss ein weiteres Mal die Lider, um diese neuen Details in ihre Visionen einzubauen; es gelang ihr aber nicht. Frustriert schüttelte sie den Kopf. Sie wusste einfach nicht, was eine Aura war.

„Eine Aura ist…", hörte sie Proges leise in die Stille sagen, so, als hätte er ihre Gedanken erraten, „die energetische Ausstrahlung aller Körper. Sie umrahmt jeden Gegenstand, auch jedes lebende Wesen wie eine mehrfarbige, durchscheinende Hülle. Wenn du an die Flamme einer brennenden Kerze denkst, verstehst du sicher, was ich meine."

Emily war dankbar für diesen Hinweis. Er half ihr wirklich weiter.

„Menschen, Tiere, Pflanzen und Dinge dieser Welt haben auch eine Aura", ergänzte der Alte noch, „man kann sie nur nicht sehen, weil das Licht viel zu schwach ist."

Dann ließ er ihr etwas Zeit, seine Ausführungen im Geiste zu ergänzen. Als sie kurze Zeit später entzückt vor sich hin lächelte, wusste er, dass sie die unvergleichliche Schönheit ihrer Heimat endlich erkannt hatte.

„Was ist denn mit den Steinträgern?" Emily bemerkte plötzlich, dass die ihr von Bildern und Statuen bekannten Gestalten noch gar nicht aufgetaucht waren. Sie schienen – obwohl sie sich redlich um ihre Eingliederung bemühte – auch nicht so recht in dieses Paradies zu passen.

„In Orcus gab es, ähnlich wie hier, eine Art Evolution", erklärte der Großvater. „Die gammeusischen Geschöpfe entwickelten sich ständig weiter. Irgendwann im Laufe dieses Prozesses tauchten dann auch die Steinträger auf. Sie waren, wie die Menschen, den anderen Lebewesen intellektuell weit überlegen. Eines Tages lernten sie – warum auch immer – ihre körpereigene Energie mit der Energie ausgewählter Edelsteine zu potenzieren. Dadurch gelang es ihnen, sagenhafte, bis dahin völlig unbekannte Fähigkeiten zu entwickeln. Mit der Zeit wurde ihre Beziehung zu den Steinen immer enger… Die Intensität der verliehenen Gaben nahm stetig zu… Heute ist ein Gammeuser ohne seinen Stein verloren. Er hat es verlernt, mit ganz gewöhnlichen Eigenschaften zu überleben."

Als der Professor merkte, dass seine Enkelin geistesabwesend an ihm vorbeistarrte, hielt er inne. Ihm war bewusst, dass sie diese artverwandten Geschöpfe gerade vor sich sah: ihre aufrechte Wirbelsäule…, ihre schmalen, weißen, ebenmäßigen Gesichter, die niemals braun wurden…, ihre spitz zulaufenden Ohren…, die bunte Iris ihrer Augen, die in den Farben der unterschiedlichsten Mineralien schimmerte…, ihre feingliedrigen Hände, mit den langen, dünnen Fingern…, die Ketten und Anhänger um ihre Hälse… Ja. Emily schmunzelte zufrieden. Sie gehörten also doch in diese phantastische, unwirklich schöne Schöpfung.

Seit dem Besuch im Ahnensaal wusste sie, dass die gesellschaftlichen Strukturen der Steinträger denen der hochentwickelten Erdenvölker ähnelten. Interessiert sah sie zu Proges hinüber, der ihre stumme Aufforderung zum Weitersprechen auch gleich verstand.

„Die Gammeuser lebten viele tausend Feuerjahre lang friedlich in kleinen Gemeinden zusammen. Sie wurden von einer außerordentlich weisen Dynastie geführt, welche sich aufopfernd um die Belange ihres zauberhaften Reiches kümmerte. So konnte nach und nach eine blühende Zivilisation entstehen, in der unsere Vorfahren kunstvolle Paläste errichteten, …in der sie traumhafte Kleider aus Echsenleder oder Eibelseide kreierten.

Außerdem legten sie Wege an. Sie bestellten Felder, auf denen die köstlichsten Früchte gediehen, gingen hin und wieder auf die Jagd und…"

„Warum haben sie denn keine Tiere gezüchtet?" warf Emily neugierig ein.

„Tiere waren damals noch freie Wesen; so frei wie die Gammeuser selbst", erklärte ihr der Großvater. „Sie durften nur in besonderen Fällen als Nahrungsquelle genutzt werden; …zum Ende eines Feuerjahres beispielsweise, wenn die Kraft der Edelsteinsplitter nachließ und die Steinträger etwas Fleisch brauchten, um leistungsfähig zu bleiben; oder aber bei schwerer Krankheit, wenn die Patienten mehr Energie benötigten, als die Mineralien abgaben."

„Aha, und daran haben sich wirklich alle gehalten?"

„Ja. Früher schon. Unsere Vorfahren waren nicht gierig. Es machte ihnen nichts aus, Maß zu halten. Sie taten nur, was mit der Natur im Einklang stand. Sie hatten eben noch ein ganz besonderes Bewusstsein dafür, dass die Sphäre, in der sie lebten, großartig war."

Emily zog die Brauen leicht nach oben. Diese Antwort hörte sich aus ihrer Sicht doch etwas unglaubwürdig an. Orcus, der Garten Eden vor dem Fall! Ob er da nicht ein wenig übertrieb? Nun ja. Selbst wenn die Gammeuser nur halb so tugendhaft waren, wie Proges es gerade dargestellt hatte, konnte sie doch immer noch stolz darauf sein, von ihnen abzustammen. Vielleicht hatte sie deshalb auch so eine Wut auf die Unersättlichkeit der Menschen.

„Hat es in Orcus denn keine technische Revolution gegeben? Keine Marktwirtschaft, die den Hals niemals vollkriegt?" fragte sie, um die Sache genauer zu klären.

„Wenn du auf die Industrialisierung anspielst…", erwiderte der Professor ohne lange zu überlegen, „kann ich mit Stolz sagen, dass sie uns erspart geblieben ist. Unsere Ahnen verwarfen derartige Ideen, sobald sie in ihren Köpfen auftauchten. Sie wollten die Harmonie der Schöpfung auf keinen Fall zerstören. Ihre größten Errungenschaften liegen daher auch nicht im technischen, sondern im medizinischen Bereich.

Die gammeusische Heilkunst ist unübertroffen. Sie basiert ausschließlich auf pflanzlichen Stotten, welche von den besten Heilern unseres Volkes in jahrelanger Kleinarbeit erforscht wurden. Inzwischen wissen wir genau, wie wir den Krankheiten der verschiedensten Kreaturen begegnen können. Bei uns ist kein einziges Wesen mehr dazu verdammt, an unerträglichen, körperlichen Leiden zu sterben. Ein Steinträger stirbt heutzutage entweder an Altersschwäche oder… im Kampf."

Der Alte seufzte wehmütig. Dann zog er an seiner Pfeife, um den schwarzen Rauch wenig später ringförmig in die Luft zu blasen. „Diese Ära, die wir auch Ära des alten Glanzes nennen, endete im hunderttausendsten Feuerjahr, als Fürst Dioptas von Orcus starb. Sein Tod zog weiteres Unheil nach sich. So verschied seine Thronfolgerin, Gemahlin Ioalitha, ganz überraschend nach nur kurzer Amtszeit; deren Nachfolger, ihr erstgeborener Sohn, sollte noch nicht mal den Tag seiner Krönung erleben…

Wie du dir denken kannst, war das Volk zutiefst bestürzt. Todesfälle, die nicht durch das hohe Alter der Verstorbenen zu erklären waren, hatte es seit Ewigkeiten nicht mehr gegeben. Man munkelte, dass Rubine, die älteste der Töchter, hinter diesen merkwürdigen Begebenheiten stand… Es konnte jedoch nie bewiesen werden... Nun, was soll ich sagen? SIE bekam das Zepter – allen üblen Gerüchten zum Trotz."

Proges stöhnte gequält. Mühselig erhob er sich von seinem Stuhl, um von nun an wie ein Tiger im Käfig auf und ab zu laufen. „Mit Rubine kam das Grauen über Orcus. Sie ist völlig aus der Art geschlagen. Sie besitzt keine der typisch gammeusischen Eigenschaften. Bis heute kann sich niemand erklären, woher ihre Machtbesessenheit kommt. Genetische Faktoren scheiden eindeutig aus, Erziehung auch, und doch ist sie so, wie sie ist…"

„Hat sie diesen Krieg angezettelt?" Emily war schockiert. Ein einziger schlechter Charakter sollte an allem schuld sein?

„Nun, wie ich schon erwähnte… liebt Rubine die Macht über alles. Sie liebt sie um ihrer selbst willen", fuhr der Großvater fort. „Ihr geht es nicht um das Wohl aller. Ihr geht es ausschließlich um die Verwirklichung persönlicher Lebensträume. Sie will Orcus zu einer fortschrittlichen Welt machen, in der die Steinträger ihre Überlegenheit skrupellos ausnutzen, um andere Wesen zu unterjochen.

Da sie bezaubernd schön ist, gelang es ihr schon bald, Anhänger für diesen Schwachsinn zu finden. Irgendwann verbannte sie dann jeden, der nicht bedingungslos hinter ihr stand, so auch ihre Schwester Saphire. Die jüngeren, Türkise und Quarze, durften bleiben. Sie sind ihr bis heute treu ergeben."

„Wie weit ist sie denn mit ihrem Plan gekommen?" wollte Emily wissen. Sie war ziemlich aufgewühlt. Immerhin zerbrach die paradiesische Idylle ihrer Phantasie urplötzlich in tausend Scherben – und das nur, weil Rubine dachte wie ein Mensch?

Ihr Großvater räusperte sich. Man merkte ihm deutlich an, dass er jetzt nicht mehr so gerne von seiner Heimat sprach.

„Also…", fuhr er schleppend fort, „nachdem Rubine tausende von Steinträgern vertrieben hatte, schickte sie nun auch die freien, bunten Tiere und die Nymphen fort. Auf ihrem Gebiet gibt es heute – soweit ich weiß – nur noch Nutzvieh… und die Schwarzen. Letztere sind ihr heilig; allein deshalb, weil Nachtklang, ihr über alles geliebter Steinteiler, ebenfalls schwarz ist." Nachdenklich runzelte er die Stirn. „Gleichzeitig mit den Bunten verschwanden die Farben aus ihrem Reich. Stattdessen legte sich ein grauer, feuchter Nebelschleier über das Land, der unaufhaltsam anwuchs und alles Leben unter sich begrub.
Da die Verbannten beschlossen ihre Welt zu retten, bevor es zu spät war, begannen sie Waffen zu schmieden, mit deren Hilfe sie die Kunst des Kampfes erlernten. Auch die Frauen trainierten. Einige von ihnen trennten sich sogar von ihren langen, nymphengleichen Haaren. Von nun an trug niemand mehr Eibelseidenkleider. Von nun an gab es nur noch grobe Sachen aus Echsenhaut, die während der Schlacht vor Pfeilen schützten."

Emily schwieg. Hilflos musste sie zusehen, wie sich die Steinträger in ihrem Kopf veränderten. Ihre zarten, fast rehähnlichen Gesichtszüge wurden hart; ihr wacher, scharfer Blick stechend und eisig. Es war erschreckend, wie schnell sich diese sympathischen Wesen in kalte, berechnende Krieger verwandelten.

„Wie hat Rubine denn darauf reagiert?", fragte sie bestürzt.
„Wie soll sie schon reagiert haben?" Der Professor zuckte mit den Schultern. „Sie entsandte Truppen, die den Aufständigen unter ihrem Wappen – dem schwarzen Schwan auf rotem Grund – entgegentraten. Seitdem gibt es dieses furchtbare Blutvergießen; diese zermürbenden Kämpfe um die Zukunft von Orcus."
„Und woran erkennt man Saphires Flagge?" Emily musste unbedingt mehr über die Anführerin der Bunten in Erfahrung bringen. Ob sie Rubine gewachsen war?
„Auf dem weißen Grund ihres Banners ist eine blaue Taube zu sehen; Saphires Teiler. Sie besitzt – im Gegensatz zu Nachtklang – einen edlen Charakter…" Proges fuhr sich nervös durch die Haare. Er schien irgendwie besorgt zu sein. „…leider ist sie jedoch bei Weitem nicht so stark wie er. Du musst wissen, dass Rubines Liebling seinen Gegnern mit einem einzigen Flügelschlag das Genick brechen kann. Abgesehen davon ist er ein Meister der Tarnung. Sein tiefes Schwarz macht ihn in der Dunkelheit nahezu unsichtbar. Wo er aufkreuzt bringt er Unheil und Verderben."

„Sie stehen aber trotzdem auf Saphires Seite, nicht wahr?" Emily glaubte zwar, die Antwort auf diese Frage bereits zu kennen, wollte aber lieber doch ganz sicher gehen.

„Was denkst du wohl?" Der Professor konnte nicht glauben, dass seine Enkelin ihm zutraute, mit Rubine gemeinsame Sache zu machen. „Natürlich stehe ich auf ihrer Seite", brummte er missmutig. „Wir kämpfen für die Freiheit... für alles was farbig ist."

Dann schwiegen sie eine Weile, bis der Alte schließlich ein leises, kratziges Räuspern von sich gab. „Wir müssen dorthin zurückkehren, Emily", sagte er leise aber eindringlich. „Orcus braucht uns; ...dich ganz besonders."

Das Mädchen ihm gegenüber schüttelte heftig mit dem Kopf. Warum um Himmels willen sollte sie an einen Ort reisen, an dem man sich gegenseitig umbrachte? Das wollte ihr trotz all dieser Geschichten noch immer nicht einleuchten.

„Wir können unsere Verwandten nicht länger im Stich lassen, hörst du? Ihr Blut ist auch unser Blut. Es ist blau, wie deins und meins", ereiferte sich der Alte. „Wir tragen unsere Heimat in uns. Wir können sie nicht einfach leugnen; ...und du, mein Kind, kannst ihr helfen. Du kannst mehr für sie tun als du denkst."

Künstler wird man aus Verzweiflung.

Ernst Ludwig Kirchner

14. Die Kunst des Kampfes

Im Laufe des Abends geriet Emilys Zeitgefühl mächtig ins Wanken, sodass sie nicht mehr in der Lage war Tage, Wochen oder gar Jahre richtig zu zählen. Ob das Geschwafel des Alten sie nun endgültig verrückt gemacht hatte?

Nervös im Zimmer auf- und ablaufend versuchte sie, eine vernünftige Erklärung für ihren Zustand zu finden – leider vergebens. Stattdessen kam sie nach unzähligen Schritten fast schon ein wenig erleichtert zu dem Schluss, dass wohl doch eher eine unvernünftige in Frage kam: Sie hatte – wenn sie nicht alles täuschte – während der letzten Stunden nach und nach den gammeusischen Rhythmus angenommen.

Wie sollte sie unter diesen Umständen ihr eigenes Alter einschätzen? Vierzehn. Mit vierzehn – soweit konnte sie sich gerade noch erinnern – hatte man sie hierhergebracht; genauer gesagt mit vierzehn Menschenjahren. Sie war aber kein Mensch! Ihre Uhr drehte sich um einiges langsamer. Tief in ihrem Inneren spürte sie genau, dass ihr Leben nun doch wesentlich länger dauern würde als bisher angenommen.

Aufgewühlt fragte sie sich, was das alles zu bedeuten hatte. Ob sie sich vielleicht gegen ihren Willen, …gegen sämtliche Naturgesetze bereits auf die Bedingungen in Orcus einstellte?

Außer ihr selbst schien jedoch niemand diesen Wandel zu bemerken. Wie auch? Die anderen kannten sie ja erst seit Kurzem. Sie gaben ihr zwar ein Dach über dem Kopf und brachten ihr das ein oder andere bei – eine richtige Familie, auf die man in der Not zählen konnte, waren sie deshalb aber noch lange nicht. Wahrscheinlich hörten sie ihren wirren Reden gar nicht richtig zu.

In ihrer Einsamkeit sehnte sie Patrick und Tamara herbei. Die beiden hätten mich schon längst darauf angesprochen, dachte sie bitter. Ihnen wäre so was nie entgangen.

Judith dagegen wunderte sich lediglich über den plötzlich erwachten Ehrgeiz der kleinen Schwester – und das auch nur, weil ihr Leben als Lehrerin von nun an deutlich leichter wurde. Jegliches Gejammer verstummte. Außerdem nahm Emily wesentlich häufiger lästige Extrameilen in Kauf; jetzt sogar ohne die üblichen Widerworte.

Umso trauriger war es, dass sie trotz ihres ungewöhnlich großen Eifers keine nennenswerten Fortschritte machte; am allerwenigsten beim Fechten.

Nach vielen Wochen harten Trainings beherrschte sie tatsächlich nicht mehr als ein paar armselige Grundlagen, sodass sie noch immer meilenweit davon entfernt war, ihren Gegner im Duell zu entwaffnen. Als selbst die bewährtesten Motivationssprüche wie *Streng dich gefälligst mehr an!* oder *Jeder muss früher oder später über seine Grenzen hinauswachsen!* nicht weiterhalfen, begann Judith, sich ernsthafte Sorgen zu machen.

Obwohl Emily solche Beschimpfungen aus tiefstem Herzen hasste, musste sie ihrer Schwester insgeheim doch zustimmen. Guten Willens nahm sie sich nach jeder Stunde vor, beim nächsten Versuch ein paar Treffer mehr zu landen, was ihr jedoch nicht gelang. Ihre Fechtkunst wurde einfach keinen Deut besser. Woran das nur liegen konnte?

„Ich weiß wirklich nicht, was mit dir los ist", beschwerte sich die Ältere nach einer ganz besonders schlechten Stunde, „du bist in allen Sportarten, wie man sieht, nur mäßig begabt." Sie schien restlos enttäuscht darüber zu sein. „Hier!", fuhr sie fort, wobei sie energisch auf eine Bank am Rande des Übungsfeldes deutete, „setz dich mal!"

Emily sank widerspruchslos auf das verwitterte Holz. Wenn Judith sich ausnahmsweise mal Zeit nahm, ein längeres Gespräch mit ihr zu führen, musste die Lage schon ziemlich ernst sein.

„Weißt du, es ist seltsam", begann sie ruhig, „normalerweise müsstest du mindestens in einer der kriegerischen Disziplinen außergewöhnlich gut sein. Ich verstehe einfach nicht, warum du mich weder im Ausdauerreiten noch im Speerwerfen, Schwertkampf oder Bogenschießen übertriffst. Für gewöhnlich weiß ein Steinträger lange vor dem Erhalt seines Steines, welche Gaben er bekommen wird. Du scheinst da allerdings eine Ausnahme zu sein."

Sie seufzte. Ein Windhauch blies ihr die rabenschwarzen Haare in das strenge, weiße Gesicht. Während sie die Strähnen mit einer bedächtigen Bewegung wieder zurückschob, fiel Emily auf, dass sie ihre Schwester noch nie aus der Nähe betrachtet hatte. Neugierig vertiefte sie sich in diesen Anblick.

Judiths Augen zeigten auf kurze Distanz unzählige Schwarztöne; einer dunkler als der andere. Sie befanden sich ständig in Bewegung; schienen einfach alles zu registrieren, was in der Umgebung passierte – ebenso wie ihre Ohren, die aufgrund der außergewöhnlichen Anspannung immerfort vor sich hin zuckten.

Sicher war sie eine glorreiche Jägerin, wofür – außer den überdurchschnittlich scharfen Sinnen – auch ihr großes Geschick im Bogenschießen sprach. Wie Emily schon oft genug gesehen hatte, traf sie aus weit über tausend Metern zuverlässig jedes der vorgegebenen Ziele. Noch besser war sie im Schwertkampf. Hier ließ sie sich durch nichts auf der Welt ablenken. Hier war ihr Geist hochkonzentriert; ihre Bewegungen absolut präzise und geschmeidig. Niemals würde sie – Emily – so gut sein wie ihre Schwester!

Judith schwieg einen kurzen Moment, bevor sie schließlich zugab: „Ich bin mit meiner Weisheit völlig am Ende. Was soll ich nur mit dir machen?"

Die Kleine neben ihr senkte den Kopf, wobei sie betrübt, vermutlich auch ein wenig beschämt auf ihre Fußspitzen starrte. Sie beschloss, fürs Erste lieber nichts dazu zu sagen. Stattdessen schaute sie gedankenversunken auf die geschlossenen, pergamentartigen Lider der großen Schwester. Wie lang ihre Wimpern waren…

„Was soll ich denn noch versuchen? Sag' es mir!" Die Ältere ließ nicht locker. Mit ihrem Tonfall machte sie unmissverständlich klar, dass sie eine ordentliche Antwort auf diese Frage erwartete.
Immer noch unschlüssig zuckte Emily mit den Schultern. Sie hatte nicht die geringste Ahnung, wie man so ein Problem aus der Welt schaffen konnte. „Ich weiß es nicht", erwiderte sie missmutig, mit den Fingerspitzen unruhig auf ihren Oberschenkeln herum trommelnd.
Judith schüttelte nachdenklich den Kopf, bevor sie mehr zu sich selbst sagte: „Verflixt! Da durchschaue ich mühelos jeden Verräter, entdecke die hinterhältigsten Fallen, schlage mich in den grausamsten Schlachten… und bin nicht mal in der Lage, eine herausragende Gabe zu finden!"

Deprimiert blieben die beiden noch eine Weile sitzen, bis sie, nach wie vor ratlos, ins Haus zurückgingen.

Im Laufe der nächsten Tage versuchte Judith, Emily mit ganz besonderen Herausforderungen aus der Reserve zu locken. Sie gab ihr die schwierigsten Pferde, die störrischsten Bögen, die längsten Speere und die dicksten Schwerter – doch auch das änderte nichts! Emily versagte überall. So ging sie schon beim Ergreifen des Kendoschwertes in die Knie, schaffte mit dem Heraklesspeer nur drei Meter und fiel beim Reiten vor Erschöpfung andauernd aus dem Sattel.
Es war einfach unerträglich! Mal abgesehen davon, dass ihr alles weh tat, stand sie inzwischen auch kurz vor einem Nervenzusammenbruch. Als sie nach einem missglückten

Feldschuss weinend zusammenbrach, erkannte selbst Judith, dass derartige Quälereien aufhören mussten, weshalb sie beschloss, mit Proges über diese verfahrene Situation zu sprechen.

Zum Abendessen erschien sie daraufhin mit einem breiten, strahlenden Lächeln im Gesicht. Der Alte hatte ihr tatsächlich weitergeholfen.

„Wir sollen es nochmal mit dem Überlebenstraining versuchen!" rief sie der kleinen Schwester freudig entgegen. „Es könnte ja sein, dass du auf diesem Gebiet Stärken hast, die bei den vorangegangenen Übungen noch nicht in Erscheinung getreten sind."
„Meinst du wirklich?", fragte Emily ungläubig, während sie aufgeregt den Rest ihres Marmeladenbrotes hinunterschluckte.

Sie hatte die Hoffnung auf einen eigenen Stein nach all diesen Vorkommnissen längst aufgegeben, da sie ohne sichtbare Begabung – das war ja wohl klar – sowieso keinen bekommen würde. Umso mehr freute sie sich darüber, das Ruder vielleicht doch noch herumreißen zu können. Voller Erwartung verabredete sie sich mit Judith am Glashaus.

So wurde die merkwürdige Architektur am Rande des Gutes genannt. In Wirklichkeit handelte es sich jedoch eher um eine riesige Kuppel, unter der sich unwegsames Gelände voller Tücken und Gefahren befand. Hier wuchsen einheimische sowie fremdartige Pflanzen einträchtig nebeneinander – Lunarauken zwischen Gänseblümchen; Sternenanemonen inmitten von Löwenzahn.
Natürlich kannte ihre Schwester dieses Gebiet mit all seinen bizarren Möglichkeiten wie ihre Westentasche. Es machte ihr einen Riesenspaß, Emily immer wieder aufs Neue zu erschrecken, indem sie mit Hilfe verschiedener Mechanismen die Umgebung veränderte.
Einmal hatte sie den Boden um mindestens drei Meter abgesenkt, sodass Emily nur mit Mühe und Not aus diesem Loch wieder herausgekommen war. Ein anderes Mal hatte sie einen gigantischen Feuerkranz erzeugt, in dem ihre Schülerin um ein Haar verbrannt wäre. In weiteren, nicht weniger brisanten Stunden hatte Judith ihre kleine Schwester mit Treibsand, ausschlagenden Bäumen, reißenden Flüssen, Hornissen und Piranhas konfrontiert.
Ja, Emily erinnerte sich noch ganz genau an all die blutenden Schürfwunden, an all die unzähligen Insektenstiche und Bissverletzungen!
Stell dich nicht so an! Es gibt Schlimmeres! waren die lapidaren Standardantworten ihrer skrupellosen Peinigerin, wenn sie sich nach solchen Torturen um ihr Wohlergehen sorgte.
Die würde sie im Leben nie vergessen! Sie hatte sich immer wieder gefragt, ob Judith nicht

wusste, dass man auf Stiche allergisch reagieren konnte, und sich Wunden - besonders Tierbisse - gerne infizierten!

Außer den Schmerzen, die sowohl das Gift als auch die körperlichen Blessuren mit sich brachten, war bisher jedoch nichts passiert. Sie hatte nie irgendwelche bleibenden Schäden davongetragen. Es war auch nie eine Narbe zurückgeblieben. Ihre große Schwester hatte sogar Knochenbrüche mit seltsam riechenden, schrill glitzernden Tinkturen folgenlos geheilt.

Das Unsinnigste am Überlebenstraining waren die Aufwärmübungen.

Sie bestanden darin, dass Judith ihr fortwährend stumpfsinnige Befehle erteilte: Hinlegen! Aufstehen! Wegrennen! Umdrehen! Nach links! Nach rechts! Auf ihr Wort hin musste sie sich in Sekundenschnelle in den Staub werfen, wieder hochkommen, losspurten oder auch die Richtungen wechseln. Insgesamt erinnerten sie Emily an ein altes Spiel: Feuer-Wasser-Blitz, das ihr aus der Kindheit noch bestens vertraut war. Hier ging es auch darum, reflexartig auf sinnlose, völlig unnötige Anweisungen zu reagieren.

Obwohl ihre Schülerin nicht ganz verstand, wozu diese hektischen Bewegungsabläufe gut sein sollten, ließ Judith sich nicht beirren. Sie fand diesen Teil des Unterrichts zu Emilys Leidwesen sogar noch viel wichtiger als den Rest. *Wenn du gelernt hast, meiner Stimme zu folgen*, sagte sie oft, *kann ich dich später besser retten, wenn es notwendig wird.*

Nachdem sie diesen schweißtreibenden Drill endlich hinter sich gebracht hatte, folgte die Jüngere ihr wortlos ins Innere der Kuppel. An der Art, wie Judiths ebenholzfarbene Iris funkelte, erkannte sie gleich, dass heute eine außerordentliche Gemeinheit auf dem Programm stand.

Widerwillig stellte sie sich auf das Startfeld inmitten einer unschuldig erscheinenden, durch das gläserne Dach von der Außenwelt abgeschiedenen Wiese. Ihre Schwester legte inzwischen die Steuerelemente frei, welche gut getarnt unter dichtem Laub bereits darauf warteten, das nächste Höllenszenario in Gang zu setzen. Als Emily den schwarzen Totenkopf auf einem der rot gestrichenen Griffe entdeckte, bekam sie eine Gänsehaut. Der war ihr bisher noch gar nicht aufgefallen! Für einen Moment lang dachte sie daran, auf dem Absatz kehrt zu machen, doch Judith ließ sie nicht aus den Augen.

Bevor die Ältere den Mechanismus betätigte, verkündete sie feierlich:

„Heute gibt es ein phantastisches Spektakel; eine Mutprobe, bei der du ganz auf dich allein gestellt sein wirst. Proges hat mir strengstens verboten, dir zu helfen! Hörst du?!"

Oh je! Emily ahnte in etwa, was auf sie zukommen würde!

„Ich bin sehr gespannt darauf, wie du dich schlagen wirst", grinste Judith hämisch, während sie den von ihrer Schülerin am meisten gefürchteten Hebel umlegte.

Den Erwartungen entsprechend, begann der Boden unter Emilys Füßen zu beben, so, dass er wenige Augenblicke später kreisförmig einriss, um gleich darauf mit lautem Getöse nach unten zu sacken. In Sekundenschnelle verschwand er immer tiefer im Erdreich, bis sie sich – genau wie damals – in einem riesigen Loch wiederfand; in einer Art Grube, deren Ausmaße an die Bombenkrater des letzten Weltkrieges erinnerten.

Was würde als nächstes passieren? Womit in aller Welt würde Judith sie dieses Mal piesacken? Mit giftigen Spinnen vielleicht oder den Hunden von Proges? Ängstlich ließ sie ihren Blick über die freigelegten Gesteinsschichten wandern; wieder und wieder, bis sie endlich etwas Verdächtiges gefunden hatte. Sollte dieser schwarze Fleck dort hinten in der schroff aufsteigenden Wand tatsächlich eine Höhle sein, ...vielleicht sogar eine Art Bau? Auf Zehenspitzen schlich sie näher heran.

Als sie sich bückte, um die Stelle genauer zu untersuchen, erkannt sie mit Entsetzen, dass zwischen den zerklüfteten Granitblöcken ausgewachsene, braungrüne Panzerechsen schliefen. Noch waren ihre grimmigen, gelben Augen nicht zu sehen, dafür aber unendlich viele lange Zähne, welche gefährlich weit aus den riesigen, abgerundeten Mäulern herausragten. Vermutlich handelte es sich um Leistenkrokodile, die übelsten ihrer Art. Emilys Wissens nach töteten sie in Asien und Australien jedes Jahr hunderte von Menschen.

Mit aller Kraft kämpfte sie gegen den mächtigen Impuls, lauthals los zu kreischen. Sie wollte diese Biester auf gar keinen Fall erschrecken.

Judith, die dem Spiel von oben zusah, hatte ihrer Schwester zu Beginn der Übung einen kleinen Rucksack – ein sogenanntes Überlebenskit – mit auf den Weg gegeben. Neugierig verfolgte sie nun, wie Emily ihn auspackte; krampfhaft darum bemüht, nur ja kein Geräusch zu verursachen. Ob ihre unbedarfte, etwas zimperliche Schülerin mit dem Enterhaken, der Strickleiter und dem winzigen aber scharfen Messer etwas anzufangen wusste?

Anscheinend schon! Schneller als erwartet, befestigte die Kleine das Seil der Leiter an dem schweren, dreizackigen Rettungsanker, den sie bereits kurz darauf mit erstaunlicher Leichtigkeit aus der Grube warf. Ja, sie stellte sich gar nicht mal so dumm an! Es sah fast so aus, als ob sich das wochenlange Training nun doch noch gelohnt hätte!

Nur ein paar Sekunden später begann sie mit dem Aufstieg. Die vor Angst Zitternde hangelte sich leise wie eine Meerkatze – Sprosse für Sprosse nach oben. Sie hatte es schon fast geschafft, als plötzlich aus nächster Nähe ein gehässiges, schadenfrohes Kichern in ihre Ohren drang. Warum war Judith denn jetzt schon wieder so biestig? Warum weigerte sie sich, ihre ausgesprochen gute Leistung anzuerkennen? Musste sie eigentlich immer zan…?

Noch während Emily sich über die unpassende Reaktion ihrer Schwester ärgerte, löste sich der Wurfhaken, worauf sie augenblicklich, mit dem Rücken zuerst, auf den harten Boden prallte. Nahezu gleichzeitig schlug das schwere Eisenteil laut scheppernd neben ihr in den lehmigen Grund. Sie schrie kurz… Dann wurde es still… Sie rang nach Luft... Ob ihre missratene Schwester dafür verantwortlich war? Ob sie ihr diesen lang ersehnten Erfolg einfach nicht gönnte?

„Er ist von selbst weggerutscht!", schallte es ganz ohne Bedauern zu ihr herunter. „Steh' schnell auf und versuch es nochmal!"

In ihrer Not zwang Emily sich, ruhig durchzuatmen. Dann richtete sie – so gut es eben ging – einen Wirbel nach dem anderen wieder auf. Sie konnte sich noch bewegen! Gott sei Dank!

Zu dumm nur, dass sie durch das Getöse ins Visier der Schauder erregenden Fleischfresser geraten war. Die Biester hatten – wie sie schnell feststellen musste – ihr Versteck bereits verlassen. Unaufhaltsam schoben sie ihre riesigen, behäbigen Körper in Emilys Richtung. Judith krümmte sich vor Lachen. Sie freute sich darüber, dass diese eben noch so langweilige Darbietung nun endlich an Dramatik gewann.

Voller Verzweiflung schleuderte Emily den Enterhaken erneut nach oben. Anschließend überprüfte sie seine Tragfähigkeit mit äußerster Sorgfalt. Probeweise hing sie sich jetzt sogar mit dem ganzen Gewicht daran. Prima! Er gab nicht nach. Er schien sich nun wirklich zwischen Wurzeln und Steinen verkeilt zu haben.

Ein Blick zurück ließ keinen Zweifel daran, dass sie sich beeilen musste. So, wie es aussah, kamen die gefährlichen Reptilien mit ihren unförmigen Füßen doch deutlich besser voran, als bisher angenommen. Hastig, dafür aber auch knarzend und keuchend kletterte sie nach oben, um sich schließlich mit letzter Kraft über den Grubenrand zu ziehen. Kaum angekommen konnte sie aus sicherer Entfernung hören, wie die untersten Holzstäbe der Leiter zwischen den Kiefern der Bestien zerbarsten.

Ihre amüsiert vor sich hin grinsende Schwester nickte kurz, bevor sie sich ohne große Umschweife daran machte, das Chaos wieder in Ordnung zu bringen.

Im Handumdrehen ließ sie die gierigen Tiere verschwinden; danach die zertrampelte Grubensohle nach oben steigen, welche tatsächlich schon kurz darauf schwankend und lärmend ans Tageslicht trat. Nachdem der Boden sein ursprüngliches Niveau erreicht hatte, verwandelte Judith ihn binnen weniger Minuten zurück – zurück in ein Stück Wiese, …zurück in das harmlose Stück Natur von vorhin.

Kein Außenstehender würde je ein Raubtiergehege unter diesem saftigen, grünen Gras vermuten. Ob Proges auch seine anderen Enkeltöchter hier ausgebildet hatte? Ob die Älteren inzwischen allen hier lauernden Gefahren gewachsen waren?

Während Emily die beiden im Geiste mit dem winzigen Messer gegen diese mächtigen Großmäuler kämpfen sah, gesellte Judith sich wieder zu ihr. Es machte ihr gar nichts aus, über die von ihr gerade versenkte, perfekt getarnte Teufelsarena zu laufen.

„Also gut!", sagte sie trocken. „Du hast es geschafft zu fliehen. Erledigt hast du deine Feinde allerdings nicht!"

Die Hände der um ein Haar dem Tod Entkommenen ballten sich zu Fäusten. Konnte sie ihrer Schwester denn wirklich überhaupt nichts Recht machen? Vorwurfsvoll kramte sie die mickrige, höchstens zehn Zentimeter lange Stahlklinge aus ihrem Rucksack und schrie:

„Mit so einem Ding kann man gegen solche Bestien doch sowieso nichts ausrichten!" „Richtig!" grinste Judith süffisant. „Ein Schwachkopf wie du kann das bestimmt nicht."

Mit einer abfälligen Handbewegung wandte sie sich von ihr ab, um sich betont lässig mit dem Rücken gegen eine Platane zu lehnen. Dabei übersah sie jedoch, dass Emily zunehmend die Kontrolle über ihren Körper verlor; genau wie damals, in Theresas Unterricht. Diese unnötige Beleidigung eben grade hatte – wen sollte es wundern – das Fass erneut zum Überlaufen gebracht.

So kam es dann auch, dass die scheinbar unbrauchbare, kleine Waffe auf geheimnisvolle Weise aus Emilys Hand verschwand… mit einem leisen Sirren auf Judith zu flog… sich elegant in der Luft drehte… knapp an ihrem Ohr vorbeizischte… und schließlich nur ein paar Millimeter neben dem schwarzgelockten Schopf im Holz des Baumes stecken blieb.

„Ha… hast du das etwa geworfen?" fragte die Ältere, den Blick entsetzt auf die Klinge in der Rinde gerichtet.
„Ja, scheint so."

Selber ziemlich verunsichert betrachtete Emily zuerst ihre leere Hand, anschließend das Gesicht der nur knapp Verfehlten. Wie würde ihre strenge Lehrerin reagieren? Würde sie los schreien, oder ihr das Messer vielleicht sogar zurückschleudern?

Glücklicherweise geschah nichts von beidem. Stattdessen begutachtete Judith die Einschlagstelle mit einem langen, kritischen Blick, worauf sie dann leise, fast ehrfurchtsvoll sagte:

„Hey! Das war ja ein richtiger Meisterwurf."

Emily konnte ihr Glück nicht fassen. War das endlich mal ein Lob aus dem Munde ihrer chronisch unzufriedenen Schwester? Ein ehrliches Lob nach so langer Zeit? Wenn Judith sie in diesem Moment nicht festgehalten hätte, wäre sie sicher auf der Stelle nach Hause gelaufen, um ihren Triumph zu feiern...

„Verstehst du denn nicht?" rief diese jetzt aber so laut, dass sie instinktiv zusammenzuckte. „Wir haben deine Begabung gefunden! Es kommt zwar nur sehr selten vor, ...doch wirst du – da bin ich mir ganz sicher – schon bald außerordentliche Fähigkeiten im Messerwerfen entwickeln!"

Emily schaute Judith völlig entgeistert an. Es dauerte eine ganze Weile, bis sie begriffen hatte, wie genial dieser Wurf tatsächlich gewesen war. Ihr Messer hatte – anders als zunächst vermutet – gar keinen x-beliebigen Weg genommen. Nein! Es hatte genau das getan, was sie sich im Augenblick des Wurfes vorgenommen hatte, nämlich: Judith einen gehörigen Schrecken einzujagen, damit sie endlich am eigenen Leibe spürte, was sie – ihre kleine, minderbemittelte Schwester – tagtäglich ertragen musste.
Messerwerfen, dachte Emily aufgeregt und voller Freude, ist eine tolle Begabung! Ja, sie konnte sich sehr gut vorstellen, dass ihr der Umgang mit diesen glatten, wendigen Klingen in Zukunft riesigen Spaß machen würde. Sollten Judith und Theresa den Stundenplan heute Abend doch ruhig noch mal ändern!

Es ist besser, etwas gehabt und wieder verloren zu haben,

als es nie gehabt zu haben.

Walisisches Sprichwort

15. Die Flucht aus Orcus

Schon nach einigen Tagen stellte sich heraus, dass Emily im Messerwerfen tatsächlich unschlagbar war. Anders als ihre gut trainierte Lehrerin erreichte sie alle Ziele, ohne sich an die ausgeklügelten Regeln der Technik zu halten. Es funktionierte genauso wie im Glashaus: jede der scharfen, blitzenden Klingen erkannte die richtige Flugbahn bereits, bevor sie in die Luft geschleudert wurde.

Da Emily in diesem Bereich keinerlei Hilfe mehr brauchte, beschränkte sich Judiths Unterrichtstätigkeit darauf, ihr beim Trainieren zuzusehen. Die hoffnungslose Versagerin von gestern stellte sich ihre Aufgaben von nun an selbst, wobei die Distanzen ständig größer wurden; die Objekte immer kleiner. Neulich hatte sie von der dreihundert Metermarke aus mühelos einen winzig kleinen Buchecker getroffen.

Seitdem sie von ihrer Begabung wusste, ging es auch in den anderen Fächern wieder aufwärts. Ihr starkes Selbstvertrauen übertrug sich aufs Bogenschießen, Fechten, Speerwerfen und Reiten, sodass sie es auch dort in kürzester Zeit zu bisher ungeahnten Leistungen brachte. Die Flaute der letzten Wochen schien endlich vorbei zu sein!

Entgegen allen Erwartungen erkannte Judith ihren Aufstieg ohne die sonst üblichen Vorbehalte an, was sich besonders in der ruhigen, gelassenen Grundstimmung zeigte, die sie neuerdings während der Übungsstunden an den Tag legte. Sie hatte den regulären Stoff – bis auf das dämliche Aufwärmprogramm vor dem Überlebenstraining – zugunsten des Messerwerfens gekürzt. Wahrscheinlich, dachte Emily, konnte sie es einfach nicht lassen, ihre kleine Schwester in herrischem Ton durch die Gegend zu scheuchen.

Dass sie damit falsch lag, sah sie erst ein, als ihr Gehör – genau wie von Judith vorausgesagt – mit jedem Mal schärfer wurde; außergewöhnlich scharf. So war sie nach einiger Zeit bereits in der Lage, am Klang des ersten Buchstabens zu erkennen, um welchen Befehl es sich handelte. An besonders guten Tagen nahm sie die Worte sogar schon wahr, bevor sie erklangen. Sie hätte nie gedacht, dass man diese Art der Intuition durch regelmäßiges Training erwerben konnte.

Jetzt verstand sie auch, warum ihre Schwester das alles für so wichtig hielt: Je schneller und zuverlässiger sie die Anweisungen ausführte, desto besser konnte Judith sie im Kampf aus der Ferne steuern. Es ging bei diesem ganzen lästigen Hin und Her wohl doch nicht um stumpfsinnige Schikane, sondern – wie die Ältere in den vorangegangenen Stunden immer wieder beteuert hatte – um ihren eigenen Schutz.

Erstaunlicherweise fand jetzt sogar der trockene, theoretische Stoff aus Theresas Fächern Platz in Emilys ehemals blockiertem Hirn. Es gelang ihr mitunter fünfhundert essbare Früchte, dreihundert giftige Pflanzen sowie die wichtigsten, fleischfressenden Geschöpfe fehlerfrei aufzuzählen.

Je mehr sie lernte, desto weiter ging es auch mit ihrer inneren Verwandlung voran. Es wurde ihr jedes Mal, wenn sie mit Judith oder Theresa sprach, ein bisschen klarer, dass sie nicht das war, wofür sie sich so lange gehalten hatte. Sie stammte nicht aus dieser Welt! Sie gehörte zu den Gammeusern; und irgendwann, vielleicht schon bald, würde sie sich zu ihrer wahren Identität bekennen müssen.

Emily, die Steinträgerin… wenn sie denn später endlich mal einen bekommen würde! Emily, das Wesen aus einer fremden Welt…

Was hatte denn jemand wie sie auf dieser Erde überhaupt zu suchen? Wie war sie hierhergekommen? Solche und ähnliche Fragen drängten sich in letzter Zeit immer häufiger in ihre Gedanken, sodass sie des Nachts oft gar nicht mehr richtig schlafen konnte. Um endlich wieder Ruhe zu finden beschloss das Mädchen, den Großvater bei der nächst besten Gelegenheit darauf anzusprechen.

„Nun", sagte Proges nachdenklich, wobei er wie so oft zu Beginn eines längeren Gespräches seine Pfeife stopfte, „wenn du das alles verstehen willst, muss ich dir wohl ein wenig aus meinem Leben erzählen…"

Emily nickte einsichtig. Das hatte sie sich schon fast gedacht.

„Ich wurde in Orcus geboren; zu Zeiten des Krieges", begann er schwerfällig. „Meine Cousine – nur ein paar Jahre älter als ich selbst – zog mich groß, während Vater und Mutter gegen unsere Feinde kämpften. Damals war es so, dass die Bunten ihre Kinder zusammen mit ausgewählten Betreuern in einer Festung versteckten; in Libertuta. Sie lag irgendwo zwischen den Feuerbergen, in der Nähe des Montis Gammeus; an einem Ort, der ziemlich sicher schien. Nun ja… die Hitze der Berge und die Gase, die dort überall aus dem Boden stiegen, hielten feindliche Spione immerhin für lange Zeit fern…"

„Was haben Sie denn all die Jahre dort gemacht?", wollte Emily wissen. „Ist es nicht ein wenig trostlos gewesen, so abseits vom Rest der Welt?" Bei der Vorstellung, dass man schon kleine Kinder, warum auch immer, von ihren Eltern getrennt hatte, lief ihr ein Schauer über den Rücken.

„Es war nicht langweilig", erklärte Proges ungerührt, „aber auch nicht spaßig! Natürlich vermisste ich Vater und Mutter! Dieses Schicksal teilte ich jedoch mit allen anderen, sodass es mir leichter fiel, mich damit abzufinden." Fahrig zog er an seiner Pfeife, um den Rauch anschließend in hektischen, kleinen Stößen an die Decke zu pusten. „Unser Quartier wurde von vier Türmen aus bewacht, die durch dicke, hohe Mauern miteinander verbunden waren. Die weitläufige Fläche im Inneren der Anlage eignete sich bestens zum Versteckspiel. Dort gab es morsche Bäume, zerklüftete Felsen, steinerne Bänke, Heldenstatuen und vieles mehr. Zudem hatten auch die Wände der einzelnen Gebäude Nischen, in die man sich als Kind gerade noch hineinzwängen konnte.

Bis zum fünften Feuerjahr mussten wir jeden Tag Räuber und Gendarm spielen, was bei uns jedoch kein harmloses Spiel war, wie hier. Es war viel eher harte Arbeit, bei der wir die elementaren Kampftechniken erprobten. Mit sieben Jahren gab man uns hochwertiges Kriegsspielzeug: Holzschwerter, mit denen wir uns duellierten; …Kinderbögen, mit denen wir auf große Zielscheiben schossen; …stumpfe, kurze Speere, die wir durch die Gegend warfen…" Der Alte schnappte nach Luft ehe er weitersprach.

„Wir lernten schnell, den roten Punkt in der Mitte des Feldes zu treffen. Wir lernten Hiebe zu parieren, und erkannten schon bald, an welchen Stellen unsere Gegner besonders verwundbar waren. Später kamen die erfolgreichsten Kämpfer der Truppe in die Festung, um uns an echte Waffen heranzuführen. Sie zeigten uns, wie man im Ernstfall damit tötet; aber auch, wie man sie im Kampf strategisch geschickt einsetzt. Da wir gewissenhaft trainierten, fanden wir ganz nebenbei auch das, was alle jungen Gammeuser sich sehnlichst wünschen: die künftigen Gaben.

Unsere Lehrer schrieben sie sofort auf, um anhand dieser Notizen ausgeklügelte Schlachtpläne zu entwerfen, in denen jede von ihnen einen festen Platz bekam. So wurden wir, nach der Steinvergabe, zu einer schlagfertigen Truppe; bereit, den Kampf mit den Schwarzen aufzunehmen."

„Wie alt sind Sie denn da gewesen?" fragte Emily aufgeregt. Sie dachte gerade daran, dass sie mit vierzehn Menschenjahren zwar eine Gabe gefunden hatte, sich jedoch absolut nicht im Stande sah, an einer richtigen Schlacht teilzunehmen.

„Wir zählten zwischen zwölf und vierzehn Feuerjahren, als die Wachen auf den Türmen eine große Gruppe Steinträger bemerkten. Es waren junge Frauen, die niedliche, kleine Kinder auf dem Arm trugen. Sie gehörten eindeutig zu den Bunten.

Also öffneten wir das Tor, um uns anzuhören, was ihre Wortführerin zu sagen hatte. *Eure Zeit ist um,* erklärte sie unmissverständlich. *Ihr seid nun alt genug, um am Krieg teilzunehmen, …um die Leben eurer gefallenen Vorfahren zu rächen.* Dann verstummte sie wieder. Obwohl wir längst wussten, dass es eines Tag dazu kommen würde, trafen uns ihre Worte wie ein Schlag. Wir fühlten uns heillos überfordert. Immerhin waren wir noch lange nicht erwachsen."

Emily atmete erleichtert auf. Schön, dass es dem Großvater damals genauso ergangen war, wie ihr heute. Ob er sich denn gar nicht gegen diesen Schwachsinn gewehrt hatte? Sie zog die Brauen nach oben und runzelte die Stirn.

Proges erriet ihre Gedanken, weshalb er schnell hinzufügte: „Natürlich riefen wir voller Verzweiflung: *Ihr könnt uns nicht zwingen zu gehen. Wir sind noch nicht so weit! –* leider jedoch ohne Erfolg. Die Erzieherin blieb hart. *Seht euch unsere Kleinen hier an,* sagte sie knapp. *Sie brauchen die Festung. Ihr müsst gehen.*

Das grelle Funkeln ihrer pistaziengrünen Iris machte jeden Widerspruch unmöglich. Wir hatten keine Wahl. Wir mussten Platz machen. Mit einem mulmigen Gefühl im Bauch packten wir unser Sachen, stiegen auf unsere Pferde und ritten zum Tor hinaus, über den Ringgraben in eine Zukunft voller Gefahren."

Jetzt hielt der Alte kurz inne, wobei er – zu Emilys Erstaunen – ein schelmisches Grinsen über sein Gesicht huschen ließ. „Ja, wir waren ganz schön sauer auf dieses unverschämte Pack; ganz besonders auf die Grünäugige." Er schmunzelte. „Ich konnte ja noch nicht ahnen, dass ich dieses kaltschnäuzige Miststück eines Tages zu meiner Frau nehmen würde."

Emily staunte. „Wo haben Sie sich denn wieder getroffen?"

„Als wir uns im Kriegsalltag eingefunden hatten, bekam ich von Saphire aufgrund meiner Steingaben einen ganz besonderen Auftrag: Die Erkundung einer feindlichen Burg in der Nähe unseres Lagerplatzes. Ich sollte herausfinden, wo unsere Gegner die Waffen versteckt hielten, wie viele Schützen vor Ort waren… Außerdem sollte ich nachsehen, ob es Bunte unter den Gefangenen gab.

Saphire hatte mich ausgewählt, weil ich keine großen Gerätschaften brauche um meine Widersacher zu töten. Ich brauche – wie du ja schon weißt – nur den Stein. So war ich von den einfachen Zivilisten nicht zu unterscheiden.

Die Wachen ließen mich mit meinem Planwagen problemlos passieren. Ohne Aufsehen zu erregen machte ich mich an die Arbeit.

Während die ersten beiden Aufgaben leicht zu bewältigen waren, stellte mich die letzte vor ganz besondere Schwierigkeiten. Ich musste tief in die Erde hinabsteigen, an eingeschlafenen Kerkermeistern vorbei schleichen und zu allem Überfluss auch noch die Zellenschlüssel aus der Jackentasche des Wärters stehlen, ehe ich den dunkelsten Ort der Burg betreten konnte.

Etwa zweihundert Gefangene – allesamt Bunte – vegetierten in trostlosen Zellen vor sich hin; die meisten von ihnen abgemagert bis auf das Skelett. Ich hielt nach bekannten Gesichtern Ausschau, konnte zunächst aber keines entdecken.

Dann bemerkte ich in der hintersten Ecke das schwache Glimmen blass grüner Augen. Diese Farbe hatte ich nicht vergessen! Ich trat näher heran, sodass ich die junge Frau aus der Kinderfestung zweifelsfrei erkennen konnte. Ihre Kleider standen vor Dreck; ihre langen, schwarzen Haare waren total verfilzt.

Als ich sie so leidend vor mir sah, beschloss ich, die Gefangenen auf der Stelle zu befreien. Für gewöhnlich geschah das immer erst beim Angriff, doch konnte ich in ihrer Gegenwart auf gar keinen Fall bis zum Tagesanbruch warten. Es war mir völlig egal, ob Saphire mich später dafür bestrafen würde!

Mit der Kraft meines Steines sprengte ich die Ketten dieser bedauernswerten Kreatur, worauf sie sich erstaunlich schnell erhob, um mir endlos lange, auf eine magische Art, durch die Augen mitten ins Herz zu sehen. Mir war auf der Stelle klar, warum ich mich zu dieser ungewöhnlichen Vorgehensweise hatte hinreißen lassen: Sie berührte mich… so sehr, dass ich kurz darauf die Besinnung verlor.

Bis heute weiß ich nicht, wie wir ins Lager zurückgekommen sind. Ich erinnere mich nur noch an das intensive, glitzernde Grün ihrer Iris. Keine Sekunde zweifelte ich daran, dass wir es schaffen würden, …dass wir gemeinsam nahezu unschlagbar sein würden. Damit sollte ich sogar Recht behalten! Wie ich später erleichtert feststellen durfte, war es uns tatsächlich – wie auch immer – gelungen, mit den anderen Häftlingen über die Zinnen zu fliehen.

Meine Kameraden fanden diese Aktion – wie du dir sicher denken kannst – ziemlich verantwortungslos. Die Wogen glätteten sich erst wieder, als wir die Burg dank meiner Nachforschungen am nächsten Morgen widerstandslos einnehmen konnten.

Einige der Befreiten blieben dort. Die anderen zogen mit uns weiter; so auch jene Steinträgerin, die mich bereits am Tag zuvor um den Verstand gebracht hatte.

Ihr Name war Gaspeite… Sie leuchtete wie ein lebendiges, strahlendes Licht durch all die Finsternis um mich herum. Sie zeigte mir, dass es auch noch etwas anderes gab als den Krieg; nämlich…",

Der Professor machte eine verheißungsvolle Pause, während er versonnen vor sich hin lächelte. „…Liebe."

„Liebe?", fragte seine Enkeltochter.

„Ja… Liebe", sagte Proges leise, wobei er mit wehmütig glänzenden Augen an ihr vorbeistarrte, auf eine Lebensphase, die schon lange hinter ihm lag. „Im Krieg ist sie besonders kompliziert, weil man jeden Tag damit rechnen muss, ohne den anderen aufzuwachen, …oder vielleicht selber von einer feindlichen Waffe getötet zu werden. Ihr ständiger Begleiter, die Angst, wird so übermächtig, dass man sie nicht mal für einen winzigen Augenblick abschütteln kann…"

„Wie haben die Schwarzen Gaspeite denn überhaupt in ihre Gewalt gebracht?", unterbrach Emily die philosophischen Ausführungen ihres Großvaters. „Sie war doch in der Festung!"

„Sie musste Libertuta von Zeit zu Zeit verlassen, um Saphire über den Ausbildungsstand ihrer Schützlinge zu informieren", erklärte Proges bereitwillig. „Dabei geriet sie in diesen verhängnisvollen Hinterhalt. Die Anhänger Rubines verschleppten sie; …folterten sie gnadenlos, um ihr den Aufenthaltsort der Kinder zu entlocken. Doch sie schwieg trotz all dieser Qualen. Sie war stark; wirklich sehr stark!"

Der Alte zog wieder an seiner Pfeife. Er hustete. Es wird Zeit, dass er damit aufhört, dachte die Jüngere besorgt. Der Rauch schien seiner Lunge nun wirklich nicht besonders gut zu bekommen.

Als sich sein Atem endlich wieder beruhigt hatte, fuhr er mit belegter, rauer Stimme fort: „Gaspeite und ich wurden ein Paar… Hm… Aber, wie ich schon sagte, war es damals mit der Liebe so eine Sache. Sie war nicht gern gesehen, weil sie den Kämpfern Selbstsicherheit und Zielstrebigkeit nahm."

Nachdenklich betrachtete der Professor das schwarzhaarige Mädchen ihm gegenüber. Ob Emily jemals so kämpfen würde wie Gaspeite? Ob sie das Temperament ihrer Großmutter in sich trug? Ob in ihr dieses Raubtier schlummerte, welches seiner Liebsten einst zu außerordentlichem Mut verholfen hatte?

Als er die Augen schloss, konnte er die Frau seines Lebens deutlich vor sich sehen: ihre elfenhafte Gestalt, … ihren wachsamen Blick, …die zerzausten Haare, …das blitzende Schwert. Er erinnerte sich an ihre weiße, glatte Haut, den Duft ihres Körpers und die Leidenschaft ihrer Küsse. Er spürte, dass alles in ihm ihren Namen schrie, obwohl er sie auch dadurch nicht zurückbekommen würde. Gaspeite war fort... Warum nur hatte sie ihn verlassen?

„Professor?" Emilys Stimme brachte ihn wieder in die Wirklichkeit zurück. „Wie ist es weitergegangen?"

„Mm... Ich lebte von nun an in Angst", wiederholte Proges. „Um mich selbst hatte ich keine, umso mehr aber um sie. Ich sah zu, dass ich immer in ihrer Nähe kämpfte; auch, wenn ich dort nicht positioniert war; auch, wenn es strategisch nicht den geringsten Sinn machte.

Meine Kameraden ließen mich zunächst gewähren, so lange, bis wir Verluste zu beklagen hatten. Dann erinnerten sie mich mit Nachdruck an meine Pflichten. *Wir können nicht zulassen, dass du das Wohl Gaspeites über das Wohl der Truppe stellst*, schimpften sie. *Gib sie endlich auf! Wenn dir unser aller Leben lieb ist, darfst du nicht zulassen, dass jemand so viel Macht über dich hat!*

Dennoch entschied ich mich, mit ihr zusammen zu bleiben. Es gab ja schließlich auch noch andere Paare, die sich allen widrigen Umständen zum Trotz aneinander gebunden hatten. Irgendwann heirateten wir sogar... mitten in den Trümmern eines niedergebrannten Dorfes.

Sie gebar mir zwei Kinder – zuerst einen Jungen; im Jahr darauf ein Mädchen. Die beiden hatten wunderschöne, wuschelige Haare; außerdem ein schmales, weißes Gesicht; ganz wie ihre Mutter. Die Iris meines Sohnes war anglithblau; die meiner Tochter amethystfarben. Ich konnte mich gar nicht satt sehen an diesen winzigen, süßen Geschöpfen."

Der Alte strich sich nervös durch die Haare. „Leider mussten wir sie schon bald nach Libertuta geben. Von da an betete ich jeden Abend dafür, dass ich sie eines Tages wiedersehen würde..."

Als Emily sah, dass sich die Augen ihres Großvaters mit Tränen füllten, ahnte sie schon, dass er jetzt zum schlimmsten Teil dieser traurigen Geschichte kommen würde.

„Und weiter?" fragte sie tonlos.

„Eines Tages zogen wir in eine sehr gefährliche Schlacht. Die Gegner waren uns zahlenmäßig um einiges überlegen, sodass wir nur hoffen konnten, sie durch den gezielten Einsatz unserer Gaben zu bezwingen. In dieser Situation war es mir selbstverständlich strengstens untersagt, an Gaspeites Seite zu kämpfen. Also versuchte ich, sie aus der Ferne zu beobachten. Rechts und links von ihr sah ich die Feinde zu Boden gehen – so wie immer. Sie schien in bester Verfassung zu sein, bis ich sie irgendwann für einen Moment lang aus den Augen verlor…

Als wenig später ein gellender Schrei zu hören war, wusste ich sofort, dass von nun an nichts mehr so sein würde wie früher. Voller Entsetzen drehte ich mich um… und… bekam gerade noch zu sehen, wie sich ein feindlicher Speer in ihren Rücken bohrte."

Der Professor schluckte. Sein Gesicht wurde fahl. Er atmete schwer: „Sie war sofort tot. Ich konnte nichts dagegen tun; gar nichts. In mir brach eine Welt zusammen. Fast besinnungslos vor Trauer eilte ich zu ihr, brachte sie an den Rand des Feldes und drückte ihr die Augen zu.

An ihrem Grab schwor ich Rache – grausame, gnadenlose Rache, weshalb ich die Truppe bereits am nächsten Tag verließ, um ihren Mörder zu jagen. Ein ganzes Feuerjahr irrte ich durch Orcus. Dann hatte ich ihn endlich gefunden; …und glaube mir, ich tötete ihn so langsam, so schmerzhaft, wie noch nie jemanden zuvor.

Anschließend machte ich mich auf die Suche nach meinen Kindern. Mein Sohn war – genau wie seine Mutter – diesem elenden Krieg zum Opfer gefallen; doch meine Tochter lebte noch. Obwohl sie gerade mal dreizehn war, konnte sie meisterhaft mit dem Bogen schießen. Ich freute mich riesig, sie unversehrt wiederzusehen.

Nun, nach all diesen traumatischen Erlebnissen, wollte ich auf gar keinen Fall zu meinen Kameraden zurückkehren. Meine Tochter sollte ein besseres Leben haben. Immerhin war sie das Einzige, was mir geblieben war. Ich setzte alles daran, dieser Welt zu entfliehen, dieser Welt voller Tötungswahn, Hass und Dunkelheit.

Rastlos irrte ich mit Amethyste durch die Wälder; besessen von dem Wunsch, einen friedlichen Ort für uns beide zu finden, …so lange, bis mir der Osidian eine großartige Erinnerung schenkte:

Ich sah meinen Vater. Ich sah den kleinen, ungeschliffenen Pietersit in seiner Hand. *Das ist der Stein der Veränderung*, erklärte er. *Vergiss das nicht. Wenn du jemals eine Veränderung brauchst, die du selbst nicht herbeiführen kannst, wird er dir helfen.*

Das war unsere Rettung. Unverzüglich reiste ich mit meiner Tochter zu den Feuerbergen. Dort, in der kargen Landschaft nahe des Montis Gammeus, war die Chance, einen dieser unscheinbaren Steine zu finden am größten. Tagelang suchten wir in den Lavafeldern. Da der Pietersit sehr selten und außerdem leicht mit dem Tigerauge zu verwechseln ist, glich unser Bemühen der Suche nach einer Stecknadel im Heuhaufen!

Irgendwann fanden wir ihn aber doch; rostbraun schimmernd in der Abendsonne. Ich legte ihn sofort in Amethystes Hand, ...schloss sie zur Faust, ...umfasste ihre Finger mit meinen... und wartete. Wir zitterten vor Aufregung. Was würde mit uns passieren? Alles war möglich!"

Emily bekam eine Gänsehaut. Sie zitterte jetzt auch.

„Nun, wir brauchten nicht lange zu warten, bis die Energie des Steines in unsere Körper strömte, ...durch den Arm in den Rumpf, ...kurze Zeit später dann auch in den Kopf", verriet der Großvater gerne. „Sie machte uns ganz benommen... Unser Orientierungssinn versagte... Als wir irgendwann später wieder zu uns kamen, waren wir nicht mehr in Orcus. Wir waren in einer anderen Welt; in einem Lebensraum, der alle unsere Erwartungen übertraf."

Willst du dich selber erkennen, so sieh, wie die Andern es treiben.
Willst du die Andern verstehn, blick' in dein eigenes Herz.

Friedrich Schiller

16. *Wanderer zwischen den Welten*

„Durch mineralische Energie sind Sie auf die Erde gekommen?" Obwohl Emily inzwischen an die Kraft der Steine glaubte, ging ihr die Vorstellung, dass nur einer von ihnen gleich zwei Transmissionen hervorgerufen hatte, nun doch etwas zu weit.

„Genau so war es aber!", erwiderte Proges, der sich über ihr ewig zweifelndes Gesicht ärgerte. „Der Pietersit brachte uns – wie auch immer – hierher."

Erstaunlicherweise verzichtete seine Enkeltochter fürs Erste auf weitere Streitereien; vermutlich, weil sie sich insgeheim dafür schämte, schon wieder als Mensch gedacht zu haben. So wie es aussah, fiel es ihr immer noch sehr schwer, über einen längeren Zeitraum hinweg in der Gedankenwelt der Gammeuser zu bleiben.

Gut, dass sie jetzt endlich mal den Mund hält, dachte der Professor erleichtert. Er war inzwischen ziemlich müde geworden, sodass er diese Sache im Augenblick ohnehin nicht weiter vertiefen wollte. Die ganzen alten Geschichten strengten ihn doch mehr an als er sich eingestehen wollte. Dementsprechend schwerfällig, nahezu monoton fuhr er fort:

„Nun, wie sich schon bald herausstellte, waren wir den Menschen vom Wesen her so ähnlich, dass wir problemlos in ihrer Gesellschaft Fuß fassen konnten. Im Grunde brauchten wir ja nur eine Sonnenbrille und einen anderen Namen – sonst nichts. Wir nannten uns künftig einfach Peter und Helena Proges."

„Wie sind Sie denn ohne Geld an so ein großes Gestüt gekommen?" fragte Emily neugierig.

Ihr Großvater grinste matt. Mit dieser Frage hatte er bereits gerechnet. „Das war gar nicht so schwer, wie du denkst", erklärte er. „Wir fanden schon bald Arbeit; anspruchslose Hilfsarbeit auf einem einsamen Gehöft, wo wir während der elenden Schufterei dann auch die Sprache der Menschen erlernten. Als wir genug wussten, um am wirtschaftlichen Leben teilnehmen zu können, erwarb ich Aktien, die uns dabei halfen, unser kleines Einkommen zu vervielfachen.

Kurz darauf entdeckten wir – rein zufällig – dieses alte, herrschaftliche Anwesen. Es war ziemlich heruntergekommen, …halb verfallen, …von der Lage her jedoch genau richtig für uns, da es sich zusammen mit seinen Ländereien ausgesprochen gut für eine professionelle Pferdezucht eignete. Wie du ja sicher schon bemerkt hast, verstehen wir Gammeuser sehr viel mehr von diesen Tieren als die Menschen, sodass es sich geradezu anbot, diesen Vorteil zu nutzen.

Unser Plan wurde innerhalb weniger Jahre zu einem Riesenerfolg! Bis heute besuchen Pintoliebhaber aller Nationen unser Gestüt. Mein Knowhow ist gefragt. Ich werde regelmäßig an die Hochschulen gerufen, um Vorträge zu halten, ...wofür man mir im Laufe der Zeit sogar zwei Ehrentitel verliehen hat..."

Proges' Geschichte hörte sich unkompliziert und plausibel an – viel zu glatt, fand Emily, weshalb sie nicht umhinkonnte, ihren Großvater mal wieder skeptisch anzusehen.

„Es ist eben so", erklärte der Alte ohne sich von ihrem Gesichtsausdruck provozieren zu lassen, „dass die Steinträger erstaunlich anpassungsfähig sind. Abgesehen davon fassen sie viel leichter auf als die Menschen... und um einiges schneller. Ich erinnere mich noch genau an Helenas Schullaufbahn. Die Kleine konnte, als wir auf die Erde kamen, weder lesen noch schreiben – schon gar nicht rechnen – und wurde doch innerhalb weniger Wochen so gut, dass ihre Lehrerin uns ein Gymnasium für besonders begabte Kinder empfahl. Dort lernte sie dann ja auch deinen Adoptivvater kennen!"

Der Professor senkte den Blick. Er wirkte plötzlich etwas niedergeschlagen – fast ein wenig traurig. „Unser neues Leben verlief so viel besser, als ich je zu hoffen gewagt hatte... und doch schien Helena nie wirklich glücklich zu sein", gestand er bedrückt. „Sie weigerte sich hartnäckig darüber zu reden, bis sie endlich erwachsen geworden war... Irgendwann trafen mich ihre ungewohnt energischen Worte dann aus heiterem Himmel; ...viel zu spät, dafür allerdings umso härter. *Ich werde diese Welt schon bald verlassen,* sagte sie fest entschlossen, *weil ich einen Freund wiederfinden muss, den ich vor langer Zeit ohne ein Wort des Abschieds in Orcus zurückgelassen habe.*

Das war es also. Warum hatte sie denn nie von ihm erzählt? Egal... Freund hin oder her... die Idee, nach Orcus zurückzukehren, war einfach absurd.

Willst du dir das wirklich antun, fragte ich entsetzt. *Diese Welt ist doch viel friedlicher. Hier braucht man wenigstens nicht ständig in Angst zu leben.* Doch damit bestärkte ich sie nur, sodass ihre amethystfarbene Iris nun voller Leidenschaft zu glühen begann. *Hör endlich auf, dich zu verleugnen; hör auf, Feiglinge aus uns zu machen,* fuhr sie mich in barschem, unnachgiebigem Ton an. Ich war zutiefst erschüttert. Betroffen fragte ich mich, warum ich all die Jahre nicht geahnt hatte, dass sie so über uns dachte!

Nach einer kurzen Atempause geriet sie noch weiter in Rage. *Wir verkriechen uns in einer anderen Welt, wie sich Kaninchen in ihren Löchern verkriechen, wenn der Fuchs naht. Wir ziehen den Schwanz ein, wie räudige Hunde und flüchten einfach, wenn es nicht mehr so läuft, wie wir es uns vorstellen! Das ist wirklich erbärmlich! Außerdem gibt es auch in dieser Welt Krieg. Auch hier müssen unzählige Wesen ums Überleben kämpfen!*

Natürlich kannte ich solche Gedanken, war aber dennoch sehr traurig darüber, dass Helena den von mir gewählten Weg verlassen wollte. *Ich habe dich nie gezwungen mitzugehen!* wandte ich enttäuscht ein. *Warum bist du denn nicht einfach dageblieben?*

Weil ich jung war und dumm; strohdumm, knurrte sie mit hochrotem Kopf. *Ich dachte, ich könnte ihn vergessen... die Erinnerungen an ihn würden verblassen…*

Mir lief ein Schauer über den Rücken. Wenn sie wirklich wieder nach Orcus zurück wollte, musste sie verrückt sein. Keinen einzigen Tag würde sie dort überleben! *Weißt du eigentlich, was du da sagst?* fragte ich verzweifelt.

Nie im Leben war ich mir so sicher wie jetzt, gab sie ohne das geringste Zögern zurück. *Glaubst du etwa, dass ein Leben ohne Kampf, ohne Tod und Not ganz automatisch auch ein erfülltes Leben ist? Was sollen deine Freunde von dir denken? Sie kämpfen, während du gemütlich im Sessel sitzt. Ich frage mich, wie viel sie dir bedeuten. Ob sie auch so gehandelt hätten wie du? Ob sie dich auch einfach zurückgelassen hätten? Vielleicht stirbt gerade in diesem Augenblick einer von ihnen.*

Das waren harte Worte. Ich wusste überhaupt nicht, wie ich darauf reagieren sollte; …musste ich auch gar nicht, da sie ohnehin noch nicht fertig war. *Ich für meinen Teil sterbe lieber in der Heimat als in einer fremden Welt, die mir nichts bedeutet,* schimpfte sie weiter. *Ich muss meinen Freund um Verzeihung bitten; ...an seiner Seite für die Freiheit kämpfen.*

Um es kurz zu machen… ich konnte sie weder mit Argumenten noch mit Bitten und Betteln von ihrem Vorhaben abhalten. Genauso wenig konnte ich sie alleine gehen lassen. Sie wusste ja gar nicht, was in einer richtigen Schlacht auf sie zukommen würde! Nein, ich hatte sie in dieses Dilemma gestürzt und musste ihr nun wohl oder übel auch wieder heraushelfen! Notgedrungen übertrug ich James die Leitung des Gestüts, um sie nach Orcus zu begleiten, in die graue Wirklichkeit, der wir vor langer Zeit entflohen waren.

Dort angekommen trafen wir schon bald auf ein Lager der Bunten, in dem Helena, die sich nun wieder Amethyste nannte, schnell Bekanntschaft mit den Steinträgern ihrer Altersgruppe machte. Als sich einige von ihnen bereiterklärten, sie auf der Suche nach ihrem

Freund zu begleiten, hatte ich keinen Grund, dieses Vorhaben abzulehnen. Natürlich wäre ich lieber selbst dabei gewesen, musste mir aber eingestehen, dass Amethyste – was ihren Schutz anbetraf – mit den jungen Leuten sicher besser dran war als mit mir."

Proges schwieg für einen Moment. Dann räusperte er sich. Das, was er jetzt von seinem eigenen Schicksal zu berichten hatte, fiel ihm nicht gerade leicht. „Als sie aufbrachen, blieb ich im Lager, wo ich zu der traurigen Gewissheit kam, dass keiner meiner alten Kameraden überlebt hatte", begann er leise, „Natürlich fühlte ich mich unendlich schuldig... Ich nahm mir vor, ihretwegen in Zukunft noch viel härter zu kämpfen. Sie sollten auf gar keinen Fall umsonst gestorben sein..."

Der Alte hustete kurz. „Die Zeit verging; wir waren sehr erfolgreich... Hm... Dennoch sehnte ich mich irgendwann wieder nach einem Ort der Ruhe. Der Wunsch, mein Gut, meine Pferde, vielleicht auch James wiederzusehen wurde immer stärker und verdrängte – was ich zu meiner Schande leider gestehen muss – am Ende sogar den Gedanken an die lieben Toten. Eines Tages schlich ich mich erneut davon. Ich hatte damals wirklich einen ziemlich schlechten Charakter..." Verlegen schaute er an Emily vorbei.

„Auf dem Gestüt suchte ich ein wenig Erholung, ...etwas Glück; fand jedoch ohne Helena weder das eine noch das andere. Ich war hin- und hergerissen zwischen den Annehmlichkeiten des irdischen Lebens und der Sorge um meine Tochter, der Angst um die Heimat. Ich erlag einer Wankelmütigkeit, die ich heute zutiefst bereue; ...die mich unweigerlich zu einem rastlosen, ständig unzufriedenen Weltenwechsler machte."

„Was haben Ihre neuen Kameraden denn dazu gesagt?!", platzte Emily heraus. Sie fand das Verhalten ihres Großvaters keineswegs in Ordnung; konnte ihn aber auch ein kleines bisschen verstehen.

„Als sie merkten, dass ich regelmäßig fehlte, stellten sie mich zur Rede, worauf ich ihnen ohne mit der Wimper zu zucken vorlog, geheime Aufträge erledigen zu müssen."

„Das ist ja ganz schön hinterhältig gewesen", empörte sich Emily. Einfach abhauen fand sie schon ziemlich niederträchtig; Freunde schamlos anlügen noch um einiges schlimmer.

„Du hast Recht", stimmte Proges ihr unumwunden zu. „Ich bin auch nicht besonders stolz darauf...

Bei einer meiner Orcusreisen sah ich Amethyste wieder. Ich war überglücklich. Sie hatte ihren Freund tatsächlich gefunden: einen stattlichen, schwarz gelockten Gammeuser mit spongiafarbenen Augen. Er hieß Baryt. Ich erfuhr, dass die beiden geheiratet hatten, und ich schon längst Großvater von Sodalitha und Blackstone war. Die Mädchen befanden sich

– wie alle anderen ihres Alters – in der Kinderfestung. Ja, während meiner Abwesenheit war wirklich viel passiert!"

„Theresa und Judith sind in Libertuta aufgewachsen?!", rief Emily aufgeregt. Jetzt konnte sie sich das merkwürdige Benehmen ihrer Schwestern auch endlich mal erklären! „Warum sind die beiden Ihnen denn später in eine fremde Welt gefolgt?"

„Da ich meine Tochter nicht gleich wieder verlieren wollte, überredete ich die stolzen Eltern, bei meiner Truppe zu bleiben", erzählte Proges weiter. „Eine Zeit lang kämpften wir Seite an Seite, bis Amethyste ein weiteres Mal schwanger wurde; …genauer gesagt, bis ein Bote im Lager verkündete, dass Rubines Anhänger Libertuta trotz aller Abgeschiedenheit gefunden hatten! Hals über Kopf machten wir uns auf den Weg zu den Feuerbergen, die wir gerade noch früh genug erreichten, um die Kinder in Sicherheit zu bringen. Doch wie sollte es von nun an weitergehen?

Die Mädchen waren zweifellos noch viel zu klein für das raue Lagerleben. Sie befanden sich ja erst am Anfang ihrer Ausbildung und beherrschten kaum mehr als ein paar Grundpositionen… Wir überlegten lange hin und her… Es wollte uns einfach nichts Vernünftiges einfallen! Also schlug ich vor, sie zusammen mit ihrer Mutter hierherzubringen." Proges machte eine verheißungsvolle Pause. „Wenige Wochen später wurdest **Du** dann geboren."

Emily staunte. Sie war hier, in diesem Haus zur Welt gekommen?

Der Professor sah sie schmunzelnd an. „Ja, daran kannst du dich wohl nicht mehr erinnern, was?"

„Nein", bekannte Emily leise, während sie darüber nachdachte, ob sich überhaupt irgendjemand an seine Geburt erinnern konnte.

„Als Helena sich erholt hatte, zog es sie wieder nach Orcus; zurück in die Heimat, zurück zu Baryt. *Bleib du bei meinen Mädchen,* bat sie mich. *Kümmere dich um sie, bis dieser grausame Krieg vorbei ist.* Ich willigte ein… und hatte auf einen Streich gleich drei kleine Kinder am Hals!" Proges lächelte.

„Ein paar Monate später lernte ich Sybille van Gülden kennen, eine Europäerin von warmherziger, gütiger Natur, die keinerlei unangenehme Fragen stellte… Kurzum: Ich nahm sie schon wenig später zur Frau. Auf diese Weise wollte ich euch wenigstens ein halbwegs normales Familienleben bieten, …was jedoch leider daran scheiterte, dass du völlig aus der Art geschlagen warst!"

Der Alte schüttelte den Kopf. „Bereits nach ein paar Wochen gab es keinen Zweifel mehr daran, dass du dich anders entwickeln würdest als deine Schwestern. Jedes Mal, wenn

Judith und Theresa Krieg spielten – und das taten sie nun mal am liebsten – fingst du fürchterlich an zu schreien. Es war nicht zum Aushalten! Das Klirren der Schwerter, das Surren der Pfeile, …ihr ewiges Gerangel machten dir richtig Angst."

Ein verschmitztes Grinsen legte sich auf sein Gesicht. „Du hattest ganz offensichtlich die Wahrnehmung eines Erdlings! Was sollten wir da machen? Ich beschloss, dich für die ersten Jahre in einer Menschenfamilie unterzubringen; …solange, bis du alt genug sein würdest, dich mit deiner Herkunft auseinanderzusetzen. Das war doch gar keine schlechte Idee, oder?"

„Sie war sogar richtig gut", gab Emily gerne zu, „Bei Patrick und Tamara habe ich mich immer zuhause gefühlt."

Der Professor hielt kurz inne, um die verkohlten Tabakreste in den Aschenbecher zu kippen. „Eigentlich", hob er dann wieder an, „hatte ich allen Grund glücklich zu sein; …wären da nur nicht diese quälenden Erinnerungen gewesen! Nachts erschienen mir die Kameraden, mit denen ich vor Kurzem noch in die Schlacht gezogen war. Sie standen vor meinem Bett, in blutgetränkten Kleidern… zeigten mit knöchernen Fingern auf mich… In ihren leeren Augenhöhlen, die mich vorwurfsvoll anstarrten, saß der Tod; triumphierend und lachend. *Sieh her*, riefen sie. *Wir sterben. Wir sterben als Gammeuser. Du aber wirst als Verräter sterben.*

Eines Tages wurde ihr Geschrei so laut, dass ich es nicht mehr ertragen konnte. Ich sah mich gezwungen mit Theresa und Judith nach Orcus zurückzukehren… und das, obwohl ich Amethyste einst geschworen hatte, die Welten nicht mehr zu wechseln; …obwohl ich ihr versprochen hatte ein guter Großvater zu sein. Glaube mir… Ich hatte keine Wahl, weshalb die Mädchen ihre Heimat entgegen unserer Abmachung nun doch deutlich früher wiedersehen sollten als geplant.

Heimlich begann ich, sie in allem zu unterrichten, was sie können mussten, um dort zu überleben. Sybille bemerkte nichts von alledem. Als ich ihr später von Orcus erzählte, fiel sie aus allen Wolken. Sie hatte zwar gewusst, dass wir ein wenig seltsam waren, nicht aber, dass wir aus einer anderen Welt kamen. Maßlos enttäuscht packte sie ihre Koffer und verschwand. Zugegeben, es war nicht gerade nett von mir, sie so lange zu belügen..." Der Alte zuckte völlig unbeteiligt mit den Schultern.

„Haben Sie Sybille denn nie vermisst?" fragte Emily irritiert. Ihr Verschwinden schien Proges ja gar nichts auszumachen.

„Nein", erklärte er regungslos. „Sie fehlte mir nicht. Ich hatte sie nie wirklich in mein Herz geschlossen."

Emily schluckte. Wenn Großmutter das geahnt hätte, dachte sie, hätte sie sicher nicht so viel für ihn getan.

„Nachdem sie weg war, verließen wir die Erde mithilfe des Pietersits", erzählte der Professor weiter, ohne sich Emily gegenüber für die Sache mit Sybille zu rechtfertigen. „Die beiden waren inzwischen so gut trainiert, dass sie problemlos von der Truppe aufgenommen wurden, was mir – wie erwartet – jede Menge Ärger mit Amethyste und Baryt einbrachte. Sie verfluchten mich, weil ich die beiden in der Kunst des Kampfes unterrichtet und dich einfach bei Fremden zurückgelassen hatte. Es war nicht leicht, sie davon zu überzeugen, dass du bei Patrick und Tamara wesentlich besser aufgehoben warst als bei uns."

Proges atmete tief ein. Dann fuhr er mit ernster Stimme fort: „Leider wurde unsere Lage zusehends schlechter. Rubine zerschlug etliche Truppen; eine nach der anderen. Es grenzte schon fast an ein Wunder, dass unsere Familie vollzählig überlebte! Als die Bunten immer mehr in Bedrängnis gerieten, bestellte Saphire alle Weisen zu sich, um gemeinsam mit ihnen drei Tage und drei Nächte über das weitere Vorgehen zu beraten.
Schließlich befahl sie, alle jungen Mädchen – solche, die noch nie an einem Kampf teilgenommen hatten – zu sich. Sie verwies auf eine Prophezeiung; ...redete davon, dass die Rettung in den Händen einer heranwachsenden Gammeuserin lag; einer Steinträgerin, die sie liebevoll *Das Mädchen mit den singenden Klingen* nannte."

„Ein unerfahrenes Kind soll diesen Krieg beenden?", fragte Emily ungläubig. Sie hielt nicht viel von alten Weissagungen. Die meisten von ihnen hatten sich – zumindest in der Welt, in der sie groß geworden war – nicht ansatzweise bewahrheitet.
„Ich kann es mir auch nicht vorstellen", flunkerte Proges.

Sodalitha und Blackstone waren nicht gerade begeistert von dieser Wendung. Sie bekamen schreckliche Gewissensbisse, weil wir genau so ein Wesen seit Jahren in einer anderen Welt versteckt hielten. Sie fühlten sich verpflichtet, dich zu Saphire zu bringen. Tag für Tag erinnerten sie mich daran, dass deine Zeit bei Patrick und Tamara ohnehin bald um sein würde. Sie ließen einfach nicht locker, bis ich am Ende dann doch nachgab. Nun gut… Den Rest der Geschichte kennst du ja schon."

Emily, die bereits während der letzten Sätze unruhig auf ihrem Stuhl hin und her gerutscht war, starrte Proges voller Entsetzen an. „Deshalb bin ich also hier! Ihr hattet von Anfang an vor, mich nach Orcus zu bringen!" Wütend sprang sie auf.

„Nun beruhige dich doch!", entgegnete der Professor, während er sie mit einer sanften Handbewegung dazu brachte, sich wieder zu setzen. „Du kannst auch hierbleiben, wenn du willst. Wir werden dich zu nichts zwingen."

„Wirklich nicht?" schnaubte die Kleine ihm gegenüber. Sie glaubte ihm kein einziges Wort.

„Ganz bestimmt nicht...", versicherte der Alte. „Ich kann deine Bedenken sogar sehr gut verstehen. Du kennst diese Welt ja noch nicht. Du bist ja noch der Meinung, dass es dort niemanden gibt, der dir etwas bedeutet..."

In Emilys Magengegend machte sich ein flaues Gefühl breit. Welches Ass würde er denn jetzt noch aus dem Ärmel ziehen? Mit Unbehagen schaute sie in seine asphaltgrauen, weißgepunkteten Augen.

„...doch was ist mit deiner Mutter?"

Schon während er sprach wurde ihr schwindelig, weshalb es auch eine ganze Weile dauern sollte, bis sie sich von diesem Schlag erholt hatte. Dann wich plötzlich aller Trotz aus ihrem Gesicht. Sie war nicht mehr wütend; sie war jetzt eher bestürzt. An Amethyste hatte sie bei der ganzen Sache ja noch gar nicht gedacht – immer nur an den von ihr so lange ersehnten Stein!

„Vielleicht..." unterbrach der Professor ihre Gedanken, „...interessierst du dich ja nicht für deine Eltern. Vielleicht bist du auch noch sauer auf sie, weil sie dich weggegeben haben... Trotzdem solltest du wissen..." Seine Stimme wurde gefährlich ruhig. „...dass Baryt tot und Amethyste, deine Mutter, ...verschollen ist." Nach einer theatralischen Schweigeminute fügte er zu allem Überfluss auch noch hinzu: „Ich könnte mir vorstellen, dass sie in großen Schwierigkeiten steckt."

Die Gedanken seiner Enkeltochter begannen, sich zu überschlagen. Wenn sie sich weigern würde, Proges in die Heimat zu folgen, würde sie ihrer Mutter nicht helfen können. Ihrer Mutter; ...der Frau, die sie geboren hatte. MUTTER. Da war es ja wieder, dieses Wort, das sie immer vermieden hatte! Jetzt spukte es plötzlich von Neuem in ihrem Kopf herum! Ob man eine Mutter einfach so im Stich lassen durfte? Ob man sich selbst in Gefahr begeben musste, um eine Mutter zu finden? Mutter... Mutter... Mutter..., dröhnte es pausenlos durch ihr Hirn, bis sie schließlich jeden Widerstand aufgab.

„Ich werde mitkommen", versprach sie leise, aber entschlossen.

Nichts verschafft mehr Ruhe als ein gefasster Entschluss.

Charles Maurice de Talleyrand

17. Der Entschluss

„Wirklich?!"

Mit schlecht gespieltem Erstaunen zog der Professor die Brauen nach oben, wodurch er Emily gleich ein weiteres Mal gegen sich aufbrachte.

Dieser gemeine Schuft, dachte sie verärgert. Warum muss er nach so einem unfairen Manöver jetzt auch noch vorgeben, etwas anderes erwartet zu haben. „Sie brauchen gar nicht so überrascht zu tun!", polterte sie augenblicklich los. „Was hätte ich denn sonst sagen sollen?"

„Nun ja." Proges versuchte, sie zu besänftigen. „Du hättest mich doch wenigstens noch ein Weilchen zappeln lassen können, oder?" Ein breites Grinsen huschte über sein Gesicht, bevor er ihr schließlich tief und fest in die Augen sah. „Es ist ein guter Entschluss, Emily! Bestimmt, …der einzig richtige!"

„Amethyste als Trumpf ins Spiel zu bringen war ziemlich hinterhältig von Ihnen", grollte seine Enkeltochter, die sich auf keinen Fall so mir nichts dir nichts von ihm einlullen lassen wollte. „Mir blieb ja gar keine andere Wahl."

Der Alte nickte zustimmend, während er gemächlich frischen Tabak in seine Pfeife stopfte. Er schien sich durch die aufbrausende Art seiner Enkeltochter nicht im Mindesten gestört zu fühlen. Wenn sie sich unbedingt abreagieren musste, …dann bitte!

Mit dieser demonstrativen Gelassenheit trieb er Emily jedoch nur noch weiter auf die Palme. „Sie halten sich wohl für sehr schlau!", fauchte sie jetzt wesentlich hitziger als vorhin. „Wissen Sie denn überhaupt, was Sie da von mir verlangen?"

Seelenruhig auf seinem schwarzen Mundstück herum kauend antwortete der Professor: „Ich bin zwar nicht sensibel genug, um zu verstehen, was du gerade durchmachst, …was dir das alles hier bedeutet; …doch glaube ich felsenfest daran, dass du dich nach anfänglichen Schwierigkeiten in der neuen Welt zu Hause fühlen wirst. Du wirst bald nirgendwo anders mehr leben wollen."

„So ein Unsinn!", konterte Emily entrüstet. „Versuchen Sie bloß nicht, mich für dumm zu verkaufen! Sie wissen doch genau, wie furchtbar es in Orcus ist. Wenn ich mich recht erinnere, sind Sie immer wieder davongelaufen, weil Sie das Leben dort auf Dauer gar nicht ausgehalten haben." Trotz ihres Ärgers genoss sie es, ihn mit seinen eigenen Worten zu schlagen. „Nein", fuhr sie fort. „Es wird mir selbstverständlich nicht gefallen. Ich mache das alles nur, weil ich dem Ruf meiner Mutter und dem meines Steines folgen muss. Anstatt die Dinge schön zu reden sollten Sie lieber mal darüber nachdenken, ob ich bereits genug gelernt habe, um ein solches Wagnis in Kürze eingehen zu können!"

Proges war überrascht. So viel Zielstrebigkeit hätte er dieser widerspenstigen Göre ja gar nicht zugetraut. Er brauchte etwas Zeit, um seine Gedanken neu zu sortieren.

„Du hast viel gelernt und besitzt einen klaren Verstand, mein Kind", lobte er dann völlig unerwartet, weshalb Emily verwirrt, fast schon ein wenig erschrocken zu ihm hinübersah.

Irgendetwas – da war sie sich sicher – stimmte hier doch nicht! Süßholz raspeln gehörte für gewöhnlich nicht zu seinen Spezialitäten. Abgesehen davon stand sein stechend scharfer Blick in krassem Gegensatz zu diesen samtig weichen, honigsüßen Worten!

„Vielleicht bist du Theresa und Judith sogar überlegen", fuhr der Alte unmittelbar fort, „allerdings..." Zögernd füllte er seinen Mund mit Rauch. „...mache ich mir noch ein wenig Sorgen wegen deines... ähm... Temperaments."

Aha! „Sie sind also der Meinung, dass ich mich nicht im Griff habe?!" Emily schleuderte ihm entrüstete, blass violette Blitze entgegen. Das hatte ihr ja wirklich noch niemand gesagt! Zugegeben... hin und wieder bekam sie einen kleinen Wutausbruch, aber nur, wenn es auch einen triftigen Grund dafür gab. Das passierte doch wohl jedem! Warum sollten denn solche normalen, alltäglichen Reaktionen in Orcus zum Problem werden?

„Schon gut." Proges wollte seine Enkelin nicht unnötig reizen. „Du hast, seitdem du hier bist, wirklich viel ertragen. Du bist recht strapazierfähig und auch hart im Nehmen..."

Wow! Schon wieder so ein heuchlerisches Kompliment! Na, wenigstens erwähnte er jetzt mal, was sie in der letzten Zeit so alles geleistet hatte...

Dann brachte er die Sache aber doch noch auf den Punkt: „...die Realität ist allerdings weitaus härter, als du es vom Training her gewohnt bist!" Er musterte sie eingehend. „Bei weitreichenden Entscheidungen darf man sich nicht von der eigenen Stimmung beeinflussen lassen. Hörst du?! Deshalb will ich dir lieber noch ein paar Regeln mit auf den Weg geben; ...nur für den Fall, dass deine Gefühle wieder mal außer Kontrolle geraten."

Regeln! Emily wusste nicht recht, was sie davon halten sollte. Unsicher sah sie zu, wie der Professor in den geheimnisvollen Tiefen seiner Schubladen nach einem Schreibblock suchte, den er anschließend ganz selbstverständlich in ihre Richtung schob.

Ihr war klar, dass sie gleich alles aufschreiben sollte, damit sie es später in Ruhe auswendig lernen konnte – so wie immer. Obwohl ihr diese schulmeisterliche Art gehörig auf den Wecker ging, beschloss sie vorerst auf Widerworte zu verzichten. In ihrer Situation war es sicher besser, seine Ratschläge ohne Vorbehalte anzuhören.

„Punkt eins", begann Proges, nachdem er aufgestanden war, um während der vermutlich letzten Unterweisungen im Zimmer hin und herzulaufen. „**Vertraue niemandem**!"
Seine Enkeltochter stutzte. „Auch nicht Ihnen, Judith und Theresa?"
„Du scheinst ja nicht besonders viel von uns zu halten!", gab der Alte brummig zurück. Er konnte nicht verbergen, dass sie ihm mit ihrer naiven Denkweise ganz schön auf die Nerven ging. „Wir sind deine Familie", erklärte er trocken. „Natürlich kannst du uns vertrauen. Bei Fremden solltest du jedoch vorsichtiger sein. Du musst wissen, dass nicht jeder, der dir sympathisch erscheint, auch ein Freund ist. Du musst sorgfältig überlegen, wem du dich anvertraust… und um wen du lieber einen großen Bogen machst!"
Emily dachte kurz nach. „Dann vertraue ich einfach niemandem außer euch!", sagte sie schnell, ohne zu ahnen, dass so ein Versprechen auf lange Sicht gar nicht einzuhalten war.

„Gut, dann wäre das ja schon mal geklärt", stellte der Großvater zufrieden fest, wobei er für einen kurzen Moment stehen blieb. „Der nächste Punkt ist folgender: **Wer zurückbleibt, bleibt zurück**!"
„Was meinen Sie denn damit?!" Sichtlich erregt trommelte sein Gegenüber mit den Fingerkuppen auf der Tischplatte herum. „Was ist, wenn **ich** zurückbleibe? Wenn **ich** verschleppt werde? Wenn **ich** verletzt bin?"
Kopfschüttelnd setzte sich der Alte wieder in Bewegung. Musste dieses kleine Ding denn wirklich alles diskutieren? „Wir lassen dich nicht zurück", erklärte er widerwillig. „Keine Sorge. Ich sagte doch bereits, dass du uns vertrauen kannst. Ich möchte nur nicht, dass **du** dich um andere kümmerst. Verstanden?! Damit bist du eindeutig überfordert. Es reicht, wenn du dich um deine eigenen Angelegenheiten kümmerst! Wenn jemand zurückbleibt, dann lass ihn einfach liegen!"

Emily schluckte. Sie fand diese Regel ziemlich unmenschlich… äh… besser gesagt ziemlich gammeusisch.

Der Professor wartete ab, bis sie fertig geschrieben hatte. Dann diktierte er: „**Schweigen ist Gold**; **Reden dagegen nur Silber**."

Das gefiel der leicht Verwirrten ja noch viel weniger. „Ohne Sprache kommt man aber nicht weit!", wandte sie energisch ein. „Ohne sie kann man wohl kaum am gesellschaftlichen Leben teilnehmen."

„Freilich!", gab Proges unumwunden zu. „Und doch ist es oft besser den Mund zu halten, ehe man versehentlich Sachen ausplaudert, die man nicht preisgeben sollte."

„Das verstehe ich ja", murmelte das Mädchen kleinlaut. „Ich frage mich nur, ob man in Orcus überhaupt irgendetwas tun kann, ohne in Schwierigkeiten zu geraten. Man darf niemandem trauen, niemandem helfen und auch mit niemandem sprechen! Was bleibt denn da noch übrig?"

Der Professor seufzte. „Ich möchte doch nur, dass dir nichts zustößt. In unserer Heimat ist eben alles, was du tust, mit großem Risiko verbunden, so auch das gesprochene Wort."

„Das sind ja schöne Aussichten", entgegnete seine Zuhörerin frustriert.

„Vor allem für dich", scherzte der Alte, um sie wieder aufzuheitern, „Eine Quasselstrippe wie du wird sich wohl erst ein wenig umstellen müssen!"

Gleich darauf wurde er wieder ernst. „Schreibe zum Schluss: ***Tote reden nicht***!"

„Was sagen Sie da?" Emily hatte ihn nicht richtig verstanden, weil sie gedanklich noch immer bei den vorherigen Stichpunkten war.

„Tote reden nicht", wiederholte der Großvater langsam. „Am besten unterstreichst du es rot. Es ist nämlich sehr wichtig."

„Ich weiß, dass Tote nicht reden", erwiderte seine Enkeltochter missmutig. So ein dummer Spruch! Ob er sie mit diesem Blödsinn auf die Probe stellen wollte?

„Also gut", seufzte Proges, der sich nun doch lieber wieder setzte. „Ich sehe ja ein, dass du diese Regel nicht gleich verstehen kannst. Weißt du, Emily, es gibt viele Spione in Orcus; Leute, die auf unserer Seite herumschnüffeln, um an wichtige Informationen zu kommen. Solche Maulwürfe müssen wir natürlich ausschalten."

„Ah… verstehe… wenn sie erst mal tot sind, können sie nichts mehr verraten", flüsterte die Kleine ihm gegenüber benommen. Sie stellte gerade fest, dass ihr die Heimat immer unheimlicher wurde. Widerstrebend notierte sie: 4. Tote reden nicht.

„Das war dann wohl alles?", fragte Emily zur Sicherheit, während sie einen abschließenden Blick auf ihren Block warf.

„Ja."

Der Professor schaute ein wenig besorgt in ihr deprimiertes Gesicht. „Wahrscheinlich denkst du immer noch, dass Orcus eine ganz entsetzliche Welt ist; eine Welt voller Mordlust und Grausamkeit; …eine Welt voller Verbrechen."

„Nein", bekam er prompt zur Antwort, „ich denke viel eher, dass Orcus eine Welt voller Hilflosigkeit, voller Verzweiflung und Trostlosigkeit ist."

Proges wunderte sich. Er fand diese Formulierung ganz schön spitzfindig für ihr Alter. Vielleicht, dachte er still, fällt ihr der Abschied ja noch etwas leichter, wenn ich an ihr Mitgefühl appelliere.

„Wäre es nicht schön", flüsterte er also, „den Hilflosen zu helfen, den Hoffungslosen Hoffnung zu schenken und ihnen einen Weg aus der Trostlosigkeit zu zeigen…"

„Ja, das wäre wundervoll", gab Emily gerne zu, während sie über ihn hinweg in ihre nicht allzu ferne Zukunft schaute. „Dafür würde es sich lohnen zu kämpfen."

Mit einem mulmigen Gefühl im Bauch sowie der Gewissheit, das Richtige getan zu haben, verließ sie das Büro des Großvaters.

Auf ihrer Etage angekommen, streckte sie sich, erschöpft vom vielen Zuhören, erst mal auf dem großen, gemütlichen Sofa aus. Gedanklich ließ sie die letzten Stunden mit Proges noch einmal vorüberziehen, um sämtliche Argumente für ihren waghalsigen Entschluss zu überprüfen.

Dabei erinnerte sie sich unter anderem an das, was ihre Mutter einst zu ihrem Großvater gesagt hatte: Auch hier gibt es Krieg. Ganz Recht. Auch hier war längst nicht alles so rosig, wie Proges es gerne darstellte. Wenn ich keine Gammeuserin wäre, sondern eine Afghanin oder eine Pakistani, überlegte sie, müsste ich auch im Krieg leben.

Die Tür knarrte, als Judith eintrat. Ihre langen Haare wehten hinter dem schmalen, alabasternen Kopf her, wie ein schwarzer, glänzender Schleier. Es kam nicht oft vor, dass sie Emily besuchte. Genaugenommen hatte sie sich nur zwei Mal hier blicken lassen: am Tag des Einzuges; …dann erst wieder wegen dieser dummen Bücherwerferei. Was sie jetzt wohl von ihr wollte?

„Ähm…ich…, " stammelte die Ältere, der es offensichtlich nicht gerade leicht fiel, mit der Sprache herauszurücken, „… habe gehört, dass Proges dir inzwischen alles erklärt hat." Sie wirkte ziemlich verstört. „Deshalb wollte ich… äh… mal nachhören, wie du dich entschieden hast."

Das war es also! Sie war neugierig, weil sie Angst hatte, jemand könne ihre sorgfältig zurecht gelegten Pläne durchkreuzen. Sie war nur gekommen, um sich selbst zu beruhigen! Das sah ihr wirklich ähnlich!

Ein wenig schwerfällig richtete Emily sich auf. Sie fand Judiths Anliegen äußerst niederträchtig, weshalb sie beschloss, die Schwester fürs Erste im Ungewissen zu lassen.

Zögernd antwortete sie: „Ich weiß noch nicht. Vielleicht!" Dabei sah sie lauernd zu ihr hinüber. Wie würde sie reagieren? Würde sie jetzt gleich einen Überredungsversuch starten?

Wider Erwarten kam jedoch zunächst nichts weiter als ein aufrichtiges, leises *Das verstehe ich. Mir würde eine solche Entscheidung auch nicht leicht fallen.* zurück.

Verunsichert senkte die Jüngere den Blick. Was hatte das denn jetzt schon wieder zu bedeuten? War das etwa die Haltung der selbstsicheren, wenig einfühlsamen Judith Proges, die sie kannte?

Beide Mädchen schwiegen zunächst eine ganze Weile, bis die ungebetene Besucherin schließlich erneut das Wort ergriff.

„Du hast dich in der letzten Zeit fast ausschließlich mit dem grausamen Orcus beschäftigt", gab sie zaghaft zu bedenken, „was die Sache natürlich nicht gerade leichter macht..."

Emily musste heimlich grinsen. Jetzt tat diese selbstsüchtige Schnepfe also doch noch, was sie von ihr erwartet hatte.

„Schade, dass du nicht weißt, wie zart die Zweige der Sumpfweiden austreiben, dass du den Gesang der Singkönigin nicht kennst... und noch nie mit den Nymphen gesprochen hast..." ergänzte ihr Gegenüber leidenschaftlich. „Es würde dir bestimmt gefallen!"

„Sie reden?" Das hatte die angehende Gammeuserin ja schon fast wieder vergessen.

„Nun, sie singen und reden in unserer Sprache. Mit ihren sphärischen, klangvollen Stimmen verzaubern sie jeden, der in ihre Nähe kommt. In Friedenszeiten erzählen sie pausenlos von den angenehmen Dingen des Lebens, sodass man ihnen ewig zuhören kann." Judith blickte versonnen aus dem Fenster. „Wenn du das alles selbst erlebt hättest, würdest du nicht zweifeln."

„Das tue ich auch so nicht", bekannte Emily nun endlich. „Ich wollte nur sehen, wie du dich schlägst. Ich werde selbstverständlich mit euch kommen."

Obwohl die Ältere ziemlich überrascht war, schien sie diesen Streich nicht krumm zu nehmen.

Sie ließ sich neben ihr nieder und versprach: „Ich werde dich immer beschützen, ...und wenn es mein Leben kosten sollte."

„Oh", machte ihre Schwester verblüfft. Das waren ja schwerwiegende Worte – vor allem für jemanden wie Judith!

„Danke, sehr beruhigend!", antwortete sie, während sie die Mimik ihrer sonst so strengen Lehrerin genauestens beobachtete. Würde zwischen ihnen nun doch noch so etwas wie Geschwisterliebe entstehen?

Ein warmes Lächeln strahlte ihr entgegen; ein unerwartetes, mit dem sie nicht das Geringste anzufangen wusste.

„Warum bist du auf einmal so..." Verwirrt suchte sie nach einem passenden Adjektiv. „...nett?!" Sie fand das Benehmen der Älteren äußerst seltsam, fast schon ein wenig beängstigend.

„Nun...", erwiderte diese wage, „vielleicht habe ich mich endlich mit der Unabwendbarkeit meines Schicksal abgefunden..."

Bei dieser Erklärung beließ sie es dann auch, sodass sich ihre Zuhörerin wohl oder übel mal wieder mit einer verschwommenen Andeutung zufrieden geben musste.

Die so wundersam Verwandelte stand auf. Erst jetzt bemerkte Emily, dass sie ihr etwas mitgebracht hatte: einen Ledergürtel mit sieben glänzenden Wurfmessern.

„Das sind richtig edle Klingen; aus bestem Stahl, mit Elfenbeingriffen", erklärte Judith stolz, während ihre Schwester diese Prachtstücke mit weit aufgerissenen Augen betrachtete. „Die sind viel schwerer als die ollen, angerosteten, mit denen du die ganze Zeit trainiert hast. Mit diesen hier wirst du sicher noch viel besser sein!"

„Sie... sind wunderschön!", stammelte Emily, die es sich trotz aller Ehrfurcht nicht nehmen ließ, gleich eines von ihnen herauszuziehen, „Danke!"

Ihre Gönnerin nickte kurz, bevor sie sich zur Tür wandte.

„Einen Augenblick bitte!" Die Jüngere wollte sie noch nicht gehen lassen.

„Proges hat mir heute ein paar Regeln diktiert, die ich dir unbedingt zeigen muss!" Mit dem Blatt in der Hand lief sie ihr hinterher. „Was hältst du davon?"

Judith hielt an, um einen kurzen Blick auf die sorgfältig untereinander geschriebenen Stichpunkte zu werfen. „Gar nichts", antwortete sie unverblümt. „Wenn es um Leben und Tod geht, vergisst man sie ohnehin. Man muss eine eigene, intuitive Überlebensstrategie entwickeln."

„Und wie soll die bitte schön aussehen?", fragte Emily perplex.

„Meine funktioniert so", erklärte die Gefragte, „immer wenn ich morgens aufstehe, stelle ich mir vor, dass dieser Tag mein letzter sein wird."

Ihr Gegenüber runzelte die Stirn. „Und das soll helfen?!"

„Du kannst es ja mal ausprobieren. Für mich ist diese Vorstellung inzwischen unverzichtbar. Durch sie bemerke ich viele Dinge, denen ich sonst gar keine Beachtung geschenkt hätte; meine Angst verschwindet. Wenn ich mit dem Tod rechne, kann mich nichts, rein gar nichts so überraschen, dass ich aus der Bahn geworfen werde."

Nach diesen Worten fühlte Emily sich noch schlechter als vorher. Wem zum Teufel sollte sie denn nun glauben? Judith oder Proges?

„Wird sie mit uns gehen?!" Die älteste der Schwestern saß auf der schwarzen Lackcouch im Wohnzimmer der dritten Etage, wo sie gespannt auf die Rückkehr der Jüngeren gewartet hatte.

„Ja!" erwiderte Judith knapp.

Die Tatsache, dass der Tonfall mit dem sie es sagte jegliche Freude über diese lang ersehnte Zusage vermissen ließ, fand Theresa nicht weiter verwunderlich. Sie wusste schon seit geraumer Zeit, in welchem Konflikt die Arme steckte; dass sie es einerseits als ihre Pflicht ansah, Emily zu Saphire zu bringen, sich andererseits jedoch davor fürchtete ihrer eigenen Bestimmung näher zu kommen.

Nachdenklich setzte sich die Hin- und Hergerissene neben sie, um das Treiben der Fische zu beobachten, was sie im Übrigen immer tat, wenn sich die Dinge zuspitzten, ...wenn eine Situation wie diese außer Kontrolle geriet. Mit einem Unterschied: heute sollte sie nicht lange ungestört bleiben. Theresa ließ ihr keine Ruhe. Sie schien sich mit ihrer einsilbigen Antwort nicht abfinden zu wollen.

„Emily kann sich dem Zauber von Orcus nicht mehr entziehen?!" hakte sie gnadenlos nach, wobei der Klang ihrer Stimme zweifelsohne nach einer Reaktion verlangte.

Die Gefragte stöhnte. „Ich glaube, dass sie nur wegen des Steines mitkommt", mutmaßte sie teilnahmslos, „...vielleicht auch wegen Amethyste. Sie kann nicht zulassen, dass ihr etwas zustößt."

„Warum bist du dir denn so sicher, dass sie noch lebt?"

„Ich weiß es einfach", antwortete Judith, die jetzt wieder ganz bei der Sache war. „Wenn es nicht so wäre, hätte ich es gemerkt." Sie erhob sich. Nervös klopfte sie an die Scheibe des Aquariums, worauf die schillernden Tiere vor Schreck wild auseinander stoben.

„Lass das", schimpfte Theresa. „Sie haben dir doch nichts getan!"

Dann lenkte sie das Gespräch schnell wieder auf ein erfreulicheres Thema: „Ich kann es kaum erwarten, Citrine und ihre Brüder zu sehen. Wie ist es mit dir?"

„Ich möchte sie auch gern treffen… ganz besonders einen von ihnen", gab die andere unumwunden zu, während sie sich in die kalt glänzenden Polster zurückfallen ließ. „Außerdem interessiert es mich brennend, was aus Calcite geworden ist. Hoffentlich ist sie immer noch so witzig wie damals."

„Hoffentlich leben sie alle noch!" Theresas Gesicht wurde ganz düster, bevor sie unerwartet schrill auflachte, um alle Bedenken gleich wieder zu vertreiben: „Ach was! Unsere Freunde sind hart! Die sterben doch nicht so schnell."

„Du hast Recht", stimmte ihr die kleine Schwester zaghaft zu. „Sie sind hervorragende Kämpfer, die sich ganz sicher nicht so schnell töten lassen."

Dann schwiegen die beiden. Angespannt verfolgten sie die Bahnen eines schwarzen Fisches, der majestätisch Runde um Runde durch das Wasserbecken zog, ehe er nach einer kleinen Ewigkeit in seiner Steinhöhle verschwand.

Wer neue Wege gehen will, muss alte Pfade verlassen.

Manfred Grau

18. Der Stein der Veränderung

Emily stand in ihrem Zimmer vor dem Fenster und starrte hinaus. Die Sonne ging unter. Der Himmel verfärbte sich rot. Sie sah Judith unten im Garten mit eiligen Schritten über den kurz gemähten Rasen laufen. Zwei Wochen lag der Tag ihrer Entscheidung nun schon zurück; zwei endlos lange Wochen, in denen es auf dem Gut keine einzige ruhige Minute mehr gegeben hatte.

Proges war ständig unterwegs gewesen.

Er hatte den Ämtern mitgeteilt, dass er sich mit der Familie im Ausland ansiedeln und seinen ganzen Besitz – die herrschaftliche Villa samt Gestüt – auf James Namen überschreiben lassen wolle.

Außerdem war er stundenlang durch die Gegend gefahren, um einen artgerechten Platz für Judiths Kleintiersammlung zu suchen, die er dann – nach einigem Hin und Her – im zoologische Garten des Nachbarstädtchens untergebracht hatte.

Obwohl sich die kleinen Orcuswesen dort wirklich wohlfühlten, war es Judith nicht gerade leicht gefallen, sich von ihnen zu trennen. Tränenüberströmt hatte sie die filigranen Kreaturen in ihr neues Heim gebracht und war erst wieder zu sich gekommen, als Proges ihr versichert hatte, dass Nachtwind, die rabenschwarze Stute, ganz sicher an ihrer Seite bleiben würde.

Mit einem Seufzen wandte Emily sich von dem wunderschön leuchtenden, malerischen Abendrot ab. Schluss mit den Träumereien! Hatte sie sich nicht gerade eben erst vorgenommen, noch ein wenig zu trainieren, bevor es dunkel wurde?

Da Judith und Theresa inzwischen weitaus Wichtigeres zu tun hatten, war sie – was ihre Ausbildung anbetraf – schon seit einiger Zeit auf sich selbst gestellt. Es gab keinen Stundenplan, keinerlei Verpflichtungen mehr, sodass sie sich in aller Ruhe – wann auch immer sie wollte – mit ihren neuen Messern beschäftigen konnte.

Die neuen Messer… Emily legte sich voller Stolz ihren weichen, matt glänzenden Gürtel um die Taille, in dem – sorgfältig aufgereiht – sieben fein geschliffene Klingen steckten. Diese handlichen, kleinen Waffen waren mit Abstand das schönste Geschenk, was sie je bekommen hatte. Mit einem kurzen Ruck zog sie die Schnalle fest.

Dann lief sie zum Trainingsplatz hinter den Ställen, wo die Bediensteten nach ihren Anweisungen schon vor Wochen eine ganze Reihe unterschiedlicher Ziele aufgebaut hatten.

Zum Aufwärmen empfahl sich die Zehnmeterlinie, von der aus sie zunächst einen kleinen, zylinderförmigen Weinkorken ins Auge fasste. Welches ihrer Messer sollte sie wählen? Jedes von ihnen hatte eine andere Form; ein jedes besaß besondere, ganz spezifische Eigenschaften.

Das erste wurde zur Spitze hin immer dünner, sodass es die anvisierten Objekte für gewöhnlich mit einem feinen, präzisen Schnitt zerteilte.

Das zweite, noch weitaus schärfere war leider nicht so wendig. Seine dicke, robuste Klinge zerstörte dafür jedoch auch harte Gegenstände aus leichtem Metall, Holz oder Glas.

Messer drei und vier gehörten zur Card-Gruppe. Sie wurden nicht geworfen, sondern geschleudert; wie ein Frisbee. Beide eigneten sich hervorragend zum Durchtrennen grober Stricke, wobei das kleinere für dünne Seile, das größere eher für dicke, stabile Taue in Frage kam.

Das fünfte, ein schmales, feuriges Bandolero mit gebogener Klinge, bot nur wenig Luftwiderstand, weshalb es – im Gegensatz zu seinen Vorgängern – mit Leichtigkeit in extreme Höhen stieg. Bedauerlicherweise musste es vor jedem Wurf erst gefügig gemacht werden, da es sich den Anweisungen seiner Besitzerin ständig widersetzte.

Der schwere, glatte Griff des sechsten Messers lag wirklich gut in der Hand – besser als die der anderen. Dennoch kam es nur selten zum Einsatz, weil seine lange, gezahnte Klinge äußerst störrisch und nur für ausgesprochen große Ziele zu gebrauchen war.

Das letzte, ihr absoluter Favorit, verfügte über zwei lange, V-förmig auseinanderlaufende Spitzen, die einen furchterregenden, sonoren Klang erzeugten, wenn sie sich im Flug umkreisten. Ihre Bahnen zeigten sich nur bei maximaler Konzentration, sodass es Emily trotz ihrer Begabung noch immer nicht so recht gelang, dieses mächtige, wunderschön sirrende Metall zu steuern.

Egal… Eines Tages, da war sie sich sicher, würde das unhandlichste und störrischste von allen zu ihrer mächtigsten Waffe werden.

Sie zog das Erste heraus, atmete tief durch und brachte den Körper in Position. Der Weg, den das Messer jetzt gleich zurücklegen sollte, erschien – wie gewohnt – kristallklar vor ihrem inneren Auge. Ganz automatisch stellten sich ihre Muskeln auf die nun folgende Aufgabe ein. In Sekundenschnelle landete die scharfe, dünne Klinge – wie erwartet – millimetergenau im Ziel. Phantastisch! Ihre Schnittfläche hatte den kleinen Zylinder der Länge nach durchtrennt.

Mit dieser Leistung vollauf zufrieden lief sie los, um die kleinste ihrer Waffen zurückzuholen. Das fängt ja gut an, dachte sie beschwingt, bevor sie sich der nächsten, deutlich schwereren Aufgabe zuwandte.

„Morgen ist es soweit", murmelte Judith leise, fast wehmütig vor sich hin.

Sie saß ein letztes Mal zusammen mit Theresa im Wohnzimmer auf dem schwarzen Sofa. Ihr Blick ging ins Leere. Es gab ja keine Fische mehr. Das Wasser hinter der Glaswand war bereits abgelassen; das neulich noch mit buntem Leben gefüllte Becken verwaist und still.

Morgen würden sie, wenn nichts dazwischen kam, wieder in Orcus sein. Dann würden sie ihre alten Freunde wiedersehen; ...wenn sie noch lebten.

Ob Citrine immer noch in die Zukunft sehen konnte? Ob Falkenauge immer noch so verrückt war, dass man ihn einfach mögen musste? Und Tigerauge... Ob er immer noch so cool und hübsch war wie damals? In den letzten Monaten hatte Judith ganz vergessen, wie er aussah. Sie erinnerte sich nur noch undeutlich an sein Lächeln, an seine maronenfarbenen Augen…

Vor ihrer Abreise, in Orcus, hatten sie sich gut verstanden, so gut, dass mehr aus ihrer Freundschaft geworden war. Ob er ihr – genau wie einst Baryt ihrer Mutter – verzeihen würde, dass sie ihn ohne ein Wort des Abschieds verlassen hatte?

„Hoffentlich geht alles gut", unterbrach Theresa die Gedanken ihrer Schwester.
Judith seufzte leise. „Mm...," machte sie vage, wobei sie den glattgeschliffenen Gabbro träge zwischen den langen Fingern hin und her drehte.
Wenig später zog sie eine Schachtel Zigaretten hervor. „Willst du auch eine?", fragte sie der Höflichkeit halber.

„Spinnst du?" Theresa schaute streng zu ihr hinüber. „Steck die wieder weg! Wenn Proges dich erwischt, wirst du mächtig Ärger bekommen! Du weißt doch, dass er die Quarzerei hier, in den oberen Stockwerken, nicht duldet!"

Ihr war nicht neu, dass Judith in Stresssituationen immer wieder zu allen möglichen, mehr oder weniger gefährlichen Drogen griff. Das hatte sie in Orcus auch schon getan.

„Reg dich ab, er muss es ja nicht herausfinden!", erwiderte die Jüngere der beiden unbeirrt, worauf sie so lange in ihrer Hosentasche herumkramte, bis sie ein Feuerzeug gefunden hatte.

Dann schlenderte sie mit betont lässigen Schritten zum Fenster.
Theresa folgte ihr.

„Warum bist du denn immer so verklemmt?!" Judith blies der großen Schwester hemmungslos eine Lungenfüllung übel riechenden Rauches ins Gesicht.
„Lass das!" Die Ältere wurde jetzt richtig wütend. Mit einer schnellen Bewegung riss sie ihrem uneinsichtigen Gegenüber die völlig unnötige, gerade erst angezündete Kippe aus der Hand. „Damit löst man doch keine Probleme! Du weißt doch, dass du mir alles erzählen kannst, oder?"
Judith schwieg betroffen, während Theresa den Glimmstängel angewidert aus dem Fenster warf. Nachdenklich sah sie zu, wie die Glut im feuchten Gras erlosch.

„Du hast wirklich Recht", lenkte sie nach einer kurzen Bedenkpause mit einem süffisanten Grinsen vom Thema ab. „Warum sollte ich mich überhaupt mit gewöhnlichen Zigaretten zufrieden geben, wenn ich doch schon bald in den Genuss von kalmusgrünen Traumblüten komme."

Das war ja mal wieder typisch! Anstatt ernsthaft über ihre Sorgen zu sprechen, setzte sie jetzt lieber noch eins drauf.
Nun, Theresa konnte sich noch allzu gut an den Tag erinnern, an dem ihre kleine Schwester unter Anleitung von Tigerauge und Calcite erstmalig den Rauch des unscheinbaren, knisternden Nebelkrautes inhaliert hatte. Mehr als tausendmal war sie davor gewarnt worden! Traumblüten sollten nur bei lebensbedrohlicher Krankheit oder schwersten Verletzungen verwendet werden. Sie sollten vom Leiden ablenken; …sollten starke Schmerzen verschwinden lassen. Für gesunde Gammeuser war ihre Wirkung viel zu stark!
Sie – Theresa – hatte das zugedröhnte Trio damals rein zufällig unter der Krone einer goldgelben Zitterweide entdeckt. Wie bleich ihre Gesichter gewesen waren! Ganz abgesehen davon hatten sie mit diesem albernen, wirren Gegiggel gar nicht mehr aufhören können… Sie waren so übel dran gewesen, dass man sie wegen Magenkrämpfen und Herzrasen drei Tage lang im Krankenzelt behalten hatte!
Die Ältere überlegte kurz. Nein, sie wollte jetzt nicht nochmal davon anfangen!

Stattdessen fragte sie vorsichtig: „Hast du Angst davor, wieder in Orcus zu sein?" Vielleicht konnte sie ihre Schwester ja doch noch aus der Reserve locken, wenn sie nur lange genug nachbohrte.

Immerhin wusste sie, dass Judith bei ihrem letzten Aufenthalt in der Heimat ungewöhnlich lange mit Citrine gesprochen hatte. Danach war sie am Boden zerstört durchs Lager geirrt. *Vor dem Schicksal kann man nicht fliehen*, hatte das blinde Mädchen etwas später in Gegenwart von Theresa zu ihr gesagt, *Es holt einen immer wieder ein.*

Wahrscheinlich wäre es besser gewesen, die Zukunft unausgesprochen zu lassen, dachte die Ältere im Nachhinein. Ohne dieses Wissen wäre ihrer Schwester die Rückkehr bestimmt um einiges leichter gefallen. Ob sie denn heute endlich etwas davon preisgeben würde?

Judith kämpfte eine Weile mit sich. „Ich", begann sie dann zaghaft „habe... sogar furchtbare Angst!" Den Tränen nahe sah sie Theresa an. „Mit dem ersten Schritt, den ich auf heimatlichen Boden setze, werde ich mein Schicksal ein für allemal besiegeln."

„Welches Schicksal?", fragte die große Schwester aufgeregt.

„Je näher ich Emily ans Ziel bringe, desto näher komme ich meinem eigenen Tod... Wenn ich daran denke, hasse ich sie, obwohl sie gar nichts dafür kann..." Die Jüngere fing leise an zu schluchzen. „Ich hätte Citrine niemals fragen sollen."

„Das ist es also", flüsterte Theresa erschrocken, „Citrine hat deinen Tod gesehen!"

Sie nahm Judith sanft in den Arm. Von nun an würde sie dieses verkannte, tieftraurige Wesen nicht mehr aus den Augen lassen.

„Was denkst du, welchen Stein wird Emily bekommen?", fragte sie leise, in der Absicht die Situation schnellstmöglich wieder zu entspannen.

Die Verzweifelte hob den Kopf, so dass man sehen konnte, wie sich ihre Gedanken allmählich von der Last, die sie zu tragen hatte, lösten. „Keine Ahnung", gab sie mit einem kleinen, verzerrten Lächeln zur Antwort, „doch schätze ich, dass er violett sein wird – genau wie ihre Iris!"

„Emily?"

Ins Training vertieft zuckte die Angesprochene zusammen, bevor sie ihr Messer, mit dem sie gerade noch eines der Ziele ins Visier genommen hatte, wieder sinken ließ.

„Hast du dir schon überlegt, was mit Chilli passieren soll? Wir können sie auf gar keinen Fall mitnehmen!"

Ihr Herz verkrampfte sich. Seitdem Judiths Tiere das Haus verlassen hatten, war ihr klar, dass auch sie sich früher oder später von Chilli trennen musste. „Wir können sie zu Patrick und Tamara bringen", schlug sie widerwillig vor. „Die beiden würden sich bestimmt gut um sie kümmern."

„Einverstanden!"

Judith klopfte ihr leicht auf die Schulter. „Ich bin mir sicher, dass Theresa sie heute Abend dorthin bringen wird."

Emily schluckte mühsam. „Dann wäre das ja schon mal geklärt", sagte sie matt, während sie mit wässerigem Blick ein neues, noch viel kleineres Ziel ins Auge fasste.

Pünktlich um sechs klopfte es an ihrer Tür. Die älteste der Schwestern trat ein. Emily saß gerade auf dem Bett; der nichtsahnende, kleine Nager auf ihrem Schoß, wo er sich bereitwillig hinter den Ohren kraulen ließ.

„Warum können wir die Kleine denn nicht mitnehmen?", wollte sie nun doch noch etwas genauer wissen. „Nachtwind darf ja schließlich auch mit!"

Theresa seufzte. Sie hatte schon damit gerechnet, dass ihre immer noch etwas kurzsichtige Schwester die Sache nicht so einfach hinnehmen würde. „In Orcus", erklärte sie behutsam, so, wie eine Mutter, die versucht, ihr bettelndes Kind zur Vernunft zu bringen, „gibt es nun mal keine Haustiere wie Chilli. Erinnere dich. Auf sich allein gestellt würde sie keinen einzigen Tag überleben. Selbst die wilden, gammeusischen Arten bleiben hier, weil sie die Freiheit nicht mehr gewöhnt sind. Nachtwind dagegen ist Judiths Steinteiler. Sie muss mitkommen."

Wortlos setzte Emily Chilli in ihre Behausung zurück. „Es ist nur so…", murmelte sie. „Sie ist meine letzte Erinnerung an diese Welt. Chilli ist alles, was von meinem alten Leben übriggeblieben ist."

„Das verstehe ich doch", erwiderte die Ältere freundlich, wobei sie ihr beruhigend über die schwarzen Locken strich, „doch jetzt ist es Zeit loszulassen. Wenn wir das nicht tun, können wir auch nicht auf das Neue zugehen."

Die Betrübte nickte schwach.

„Dann werde ich Chilli jetzt wegbringen!" Behutsam nahm Theresa den Käfig an sich, um ihn eilig aus dem Zimmer zu tragen, bevor ihr Gegenüber noch weitere Argumente ins Feld führen konnte.

In dieser Nacht schlief Emily schlechter als sonst. Schreckliche Träume rissen sie Stunde um Stunde aus dem Schlaf.

Als sie irgendwann wieder aufwachte, saß Judith an ihrem Bett. „Du hast gerade geschrien", erklärte die Ältere voller Mitgefühl – so offen wie noch nie. „Was hast du denn?" Dabei leuchtete ihr weißes Gesicht wie der Schein einer Kerze durch die beklemmende Finsternis.

„Ich fürchte mich so", gestand die Aufgeschreckte mit brüchiger Stimme. „weil ich mir nicht vorstellen kann, wie es ab morgen weitergeht."

„Sei froh darüber", bekam sie prompt zur Antwort. „Es ist besser, wenn du es nicht weißt!"

Am nächsten Morgen herrschte überall reges Treiben.

Judith verabschiedete sich von ihren Pferden. Anschließend lud sie Nachtwind vorsichtig in einen der Anhänger. Auch Theresa ging zum Stall. Sie wollte so lange wie möglich bei Tagtraum bleiben. Proges klärte noch etwas mit James, während Emily, die – wie immer – nichts weiter zu tun hatte, sichtlich nervös auf belanglose Gegenstände zielte.

Bereits gegen Mittag versammelten sich die Angestellten vor dem Haus, um den Reisenden Lebewohl zu sagen. Da außer Emily niemand merkte, dass der freundliche, alte Butler ganz besonders traurig war, drückte sie ihn kurz an sich.

„Ich werde Sie vermissen", sagte sie leise, bevor sie zu ihrer Familie in den dunkelgrünen Jeep stieg, um das Gestüt ohne Verzögerung – genau wie von Proges geplant – zu verlassen.

Auf der Fahrt überlegte sie dann, warum der Professor so wenig Gepäck dabei hatte. Ihrem Wissen nach herrschte im Kofferraum des Wagens gähnende Leere – mal abgesehen von zwei abgenutzten, schmutzigen Reisetaschen! Wie auch immer – ihr Großvater, der ja bekanntlich ein Meister im Hin- und Herpendeln war, wusste bestimmt, was er tat.

Endlos lange rollte das Gespann durch langweilige, öde Landschaften, bis sich am Horizont – zunächst etwas verschwommen – die Ausläufer eines gewaltigen Bergmassivs zeigten. Ganz allmählich, fast unbemerkt, stieg das Gelände an. Die Vegetation veränderte sich. Aus Laubbäumen wurden Nadelbäume. Hohe Felsformationen rückten näher zusammen.

Als diese den Blick endgültig versperrten, lenkte der Professor den Wagen auf eine schmale, steinige Serpentine, der sie bis weit über die Waldgrenze hinaus folgten. In dieser Höhe wuchs nicht mal mehr Steinbrech; geschweige denn Moos oder Segge.

Mitten in Schutt und Geröll kam Proges endlich zum Stehen.

„Dieser Ort hier ist der beste", erklärte er seiner Jüngsten. „Er erinnert mich an die Feuerberge; an die Stelle, an der ich den Stein der Veränderung gefunden habe."

Während Judith Nachtwind aus dem Anhänger führte, lud Theresa die beiden Taschen aus. Sie schienen sehr schwer zu sein. Was sie da wohl alles eingepackt hatte?

Mit ruckartigen Bewegungen öffnete sie die leicht verklemmten Reißverschlüsse, worauf Pfeile, Bögen, Köcher und Schwerter ans Tageslicht kamen. Emily staunte nicht schlecht. Über das Messerwerfen hatte sie schon fast vergessen, dass es auch noch andere Disziplinen gab.

Ohne ein Wort der Erklärung teilte die Älteste jedem zu, was für ihn bestimmt war. Emily bekam ein prächtiges, mit fliederfarbenen Steinen besetztes Schwert; außerdem einen schmucklosen Bogen mitsamt Köcher.

„Wir müssen die Waffen – unabhängig von unseren Gaben – immer am Körper tragen", mahnte Theresa, als sie die Fragezeichen in den Augen der kleinen Schwester sah. „Sonst sind wir verloren!"

Anschließend zog sie den Pietersit aus der Jackentasche. Sie hatte ihn seit der Abfahrt ständig am Körper getragen, damit er auf gar keinen Fall verloren ging. Jetzt hielt sie ihn nur mit den Fingerspitzen fest, so, als befürchte sie, sich daran zu verbrennen.

Neugierig beugte Emily sich nach vorne. Dieser Stein sollte magische Kräfte besitzen?! Danach sah er ja gar nicht aus. Seine geschliffenen Flächen glänzten in wenig attraktiven Farbtönen zwischen braun und rostrot. Auch sonst war er eher unauffällig; lange nicht so schön wie der Amethyst oder der Gaspeit.

„Ich hoffe, dass seine Kraft ausreicht", murmelte Theresa leise vor sich hin. Sie schien sich nicht ganz sicher zu sein. „Heute sind wir immerhin zu fünft!"

„Was? Ihr habt nur diesen einen Stein?", fragte Emily ungläubig. „Ihr wusstet doch, dass ihr mich mitnehmen würdet."

„Es ist nun mal leider so", erklärte ihr die ältere Schwester geduldig, „dass die Energie eines Pietersits bei jedem Exemplar etwas anders wirkt. Wenn wir alle genau die gleiche Veränderung erfahren wollen, müssen wir also auch den gleichen Stein benutzen."

Emily verstand ihre Sorge. Sie konnte sich beim besten Willen nicht vorstellen, dass dieses walnussförmige, kleine Mineral ausreichte, um sie beide, Judith, Proges und Nachtwind nach Orcus zu bringen.

Gespannt verfolgte sie, wie Theresa die rechte, vordere Fessel der Stute anhob, um den Pietersit ganz behutsam unter die Strahlspitze zu legen.

„Kommt schon! Lasst es uns versuchen!", rief sie mit gespieltem Optimismus.

Gleich darauf umschloss sie Huf und Stein vorsichtig, aber feste mit den Fingern. Die anderen legten ihre noch viel vorsichtiger darüber. Wenn es doch nur nicht so eng gewesen wäre! Es blieb ja kaum noch Luft zum Atmen, bis Judith schließlich ein Einsehen hatte und etwas widerwillig unter den Bauch ihres geliebten Teilers kroch.

Vor lauter Aufregung gelang es Emily nicht, sich ruhig zu halten. Ihre Arme und Beine zitterten wie Espenlaub. Was würde jetzt gleich passieren? Angsterfüllt starrte sie auf den Händeturm, unter dem der sagenumwobenen Stein mit seiner Arbeit begann. Sie sah, wie ein heller, rostbrauner Glanz zunächst in den Huf des Tieres, dann in die vier Hände floss. Langsam aber stetig breitete er sich in den Körpern der Beteiligten aus. Als er schließlich in ihren Kopf stieg, verlor sie das Bewusstsein…

„Hey, komm wieder zu dir!" Theresa rüttelte an ihren Schultern. „Wir sind da."

Immer noch benommen öffnete Emily die Lider. Der Boden, auf dem sie lag, war von feuchtem Laub bedeckt, was darauf schließen ließ, dass sie sich in einem Wald befand. Hatte sie nicht gerade eben noch auf dem Kamm eines Viertausenders gehockt? Sie musste sich kurz besinnen.

Was waren das hier denn für seltsame Pflanzen? Sie wuchsen in zauberhaft schönen Formen. Ihre Oberflächen strahlten kristallähnlich; derartig hell, dass Emily die Lider gleich wieder senken musste. Ja, hier war alles ganz anders und doch irgendwie vertraut; so vertraut, dass kein Platz für Zweifel blieb: Diese Flora kannte sie – aus Geschichten, Lehrbüchern, Visionen und Träumen.

Neben ihr stand Judith. Sie half der kleinen Schwester auf die Beine, wobei ihr Blick wie gebannt in Emilys Ausschnitt hängenblieb. Ein zufriedenes Lächeln legte sich auf ihre schmalen Lippen.

„Alles wird gut", teilte sie Proges und Theresa erleichtert mit. „Sie hat ihn bekommen!"

Unwillkürlich griff Emily in ihr Dekolletee. Tatsächlich! Da war er ja; der seit langem herbeigesehnte, glatte, kalte, fliederfarbene Stein!

„Wie geht es dir?" erkundigte Theresa sich mitleidig.

„Keine Ahnung." Emily wusste nun wirklich nicht, was sie sonst dazu sagen sollte. „Wie soll ich mich schon fühlen?"

Kurz darauf verstand sie jedoch, warum die Ältere danach gefragt hatte. Sie bekam plötzlich Schmerzen, fürchterliche Schmerzen! Ihr Körper brannte wie Feuer.

„Ah… alles tut so weh", stöhnte sie mit verzerrter Miene, bevor sie von unerträglichen Krämpfen geschüttelt zu Boden sank.

„Bei dir scheint es noch um einiges schlimmer zu sein", flüsterte Theresa erschrocken. „Das ist schon merkwürdig... Ein echter Gammeuser findet es zwar etwas unangenehm, jedoch nicht weiter schlimm, wenn der Stein sich mit seinem Inneren verbindet. Ich vermute fast, dass sich dein Körper mit aller Kraft gegen diesen magischen Prozess wehrt. Lass dein altes Leben einfach hinter dir, dann wird es sicher bald vorbei sein!"

Zum Glück behielt Theresa Recht! Je mehr Emily die Vergangenheit aufgab, desto weiter gingen ihre höllischen Qualen auch wieder zurück. Sie wichen einem bisher unbekannten Gefühl der Stärke, welches all ihre Ängste, jegliche Skepsis verblassen ließ.

Jetzt konnte man nicht länger leugnen, dass sie – was ihr Selbstbewusstsein anbetraf – soeben zu einer Steinträgerin geworden war. Ja, sie war zu Hause: mit Proges, der sich hier Obsidian nannte; Theresa, die ab jetzt Sodalitha hieß und natürlich mit Judith; die in Orcus auf den Namen Blackstone hörte. So war es in dieser Welt nun mal: Jeder trug den Namen seines Steines.

„Darf ich mal sehen", bat Sodalitha, auf das Mineral an Emilys Hals deutend.
„Sicher."

Neugierig trat sie näher, um den changierenden Stein von allen Seiten betrachten zu können. Ein anerkennender Pfiff kam über ihre Lippen. „Das ist ein Ametrin – ein ziemlich edles Teil." Sie hielt ihn ins Sonnenlicht, damit sein Farbenspiel noch besser zur Geltung kam. Es wechselte tatsächlich von Nachtschattenlila zu Gamanderviolett... bis hin zu einem warmen Trollblumengelb. „Nun, da du ihn bekommen hast, darfst du ihn niemals ablegen", erklärte die große Schwester, „du bist jetzt eine von uns. Wir nennen dich ab heute Ametrine."

„Ametrine", flüsterte Emily. Daran würde sie sich wohl erst gewöhnen müssen. Bis jetzt hatte sie noch nicht die geringste Vorstellung davon, wer diese Ametrine wohl sein könnte.

„Du darfst niemandem, den du nicht kennst, sagen wie du heißt", mahnte Blackstone. „Am besten erwähnst du deinen Namen nur, wenn es zwingend notwendig ist."
Die frisch gebackene Gammeuserin verstand nicht recht.

„Bis jetzt weiß niemand, dass du existierst; niemand, bis auf ein paar enge Freunde; und das ist auch gut so."

Emily nickte einsichtig, bevor sie den Blick noch einmal durch die neue Umgebung schweifen ließ.

Wie malerisch die Blätter an den Bäumen hingen. Wie anmutig sie sich in der lauen Brise auf und ab bewegten! Wie lustig das klare Wasser des kleinen Flusses über die Steine plätscherte. Wie süß die Luft auf der Zunge schmeckte… Sie war erfüllt von zartem Summen, von fröhlichem Gezwitscher! Was sich hier zeigte war ganz sicher das Orcus, nach dem sich die Bunten so sehnten…

Stundenlang hätte sie diese bezaubernde Atmosphäre auf sich wirken lassen können, wenn Blackstones Schreie ihr nicht schlagartig bewusst gemacht hätten, wie es um ihre Heimat stand.

„Hi...! Sch…!!!"

Die Stimme ihrer Schwester klang scharf, fast schneidend – genauso wie beim Überlebenstraining. Obwohl Emily nicht so recht wusste, wofür es gut sein sollte, warf sie sich augenblicklich in das kühle, feuchte Gras. Blackstone, Sodalitha und Obsidian folgten ihrem Beispiel…

Kurz darauf zerriss das Zischen feindlicher Pfeile die klare, flirrende Luft.

„Sei nicht verzweifelt, wenn es um das Abschiednehmen geht. Ein Lebewohl ist notwendig, ehe man sich wieder sehen kann. Und ein Wiedersehen, sei es nach Augenblicken, sei es nach Lebenszeiten, ist denen gewiss, die Freunde sind."

Richard Bach

19. Alte Freunde

Blackstone war als erste wieder auf den Beinen. In geduckter Haltung griff sie nach ihrem Bogen, während die Geschosse der Angreifer unbarmherzig über sie hinweg rasten. Sie zog einen Pfeil aus dem Köcher, steckte ihn auf die Sehne, krümmte die Wurfarme und ließ los.
Wütendes Geheul ertönte aus dem Dickicht am anderen Ufer des Flusses.

„Verflixt", flüsterte sie ärgerlich, „ich habe nicht getroffen." Ohne zu zögern legte sie einen weiteren Pfeil auf, zielte etwas genauer und schoss nochmal.

Inzwischen hatten auch Sodalitha und Obsidian den Ernst der Lage erkannt. Die Hand bereits geankert kamen sie Blackstone zu Hilfe.
Nur Emily lag noch am Boden, von wo aus sie den anderen entgeistert zusah. Mit welcher Sicherheit sie ihre Waffen führten! Wie geschmeidig die Sehnen über ihre Zugfinger glitten, so, als ob sie nie etwas anderes getan hätten. Nun gut, Blackstone hatte sie das schon immer zugetraut, nicht aber der Älteren und Obsidian…
Ein erschrockener, dumpfer Fluch riss sie schlagartig aus diesen unangebrachten, nutzlosen Gedanken. Es war Sodalitha, die sich mit qualvoller Miene an ihre Schulter griff. Sie schien verletzt zu sein. Kaltes, glitzerndes Blut lief ihr über den Arm, sodass sich der grob gestrickte Pullover langsam aber sicher verfärbte. Er wurde blau; berglilienblau.
Bei diesem Anblick begriff selbst die jüngste der Schwestern, dass sie nicht einfach nur zusehen konnte; dass die Zeit des Übens nun endgültig vorbei war. Intuitiv – vollkommen selbstverständlich – rappelte sie sich auf. Doch was sollte sie tun? Nun, sie brauchte nicht lange zu überlegen! Ihr Körper nahm ganz ohne eigenes Zutun die richtigen Positionen ein; führte von selbst alle notwendigen Bewegungen aus.
Mit einem entschlossenen Griff zog sie die lange, gezackte Klinge – die störrische für größere Ziele – aus dem Gürtel. Gleichzeitig wurde ihr Gehörsinn schärfer; so scharf, dass sie schon bald in der Lage war, jedes noch so leise Geräusch fehlerfrei zu identifizieren – genau wie früher beim Training.

Jetzt, da es im Gebüsch gegenüber knackte, gab es kein Zurück mehr. Sie musste handeln. Erstaunlicherweise erkannte sie trotz der großen Aufregung auf Anhieb, welche Flugbahn die richtige sein würde. Ihre Muskeln spannten sich. Sie warf. Regungslos und still wartete sie, bis aus der Ferne ein lang gezogenes, gequältes Stöhnen an ihre Ohren drang.

Mit trübem, fiebrigem Blick sank Sodalitha in die Knie, wobei sich zu ihren Füßen eine ständig wachsende Lache bildete. Sie sah so elend aus, dass ihr Großvater völlig außer Kontrolle geriet. Er konnte das Leid seiner Enkeltochter nicht eine Sekunde länger ertragen. In seiner Wut griff er nach dem grau-weiß gesprenkelten Stein, der daraufhin sogleich einen gebündelten, grellen Strahl über das Wasser schickte. Sekunden später stand der gesamte Zielbereich in Flammen. Der feindliche Pfeilregen verebbte.

Emily atmete erleichtert auf. Sie folgte dem Großvater durch den Fluss zur gegnerischen Stellung, während Blackstone Sodalithas Wunde notdürftig mit einem Stoffstreifen verband. Nass bis zu den Knien kletterte sie die gegenüberliegende Uferböschung hinauf. Hier – zwischen Hainspieren und Auenkraut – lagen etwa ein Dutzend Schwarze; einige mit Pfeilen in der Brust, andere bis zur Unkenntlichkeit verkohlt.

Emily schaute sich um. Wo war ihr Messer? Beunruhigt lief sie ein paar Schritte flussabwärts. Irgendwo hier in der Nähe musste es doch sein! Sie hatte Recht.

Schon ein paar Meter weiter blitzte die sägenartige, blutverschmierte Klinge zwischen den Zweigen eines samtblättrigen Bärenstrauches hervor. Man konnte sie gar nicht übersehen! Sie hatte den Kopf eines stattlichen, schwarzhaarigen Mannes auf Anhieb sauber und präzise vom Hals getrennt!

Erschrocken wandte sie den Blick ab. Um Himmels Willen! Sie – Emily – hatte jemanden getötet; kaltblütig ermordet! Sie hatte das hier zu verantworten; sie, oder vielleicht doch eher Ametrine, die Unbekannte in ihr? Egal, das würde die Sache nun auch nicht besser machen. Bei dem Gedanken an ihre Tat wurde ihr so schlecht, dass sie sich übergab.

Danach fühlte sie sich schlapp; vollständig ausgebrannt. Sie wünschte sich verzweifelt, alles rückgängig machen zu können. Wäre sie doch nie auf diesen verrückten Plan eingegangen! Wäre sie doch nie nach Orcus gekommen! Dann wäre dieser Steinträger bestimmt noch am Leben. Ob er wohl eine Frau hatte, oder sogar Kinder? Es war furchtbar, darüber nachzudenken!

Überrascht stellte sie fest, dass Sodalitha neben ihr stand. Sie war zusammen mit Blackstone durch das schnellfließende, kalte Wasser gewatet, um nach der kleinen Schwester zu sehen.

„Herzlich willkommen in Orcus!", sagte sie trocken, ohne auf das verstörte Gesicht ihres Gegenübers einzugehen. Dann musterte sie den Enthaupteten; anschließend die anderen Gefallenen – einen nach dem anderen, ganz ohne einen Funken Mitgefühl.
Wie hart sie geworden ist, dachte Emily. Ich erkenne sie ja gar nicht wieder.
„Ich bin froh, dass du mir geholfen hast", bedankte sich die Ältere tonlos, worauf sie voller Abscheu gegen einen der leblosen Körper trat.

Aus der Nähe betrachtet sah ihre Wunde noch viel schlimmer aus als vorhin. Sie musste Schmerzen haben, große Schmerzen, obwohl sie sich im Augenblick nicht das Geringste anmerken ließ. Stattdessen schaute die Verletzte nachdenklich an den Stämmen der Bäume vorbei; tiefer in den Wald hinein.

„Woher die wohl gewusst haben, dass wir heute an diesen Ort kommen? Irgendjemand muss sie geschickt haben."
„Wahrscheinlich hast du Recht", pflichtete Emily ihr bei.

Sie wusste zwar nicht, wie die Dinge in Orcus liefen, fand ihre Vermutung jedoch ziemlich einleuchtend. Ängstlich suchte sie die Umgebung nach weiteren Gefahren ab. Ob es noch eine Nachhut gab?
Hm. Was war denn das hier? Da hinten bewegte sich doch was. Emily versuchte, sich zu konzentrieren. Vorsichtig schob sie den Ast einer Silberpappel zur Seite, worauf sich zwischen Laub, Rinde und Gestrüpp weit in der Ferne tatsächlich ein paar vereinzelte Gestalten zeigten.

„Hier sind noch mehr!", schrie sie aufgeregt.
Die anderen folgten ihrem Blick, um die vermeintlichen Widersacher ins Visier zu nehmen. Dann prusteten sie alle miteinander laut los.
„Warum lacht ihr denn?" fragte die glorreiche Kundschafterin verständnislos.

Obsidian winkte den Unbekannten, die nun kurzerhand eine große, durchtrainierte Frau im Laufschritt vorausschickten. Am Ort des grausigen Geschehens fiel sie Blackstone freudig um den Hals.
Aus der Nähe betrachtet sah diese Gammeuserin auf eine ganz eigene Art ausgesprochen hübsch aus; ziemlich interessant sogar wie alle Bunten. Ihr sinnlich strahlendes, aurorafar-

benes Mineral lenkte geschickt von der schweren, nicht gerade weiblichen Kriegskleidung ab. Es machte ihre starren Züge weicher; genau wie die unzähligen, bunten Strähnen in ihren wilden Locken.

„Oh Blacky, ich habe dich so vermisst", rief sie gleich. „Wir haben uns ja eine ganze Ewigkeit nicht mehr gesehen!"
„Calcite…" Blackstone drückte die alte Freundin jetzt noch ein wenig fester an sich. „Ich habe dich auch vermisst."

Vorsichtig befreite sich die Fremde aus ihren Armen, um freundlich lächelnd auf Obsidian zuzugehen. „Ihr scheint ja immer noch so rüstig zu sein, wie früher..." Sie reichte ihm die Hand. „Und… ah… Sie drücken auch immer noch genauso fest zu!"

Ein amüsiertes Schmunzeln huschte über ihre Lippen, während sie die betroffenen Finger mit vorgetäuschter Schmerzensmiene ausschüttelte.
Danach begrüßte sie Sodalitha. Sie hatte längst gesehen, was passiert war. Gewissenhaft inspizierte sie die unglückselige Verletzung, wobei sie sinngemäß so etwas wie *Das ist halb so wild* oder *Das wird schon wieder* vor sich hin murmelte.

Zuletzt richtete sie das Wort an die jüngste der drei Schwestern: „Und du bist also die kleine Emily?" Mit neugieriger Miene musterte sie das Mädchen aus der anderen Welt. „Aber nein!", korrigierte sie sich selbst, als sie den durchscheinenden, marmorierten Stein entdeckt hatte. „Wie ich sehe, bist du schon längst zu Ametrine geworden."
Emily staunte. Woher kannte Calcite ihren alten Namen? Ob Blackstone und Sodalitha von ihrem früheren Leben erzählt hatten?

Nach und nach schlossen die übrigen Gammeuser auf.
Sie schienen alle ein wenig älter zu sein als Emily; so auch die beiden durchtrainierten, jungen Männer, deren außergewöhnliche Haarpracht unweigerlich ins Auge fiel. Diese wilden, zu kleinen Kringeln gebogenen Locken besaßen einen seltsamen, wunderschön warmen, arganfarbenen Glanz! Mal abgesehen von den Augen sahen sich die beiden verblüffend ähnlich. Wahrscheinlich waren es Zwillinge.
Den mit der maronenfarbenen Iris fand sie – soweit man das von einem dreckbeschmierten, männlichen Steinträger überhaupt sagen konnte – ganz besonders attraktiv. Er trug Hosen aus Echsenleder; darüber ein weizengold-braun-gestreiftes Hemd. Unterhalb seiner kurz geschnittenen Mähne, am linken Ohr, entdeckte Emily einen kerbelgrünen, spitzen Tierzahn.

Wie bei Blackstone, dachte sie belustigt, wobei sie voller Neugier zu ihrer Schwester hinüber schielte. Ob es wohl einen Grund dafür gab? An der Art, wie diese ihn ansah, erkannte sie, dass sie damit sicher nicht ganz falsch lag.

Die Montur seines Doppelgängers war einigermaßen sauber, dafür aber ganz schön abgewetzt; besonders das schäbige, mehrfach geflickte Oberteil. Es ging ihm fast bis zu den Knien. Er hielt es wohl nicht für nötig, die von der Jagd übriggebliebenen, braunen Federn aus dem Stoff zu zupfen. Die ganze Jacke war voll davon; genau wie sein zerzauster, lässig zusammengebundener Schopf.

Um den Hals trug er, mal abgesehen von seinem Stein, eine lange, aus kleinen, weißen Knochen gefertigte Kette; am linken Ohr einen pflaumengroßen, goldenen Ring. Es fiel Emily schwer, den Farbton seiner Augen zu bestimmen. Vermutlich lag er irgendwo zwischen Blaubeere und Kandis.

Nun, sie wusste nicht so recht, was sie von ihm halten sollte. Er machte schon einen ziemlich schrägen Eindruck, etwa so, wie ein kauziger Waldschrat; oder besser noch, wie der Vogelfänger aus Mozarts Zauberflöte.

Das Mädchen daneben war einen ganzen Kopf kleiner als ihre Begleiter. Ihr zierlicher Körper steckte in einem langen, kanarienfarbenen Kleid, das – zumindest nach Emilys Geschmack – kein bisschen zu ihren blonden, glatten Haaren passen wollte. Zwei fingerkrautartige Blumen hingen, mit den Stängeln voran, in kleinen Tunneln an ihren spitz zulaufenden Ohren.

Sie hatte ein winziges, zerbrechliches Flügeltier bei sich; einen Sonnenboten, der fröhlich zwitschernd auf ihrer Schulter saß, so, als ob es sein natürliches Recht wäre, immer an ihrer Seite zu sein.

Die Tönung ihrer Augen entsprach – wie konnte es auch anders sein – der Farbe ihres Steines. Hm… Irgendetwas schien hier aber nicht zu stimmen!

Während das Mineral um ihren Hals weit über sich hinaus strahlte, brachte die trübe, matte Iris zwischen den halb geschlossenen Lidern nicht den Hauch eines Glanzes hervor. In diesen Augen gab es kein Leben; keine Emotionen! Nahezu bewegungslos lagen sie in ihren Höhlen; eingerahmt von langen, pigmentlosen Wimpern… Ob sie vielleicht blind war?!

Etwas abseits von den Dreien entdeckte Emily eine weitere Steinträgerin, deren Gesicht noch zarter aussah als das der Blonden. Ein rotes Band hielt ihr die zimtbraunen Haare aus dem bleichen, ebenmäßigen Gesicht. Schmale, schön geschwungene Brauen lenkten den Blick geradewegs auf die großen, sumpfgrasfarbenen Augen. Ihre Kleidung glich der von Calcite, wenn sie auch eher in Grillen- bis Koboldgrün gehalten war. Zu ihren Füßen saß ein langohriges, scheues Nagetier – eine Hopfenhäsin – die sich pausenlos umschaute, so, als ob sie immer mit dem Schlimmsten rechnete.

Eine ganze Weile stand die seltsame Gruppe einfach nur da – ganz still, ohne eine Regung, ohne ein Wort, bis Calcite endlich den Anfang machte. „Nun seid doch nicht so stur", sagte sie, redlich darum bemüht das Eis zu brechen. „Wir sind doch immer noch dieselben! Wir sind doch immer noch… Freunde, oder?"

Der Junge mit den langen, struppigen Haaren – der Federfreak – gab sich daraufhin tatsächlich einen Ruck. „Schön, dass ihr gekommen seid!" Mit einem angedeuteten Lächeln reichte er den Heimkehrern die Hand. „Wir hatten wirklich nicht damit gerechnet, euch nochmal wiederzusehen."

„Entschuldigung", murmelte Sodalitha kleinlaut, während sie ihn zögernd in die Arme schloss. „Kannst du es eigentlich immer noch?" Ihre Absicht, diesen peinlichen Auftakt so schnell wie möglich zu beenden war ziemlich offensichtlich.

„Was?"

„Du weißt, schon!"

„Ach, du meinst…" Der Junge breitete die Arme aus, hob und senkte sie, so, als wolle er fliegen. „…das?"

Die älteste der Schwestern nickte.

„Natürlich kann ich das noch! Schau her!"

Gleich darauf wurde er immer kleiner, wobei ihm zu allem Überfluss auch noch ein dichtes, weiß-braunes Federkleid wuchs. Emily dachte zunächst an eine Sinnestäuschung. Es war aber keine! Seine Füße verwandelten sich tatsächlich, ganz wahrhaftig zu Klauen! Anstelle von Mund und Nase bekam er einen gebogenen, spitzen Schnabel! Am Ende schwang er sich nach Art der Falken in die Lüfte, um noch ein paar Kreise durch das wolkenlose Firmament zu ziehen, bevor er lautlos am Horizont verschwand.

„Du bist ja noch geschickter als früher!" rief Sodalitha ihm voller Bewunderung nach.

„Stimmt genau!" erwiderte der andere Arganhaarige zerknirscht. „Was das betrifft wird er jeden Tag besser. Im Kampf ist er jedoch nach wie vor eine Niete." Dabei klang seine Stimme so abfällig, dass der Neid in ihr beim besten Willen nicht zu überhören war; jeder hörte ihn – erst recht die kleine Blonde an seiner Hand.

Sie ließ kurz los, um ihn mit dem Ellenbogen kräftig in die Seite zu stoßen. „Wie redest du denn über Falkenauge", mahnte sie mit heller, leiser Stimme. „Warum erkennst du seine Fortschritte denn nicht einfach mal an?"

„Citrine, du hast dich ja kein bisschen verändert!", rief Blackstone amüsiert zu ihr hinüber. „Du versuchst ja immer noch, zwischen den beiden Streithähnen zu vermitteln!" Mit schnellen Schritten eilte die Schwarzhaarige zu ihr, um den dünnen, zerbrechlichen Körper der alten Freundin behutsam an sich zu drücken.

Dabei glitten die Finger der gelb Gekleideten vorsichtig über das schon so lange vermisste Gesicht. „Du bist ja noch hübscher geworden", sagte sie beeindruckt. „Nur schade, dass du so wenig lachst."

Emily war verblüfft. Für eine Blinde schien Citrine sich ja bestens zurechtzufinden.

Indessen hielt sich Tigerauge wehleidig die Rippen. Er grinste so verlegen vor sich hin, dass die mittlere der Schwestern sich nun endlich traute, ihm einen scheuen, verstohlenen Blick zuzuwerfen. In seiner Nähe schien sie ganz schön nervös zu sein.

„Es ist lange her…", begann der Gescholtene vorsichtig, um sie behutsam auf unangenehme Neuigkeiten vorzubereiten. „Viele Dinge haben sich geändert..."
„Verstehe…"

Blackstone, die sichtlich enttäuscht in sich zusammensackte, schaute argwöhnisch zu Calcite hinüber.

War es wirklich so, wie sie vermutete? Ja… Da gab es leider keinen Zweifel. Das seltsame Flackern in den Augen ihrer Rivalin reichte aus, um zu bestätigen, dass der Kampf, den sie einst gewonnen hatte, inzwischen anders entschieden war; der Kampf, den es schon immer gegeben hatte… von dem sonst niemand wusste… der Kampf um Tigerauges Herz.

Tränen rannen über ihre Wangen. Ohne ein weiteres Wort wandte sie sich ab, um spurlos im Wald zu verschwinden. Sie musste allein sein; sofort.

„Willkommen in der Heimat, Emily."
Erschrocken zuckte die Angesprochene zusammen. Citrine stand neben ihr. Freundschaftlich strich sie ihr über den Arm.
„Oder sollte ich lieber Ametrine sagen?
„Woher wisst ihr denn alle, wie ich heiße?" fragte das Mädchen verstört. „Haben Judith und Theresa… äh …Blackstone und Sodalitha etwa von mir erzählt?"
Sein Gegenüber lächelte sanft. „Nein. Sie wissen es von mir."

„Und du? Woher weißt du es?" hakte Emily nach.

Die beiden setzten sich zusammen ins Gras.

„Ich habe ausgeprägte Visionen", erklärte Citrine freimütig.

„Du kannst die Zukunft voraussagen?"

Sie nickte.

„Ich habe alles gesehen: deine Ausbildung, deine Streitereien mit Blackstone, dein Talent im Laufen, deine Gabe im Messerwerfen, deine Reise hierher, deinen Stein und auch den Kampf."

„Warum seid ihr uns denn nicht zu Hilfe gekommen?", fragte Emily aufgebracht. „Warum habt ihr einfach zugelassen, dass Sodalitha verletzt wurde?"

„Man kann sein Schicksal nicht ändern", behauptete Citrine. „Es entscheidet ohne uns, auf welche Weise wir den anderen Wesen begegnen."

Verunsichert senkte die Kleine neben ihr den Blick. Diese Vorstellung behagte ihr nicht. Sie hätte jetzt wirklich gerne widersprochen, wenn ihr nur irgendetwas Vernünftiges dazu eingefallen wäre. „Kannst du mir die Zukunft voraussagen?", fragte sie stattdessen.

„Ich kann schon."

„Aber?"

„Ich will nicht."

Emilys Herz begann schneller zu schlagen. „Steht es denn so schlimm um mich?"

„Einmal habe ich mich dazu hinreißen lassen… bei… einer guten Freundin", bekam sie traurig zur Antwort. „Das war ein großer Fehler."

„Warum denn? Hatte sie denn so ein fürchterliches Los?"

„Die Zukunft ist nicht immer schön… und schon gar nicht gerecht", erwiderte die Gefragte. „Sie ist launisch. Dem einen schenkt sie die Sterne des Himmels, dem anderen nichts als Ärger; unabhängig davon, ob man gut oder schlecht ist."

Emily nickte einsichtig. Sie mochte Citrine – trotz ihrer merkwürdigen Reden. Sie spürte, dass sie in ihr eine Freundin gefunden hatte; jemanden, den sie alles fragen konnte.

Kurze Zeit später war sie dann auch schon um einiges schlauer: Die beiden Jungen, die Zwillinge, hießen Falken- und Tigerauge. Sie hatten eine jüngere, vor vielen Jahren erblindete Schwester – Citrine.

Falkenauge konnte – wie sie bereits miterlebt hatte – sein Aussehen verändern, was irgendwie mit seinem Stein zusammenhing. Angeblich war es so, dass jedes Mineral, welches ein Tier im Namen trug, seinem Träger die Fähigkeit verlieh, zwischen den Körpern zu wechseln.

So war es auch Tigerauge möglich – zumindest theoretisch – die Form einer Raubkatze annehmen. Da er es jedoch so gut wie nie fertigbrachte, die Metamorphose zu beenden, lief er zum Gespött der anderen des Öfteren als Chimäre durch die Gegend. Bis jetzt war es ihm nur ein einziges Mal gelungen, sich vollständig zu verwandeln.

Calcite – die bunt Gescheckte – war seine Gefährtin, seit Blackstone Orcus verlassen hatte. Schon klar, dass er sich eine Neue zulegen musste; aber doch nicht ausgerechnet eine aus dem engsten Freundeskreis! Emily dachte kurz an ihre Schwester. Kein Wunder, dass sie vorhin in Tränen aufgelöst davongelaufen war!

Das braunhaarige Mädchen mit der scheuen Hopfenhäsin hieß Nephrita. Sie liebte es, gegen Tigerauge zu fechten – rein zum Spaß natürlich. Der hatte nämlich – mal abgesehen von seinen mäßigen Verwandlungskünsten – eine besondere Gabe im Schwertkampf, welche Nephrita aus unerklärlichen Gründen reizte.

„Seht, er kommt zurück!", rief Sodalitha plötzlich.

Aufgeregt deutete sie zum Himmel, wo sich – weit in der Ferne – ein kleiner schwarzer Punkt zeigte. Schon bald konnte jeder der Anwesenden die Silhouette eines Greifvogels erkennen. Das stattliche Tier näherte sich mit ungeahnter Geschwindigkeit; einen grauen, toten Hasen zwischen den Krallen. Geschickt landete er im weichen Gras.

„Du bist wirklich der Beste!" lobte ihn die älteste der Schwestern begeistert. Im Gegensatz zu Emily, die sich angewidert wegdrehte, als sie die blutbefleckte Beute sah, empfing sie ihn mit einem freudestrahlenden, anerkennenden Lächeln.

„Heute ist kein Jagdtag", brummte Tigerauge vorwurfsvoll, wobei er missbilligend mit dem Kopf schüttelte. Er fand es nicht richtig, dass sein Bruder die alten Regeln überging, nur um der Damenwelt zu gefallen.

Mit einem heiseren Krächzen kehrte der Falke in den Körper seines Steinträgers zurück; in den eines kräftigen, braunhaarigen Jungen – übersät mit fingerlangen, glänzenden Federn. Nun wusste Emily auch, dass sie nicht das Geringste mit der Jagd zu tun hatten. Sie waren wohl eher eine Begleiterscheinung seiner Metamorphosen.

„Was sind denn das für Leichen?" fragte der Vogeljunge vorwurfsvoll. Er hatte sie mithilfe seiner scharfen Augen bereits während des Fluges entdeckt.

„Nun, ich würde mal sagen… wir wurden gebührend empfangen", erwiderte Sodalitha spitz. Sie zeigte ihm ihre Verletzung. „…mit einem Regen aus Pfeilen."

„Ihr wurdet angegriffen?" Nephrita riss die Brauen nach oben.

„Ja. Doch sind wir – wie du siehst – ganz gut mit ihnen fertig geworden."

„Ist ja schön, dass sie jetzt mausetot sind", knurrte Tigerauge daraufhin. „Nun werden wir nie erfahren, wer sie beauftragt hat."

Er schien verärgert zu sein, weshalb sich hinter seinen Lippen bereits kräftige, scharfe Raubtierzähne zeigten.

Emily wich instinktiv zurück. Das ist jetzt aber wirklich mehr als genug, dachte sie entsetzt. Hoffentlich verwandelt er sich nicht noch mehr!

„Wir hatten keine Wahl", erwiderte Obsidian anstelle von Sodalitha. „So können sie uns wenigstens nicht mehr schaden!"

„Wenn sie noch am Leben wären, würde ich die Namen ihrer Auftraggeber aus ihnen heraus foltern!" Ohne mit der Wimper zu zucken fuhr der Junge nun auch dem Alten über den Mund.

Emily schauderte. Sein abgebrühter, kalter Blick ging ihr tief unter die Haut. Mit Grauen stellte sie fest, dass auf seinen Wangen jetzt auch noch dichtes, braun-schwarz-gestreiftes Tigerfell wuchs.

Obsidian klatschte lässig in die Hände. Er hatte gerade beschlossen, die Gunst des Augenblicks zu nutzen, um diesen vorlauten, jungendlichen Besserwisser zum Schweigen zu bringen.

„Sehr schön", lobte er voller Ironie. „Geht es vielleicht noch weiter?"

So bei der Ehre gepackt verzerrte der Junge sein Gesicht. Er zitterte vor Anstrengung. Er nahm all seine Kraft zusammen, bis es ihm schließlich gelang, seine Hände in riesige, krallenbesetzte Pfoten zu verwandeln. Dann passierte nichts mehr – egal, wie sehr er sich darum bemühte!

„Das dachte ich mir schon", stellte Obsidian mit Genugtuung fest. Sein Plan war aufgegangen. Er hatte Tigerauge vor den Augen aller dazu gebracht, sich mal wieder zum Narren zu machen. „Wir sollten jetzt lieber einen besseren Platz zum Plaudern suchen", fuhr er grinsend fort. „Hier ist es viel zu gefährlich."

„Ach was!" Der Junge versuchte krampfhaft, trotz allem das letzte Wort zu behalten. „Wie kommen Sie denn darauf?"

Calcite klopfte ihm beschwichtigend auf die Schulter. Es war ihr unangenehm, dass er so ausdauernd mit dem greisen Mann herumstritt. „Unser Lager ist nicht weit von hier", sagte sie schnell. „Dort wird man uns bestimmt nicht finden."

„Also los", drängelte Sodalitha. „Vielleicht gibt es dort ja auch ein Mittel gegen diese höllischen Schmerzen."

„Wenn du willst, kann ich dir jetzt schon was geben." Calcite zog ein kleines, abgedunkeltes Fläschchen aus der Hosentasche, dessen Inhalt sie sorgsam auf die immer noch offene Wunde träufelte.

Die Verletzte sah lieber gar nicht erst hin. Sie wusste noch, dass sich der Schmerz erst verstärkte, ehe er schließlich verschwand und die Wunde verheilte. „Vielen Dank", sagte sie, als nur noch ein dünner, roter Strich zu sehen war. „Ich hatte ganz vergessen, wie schnell das hier geht."

„Wird Blackstone uns finden?" fragte Falkenauge besorgt, worauf Citrine sich für einen kurzen Moment in Trance versetzte.

„Ja", nickte sie dann, „wir können ruhig ohne sie aufbrechen."

Auf ihr Wort hin nahm Tigerauge Calcite bei der Hand, um gemeinsam mit ihr voranzugehen. So ein skrupelloser Gockel, dachte Emily voller Verachtung. Das hatte ihre Schwester nun wirklich nicht verdient!

Behandle deinen Freund so, als wenn er eines Tages dein Feind werden könnte.

Laberius, Decimus

20. Das Lager

Das Lager befand sich mitten im Wald. Von außen erinnerte es Emily gleich an die von ihrem Großvater so ausführlich beschriebene Kinderfestung.

Falkenauge klopfte einmal laut, dann dreimal leise an das Holz des mächtigen Eingangstores, worauf sich hinter der kleinen Öffnung in den dicken Balken neugierige, spirulinafarbig leuchtende Augen zeigten.

„Passwort?"

„Mensch, Amazonit, du weißt doch, dass wir es sind!" empörte sich der Vogeljunge, während er ein wenig ungeduldig am Schloss des Tores rüttelte. „Jetzt mach schon auf." Er stöhnte.

„Es ist jedes Mal dasselbe! Und so einen willst du wirklich zum Freund haben, Schwesterchen?!"

Citrine lachte.

Dann wurden sie auch ohne Code hineingelassen.

Emily staunte nicht schlecht, als sie die riesige, fast quadratische Grundfläche ihrer künftigen Bleibe vor sich sah. Solche Ausmaße hatte sie nicht vermutet.

Endlos lange, nahezu unüberwindbare Mauern ließen an den Eckpunkten gigantisch hohe Wachtürme in den Himmel ragen. Von dort oben aus – da war sie sich sicher – konnte man genau sehen, was in der näheren Umgebung vor sich ging. Sie grinste innerlich. Dieses Bauwerk ähnelte bei näherer Betrachtung tatsächlich einem Westernfort aus den guten alten Winnetou Filmen. Neugierig schaute sie sich um.

Direkt vor ihr am Boden wimmelte es von Gammeusern; von schwer bewaffneten, grimmig dreinschauenden Steinträgern. Ein beklemmendes Gefühl überkam sie. Allem Anschein nach befand sie sich inmitten routinierter Krieger; inmitten gnadenloser, unbarmherziger Mörder. Wie viele Seelen jeder einzelne von ihnen bereits auf dem Gewissen hatte? Wie viele Leben diese bleichen Kampfmaschinen in Zukunft wohl noch auslöschen würden...?

Hör gefälligst auf so zu denken, schalt Ametrine in ihr, *du bist ja selber eine von ihnen. Du kannst es nicht länger leugnen... Du bist ja selber eine von ihnen... Du bist ja...* Emily versuchte mit aller Kraft, diese eindringliche, immer wiederkehrende Stimme auszublenden;

sich von ihrer neuen Identität zu befreien. Es war hoffnungslos. Ametrine war inzwischen zu einem festen, nicht wegzudenkenden Teil ihrer Persönlichkeit geworden.

Als sie sich wieder beruhigt hatte, stellte sie fest, dass es hier – anders als in Libertuta – nur grobe, einfach zusammengebaute Zelte gab; gefertigt aus allen möglichen Tierhäuten. Steinhäuser waren nirgends zu sehen. Das ist kein Ort für die Ewigkeit, dachte sie mit Unbehagen, während sie einige der schmucklosen Behausungen in Augenschein nahm.

Den ordentlich zurückgelassenen Schlafstätten nach wohnten hier jeweils zwei bis drei Personen – wenn man angesichts der Strohmatten und Wolldecken überhaupt von wohnen sprechen konnte! Emily schluckte. Diese Betten entsprachen nicht ansatzweise ihren Erwartungen, obwohl sie sicher alle Male gemütlicher waren als der sonnengetrocknete, harte Lehmboden darunter.

Wo bin ich hier nur hingeraten? fragte sie sich beklommen. Das halte ich ja keine drei Tage aus! Zum Glück durfte sie sich eines dieser spartanischen Gemächer mit Citrine teilen, weshalb sie am Abend dann doch ohne ein Wort der Klage völlig erschöpft und dankbar auf ihre armselige, kratzende Unterlage sank.

Mitten in der Nacht, als Emily längst schlief, klopfte es erneut ans Tor.

Amazonit seufzte. Er hatte schon den ganzen Tag hier neben dem Eingang gehockt. Immer wieder war er aufgestanden, um jemanden hinein- oder hinaus zu lassen. Zum Teufel mit diesem langen, kräftezehrenden Wachdienst! Mühsam erhob er sich, um seiner langweiligen, gottverdammten Pflicht nachzukommen.

Im Sternenschein sah er ein Mädchen mit langem, rabenschwarzem Haar; ungefähr so alt wie er selbst.

„Passwort?"

„Keine Ahnung." Ihre Stimme klang ziemlich genervt; fast schon ein wenig aggressiv. „Ich weiß nicht, wie das beschissene Passwort lautet. Ich war ja noch nie hier."

Amazonit lächelte. So wie sie fluchte, konnte es sich nur um die kleine, kratzbürstige Ausreißerin handeln, von der er schon gehört hatte. „Wie ist dein Name?"

Die Schwarzhaarige stöhnte. „Na schön, wenn du darauf bestehst! Blackstone. Der Rest meiner Familie ist bestimmt schon da. Ich bin ihren Spuren gefolgt."

Amazonit nickte. Mit einem verschmitzten Lächeln auf den Lippen ließ er sie passieren.

Als Emily am nächsten Morgen wach wurde, waren die anderen schon längst auf den Beinen. Von Citrine erfuhr sie, dass dieses Gerenne, das Rufen und Lärmen vor ihrem Zelt mit den Vorbereitungen auf eine großangelegte, offizielle Jagd zusammen hing. Saphire hatte wohl endlich eingesehen, dass ihre Leute dringend Energie brauchten, um weiter kämpfen zu können.

Immer noch schlaftrunken quälte Emily sich aus dem unbequemen, ewig raschelnden Bett. Sie faltete ihre warmen Decken so, wie alle es hier taten und machte sich notdürftig zurecht. Mit ihrer Erscheinung nicht im Mindesten zufrieden verließ sie das Zelt, um dem emsigen Treiben dort draußen zuzusehen.

Schon von Weitem erkannte sie Falkenauge, der gerade mal wieder dabei war, sich in einen Vogel zu verwandeln. Sie sah, wie er sich wenig später behände – ohne jede Anstrengung – in die Lüfte schwang. Es schien ihm einen Heidenspaß zu machen, durch die Wolken zu gleiten; den Wind in seinen Federn zu spüren. Ja, der Falke war ganz sicher – wie er auch selbst immer zu sagen pflegte – sein über alles geliebtes zweites Ich. Kein Wunder, dass er nicht verstehen konnte, warum seinem Bruder das Wechseln so schwer fiel.

„Hey, Tigerauge!"

Als der Junge sich umdrehte sah er, dass es Amazonit, einer seiner besten Freunde war.

„Wir müssen jetzt los. Was macht die Metamorphose?"

Verbissen versuchte der schöne Braungelockte, die Gestalt seines Tieres anzunehmen, was ihm jedoch auch heute nicht so recht gelingen wollte. Nachdem sein Kopf bis zum Hals mit Fell bedeckt war, ging es einfach nicht mehr weiter. Ärgerlich stampfte er auf den Boden. Jedes Mal der gleiche Mist, dachte er deprimiert. Warum kann ich mich nicht besser konzentrieren? Er hasste sich selbst dafür. „Sieht nicht gut aus", gab er missmutig zur Antwort.

„Mach dir nichts draus!" Amazonit versuchte, ihm neuen Mut zuzusprechen. „Es wird schon klappen, wenn du erst mal die Fährte eines Kalmusrehs aufgenommen hast. Damals ist es dir ja schließlich auch gelungen!"

Hm..., daran musste Tigerauge nun wirklich nicht erinnert werden. Er sah die Situation immer noch klar und deutlich vor sich; viel klarer als ihm lieb war: Nachdem er das Tier gerochen hatte, waren seine animalischen Instinkte mit ihm durchgegangen. Dann hatte er sich – warum auch immer – zum ersten Mal komplett verwandelt. Er hatte die Kontrolle verloren; hatte sämtliche Jagdgesetze missachtet. Am Ende war er ohne Beute, dafür aber von oben bis unten mit Blut beschmiert ins Lager zurückgekehrt.

Nur gut, dass Amazonit diesen Vorfall für sich behalten hatte. Nur gut, dass sein Freund ihm geschworen hatte, nie jemandem zu erzählen, in wie vielen Punkten er gegen den ethischen Code der Gestaltenwechsler verstoßen hatte.

Der nimmermüde, wendige Greifvogel schrie, bevor er in rasantem Gleitflug von seiner Jagd zurückkehrte. Bereits zum fünften Mal für diesen Tag schleppte er einen grauen, wohlschmeckenden Hopfenhasen an, den er – über dem Lager angekommen – einfach fallen ließ. Was dann mit dem toten Tier geschah, war ihm egal; es interessierte ihn nie. Falkenauge überließ das Häuten und Ausnehmen grundsätzlich anderen; Steinträgern, die nicht an der Jagd beteiligt waren.

Obwohl er seine Pflicht längst erfüllt hatte, beschloss er, noch etwas in der Luft zu bleiben, um die Gabe des Wechselns zu trainieren. Mit kraftvollem Flügelschlag entfernte er sich wieder, bis er für seine Gefährten nicht mehr zu sehen war. Wenn er etwas ganz Besonderes vorhatte – so wie heute – wollte er doch lieber unbeobachtet sein.

Bis jetzt wusste schließlich niemand, dass er sich auch während des Flugs in einen Steinträger verwandeln konnte. Sobald die Federn von seinen Armen abfielen konnte er sich zum Spaß in die Tiefe stürzen, um kurz vor dem Aufprall im Körper des Falken wieder nach oben zu steigen. Das war selbst für ihn eine beachtliche Leistung, weshalb er beschlossen hatte, nicht weiter darüber zu sprechen. Schließlich war jemand wie er, jemand mit so außergewöhnlichen Fähigkeiten, in Orcus zurzeit besonders gefährdet.

Emily hockte am Feuer, wo einige der Daheimgebliebenen damit begonnen hatten, die gehäuteten Tiere über den Flammen zu garen. Schwarze, beißende Rauchschwaden sorgten für unwiderstehlichen Hustenreiz. Direkt neben ihr saß Citrine. Sie starrte angestrengt in die rotgoldene Glut, so, als könne sie Bilder darin erkennen.

„Kannst du das Feuer sehen?" fragte Emily vorsichtig.
„Nein, aber ich kann sein Knistern hören. Das beruhigt mich."
„Aha."

Emily biss etwas widerwillig in ihre Keule. Bei Patrick und Tamara hatte sie nie gewusst, von welchem Tier das Fleisch stammte. Das war hier leider anders. Die Tatsache, dass der Hase auch jetzt noch deutlich zu erkennen war, machte es ihr nicht gerade leichter, ihn zu verspeisen.

„Du bist neu hier, oder?"

Emily zuckte instinktiv zusammen. Hinter ihr stand ein hochgewachsener, junger Mann mit halblangen, pechschwarzen Haaren. Sie hatte ihn im Geprassel des Feuers gar nicht kommen hören. Seine freundlichen, moschusgrünen Augen leuchteten katzenartig durch die rußgeschwängerte Luft. Sie schauten so sanft, schon fast zärtlich auf sie herab, dass sie sich gar nicht abwenden konnte.

Wow. Ihr wurde ganz schwindelig. Noch nie hatte sie jemanden – erst recht keinen Steinträger – gleich auf Anhieb so anziehend gefunden. Etwas verlegen antwortete sie: „J... a."

Der Junge setzte sich zu ihr. „Ich heiße Alexandrit", fuhr er mit angenehmer, rauer Stimme fort, worauf Emily ein wenig dümmlich grinsend antwortete:

„Nennen deine Freunde dich womöglich Alex?" Etwas Besseres war ihr auf die Schnelle nun mal nicht eingefallen.

„Warum?" Er verstand nicht recht, was sie meinte.

„Das wäre dann", kicherte sie leider viel zu albern, „endlich mal ein Name, den ich schon kenne!"

Alexandrit schaute sie verwirrt an.

Ob er ihre Aufregung bemerkt hatte? Sicher war es besser, wenn sie fürs Erste den Mund hielt; zumindest so lange, bis sie sich wieder im Griff hatte. „Ich bin Ametrine", bekannte sie dann. „Ich bin erst seit gestern hier."

„Wenn du willst, führe ich dich ein bisschen herum!" bot der schöne Schwarzhaarige an. „Ich kenne mich hier aus."

Sein Vorschlag klang so verlockend, dass die Kleine neben ihm nicht lange darüber nachdenken musste. Warum eigentlich nicht? „Ja, das wäre sehr nett. Danke."

Bevor sie sich erhob, tippte sie ihrer Freundin behutsam auf die Schulter.

„Möchtest du vielleicht mitkommen?"

„Nein danke", erwiderte Citrine, den leeren Blick stur nach vorne gerichtet. „Ich warte lieber auf Amazonit."

„Wie du meinst!"

Emily kannte sie noch nicht lange genug, um den Ton ihrer Stimme richtig deuten zu können. Unbekümmert folgte sie dem fremden Jungen ohne den sorgenvollen Ausdruck im Gesicht der Blinden zu bemerken.

„Mist!" Amazonit zog sich laut fluchend einen Dorn aus der Hand. „Seit drei Stunden sind wir nun schon unterwegs und haben immer noch nichts erlegt."

Er wirkte ziemlich frustriert. Es ärgerte ihn, dass die unangenehme, kühle Feuchtigkeit der Blätter und Sträucher jetzt langsam aber sicher durch seine arablauen Kleider drang.

Tigerauge war direkt hinter ihm. Er hatte sich tatsächlich als Chimäre auf den Weg gemacht, um wenigstens beim Aufspüren der Beute von seiner Gabe zu profitieren. Irgendwo ganz in der Nähe musste es doch Steinkrautochsen oder Kalmusrehe geben! Prüfend sog er die Luft ein. Da war doch was! Er hielt kurz inne.

Unwillkürlich spannten sich alle Muskeln seines Körpers. Der Wunsch ein anderes Wesen zu sein – eines, das dem Wild besser folgen konnte – wurde übermächtig; so stark, dass ihm in Sekundenschnelle weiches, gestreiftes Fell über den Körper wuchs. Er bekam einen Schwanz, messerscharfe Zähne; am Ende sogar fingerlange, spitze Krallen. Mühelos wechselte er in ein vollständig ausgebildetes Raubtier; in einen Tiger, der unverzüglich, ohne jede Rücksicht auf seinen Begleiter, im Dickicht verschwand.

Amazonit folgte seinen Spuren. Er jubelte innerlich. Vielleicht würden sie heute ja mal was Vernünftiges zu essen bekommen. Schon bei dem Gedanken an Hase oder Fisch rebellierte sein empfindlicher Magen. Es hatte ja schließlich seit Wochen nichts anderes mehr gegeben! Wellenspringer, Tangbarbe, Hopfenhase und Gamkanin hingen ihm nun wirklich zum Hals heraus; genau wie die glitschigen, geschmacklosen Schlickmuscheln, an die er sich lieber gar nicht erst erinnern wollte.

In Erwartung einer kulinarischen Abwechslung zog er weiter durch den Wald, bis er den Vorangepreschten endlich eingeholt hatte. Sein Freund schien – soweit er es aus der Ferne beurteilen konnte – ganz schön außer Atem zu sein.

Als Amazonit näher kam, erschrak er. Das gestreifte Fell der Raubkatze, die Krallen und Zähne waren voller Blut; genau wie beim letzten Mal. Tigerauge hatte es mal wieder nicht geschafft, seine Triebe zu zügeln; er hatte sie mal wieder nicht in sinnvolle Bahnen lenken können. Zu seiner eigenen Sicherheit wartete er, bis der erbarmungslose Jäger in seinen Steinträgerkörper zurückgekehrt war.

Dann fragte er argwöhnisch: „Was hast du denn heute erlegt?"
Sein Freund gab keine Antwort. Stattdessen spuckte er Blut; jede Menge dunkles, pfauenblaues Tierblut. Ihm war ganz schön übel. Wahrscheinlich bekam das, was er soeben verschluckt hatte nur dem Tiger in ihm, nicht aber dem Steinträger. „Wie bitte? Was wolltest du noch mal wissen?" erkundigte er sich jetzt.

„Zeig' mir sofort, was du erlegt hast!"

Tigerauge starrte betreten zu Boden. „Ich wollte es nicht, ehrlich", stammelte er kleinlaut, „aber ich..." Flammende Röte stieg ihm ins Gesicht.

Ohne ein weiteres Wort führte er Amazonit zu seiner Beute, die ein Bild des Grauens bot. Er hatte – genau wie damals – ein richtiges Blutbad angerichtet. Im hohen Gras lag der halb zerfleischte Kadaver einer trächtigen Ricke. Lange Striemen bedeckten ihren ganzen Leib.

„Oh mein Gott!" rief sein Begleiter entsetzt. „Sie hätte bald ihr Junges bekommen!"

Es war beiden klar, dass Tigerauge hier gerade gegen eines der wichtigsten Jagdgesetze verstoßen hatte.

„Ich weiß nicht, wie das passieren konnte", murmelte er zerknirscht.

Verzweifelt versuchte er, die blutverkrusteten Finger an seiner Hose abzuwischen. Er würde in Teufels Küche kommen, wenn er nicht bald lernte, mit seiner Kraft richtig umzugehen. Verdammt! Warum hatte nur er diese Probleme! Sein Blick wurde wild; seine Augen flackerten. Für einen kurzen Augenblick befürchtete Amazonit, dass sein Freund aus lauter Wut und Scham gleich noch einmal wechseln würde, was er glücklicherweise jedoch nicht tat.

Stattdessen füllten sich seine großen, maronenfarbenen Augen mit Tränen. „Ich bin ein Monster, richtig?!"

Amazonit überlegte einen Moment, dann sagte er schleppend: „Also... eines weiß ich bestimmt: Ich nehme dich nie mehr mit auf die Jagd." Schweigend lud er den Kadaver über seine Schulter.

„Warum begraben wir ihn nicht einfach hier?", fragte Tigerauge vorsichtig. Das wäre ihm deutlich lieber gewesen.

„Dann wären gleich zwei Tiere umsonst gestorben", entgegnete sein Freund trocken. Er hatte nicht die Absicht, ihn ein zweites Mal zu decken. Unbeirrt schritt er mit der schweren Last voran.

„Das hier ist die Vorratskammer", erklärte Alexandrit gut gelaunt, während er Emily in einen großen unterirdischen Raum führte. Die Luft war kühl. An den Wänden standen unendlich viele Kisten mit Möhren, Graukartoffeln und Fisch in ellenlangen, grob gebauten Regalen.

„Hier hält sogar Tangbarbe, unsere Hauptnahrung, wenn die Kraft der Steine nachlässt.", verkündete er stolz.

Emily musste sich schütteln. Sie war beileibe kein großer Fan von Fluss- und Meeresfrüchten. Die Vorstellung, sich im Notfall von so was ernähren zu müssen, erfüllte sie mit abgrundtiefem Ekel. „Werden die denn wenigstens gebraten?"

Alexandrit lachte. „Das kommt drauf an! Wenn es nicht möglich ist, ein Feuer zu machen, essen wir sie auch roh."

Um Himmels Willen! Emily hatte alle Mühe ihren Würgreiz zu unterdrücken. Sie wusste wirklich nicht, wie sie es jemals fertigbringen sollte, diese schlüpfrigen, tranigen Tiere ungegart zu essen.

Ihr Begleiter grinste. „Man merkt, dass du aus einer anderen Welt kommst", sagte er amüsiert, worauf Emily sichtlich irritiert zu ihm hinübersah.

„Du weißt davon?"

„Natürlich. Bei uns spricht sich alles schnell herum. Abgesehen davon erkennt man es auch an den Fragen, die du stellst."

Citrine spürte die Nähe ihres Freundes, weshalb sie sich langsam von den hell lodernden, warmen Flammen des Feuers abwandte. Natürlich wusste sie längst, was kurz zuvor im Wald geschehen war. Amazonit setzt sich zu ihr.

„Nimm es nicht so schwer", beruhigte sie ihn leise, wobei sie vorsichtig nach seiner Hand tastete. „Er wird es schon noch lernen."

„Wenn du meinst." Amazonit glaubte ihr. Doch was würde passieren, bis es soweit war? Was würde passieren, wenn Tigerauge plötzlich einen Gammeuser anfiel?

Citrine legte ihren Kopf an seine Schulter. „Tigerauge ist dein Freund", erinnerte sie ihn leise, „und einen wahren Freund gibt man nicht auf, auch nicht in schlechten Zeiten."

„Du hast Recht", stimmte der immer noch Aufgewühlte etwas widerwillig zu. Er fand es nicht gerade leicht, jemandem zu helfen, der nichts als Ärger machte. Seufzend nahm er seine Freundin in den Arm, um an ihrer Seite für eine Weile in trüben Zukunftsgedanken zu versinken.

„… und das hier ist die Koppel." Alexandrit deutete auf eine große, saftig grüne Wiese zu seiner Rechten. „Hier weiden die Pferde; unter anderem auch Nachtwind."

„Ohne die geht hier ja gar nichts", warf Emily möglichst beiläufig ein. Sie wollte ihrem Führer beweisen, dass selbst jemand wie sie das eine oder andere von Orcus wusste. Nicht umsonst hatte sie während ihrer Ausbildung so viel über die Lebensumstände der Gammeuser gelernt!

„Stimmt genau", bestätigte Alexandrit etwas verwirrt. „Sie sind lebensnotwendig."

Ein stattlicher, schneeweißer Hengst löste sich aus der Herde, um mit schnellen, eleganten Schritten auf die beiden zuzutraben. Seine Iris war auffallend blau; viburnumbeerblau. So was hatte Emily bei Tieren bisher noch nicht gesehen.

„Elbano!"

Der Schimmel kommentierte Alexandrits Begrüßung mit einem freundlichen Nicken, bevor er sich an Emily richtete, die den Mund nicht mehr zu bekam, als er zu sprechen begann: „Und du bist also die Neue?!" Neugierig betrachtete er das Mädchen von oben bis unten. „Ich hab' schon viel von dir gehört."

Die Angesprochene stand regungslos da, während das seltsame Geschöpf in lang gestrecktem Galopp zu den anderen zurückkehrte. „Er kann sprechen?"

Der Junge ihr gegenüber verzog spöttisch die Mundwinkel. „Ach! Und ich dachte schon, ich hätte es mit einer Expertin zu tun!" Dann wurde er wieder sachlich. „Er ist ein Steinteiler. Das sieht man doch, oder?"

Emily stutze einen Moment lang. „Seine Augen sind aus Edelstein?!"

„Sehr richtig!" Ihr Begleiter lobte sie so, wie man jemanden lobt, der nach hundertfacher Erklärung endlich verstanden hat, worum es geht.

„Bisher hat mir noch niemand gesagt, dass Steinteiler sprechen können", murmelte Emily zu ihrer Entschuldigung.

Sie kam sich ziemlich dämlich vor. Krampfhaft versuchte sie, sich daran zu erinnern, ob Nachtwind jemals gesprochen hatte. Nein, sie war immer stumm gewesen. Die Stute hatte sich ausschließlich telepathisch mit Judith verständigt; da war sie sich sicher.

„Nun, sie können alle reden", erklärte Alexandrit gelangweilt, „doch haben sie nur selten das Bedürfnis, es zu tun. Sie reden nur, wenn es gar nicht anders geht."

„Aha!"

Emily glaubte trotzdem nicht, dass Nachtwind damals im Stall einfach nur faul gewesen war. Viel eher glaubte sie, dass Judith ihr das Sprechen verboten hatte, damit niemand sonst von dieser Sache erfuhr. Wenn jemand aus der alten Welt davon gewusst hätte, wäre sie womöglich noch in einem Zoo oder auf dem Jahrmarkt gelandet.

„Warum hat Elbano denn gleich zwei Steine; und die auch noch in den Augenhöhlen?", fragte sie plötzlich. Bei dem Gedanken an Judiths Liebling war ihr wieder eingefallen, dass Nachtwind den Gabbro am Huf trug, was sie auch wesentlich sinnvoller fand.

„Allein der Steinträger entscheidet, wie viele Teile sein Tier bekommt", erklärte Alexandrit brummig. „Er bestimmt auch wo sie eingesetzt werden." Emilys Unwissenheit ging ihm langsam aber sicher auf die Nerven. „Die Stelle spielt dabei keine Rolle; solange der Teiler das, was er bekommt, nur immer bei sich trägt. Bei Elbano liegt die Sache jedoch etwas anders:

Apatita, ein junges Mädchen hier aus dem Lager, fand ihn eines Tages völlig orientierungslos im Wald. Raubtiere hatten ihn durch dichtes Dornengestrüpp gejagt, bis seine Augen gänzlich zerstochen waren. Er konnte nichts mehr sehen. Sie litt so sehr mit ihm, dass sie ihn kurzerhand fragte, ob er sich mit ihr verbinden wolle. Mit Hilfe der Steine konnte sie ihm sein Augenlicht zurückgeben."

„Das war aber sehr nett von ihr", bemerkte Emily leise.

Alexandrit schüttelte den Kopf. „Nein. Es war voreilig und dumm. Sie kannte ihn ja gar nicht. Wie sich schnell herausstellte, passen die beiden gar nicht zueinander. Sie können sich im Grunde nicht mal ausstehen. Trotzdem werden sie nun bis zu ihrem Lebensende aneinander gebunden sein."

„Oh", machte Emily verwundert. Die Dinge schienen doch um einiges komplizierter zu sein, als sie gedacht hatte.

Da es sicher besser war, nicht weiter über Apatita und Elbano zu reden, folgte sie Alexandrit wortlos zum Ausgangspunkt ihres Rundgangs. Als sie die Feuerstelle erreicht hatten, brach sie das Schweigen. Es gab da doch noch etwas, das sie unbedingt wissen wollte, bevor sie jetzt gleich auseinandergingen.

„Was machen denn all die Leute hier, wenn sie nicht gerade auf die Jagd gehen?"
„Sie schlafen."
Emily runzelte die Stirn. „Willst du mir ernsthaft weis machen, dass sie den ganzen Tag in diesen unbequemen Betten herumliegen?"
„Ja. Sie schlafen tagsüber", wiederholte Alexandrit unbeirrt. „Sie brechen erst auf, wenn es dunkel wird." Süffisant lächelnd strich er sich ein paar Strähnen aus dem Gesicht.
„Wohin denn?" Emily ahnte es schon.

„Sie ziehen in den Kampf."

„Du meinst in richtige, große Schlachten?"

„Nein, eher in kleinere, dafür aber umso gefährlichere Unterholzgefechte." Alexandrit schien ganz gerne über diese Dinge zu sprechen. Mit jeder Frage, die sie stellte, stieg sein Stimmungsbarometer weiter an.

„Warum finden sie denn bei Nacht statt?"

„Die Nacht bietet einen einzigartigen Schutz. Sie verschluckt den Krieger mitsamt seiner Identität. Sie lässt die Leichen und den blutigen Boden in ihrem Schwarz verschwinden. Verstehst du? Wir haben keine Wahl. Wir müssen in der Nacht kämpfen. Nur so können wir die Grausamkeiten ertragen."

„Wir?" Emily erschrak. „I… Ich… bin doch gerade erst angekommen. Ich kann überhaupt nicht… äh… kämpfen!"

„Doch", entgegnete Alexandrit trocken, „ich denke schon." Dann lachte er schallend. „Du wirst dich so schnell wie möglich an ein neues Leben gewöhnen müssen!"

Die Kleine ihm gegenüber bekam eine Gänsehaut. Ihre Hände wurden ganz feucht. Inständig hoffte sie, dass ihr Großvater anders darüber dachte als er.

„Ich muss jetzt leider fort", schloss Alexandrit das für ihn gerade wieder spannend gewordene Gespräch. In seinen Augen lag tatsächlich eine Art Bedauern; eine undurchsichtige, irgendwie seltsame.

Ob er ihre dumme, völlig überflüssige Angeberei schon wieder vergessen hatte? Wie auch immer – er trat jedenfalls näher, um sie zum Abschied sanft auf die Wange zu küssen.

„Die Arbeit ruft.", erklärte er kurz. „Ich habe den Auftrag, mich heute Nacht in einer feindlichen Festung umzusehen."

Emily war völlig durcheinander. Ob er sie doch irgendwie mochte?

Eiligen Schrittes lief der Junge zu seinem Pferd. „Ich komme erst morgen früh zurück!", rief er fast schon ein wenig wehmütig, bevor er durch das hölzerne Tor in der Abenddämmerung verschwand.

Seine Begleiterin blieb innerlich aufgewühlt zurück. Vorsichtig fasste sie sich ins Gesicht; an die Stelle, die er mit seinen Lippen berührt hatte. Sie versuchte sich einzureden, dass dieser Kuss nicht von Bedeutung gewesen war und sie nicht mehr als Freundschaft für ihn empfand – hätte es da nur nicht dieses verräterische Herzklopfen gegeben, das sie auch Stunden später noch am Einschlafen hindern sollte!

Ganz allmählich wurde es dunkler. Der Mond verschwand immer weiter hinter den Wolken, sodass schließlich kein einziger Lichtstrahl mehr zum Boden drang. Der junge Mann mit den moschusgrünen Augen schaute sich aufmerksam um, bedacht darauf, von niemandem gesehen zu werden. Dann stieg er ab.

Zärtlich strich er seinem wunderschönen, schwarz- grau gefleckten Hengst über den langen, weichen Hals. Wie edel er war… Er war ganz sicher einer der letzten Feuerhufer! Diese Pferde stammten – wie der Name schon sagte – direkt aus den Feuerbergen, wo sie ursprünglich im Herzen der Vulkane lebten; umgeben von kochender Lava. Ihre Nachkommen hatten auch heute noch das für Orcus untypische, glutrote Blut. Sie besaßen auch heute noch flammenartig leuchtende Augen.

Dieses Exemplar hier, das er vor langer Zeit als Lohn für seine treuen Dienste bekommen hatte, hörte auf den Namen Ardoukoba.

Feuerdornfarbene Augen blitzten furchterregend durch die Zweige eines Seidenbeerstrauches.

„Wer ist dort?!" zischte Alexandrit leise, wobei er instinktiv nach einem Messer griff. „Zeigt Euch gefälligst."

„Sei still, ich bin es doch nur", kam es in vorwurfsvollem Ton aus dem Gebüsch am anderen Ende der Lichtung zurück.

Es war Achate, die sich wenige Sekunden später auch schon zu erkennen gab. Hell wie Flammen loderten ihre roten Haare durch das tiefe Schwarz der Nacht.

„Was hast du ihnen denn gesagt?", wollte sie zu ihrer eigenen Beruhigung wissen.

„Dass ich mich in der südlichen Festung umsehe."

„Sehr klug von dir", lobte sie lächelnd, bevor sie ihm den Grund für dieses Treffen offenbarte. „Ich bin gekommen, um dir einen neuen, äußerst wichtigen Auftrag zu geben."

Der Schwarzhaarige kniff die Augen zusammen. „Na, dann lass uns doch lieber erst mal über den Lohn sprechen."

„Wie du meinst." Achates Mundwinkel zuckten spöttisch, während sie ihm ein kleines, braunes Fläschchen reichte.

„Oh", flüsterte Alexandrit, „das Tauminzenelixier." Mit einem zufriedenen Lächeln ließ er die glitzernde Flüssigkeit in seiner Tasche verschwinden. Er wusste, dass dieses Mittel wahre Wunder vollbringen konnte und selbst mit Klostridien vergiftete Wunden heilen ließ! „Ein vortrefflicher Lohn!" freute er sich. „Meine Herrin ist überaus großzügig."

„Was hast du denn erwartet?" Die Abgesandte Rubines schien jetzt fast ein wenig beleidigt zu sein. „Verräter bekommen doch immer das, was sie verdienen… Du wirst schon sehen… Deine Arbeit wird es wert sein…" Ihre lange Mähne flatterte in der frischen Brise wild durcheinander. „Für dieses Gebräu wirst du alles, jedes noch so unbedeutende Detail, über das fremde Mädchen herausfinden – egal wie!"

Die Prophezeiung des Ereignisses führt zum Ereignis der Prophezeiung.

Paul Watzlawick

21. Das Lied

Emily wartete. Sie verstand selbst nicht ganz warum – oder vielleicht doch? Nun ja, tief in ihrem Inneren wusste sie es natürlich schon. Sie wartete aus einem Grund, den sie nur allzu gerne verleugnet hätte.

„Du hast ihn ja richtig gerne, oder?", fragte Citrine, als sie sich nach dem Abendessen zu ihr setzte.

Sie war auch heute nicht allein gekommen. Ihr aufgekratzter, kleiner Sonnenbote hing – wie immer – in ihren blonden, glatt gekämmten Haaren. Mit seiner schnarrenden Stimme zwitscherte er munter dazwischen, so, als wolle er sich in das Gespräch einmischen. Er kam Emily gerade recht.

„Warum schleppst du dieses Nervenbündel denn andauernd mit dir herum?", lenkte sie schnell von diesem unangenehmen Thema ab.

Citrine grinste breit. „Wie du willst… Das ist aber eine ziemlich lange Geschichte."

„Macht nichts." Emily war in diesem Moment alles lieber, als über Alexandrit zu sprechen.

„Nun gut", stimmte die Blinde zu. „Dann lass uns ein bisschen spazieren gehen."

Behutsam ergriff sie die Hand ihrer Freundin, worauf sich die beiden ganz allmählich – Schritt für Schritt – in Bewegung setzten.

„Steinteiler gibt es seit vielen hundert Jahren", begann Citrine sachlich. „Es gab sie schon, als es in Orcus noch friedlich war. Irgendwann haben unsere Vorfahren wohl gemerkt, dass es von Vorteil ist, den Stein mit einem selbst gewählten Tier zu teilen.

Wie wir heute wissen, erhält ein Steinträger dadurch die Sinneskraft des Tieres; das Tier die Intelligenz, die Lebenserwartung und die Sprache des Gammeusers. Außerdem können sich Träger und Teiler durch die Kraft der zueinander strebenden Steinteile auf gedanklicher Ebene verständigen – egal wie weit sie voneinander entfernt sind!

Steinteiler eignen sich hervorragend für Spionagezwecke... Wer achtet denn schon auf eine Maus, die übers Mauerwerk läuft, oder einen kleinen Vogel hoch oben auf den Zinnen..."

„Wo Licht ist, gibt es auch Schatten", unterbrach Emily sie nachdenklich. „Was ist der Haken bei dieser Sache?"

Ihre Freundin zögerte. „Durch das Bündnis werden Steinträger und Teiler zu Seelenverwandten. Wenn einer von ihnen stirbt, ist das für den anderen sehr grausam; …kaum zum Aushalten."

„Trotzdem hast du dich mit diesem Vogel hier zusammengetan", bemerkte ihre Zuhörerin. Sie ließ das wuselige, ewig plappernde Wesen vorsichtig an ihren Fingern knabbern.

„Ich konnte gar nicht anders. Ich habe sofort gespürt, dass wir zusammen gehören. Er ist mein Ein und Alles – mal abgesehen von meinen Brüdern und Amazonit." Citrine strich sich eine Strähne aus der Stirn. „Ich glaube, dass für jeden Steinträger ein Teiler vorherbestimmt ist; was nicht heißt, dass auch wirklich jeder seinen findet."

„Woran erkennt man ihn denn?" erkundigte sich die Jüngere nicht ganz uneigennützig.

„Das kann sehr unterschiedlich sein. Bei mir war es so: Nachdem ich Arko rein zufällig auf dem Ast einer Sumpfgleditie entdeckt hatte, fühlte ich mich auf eine bis dahin unbekannte, magische Weise zu ihm hingezogen. Das Band zwischen uns war ganz deutlich zu spüren."

Sie lächelte glücklich, während Emily sich fragte, ob ihr so etwas eines Tages wohl auch passieren würde. „Haben deine Brüder denn Steinteiler?"

Die Blonde schmunzelte. „Gestaltenwechsler tragen sie in sich. Sie kommen nur zum Vorschein, wenn sie sich verwandeln."

Die Zelte verschwanden zusehends im Dunkel der Nacht. Bis auf die beiden Mädchen am Feuer und ein paar Wachen war niemand mehr zu sehen. Blackstone, Sodalitha und Obsidian hatten das Lager längst verlassen – genau wie alle anderen. Sie hatten Emily für die Zeit ihrer Abwesenheit in Citrines Obhut gegeben, damit sie sich in Ruhe an die neue Umgebung gewöhnen konnte.

Obwohl die jüngste der drei Schwestern froh darüber war, nicht gleich am Kampf teilnehmen zu müssen, ging es ihr nicht wirklich gut dabei. Sie kam sich nutzlos und feige vor, wie ein Kameradenschwein.

Außerdem hatte sie Angst – schreckliche Angst – dass die Drei nicht mehr heimkehren würden. Selbst in dieser Lage konnte sie nun endlich mal verstehen, wie es Obsidian einst ergangen war! Jetzt spürte sie am eigenen Leibe, wie sich das beklemmendste aller Gefühle weiter ausbreitete, …wie es unaufhaltsam in jede Faser ihres Körpers drang. Wenn sie genauer in sich hinein hörte, musste sie zu allem Überfluss auch noch feststellen, dass ihre Sorge eine weitere Person mit einschloss – jemanden, der nicht zur Familie gehörte.

Tigerauge stand am Tor. Betrübt starrte er auf die rissigen, pimentfarbenen Balken.

„Hey, was ist denn mit deinem Bruder los?" Emily stieß ihre Nachbarin leicht in die Seite.
„Er hat Probleme…", erklärte Citrine „…mit seinem Teiler."
„Ah!" Die Schwarzhaarige verstand schon.

Selbstverständlich hatte auch sie von der Geschichte mit dem Reh gehört und konnte sich lebhaft vorstellen, dass sein Fehler nicht ohne Konsequenzen geblieben war. Vermutlich hatte man ihm genau deswegen den undankbarsten aller Dienste aufgebrummt. Aus der Ferne sah sie, wie er voller Abscheu auf seine Hände schaute, die er immer wieder aufs Neue in Raubtierklauen verwandelte. Als er endlich genug davon hatte, kam er zu ihnen ans Feuer, um sich aufzuwärmen. Inzwischen war es doch schon deutlich kühler geworden.

Da Emily wusste, dass seine Freundin ohne ihn fortgegangen war, fragte sie vorsichtig: „Machst du dir Sorgen?" Sie wollte herausfinden, ob es ihm genauso ging wie ihr.
Er nickte. „Bisher war ich immer bei ihr… Heute aber muss ich hier rumsitzen… und kann nichts tun als warten." Sein Gesicht verriet, dass er sich maßlos über diese dumme, selbst verschuldete Situation ärgerte. Beim Kampf heute Nacht nicht dabei sein zu dürfen, schien so ziemlich das Schlimmste zu sein, was ihm passieren konnte.
„Ist Blackstone eigentlich sehr sauer auf mich?", wollte er etwas später dann noch wissen.
Emily überlegte. „Ich glaube nicht", sagte sie schließlich. „Wenn sie jemanden hasst benimmt sie sich anders… Wahrscheinlich ist sie eher… enttäuscht."
Während Tigerauge zu Boden blickte, fielen ihm die Haare ins Gesicht; genau über seine maronenfarbenen Augen. „Sie ist damals einfach verschwunden, ohne mit mir zu sprechen", murmelte er eher zu sich selbst. „Ich wusste wirklich nicht, was ich davon halten sollte."
Emily staunte. Sollte das etwa ein unbeholfener Versuch sein, seine Entscheidung zu rechtfertigen?
„Obwohl ich inzwischen mit Calcite zusammen bin", fuhr er unverzüglich fort, „bedeutet sie mir immer noch sehr viel. Ich könnte es nicht ertragen, wenn ihr etwas zustoßen würde."

Gedankenversunken wechselte er noch ein paar Mal zwischen Steinteilerhänden und Tigerklauen, was ihm jetzt sogar erstaunlich gut gelang.

„Doch nun zurück zu meiner Anfangsfrage! Hast du ihn gern?" Citrine drehte ihr Gesicht zur Seite, so, als wolle sie der Schwarzgelockten in die Augen sehen.

Das Mädchen neben ihr errötete. „Ja", gestand es leise, in der Hoffnung, dass die andere sich damit zufrieden geben würde. „Ich mag ihn."

Die Züge der Blinden verzerrten sich zu einer merkwürdigen, undefinierbaren Grimasse, die nicht so recht verriet, was in ihr vorging. „Empfindest du vielleicht mehr für ihn?"

Ihre Nachbarin stöhnte. Warum zum Teufel bohrte sie denn nochmal nach? Warum ging sie ihr immer wieder mit diesem Jungen auf die Nerven? Sie wusste es doch sowieso! Um ihr klar zu machen, dass sie auf diese Weise ganz bestimmt nicht weiter kam, gab die Verärgerte jetzt einfach nichts außer einem unbestimmten *Hm* zurück.

„Na schön", schloss Citrine tonlos, worauf sie sich ein wenig enttäuscht dem Prasseln und Knistern des Feuers zuwandte.

Ein unerwartetes Bellen schreckte die Daheimgebliebenen auf.

„Was..." Emily konnte ihre Frage nicht zu Ende bringen, da Tigerauge gleich aufsprang, um eilig zum Tor zu laufen. Als er durch die Luke schaute, fing er an zu kichern.

„Habt ihr das gehört? Der Kleine da draußen droht, mich zu zerfleischen, wenn ich ihm nicht aufmache!" Durch den Schlitz im Holz fügte er herablassend hinzu: „Für deine Körpergröße hast du aber eine verdammt große Klappe!"

„Komm, lass ihn schon rein!" Citrine bemühte sich darum, ihn wieder freundlicher zu stimmen. Sie wusste ja, dass die beiden nicht gut aufeinander zu sprechen waren.

„Er kennt das Passwort aber nicht", entgegnete Tigerauge trotzig.

Emily kam zu ihm. Neugierig warf auch sie einen Blick durch den Spalt. So, wie es aussah, stritt der störrische Junge gerade mit einem kleinen, terrierartigen Wesen, dessen braune Augen ihr feindselig entgegen starrten.

„Macht gefälligst auf", knurrte der Winzling aufs Neue, wobei er seine kleinen, dornenspitzen Zähne fletschte. „Ihr wisst doch ganz genau, dass ich mir das dumme Passwort nicht merken kann." Seine Stimme klang jetzt ganz schön heiser, so, als sei er erkältet.

„Ich bin untröstlich", stichelte Tigerauge unbeeindruckt weiter. „Aber ohne Passwort darfst du leider nicht hier rein."

Das weiße Tierchen verzog sein Maul, mit dem es gleich darauf unzählige Beleidigungen, ja sogar Morddrohungen ausstieß. Wütend begann es, mit den Krallen am Holz zu kratzen, was ihm jedoch auch nicht weiter half.

Der aufs Übelste Beschimpfte konnte sich kaum noch halten vor Lachen.

Seufzend bat Citrine ihn ein zweites Mal, nun endlich mit diesem Theater aufzuhören.

„Na schön, bevor er unseren Eingang ruiniert…", lenkte ihr Bruder zu guter Letzt dann doch noch ein.

Der quirlige, kleine Kläffer hinterließ eine Staubwolke, als er in rasendem Tempo über den Hof stürmte. Gleich neben Citrine hielt er an. Er schien noch sehr jung zu sein; fast noch ein Welpe. Jetzt, wo er so friedlich dasaß, nichts mehr von sich gab und eines seiner Ohren lustig aufstellte, sah er sogar fast niedlich aus.

Nachdem er sich ausgiebig an der Schulter gekratzt hatte, schaute er sich suchend um, bis er Tigerauge entdeckt hatte, der gerade im Begriff war, ihm begleitet von Emily ans Feuer zu folgen.

„Wo ist Calcite?", fuhr er ihn mit seiner unsympathischen, krächzenden Stimme an.

Der Junge zuckte mit den Schultern. „Verrate ich dir nicht", erwiderte er in einem Tonfall, der nochmals unterstrich, dass er dieses aufgebrachte, unruhige Wollknäuel nicht besonders leiden konnte. „Such' sie doch selbst!"

Zur Strafe bekam seine Wade unzählige, messerscharfe Zähne zu spüren. Tigerauge krümmte sich vor Schmerz.

„Bist du jetzt etwa völlig übergeschnappt?" Mit einer schnellen Handbewegung packte er den Kleinen im Nacken, um ihn so weit nach oben zu ziehen, bis sich der strampelnde Körper auf Augenhöhe befand. „Deine Steinträgerin befindet sich gerade in einem Kampf, du elende Bestie", erklärte er barsch. „Wenn ich richtig informiert bin, ist sie im westlichen Wald." Dann ließ er ihn wieder los, sodass der wild gewordene Schreihals wie ein Stein zur Erde fiel, wo er zur Überraschung der Zuschauer sicher auf allen Vieren landete.

„Ich muss sie suchen. Sie braucht mich!" rief er nach Luft schnappend.

„Ja, ja", höhnte Tigerauge, „wenn sie angegriffen wird, reißt du ihre Gegner allesamt in Stücke."

Als der beleidigt Dreinschauende sämtliche Nackenhaare aufstellte, konnte Emily in seinem Fell – genauer gesagt an seinem Halsband – ein blasses, rotes Mineral erkennen.

„Bist du etwa der Steinteiler von Calcite?", fragte sie erstaunt.

Sie bekam keine Antwort.

Stattdessen brüllte der nimmermüde Giftzahn voller Verachtung: „Solltest du nicht da sein, wo sie ist?" Er schien mit dem Jungen immer noch nicht fertig zu sein. „Solltest du nicht ein bisschen mehr Verantwortungsgefühl zeigen?"

„Ich hatte heute keine Lust mitzukommen", log Tigerauge frech weg. „Ich muss mich ein wenig ausruhen."

„Wie du meinst", schloss der hartnäckige Zwerg verächtlich. „Ich werde sie jedenfalls nicht im Stich lassen."

Nach diesen Worten setzte er seine kurzen Beinchen in Bewegung, um noch eiliger zu verschwinden als er gekommen war.

„Ich verstehe einfach nicht, warum Calcite sich so einen schwierigen Teiler gesucht hat", klagte Tigerauge. Er setzte sich jetzt wieder zu den anderen.

„Bei ihr benimmt Ivo sich halt anders." Die Blinde zuckte mit den Schultern. „Er kann ja auch liebenswert sein, wenn er will."

„Grr", machte Tigerauge, der sich darüber ärgerte, dass seine Schwester ihn auch noch verteidigte. Krampfhaft überlegte er, ob es in der näheren Vergangenheit je eine Situation gegeben hatte, in der Ivo ihm nicht auf die Nerven gegangen war.

„Ich wusste gar nicht, dass Calcite einen Steinteiler hat", warf Emily ein.

„Wäre auch besser, wenn es ihn nicht gäbe", entgegnete der Junge seufzend. Ihm war beim besten Willen nichts Positives über ihn eingefallen. Missmutig schleuderte er ein neues Holzscheit in die Flammen. „Er ist eifersüchtig auf mich. Er versucht mit allen Mitteln, unsere Beziehung zu zerstören. Ich bin sicher, dass ich den Kürzeren ziehen würde, wenn sich Calcite zwischen ihm und mir entscheiden müsste."

„Denk doch nicht an so was!", erwiderte seine Schwester streng. „Sie liebt dich doch."

Nach einiger Zeit klopfte es erneut am Tor.

„Macht schon auf! Mir ist kalt!" Dieses Mal handelte es sich eindeutig um eine weibliche Stimme.

Tigerauge stöhnte; erhob sich dann aber doch und spähte hinaus. Er schien sich zu freuen.

„Hallo, Aventurine", rief er gut gesinnt, bevor er ihr – warum auch immer – ganz ohne die üblichen Formalitäten öffnete.

„Mach nicht gleich wieder zu", bat die Besucherin. „Celia kommt auch noch. Sie müsste jeden Moment hier sein."

Emily versuchte angestrengt zu erkennen, wer da gerade ins Lager kam – leider vergeblich. Es war viel zu dunkel, sodass sie die Unbekannte erst richtig begutachten konnte, als sie ans Feuer trat.

Es handelte sich um eine junge Frau in Sodalithas Alter. Sie hatte lange Beine und schien auch sonst eher hochgewachsen, fast schon hager zu sein. Ihre hellbraunen Haare wurden von einem glänzenden, roten Lederband zurückgehalten. Auffallend freundlich leuchteten ihre junkerfarbenen Augen aus dem sonst doch eher abgekämpften Gesicht. Über ihrer schlammbraunen, eng anliegenden Lederhose trug sie eine aloegrüne, durchlöcherte Jacke. Ihre Füße steckten in geschuppten, flachen Schuhen. Das Schönste an ihr war das Lächeln. Wenn sie die Mundwinkel nach oben zog, tat sie es so anmutig und echt, wie man es zurzeit in Orcus nur selten zu sehen bekam. Es verlieh ihr – trotz des sonst eher ungepflegten Äußeren – eine ganz besonders sympathische Ausstrahlung.

„Aventurine", begann Citrine freundlich, „gut, dass du gekommen bist. Wir haben dich schon erwartet. Was hast du uns zu erzählen?"
„Hm…", murmelte die Gefragte düster, „ich kann heute leider nur von Niederlagen berichten." Sie setzte sich zu ihnen. „In den letzten Wochen haben wir fast zweihundert Bunte verloren."
Emily sah sie erschrocken an. So schlimm standen die Dinge?
Citrine nickte wissend.

Ein spindeldürres Kalmusreh sprang leichtfüßig durch das immer noch offenstehende Tor. Am Feuer angekommen, schmiegte es sich vertrauensvoll an die Steinträgerin mit der zartgrünen Iris.

„Celia", seufzte Aventurine erleichtert. „Gott sei Dank! Ich habe dich im Dunkeln da draußen ganz plötzlich aus den Augen verloren."

„Hast du Anweisungen von Saphire?", fragte Tigerauge neugierig.
„Ja!", antwortete das Mädchen prompt. „Aufgrund der angespannten Lage soll die Sicherheit der Truppe künftig an erster Stelle stehen. Ihr sollt die Zahl der Kämpfer verringern; dafür die der Wachen verstärken."

„Wenn wir siegen wollen, brauchen wir aber jeden, der ein Schwert halten kann", entgegnete der Junge aufgebracht. Er machte keinen Hehl daraus, dass er Saphires Weisung für ausgemachten Schwachsinn hielt.

„In den nächsten Tagen bekommt ihr neue, gut ausgebildete Leute", versprach die Grünäugige. „Bis dahin sollt ihr euch zurückhalten."

Später erklärte sie Emily, dass sie im Auftrag von Saphire regelmäßig in den Lagern der Bunten vorbeischaute. Ihre Gabe war das Laufen. Sie lief noch schneller als Emily. Außerdem half ihr der Aventurin beim Bogenschießen. Sie kannte die blaue Fürstin schon lange, da ihre Schwester – Fluorite – als deren Zofe im Schloss der tausend Sonnen wohnte.

Celia, die sich auf dem harten, lehmigen Boden ausgestreckt hatte, legte den Kopf mit einem zufriedenen Seufzer in den Schoß des braunhaarigen Mädchens.

Sie sah so schmackhaft aus, dass dem unglückseligen Jäger in ihrer Nähe das Wasser im Munde zusammenlief. Ja, dieses zarte Ding war zweifelsohne ein ganz besonderer Leckerbissen! Sicherheitshalber rutschte er immer weiter von den anderen weg, bis er schließlich – um allem Ärger aus dem Weg zu gehen – in seinem Zelt verschwand.

Seine Schwester seufzte: „Es tut mir so leid, dass ich ihm nicht helfen darf… Ich kann gar nichts für ihn tun. Er muss alleine damit fertig werden."

„Was ist denn vorgefallen?", fragte die anhängliche Ricke. Sie reckte den Hals nach oben, um besser in die Runde schauen zu können.

Da niemand so recht wusste, wie man ihr erklären sollte, dass Citrines Bruder erst vor Kurzem eine ihrer Artgenossinnen brutal zerfleischt hatte, bekam sie erst mal keine Antwort.

„Nun sagt es schon", drängelte sie ungeduldig, bis die Blinde ihr dann doch von den erschreckenden Vorkommnissen des vorangegangenen Tages erzählte.

Aventurine starrte bestürzt auf die Stelle, an der Tigerauge eben noch gesessen hatte. Wie sie gerade für sich feststellte, war es nicht nur spaßig, einen Steinteiler zu haben. Sie konnten auch ganz schön anstrengend sein; vor allem, wenn man sie beschützen musste.

Ob die anderen jetzt gleich zurückkommen würden? Der Morgen brach schon an. Lange konnte es nun doch wirklich nicht mehr dauern.

Amazonit, der bereits viele Stunden einsam auf einem der Türme zugebracht hatte, erschien am Feuer. Völlig übermüdet sank er auf den Boden direkt neben Citrine, ergriff behutsam ihre Hand und lächelte ihr zu, so, als könne sie ihn sehen.

Das muss wahre Liebe sein, dachte Emily gerührt; eine grenzenlose Zuneigung jenseits aller Oberflächlichkeit. *Amazonit ist großartig*, hatte ihr die Freundin gestern erst erklärt. *In seiner Nähe spüre ich den festen Halt, nachdem ich so lange gesucht habe. Ich brauche keine Augen, um zu wissen, wo er sich gerade befindet. Ich weiß es auch so.*

Die beiden hatten sich schon als Kinder kennengelernt. Als sie später aus Libertuta fliehen mussten, so, wie Sodalitha und Blackstone, waren sie zusammengeblieben. Nichts und niemand hatte sie trennen können. Sie waren viele Jahre mehr oder weniger hungernd durch Orcus geirrt, was sie jedoch nicht davon abhielt, gerne an diese Zeiten zu denken.

„Erinnerst du dich noch an unser Lied; an das, was wir früher so oft gesungen haben?", fragte die Blinde leise, wobei sie ihren Kopf sanft an Amazonits Schulter lehnte.

„Die Melodie habe ich noch im Kopf..." Ihr Freund legte die Stirn in Falten. „...doch befürchte ich, dass mir der Text abhanden gekommen ist. Kennst du ihn noch?"

Citrine überlegte einen Augenblick. Dann fing sie mit sanfter, heller Stimme an zu singen:

Still sind nun die Wälder,
vor Kurzem waren sie laut,
erfüllt von Schwerterklirren,
erfüllt von Todesschreien.
Still sind sie nun
die Schlachtfelder.

Knochen um Knochen,
Leben um Leben,
Seele um Seele,
das ist er heut
der Zeitenlauf.

Sieh die Schlafenden
dort auf dem Feld
ruhen für alle Ewigkeit.
Waren zu gut für diese Welt
schlafen den Schlaf der Gerechtigkeit.

Knochen um Knochen,
Leben um Leben,
Seele um Seele,
das ist er heut
der Zeitenlauf.

Nun wird sich das Schicksal wenden
weht von Gerechtigkeit schon ein Hauch.
Sei ganz still, spitz deine Ohren,
und sage mir:
Hörst du das auch?

Sirren, wenn die Luft sich teilt,
das Sirren der Gerechtigkeit,
das Singen der Hoffnung,
ein tödliches Lied,
doch bringt es Frieden
wenn es verklingt.

Gefallen ist das Leichentuch.
Gerochen ist der Todesduft.
Gegessen ist die Sünde.
Getrunken ist das Gift,
was uns die Farben nimmt.

Hör den Gesang der Klingen!
Hör ihr blutiges Lied!
Hör sie zerreißen, zerteilen,
in Stücke schneiden
für den Hoffnungsschimmer!

Sieh das Mädchen
mit wallendem Haar,
schwarz
wie die dunkle Nacht!
Hat sie uns mit ihren Klingen
den Frieden zurückgebracht?

Knochen um Knochen,
Leben um Leben,
Seele um Seele,
das ist er heut
der Zeitenlauf.

Sieh die Schlafenden
dort auf dem Feld,
ruhen für alle Ewigkeit.
Waren zu gut für diese Welt,
schlafen den Schlaf der Gerechtigkeit.

Knochen um Knochen,
Leben um Leben,
Seele um Seele,
das ist er heut
der Zeitenlauf.

Doch sollte vorbei sein das Singen,
ihr himmlisches Verkünden,
Mädchen mit dem schwarzen Haar,
kommt das Lied der Klingen zur Ruh,
dann schlaf auch du.

Obwohl dieses Lied ziemlich kompliziert war, sang Citrine es auf Anhieb so flüssig und sauber, als ob sie es tagelang einstudiert hätte. Amazonit klatschte begeistert Beifall. Selbst Tigerauge, der immer noch im Zelt hockte, streckte seinen Kopf kurz zwischen den Planen hervor, um ihr anerkennend zuzulächeln.

„Woher kennt ihr das?", fragte Emily ein wenig verwirrt. Im Gegensatz zu den anderen wusste sie nicht so recht, was sie davon halten sollte. Sicher, es hatte eine wunderschöne Melodie…. Der Text war jedoch eher schaurig.

„Das weiß niemand so genau", erwiderte die begnadete Sängerin schulterzuckend. „Man munkelt, dass es irgendwann von ganz alleine in den Köpfen der Gammeuser aufgetaucht ist, um sie daran zu erinnern, dass dieser Krieg nicht ewig weitergehen kann."

„Außerdem", fügte Amazonit hinzu, „enthält es auch eine Prophezeiung, die besagt, dass jemand kommen wird, der uns weiterhilft."

Emily überlegte einen Moment. Wahrscheinlich, dachte sie arglos, war hier das Mädchen gemeint, von dem Proges damals im Ahnensaal schon erzählt hatte; das Mädchen, welches von Saphire so verzweifelt gesucht wurde.

Langsam aber sicher ging die Sonne auf. Sie tauchte den Himmel zunächst in gauchheilrotes, kurz danach in schwefelkopfgelbes Licht.

Tigerauge seufzte hingerissen. Er war tatsächlich wieder nach draußen gekommen, zog es aber vor, weiterhin in der Nähe seines Zeltes zu bleiben. „Kaum zu glauben, dass es Dinge gibt, die sich noch nicht verändert haben", stellte er wehmütig fest. „Diese Momente sind wahrhaftig immer noch so schön wie früher."

Während er das beeindruckende Naturschauspiel auf sich wirken ließ, klopfte es ans Tor. Jetzt musste er wohl oder übel wieder auf seinen Posten.

„Name, Passwort!"
„Alexandrit… Hm… Das Passwort… Irgendwas rückwärts gesprochen... Ach ja: Ereihpas."
„Exakt", brummte der Tigerjunge zufrieden.

Emilys Herz machte einen riesigen Satz. Sie war heilfroh, dass Alexandrit gesund zurückkam. Hoffentlich merkte keiner, wie nervös sie war, als er endlich zu ihnen ans Feuer trat!

„Die Festung der Schwarzen ist aus schwerem, massivem Stein erbaut. Sie besitzt zehn Wachtürme", berichtete er weisungsgemäß. „Darauf befinden sich mindestens zweihundert Krieger, sodass wir nicht die geringste Chance haben, sie zu stürmen."
„Danke", seufzte Tigerauge, dem es schwer fiel, seine Enttäuschung über diese unerfreulichen Neuigkeiten zu verbergen. „Das war eine sehr gefährliche Aktion."
Der Schwarzhaarige nickte lässig. „Schon gut." Dann wandte er sich an Aventurine. „Wie schön, dich hier zu sehen."

Emily kämpfte mit den Tränen. Was sollte das denn jetzt? Warum war ausgerechnet Saphires Abgesandte die erste, die er begrüßte? Wieso lächelte er sie so charmant an?

„Alexandrit", erwiderte die braungelockte Botin erfreut, während sie ihn zur Begrüßung kurz auf die Wange küsste, „ich bin froh, dass du alles gut überstanden hast."

Der Heimgekehrte beugte sich tief hinunter, um Celia zu streicheln. Dann setzte er sich doch noch neben Emily. „Hey, Ametrine."
„Hallo", brachte die nur mühselig heraus, worauf er näher an sie heranrückte, damit sonst niemand mithörte.

„Ich habe dich vermisst. Es war verdammt einsam so allein im Wald."

Emily wurde ganz flau im Magen. Sie bekam einen heißen Kopf, weil sie nicht genau wusste, worauf er hinaus wollte. Unsicher gab sie zurück: „Auch ich habe dich vermisst."

Währenddessen verdunkelte sich die Miene der Seherin. Das, was sich zwischen ihrer Freundin und diesem außergewöhnlich netten, aalglatten Schönling anbahnte, gefiel ihr überhaupt nicht. Arme Ametrine, murmelte sie leise vor sich hin, warum wirst ausgerechnet du die schwerste aller Lasten zu tragen bekommen?

Die Leute streiten im Allgemeinen nur deshalb, weil sie nicht diskutieren können.

Gilbert Keith Chesterton

22. Streit

Emily ritt im gestreckten Galopp über einen der unbefestigten, breiten Waldwege. Seit Kurzem besaß sie eine wunderschöne Braune, die trotz ihrer edlen Herkunft so gelassen und folgsam war, dass sie auch ohne Sattel und Zaumzeug zurechtkam.

Der Wind blies ihr die Haare aus dem fröhlichen, schneeweißen Gesicht. Warum war das Leben denn plötzlich so unbeschwert? Warum vergaß sie alles um sich herum? Ob es an dem Jungen neben ihr lag?

Sie beugte sich tiefer über den Hals ihrer Stute, um das Tempo noch weiter zu beschleunigen. Feiner, flechtengrauer Staub wirbelte auf. Die Sonne hatte den feuchten Morgentau bereits vertrieben; die Natur mit ihren alles durchdringenden, karambolafarbenen Strahlen längst getrocknet.

Auf einer Lichtung zügelten die frisch Verliebten ihre Tiere. Hier blühten – wo man auch hinsah – taufliederartige Sumpfesparsetten zwischen Kreuzkraut und Kalmus. Die laue, duftende Luft war erfüllt von den allseits beliebten, seichten Melodien der Eschenmeisen. Genau so hatte Emily Orcus einst in ihren Visionen gesehen!

Als Alexandrit abgestiegen war, hob er sie mit seinen kräftigen Armen vom Pferd. Gemütlich schlenderten die beiden durch das Idyll bis zu einer Stelle, an der samtweiches, ampfergrünes Hopfengras wuchs.

„Dieser Ort ist so friedlich", schwärmte Emily, „so unschuldig." Sie legte den Kopf in den Nacken, um verträumt nach oben zu sehen – zu den Wolken – die gemächlich durch das klare Blau des Himmels zogen.

„Du hast Recht", stimmte Alexandrit ihr mit gespielter Aufrichtigkeit zu, „dies hier ist einer der wenigen Flecken, wo man nicht an die Grausamkeiten unserer Welt erinnert wird."

Mit Unbehagen musste Emily an den Unterricht im Ahnensaal zurückdenken. „Erzähle mir, wie es auf der anderen Seite ist!" bat sie. „Du musst es doch wissen, wenn du so oft unterwegs bist." Sicher war ihr Freund viel besser im Bilde als der Großvater.

Der Junge überlegte einen Moment. „Wie soll es schon sein?", erwiderte er schulterzuckend. „Schwarz, grau und eisig. Es gibt dort nichts, was so wunderschöne Augen wie deine jemals zu sehen bekommen sollten."

206

Seine Begleiterin lächelte geschmeichelt. Sie bemerkte gar nicht, dass er ihr eine Antwort schuldig geblieben war.

Im Lager wusste inzwischen jeder von ihrer Beziehung. Überall wurde darüber getratscht, wobei die Meinungen – zu Emilys Bedauern – jedoch meilenweit auseinander gingen. Nicht mal bei denen, die ihr am nächsten standen – den Verwandten und Freunden – herrschte Einigkeit. Strenggenommen war Sodalitha die einzige, die sich vorbehaltlos für sie freute.

Sie hatte mit einem verschmitzten *Wenn du ihn gern hast!* bereits vor ein paar Tagen gezeigt, dass sie ihn mochte; anders als Blackstone, deren *Wenn du auf Schönlinge ohne Hirn stehst!* so gut wie eine rote Karte gewesen war.

Ihr Großvater hingegen hatte mit seinem *Wenn du meinst!* nichts weiter als Desinteresse zum Ausdruck gebracht. Er mischte sich – wie sie von Sodalitha wusste – grundsätzlich nicht in solche Angelegenheiten ein. Wie auch immer – seine Sicht war wenigstens neutral, lange nicht so belastend wie die von Citrine.

Ihre beste Freundin hatte sie zutiefst enttäuscht. Sie war ihr vor den Ohren aller in den Rücken gefallen, indem sie mit ihrem völlig unterkühlten, abschätzigen *Was weißt du denn schon über ihn?* zweifelsfrei zu verstehen gegeben hatte, dass sie die Sache für einen riesengroßen Fehler hielt.

Obwohl nun schon einige Zeit verstrichen war, erinnerte Emily sich noch genauestens an den unseligen Streit, der aus dem Gespräch mit ihr hervorgegangen war. Im Stillen hatte sie dem blinden Mädchen sogar Recht gegeben, es aber auf gar keinen Fall zugeben wollen. Als Citrine dann im Eifer des Gefechts, irgendwas von *kindlicher Leichtfertigkeit* und *Liebe macht blind* gefaselt hatte, war Emily so richtig der Kragen geplatzt.
Spiel dich nicht so auf! hatte sie ihr verärgert entgegen geschrien und dummerweise auch noch *Ich weiß wenigstens, wie mein Freund aussieht!* hinterher geschoben.
Daraufhin war die Sache völlig aus dem Ruder gelaufen. *Ich,* hatte Citrine zitternd geantwortet, *weiß vielleicht nicht wie Amazonit aussieht, aber ich kenne seinen Charakter besser als du den von Alexandrit jemals kennen wirst.* Unzählige, glitzernde Tränen waren ihr über die Wangen gelaufen. Dann hatte sie sich umgedreht und war ohne ein Wort des Abschieds von dannen gezogen.

Jetzt lag die Gescholtene neben Alexandrit im warmen Gras – ihre Hand in seiner – und dachte an diese furchtbare Situation zurück. Ob es vielleicht doch einen Grund für Citrines Verhalten gab? War sie – Emily – wirklich leichtsinnig, weil sie Alexandrit vertraute?

Ach was! Die glänzende, moschusfarbene Iris des Jungen erstickte jeden ihrer Zweifel im Keim. Ihr Grün erinnerte ungewollt an die friedlichen, malerischen Olivenhaine des Südens, weshalb sie sich verständnislos fragte, wie man es wohl fertig brachte, ihn nicht zu mögen. Er war immer so gelassen, so erfrischend und offen. Er nahm das Leben leichter als die meisten hier.

Sanft strich er mit seinen Fingern über ihre Wange.

„Ich habe mich schon immer nach dir gesehnt.", sagte er leise, während er ihr fest in die Augen schaute. „Du bist das Mädchen meiner Träume."

Dann zog er seine Freundin behutsam an sich, um sie erst auf die Stirn, später dann auf den Mund zu küssen. Emily erstarrte. Das war ja viel mehr, als sie sich je erhofft hatte. Wie sollte sie damit nur umgehen? Sie hätte zu gerne beteuert, dass auch sie ihn über alles liebte, brachte aber nichts dergleichen heraus. Sprachlos überließ sie sich dem Taumel der Gefühle, bis die Sonne endlich sank und ihre Leidenschaft mit einem physalisfarbenen Rot zur Ruhe brachte.

Die Hufe der Pferde schlugen gleichmäßig auf den abgekühlten, steinigen Boden. Mit sich und der Welt im Einklang hörte Emily, wie der Wind wankelmütig durch die Blätter strich. Gierig sog sie die frische, klare Waldluft ein. So glücklich wie heute war sie nie zuvor gewesen – das stand schon mal fest. Wenn es nach ihr gegangen wäre, hätte sich der Heimweg noch ewig hinziehen können.

Viel zu schnell erreichten sie das Lager.

„Es ist spät geworden", stellte Alexandrit der Wahrheit entsprechend fest. „Ich muss wieder fort. Du weißt schon…" Dabei stieg er gar nicht erst ab. Stattdessen ließ er den Gescheckten wenden – ganz langsam, so, als wolle er lieber bleiben. „Ich werde an dich denken", versprach er zum Abschied.

„Ich… äh…" Verdammt, dachte Emily. Jetzt fange ich ja auch noch an zu stottern! Warum kann ich ihm nicht einfach sagen, was ich für ihn empfinde?

Der Junge ging mit einem sanften Lächeln über ihre Unsicherheit hinweg. „Ich liebe dich", flüsterte er leise, bevor er – wie gestern – im Dämmerlicht der herannahenden Nacht verschwand.

„Ich liebe dich auch", murmelte Emily, nachdem er weg war.

Abwesend – wie in Trance – führte sie ihre Braune durch das Eingangstor. Nur gut, dass man sie ausnahmsweise auch ohne das übliche Passwortgequatsche hineinließ. In der Aufregung wäre ihr der Code ohnehin nicht mehr eingefallen.

Als sie die Feuerstelle passierte, schaute sie sich vorsichtig um. Sie wollte Citrine unter diesen Umständen auf gar keinen Fall über den Weg laufen. Warum zum Henker war die Blinde nicht auf ihrer Seite, so, wie es sich für eine echte Freundin gehörte? Konnte sie Alexandrit nicht leiden oder gönnte sie ihn ihr einfach nicht?

Irgendwann, wenn etwas Gras über die Sache gewachsen war, würde Emily nochmal mit ihr reden. Dann würde sie sich reumütig für ihre unbedachte Äußerung entschuldigen.

Eilig schlängelte sie sich an zahllosen, wild durcheinanderlaufenden Steinträgern vorbei. Sie hatte Glück. Es herrschte Aufbruchsstimmung. Alle waren so mit sich selbst beschäftigt, dass sie völlig unbemerkt in ihrem Zelt verschwinden konnte.

Mit einem Seufzer ließ sie sich auf die harte, kratzige Matte sinken. Ihre Augen fielen zu. Mit etwas Glück würde sie jetzt gleich von Alexandrit träumen… Die verschwitzte Kleidung immer noch am Körper zog sie die Decke über den Kopf, um ihren Gedanken an den charmantesten aller Männer freien Lauf zu lassen.

Sie war fast eingeschlafen, als Blackstone und Calcite ins Zelt kamen. Unwillkürlich zuckte sie zusammen. Sie fragte sich, was die beiden so spät noch hierherführte. Ob sie Citrine suchten? Die saß aber, wenn sie es gerade richtig gesehen hatte, bereits am Feuer.

Angespannt verfolgte sie die Schritte im Raum, in der Hoffnung, dass die beiden bald wieder abziehen würden. Sie legte nun wirklich keinen Wert darauf, sich um diese Zeit mit ihrer spleenigen Schwester zu unterhalten. Wer ihren Freund nicht mochte, der konnte auch ihr gestohlen bleiben!

Dummerweise schienen die Besucherinnen jedoch bleiben zu wollen. Anhand der Geräusche stellte Emily fest, dass sie sich auf Citrines Bett setzten. Dort begannen sie, über alles Mögliche zu reden. Na schön! Wenn sie es so wollten, dann mussten sie eben damit leben, dass sie ihren Gesprächen heimlich lauschte!

Nach einer Weile kam das Thema auf den Tigerjungen. Nun, das konnte ja spannend werden! Neugierig blinzelte Emily unter ihrer Decke hervor.

„Tigerauge und du…", begann ihre Schwester sachte, „…ihr trefft euch nicht mehr so oft?"

Calcite starrte betroffen zu Boden. „Wir hatten in letzter Zeit auch kaum Gelegenheit dazu", log sie zögernd.

Ihre Nachbarin schüttelte nur den Kopf. Sie glaubte ihr kein einziges Wort.

„Na gut", gab die Gefragte daraufhin zu, „wenn du es genau wissen willst: Ich finde ihn ziemlich unheimlich, seitdem das mit dem Reh passiert ist."

Blackstone warf ihr einen missbilligenden Blick zu. „Du bist seine Freundin", sagte sie vorwurfsvoll, fast schon beschwörend, „und wendest dich einfach von ihm ab, nur weil er nicht perfekt ist?"

Die Augen des bunt gesträhnten Mädchens wurden unsicher; ihre Stimme brüchig. „Nein, ich wende mich nicht ab, ich..."

„...gehe ihm nur aus dem Weg", vollendete Blackstone ihren Satz. Mit einem wütenden Funkeln in den Augen setzte sie hinzu: „Tigerauge ist ein guter Junge. Wie kannst du ihn so hängenlassen?"

Sie bekam keine Antwort.

„Früher habe ich dich bewundert", fuhr die Aufgebrachte mit messerscharfer Stimme fort, „weil du gewitzter, einfühlsamer und freundlicher warst als ich. Ja. Du warst die bunte, ausgeflippte Calcite, der Star der Truppe. Alle mochten dich. Ich konnte gut verstehen, dass er dich ausgesucht hat, als ich nicht mehr in Orcus war." Sie machte eine kurze Pause, bevor sie hitzig hinzufügte: „Doch jetzt zeigt sich eine Seite an dir, die mir gar nicht gefällt. Sie macht dich grau und blass."

Calcites Augen füllten sich mit Tränen. „Bitte", flehte sie stockend, „versuche doch wenigstens, mich zu verstehen..."

Zu spät! Blackstone war durch nichts mehr zu stoppen. Mit glühenden Augen baute sie sich vor Tigerauges Freundin auf. „Ich habe ihn dir gegönnt", erklärte sie mit kalter Stimme, „...ich habe ihn in Ruhe gelassen, obwohl ich ihn selbst noch liebe!"

Citrine erschien. Sie hatte die letzten Sätze mit angehört. „Entschuldige dich auf der Stelle", forderte sie ohne die Situation genauer zu kennen.

„Warum? Weil ich die Wahrheit gesagt habe?" Blackstone warf ihr langes Haar trotzig in den Nacken. „Ganz bestimmt nicht."

„Ich habe Angst, dass es mir auch so geht, wie dem Reh", jammerte Calcite.

„Das..." Die Lippen ihrer Rivalin bebten. „...würde ich jederzeit riskieren, wenn er nur wieder mit mir zusammen wäre..."

„Schluss jetzt", befahl die Blinde in ungewöhnlich barschem Ton. „Du solltest lieber gehen!"

Kochend vor Wut stapfte Blackstone zum Ausgang. Sie drehte sich nochmal um, bevor sie nach draußen verschwand: „Eines solltest du bedenken, du elender Hasenfuß: Wenn du dich nicht um deinen Freund kümmerst und ihm beistehst, wird es ganz sicher jemand anders geben, der das für dich tut." Dann rauschte sie davon.

Die Zurückgebliebenen schwiegen sich an.

„Ich will wieder mehr Zeit mit ihm verbringen", murmelte Calcite nach einer Weile in die Stille.

Die Blinde nickte stumm. Sie schien im Augenblick nicht wirklich da zu sein. Ihre Lider waren zur Hälfte geschlossen, während sie mit undeutlicher, kaum vernehmbarer Stimme antwortete: „Menschen, die wir lieben, müssen uns irgendwann auch wieder verlassen. Darum ist es sehr wichtig, die Zeit zu nutzen, die wir mit ihnen haben." Kurz darauf zuckten ihre Gliedmaßen so, als sei sie gerade aus einem bösen Traum erwacht.

Calcite schauderte. Was sollte das denn heißen? Sollte das etwa eine Anspielung auf ihre Zukunft sein? Da Citrine ihre Worte nicht weiter erklären wollte, verließ auch sie das Zelt – ziemlich verunsichert und aufgewühlt.

Der Mond stand hoch am Himmel, riesengroß und leuchtend. Emily konnte immer noch nicht einschlafen; nicht nach diesen Streitereien.

Sie ging wieder nach draußen, wo außer Tigerauge, der in sich zusammengesunken vor dem wärmenden Feuer saß, niemand mehr zu sehen war. Mit gemischten Gefühlen hockte sie sich neben ihn. Einen kurzen Moment lang überlegte sie, ob sie ihm von Calcites Sorgen berichten sollte; dann ließ sie es aber.

Schweigend hörte sie dem Prasseln der Flammen zu, bis der Junge sie mit schleppender Stimme fragte: „Warum bist du nicht im Zelt?" Seine Zunge schien ungewöhnlich schwer zu sein. Vermutlich hatte er mal wieder zwei, vielleicht sogar drei Blätter der Traumblüte geraucht.

„Es gab Streit zwischen Blackstone und Calcite", erwiderte das Mädchen ausweichend.

„Ja", antwortet er leise, „das konnte ich hören."

Emily stutzte. Es war ihr unangenehm, dass er von dieser unerfreulichen Auseinandersetzung wusste.

„Calcite hat Angst vor mir", sagte er zu ihrer Überraschung. „Sie glaubt, dass ich ein Monster bin."

Da er das Problem von sich aus ansprach, fühlte Emily sich nun doch verpflichtet, mit ihm darüber zu reden. Es tat ihr sehr leid, dass er so schlecht von seiner Freundin dachte.

„Nein", schwindelte sie schnell. „Sie hat keine Angst." Vielleicht gelang es ihr ja, die Dinge etwas besser darzustellen, als sie tatsächlich waren. „Ich glaube eher, dass sie sich erst an dein… äh…Talent gewöhnen muss."

Der Junge neben ihr fuhr sich nachdenklich durch die zerzausten, braunen Haare.

Er ist wirklich ein attraktiver Kerl, dachte seine Nachbarin – fast so hübsch wie Alex.

Ein paar einsame Tränen rannen ihm über die Wangen, worauf sie näher an ihn heran rutschte, so nah, dass sie ihren Arm um seine Schulter schlingen konnte.

„Sie wird zu dir zurückkommen", tröstete sie ihn leise, „da bin ich mir sicher. Gib ihr Zeit."

„Zeit", erwiderte der Tigerjunge mit starrem Blick „ist ein Luxus, den man sich in dieser Welt nicht leisten kann."

Als Emily ins Zelt zurückkehrte, war ihr richtig kalt, so kalt, dass sie beschloss, lieber gleich zwei Decken um sich zu wickeln bevor sie sich hinlegte.

Was Alexandrit im diesem Augenblick wohl gerade machte? Ob er sich immer noch in einer feindlichen Festung befand? Ob er vielleicht sogar in einen Kampf verwickelt war? Sie hatte ihn noch nie kämpfen sehen. Sie wusste nicht, welche Gaben er hatte; sie wusste nichts von einem Steinteiler. Citrine liegt gar nicht so falsch, stellte sie beklommen fest. Ich kenne ihn wirklich nicht gut.

Die Gänge zogen sich endlos durch das riesige, von hohen Mauern umgebene Gebäude. Es war so duster, dass man kaum die Hand vor Augen sah. Um sich hier in diesem Labyrinth zurechtzufinden, brauchte man sicher Jahre. Wer fremd war musste geführt werden, so, wie der hochgewachsene Junge mit den pechschwarzen Haaren.

Er folgte einer Frau, deren erdrauchrotes Kleid sich auf grässliche Weise mit dem fuchsartigen Orange ihrer Haare biss.

Am Ziel angekommen befahl sie barsch: „Hierher!"

Vor ihnen lag ein großer Saal, ausgestattet mit langen, mohnfarbenen Vorhängen. Ein schmaler, ebenso roter Teppich erstreckte sich von der Tür bis zum Thron am andern Ende des Raumes. Etliche, quittengelbe Panteraugen fixierten den Besucher – allzeit bereit, sich auf ihn zu stürzen. Dazwischen saß die Herrscherin von Orcus; auf ihrem Schoß ein schwarzer Schwan, den sie Nachtklang nannte.

Es dauerte eine Weile, bis sich der Junge traute, sie anzusehen. Dann überwältigte ihre Ausstrahlung auch ihn. Sie war wirklich unbeschreiblich. Allein dafür hatte sich der ganze Aufwand gelohnt!

Als er sich wieder gefangen hatte, begann er mit zitternder Stimme: „Meine Herrin, es erfüllt mich mit großer Freude, Euch zu sehen."

Seine unbeholfene Art schien ihr zu gefallen. „Ich kann es kaum erwarten, persönlich mit einem meiner besten Männer zu sprechen", erwiderte sie freundlich. „Ich schätze deine Arbeit sehr. Es gibt nur wenige, die so geschickt sind wie du."

„Ich habe getan, was Ihr mir befohlen habt!", berichtete der Hochgewachsene stolz, während Achate ihm ein Glas Wein reichte. „Ich weiß alles über sie und ihre Familie." Er grinste selbstgefällig. „Sie mag mich."

„Sehr gut", lobte Rubine schmunzelnd. „Eine verliebte Seele ist leicht zu täuschen." Dann erzählte sie freimütig: „Wir haben die letzten Schlachten gewonnen. Unsere Gegner straucheln bereits. Wenn es uns jetzt noch gelingt, dieses kleine, kindsköpfige Biest aus dem Weg zu räumen, ist uns der Sieg sicher." Sie stieß mit ihm an, bevor sie energisch hinzufügte: „Wenn wir den Krieg erst mal gewonnen haben, dann werden wir auch dafür sorgen, dass Frieden herrscht – ein Frieden, wie wir ihn uns wünschen."

Alexandrit strahlte. „Mein Teiler hat das Lager bereits erkundet. Er kennt jeden Winkel; jedes noch so gute Versteck. Wir können auf ihn zählen, wenn es soweit ist."

„Weiß denn jemand von ihm?" erkundigte Rubine sich ein wenig misstrauisch. „Das Mädchen vielleicht?"

„Nein." Er war froh, ihre Bedenken zerstreuen zu können. „Ich trage ihn so nah an meinem Körper, dass ihn niemand sehen kann. Schaut her!"

Langsam zog er den linken Ärmel seines Hemdes nach oben – immer weiter – bis schließlich ein giftgrüner, kantiger Kopf zum Vorschein kam. Gelbe, kalte Augen erkundeten die fremde Umgebung. Als sich das Tier kurz darauf gemächlich in Bewegung setzte, wurde die gesamte Länge seines dünnen Körpers sichtbar.

Rubine lächelte erleichtert – kein Wunder, denn dieses Geschöpf war eines der wenigen, die sie mochte!

„Das ist Zarah", erklärte der Junge ihr gerne, worauf die Fürstin von Orcus ihm anerkennend zunickte.

Mit wachsender Begeisterung verfolgte sie, wie sich der heimtückisch züngelnde Botulintaipan vom Oberarm des Jungen löste, um gemächlich an seinem Körper hinunter auf den Boden zu gleiten.

Ich liebe den Verrat, aber ich hasse Verräter.

Gaius Julius Caesar

23. Der Verrat

Der Himmel zeigte sich so grau wie noch nie. Es goss in Strömen; den ganzen Tag schon. Wo man auch hinsah hatten sich Pfützen gebildet, aus denen das Wasser nur langsam wieder verdampfte. In Bodennähe war längst kühler, feuchter Dunst entstanden, der alles einhüllte und eine farblose, trübe Atmosphäre schuf.

Da die Steinträger bei diesem Wetter nicht ausrücken konnten, lungerten sie gegen Abend missmutig im Lager herum. Nur Emily, die sowieso nicht hätte mitkommen dürfen, freute sich. Heute Nacht würde Alexandrit bei ihr bleiben… Seine Küsse würden sie alles vergessen lassen: das Wetter, den Streit… vielleicht sogar die vielen Toten der vorangegangenen Tage.

Falkenauge verharrte ganz alleine außerhalb der schützenden Mauern. Er saß nun schon seit Stunden hoch oben im Wipfel einer Riesenparrotie, um die Gegend zu beobachten. Für ihn war es nicht mehr als ein Kinderspiel! Die herausragende Sehschärfe seiner Tiergestalt sorgte schon dafür, dass er sich trotz der dichten Schwaden bestens zurechtfand.

Citrine kauerte möglichst nahe am Feuer unter einer Plane, die man bereits am Morgen aufgestellt hatte, um wenigstens einen Teil des Lagers vor den dicken Tropfen zu schützen. Sie unterhielt sich mit Arko, dem sie sanft über das kanarienfarbene Gefieder strich.

Tigerauge und Calcite saßen in ihrer Nähe, eng umschlungen, so, als ob sie nie mehr auseinandergehen wollten. Alle freuten sich darüber, dass sie wieder vereint waren. Blackstones ungehobelter Auftritt hatte – wie man jetzt sehen konnte – am Ende nun doch noch zu etwas Gutem geführt.

Nephrita, das Mädchen mit den sumpfgrasfarbenen Augen, stand – die Lider geschlossen – weiter hinten. Sie lehnte lässig an einem der Pfähle, von denen die notdürftig gespannten Felle gehalten wurden. Da ihr das Elend hier draußen fürchterlich auf die Nerven ging, setzte sie alles daran, den Regen vor ihrem inneren Auge in strahlenden Sonnenschein zu verwandeln.

Alexandrit war nicht zu sehen. Er lag mit Emily im Zelt – weit abseits von den anderen. Trotzdem wirkte er angespannt; irgendwie unkonzentriert. Beharrlich löste er sich aus den Armen seiner Freundin.

„Ich komme gleich wieder", versprach er leise, bevor er hinaus in den schummrigen, milchigen Wrasen schlich, der ihn erwartungsgemäß in Sekundenschnelle von der Bildfläche verschwinden ließ.

Seine Freundin gesellte sich wenig später zu dem vergrämt vor sich hin dösenden Mädchen. Sie mochte Nephrita. Sie mochte auch die kleine, zappelige Hopfenhäsin zu ihren Füßen. Ihr Name war Keirah.

„Hallo, Ametrine!" grüßte das niedliche Tierchen überraschend laut, sodass die scheue Träumerin instinktiv zusammen fuhr.
Sie musste husten. „Was für ein ekelhaftes Wetter", krächzte sie ärgerlich, „ich glaube, ich habe mich erkältet."

Emily runzelte die Stirn. Sie konnte beim besten Willen nicht verstehen, warum sich diese durchtrainierten Krieger so mimosenhaft gaben. Auf der Erde war ein Tag wie dieser nun wirklich nichts Besonderes. Man blieb deswegen doch nicht einfach zu Hause! Wenn sie sich recht erinnerte, hatte es damals – als sie Obsidian zum ersten Mal begegnet war – mindestens genauso stark geschüttet.
Wie auch immer – hier in Orcus sah man die Dinge nun mal anders. Hier gehörte es offensichtlich zum guten Ton, sich jammernd, fast schon wehleidig über den Matsch und das viele Wasser zu beschweren. Wahrscheinlich wollten die Gammeuser in diesem Teil des Landes einfach nicht hinnehmen, dass es auch mal finstere und ungemütliche Tage gab.

Als der Niederschlag für einen kurzen Moment nachließ, kam Falkenauge zurück. Er schien es ziemlich eilig zu haben. Für gewöhnlich zog er bei jedem Anflug endlos viele Kreise, bevor er gemächlich zur Landung überging. Heute aber ließ er sich ohne Verzögerung im Sturzflug nach unten fallen.
Sobald seine kräftigen Klauen den aufgeweichten Sand zu fassen bekamen, wechselte er in seine altbekannte, lotterige Steinträgergestalt. Keuchend sank er in die Knie. Sein Atem ging ungesund schnell; die zerzausten Haare hingen ihm verschwitzt im Gesicht

„Wir..." Er schnappte nach Luft. „...werden angegriffen!"
Alle im Lager erstarrten. Niemand brachte ein Wort heraus; niemand außer Tigerauge.
„W... Was sagst du da?" stammelte er völlig außer sich, während auf seinen Armen bereits gestreiftes Katzenfell wuchs.

„Das Lager ist verraten! Wir sind umzingelt! Wir werden nicht mehr fliehen können!" schrie Falkenauge aufgeregt, worauf er noch an Lautstärke zulegte, damit ihn möglichst viele hören konnten. „Zweihundert Schwarze sind im Anmarsch! Beeilt euch!"

Anschließend verwandelte er sich erneut in einen Vogel, um unverzüglich auf einen der vier Wachtürme zu fliegen.

Unten am Boden brach das Chaos aus. Jeder Steinträger, der seine Waffen bereits am Körper trug, kletterte zu einem der Aussichtsplätze. Die anderen liefen wild durcheinander, um sich für den bevorstehenden Kampf zu rüsten und all jene zusammenzutrommeln, die Tigerauges Worte nicht gehört hatten. Mit eilig geschärften Schwertern sammelten sie sich in der Nähe des Eingangs.

Emily stand regungslos inmitten des Trubels; krampfhaft darum bemüht, beherrscht und tapfer zu wirken.

Blackstone nahm sie kurz zur Seite. „Verstehst du, was geschehen ist?" fragte sie in ernstem Ton.

„Ja... I... Ich werde heute zum ersten Mal richtig k... kämpfen müssen", stammelte ihre Schwester voller Panik. Nur zu gerne wäre sie jetzt an einem anderen Ort gewesen – am liebsten zuhause bei Patrick und Tamara.

Die Ältere sah ihr Gegenüber besorgt an, bevor sie in ihrem altbekannten Befehlston fortfuhr: „Bleibe immer dicht hinter mir. Lege deine Hand an den Gürtel, damit du jederzeit eines deiner Messer ergreifen kannst."

Emily nickte schwach. Vorsichtshalber überprüfte sie ihre sieben Klingen. Sie waren noch in Ordnung – richtig einsortiert und scharf. Ob sie überhaupt werfen konnte, wenn ihre Finger vor Aufregung zitterten? Hoffentlich kommt Alexandrit bald wieder, dachte sie flehentlich, während ihr der Schweiß ungehemmt von der Stirn tropfte.

Der schwarzhaarige Junge stand am Rande des Geschehens; da, wo er nicht gesehen wurde. Seelenruhig strich er sich ein paar Strähnen aus der Stirn. Seine Lage hätte gar nicht besser sein können. Für ihn liefen die Dinge genau so, wie sie laufen sollten. Am allerbesten gefiel ihm, dass er über jeden Verdacht erhaben war

Dicht vor seinen Augen tummelten sich unzählige Kämpfer; Leute, die das Töten gelernt hatten, nun aber um ihr eigenes Leben bangten. Wie gut, dass er in dieser Hölle absolut ruhig bleiben konnte! Keine der gegnerischen Parteien würde ihm etwas antun.

Trotzdem hatte er Angst – warum wusste er selber nicht. Vermutlich handelte es sich um eine ganz spezielle Sorte Angst, die nur Verräter heimsucht.

Sowas wie heute hatte er schon sechs Mal getan, immer auf die gleiche Weise. Für ihn war es – dank seines Steines – nichts weiter als ein Spaß; einer, bei dem er selber nichts zu tun brauchte. Der Alexandrit nahm ihm die Arbeit ab, indem er das weibliche Geschlecht mit seinem moschusartigen Grün betörte.

Da niemand sonst von dieser Gabe wusste, konnte er sich immer wieder an die ahnungslosen Mädchen in den Lagern der Bunten heranmachen, um sie später – wenn sie ihm erst verfallen waren – für seine Zwecke zu missbrauchen.

Bisher war ihm noch keine durch die Lappen gegangen. Bisher hatte er immer bekommen, was er wollte. Diese armen, dummen Dinger erkannten seinen ständigen Gefährten – die schöne, bleiche Gestalt des Todes – für gewöhnlich viel zu spät!

Ja, er hatte alles bestens im Griff… Wenn da nur nicht diese weinenden, flehenden Stimmen gewesen wären! Die wurde er einfach nicht mehr los – so sehr er sich auch darum bemühte. Unaufhörlich drangen sie in sein Unterbewusstsein, ohne dass er sich dagegen wehren konnte.

War er deshalb so unruhig? Befürchtete er insgeheim, dass in Kürze noch eine weitere hinzukommen würde?

Rubines Leute näherten sich dem Lager. Sie begannen, das Tor mit starken, dicken Baumstämmen zu rammen. Im Pfeilregen der Bunten versuchten sie, ihre Enterhaken über die hölzerne Mauer zu werfen, um an den Seilen nach oben zu klettern.

Manch einer wurde tödlich getroffen, was jedoch bei Weitem nicht genug war. Für jeden, der zu Boden ging, rückten mindestens fünf nach, sodass schon bald die ersten von ihnen an die Brüstung kamen. Fast gleichzeitig brach das Holz.

Alexandrit, der am liebsten so schnell wie möglich weitergezogen wäre, verharrte an seinem Platz. Der Ausgang des nun folgenden Kampfes interessierte ihn nicht. Er hatte ohnehin nicht vor, sich daran zu beteiligen. Umso bedauerlicher fand er, dass sein Auftrag noch nicht erledigt war. Auf Wunsch der Fürstin musste er sich zuerst noch um das Mädchen kümmern, bevor er diesen trostlosen Ort endlich verlassen durfte.

Emily sah mit Entsetzen mehr und mehr gegnerische Kämpfer durch das zerborstene Tor drängen. Sie hielt den Griff des kleinen, dünnen Messers fest umklammert, während sie sich im Stillen bei Blackstone bedankte, die ihr in dieser Situation tatsächlich beistand. Jetzt würden sie jeden Moment hier sein, die Schwarzen! Furchtsam schaute sie sich um. Obwohl der Nebel die Sicht erschwerte, erkannte sie, dass die Augen ihrer Gefährten bereits starr und ausdruckslos waren; so, als ob sie schon aufgegeben hätten; so, als ob sie bereits wüssten, dass sie bald sterben mussten.

Wo war Alexandrit? Emily machte sich schreckliche Sorgen. Sie hoffte sehr, dass er nicht in Gefahr war. Ob sie ihn suchen sollte? Leise wandte sie sich an ihre Schwester.

„Du spinnst wohl!", zischte die Ältere aufgebracht zurück. „Für den riskieren wir gar nichts."

Der Vermisste bewegte sich nicht, als die Schlacht begann. Teilnahmslos beobachtete er, wie die Steinträger aufeinander einschlugen, …wie sie ihre Gesichter verzerrten, …wie sie ihre Münder aufrissen. Ohne jedes Mitgefühl sah er zu, wie die Leute, mit denen er die letzten Wochen verbrachte hatte, zu Boden sanken, …wie ihr Blick brach. Es rührte ihn nicht im Mindesten sie so leblos im Dreck liegen zu sehen.

Das einzige, was ihm Sorgen machte, war das Mädchen. Widerwillig musste er sich eingestehen, dass es ihm nicht gerade leicht fiel, seinen Plan zu vollenden. Fürchtete er sich insgeheim vor der kleinen Fremden aus der anderen Welt; vor dem Wesen, das Rubine um jeden Preis vernichten wollte?

Ärgerlich wischte er den Gedanken beiseite und beschloss, fürs erste einfach abzuwarten. Mit ein bisschen Glück würde sich das Problem vielleicht von ganz alleine erledigen.

Emily erschrak. Sie stand hoch oben auf dem Wehrgang zusammen mit Blackstone. Hier konnte man nur von vorne angegriffen werden. Außerdem hatte man es hier nur mit einem kleinen Teil der Feinde zu tun, mit denjenigen, die hinaufgeklettert kamen; und das waren schon mehr als genug.

Unzählige Köpfe schoben sich aus dem Nichts ins Blickfeld. Immer mehr geisterhaft verschleierte Körper stiegen über die Zinnen. Die jüngste der Schwestern konnte sich kaum noch beherrschen. Ihr Atem wurde flach. Nur undeutlich drangen die Todesschreie und das Geklirre der Schwerter an ihre Ohren, während Blackstone sämtliche Gegner von ihr abhielt.

Irgendwann wurde ihr ganz schwindelig. Alles um sie herum begann sich zu drehen. Sie hatte schon fast die Besinnung verloren, als jemand nach ihrer Hand griff. Erschrocken zuckte sie zusammen.

„Citrine?!"

Mit dem blinden Mädchen hatte sie nun wirklich am allerwenigsten gerechnet.

Ob sie denn überhaupt noch Freundinnen waren, nach all diesen bösen Worten? Hm, vermutlich schon. Ihre Streitigkeiten schienen auf wundersame Weise – ohne eine Aussprache – in Vergessenheit geraten zu sein. Schon erstaunlich, schoss es ihr durch den wirren Kopf, dass solche Dinge so schnell an Bedeutung verlieren können.

Die Nähe der ruhigen Blonden brachte sie schnell wieder zu sich.

Vorsichtig schaute sie zum Feuerplatz; dann zu den Zelten. Es war grauenvoll. Dort unten im Schlamm starben ihre Kameraden – einer nach dem anderen. Rubines Leute kannten keine Gnade!

Dieses brutale Gerangel erinnerte sie unwillkürlich an Historienfilme – solche, die ihr als Kind immer wieder Alpträume beschert hatten. Doch das hier war keine Fiktion. Das war die nackte Realität. Sie musste handeln. Sie konnte auf gar keinen Fall länger zusehen, wie ihre Bekannten und Freunde reihenweise abgeschlachtet wurden.

„Ich werde mich am Kampf beteiligen", stieß sie hastig hervor. „Ich muss Blackstone helfen."

Citrine hielt sie zurück. „Du hilfst ihr am besten, wenn du dich aus den Gefechten heraushältst und mir an einen sicheren Ort folgst", sagte sie leise. „Du bist noch nicht so weit."

Obwohl sie Recht hatte – so wie immer, sollte es noch eine ganze Weile dauern bis Emily ihr zustimmte. Diese Schlacht war in der Tat eine Nummer zu groß für sie. Wahrscheinlich würde sie jämmerlich versagen und alles nur noch schlimmer machen.

Bevor sie sich umdrehte, um mit der Blinden fortzugehen, sah sie noch ein letztes Mal auf den lärmenden Platz.

Ihr Atem stockte. Da war er ja, neben all den Leichen; eingehüllt in eine klamme, graue Wolke. Ihr Herz begann schneller zu schlagen. Endlich! Sie hatte seine Augen so vermisst! Ihr über alles geliebter Freund wartete am Fuße der Mauer. Außer ihr schien ihn niemand zu bemerken. Eine kalte, unverhohlene Gleichgültigkeit lag in seinen ebenmäßigen Zügen; eine Boshaftigkeit, die Emily in diesem Moment noch gar nicht wahrhaben wollte.

„Ich muss zu ihm!" rief sie aufgeregt, ohne auch nur den geringsten Verdacht zu schöpfen. Umso wütender reagierte sie, als Citrine sie mit überraschend festem, fast eisernem Griff am Handgelenk packte. „Lass das", fauchte Emily böse. „Da unten ist Alex! Wir müssen ihn mitnehmen!"

„Du wirst ihn auf gar keinen Fall mitnehmen", entgegnete ihre Freundin barsch, wobei sie vorsichtshalber noch ein wenig fester zudrückte.

„Lass mich gehen! Ich kann ihn nicht hier lassen. Ich kann ihn nicht sterben lassen! Ich…"

Die darauf folgende Ohrfeige traf sie hart und völlig unerwartet. „Willst du es denn nicht begreifen?" schrie das blonde Mädchen. „Er wusste es!"

Emily verstand immer noch nicht, warum sie so aufgebracht war. „Er wusste was?"

Der Kopf ihres Gegenübers wurde erst rosa, dann knallrot: „Er ist der Verräter! Er ist an allem hier schuld!"

„Alex…" Sein Name kam ihr in diesem Moment nur schwer über die Lippen. „Das könnte er nicht!"

„Oh doch", gab Citrine ungehalten zurück. „Er hat es bereits getan!"

Mit einem gewaltigen Ruck machte Emily sich los. Sie war völlig durcheinander. Tränen stiegen ihr in die Augen, während sie Sprosse für Sprosse nach unten kletterte.

Dort angekommen sah sie Sterbende; Kameraden, die sich vor Schmerzen krümmten, deren Herzen immer schwächer wurden, bis sie schließlich aufhörten zu schlagen – dazwischen solche, die bereits gestorben waren. Einige der Toten hatten die Lider geschlossen; andere erschreckten Emily mit ihren starren, gebrochenen Blicken. Wer von den Bunten noch übriggeblieben war, kämpfte weiter.

Mehr taumelnd als aufrecht bahnte sie sich ihren Weg durch das Grauen, wobei sie im Vorübergehen sah, dass Tigerauge sich im Eifer des Gefechts vollständig verwandelt hatte. Links und rechts von ihm fielen die Gegner wie willenlose Puppen zu Boden.

Kein Wunder! In seiner Iris loderte etwas, das Emily noch nie zuvor gesehen hatte: Hass – abgrundtiefe, unstillbare Rachgier. Wie ein alles verzehrendes Feuer brannte sie in seiner gefährlichen, gelben Raubtieriris. Auf seinem Kopf, seinem Rücken, seinen Beinen, ja sogar auf seinem Schwanz funkelte frisches, berglilienblaues Steinträgerblut.

Jetzt wusste sie, warum Calcite sich vor ihm gefürchtet hatte. Er benahm sich tatsächlich bestialisch, wenn er die Kontrolle über seine Kräfte verlor. Eilig hastete sie an ihm vorbei.

Der Junge, den sie suchte, stand einfach nur da; auch dann noch, als sie restlos erschöpft zu ihm vorgedrungen war. Voller Entsetzen starrte sie ihn an – minutenlang. Ihre violetten, golddurchzogenen Augen bohrten sich messerscharf in seine regungslosen grünen. Erschrocken wich er zurück.

„Alex…" Ihre Stimme zitterte, weil sie längst eingesehen hatte, dass Citrine mal wieder Recht hatte, …weil jetzt auch sie sein wahres Ich erkennen konnte. Bei näherem Hinsehen wirkte sein schönes, makelloses Antlitz statisch und kalt – wie aus Stein, sodass es Emily unwillkürlich an die Büsten aus dem Ahnensaal erinnerte.

Grenzenlos enttäuscht schaute sie auf seinen Mund; auf seine Lippen, die einst so wunderschöne Worte geformt hatten, …gelogene Worte, …Worte im Dienste eines Verrats, …Worte auf die sie hereingefallen war. Wie dumm von ihr!

Sie hatte seinen Charakter nie zuvor in Frage gestellt. Arglos hatte sie zugelassen, dass er sich in ihrem Herzen breit machte. Voller Schmerzen erinnerte sie sich an seine Küsse. Küsse, denen man die falsche Leidenschaft nicht hatte anschmecken können. Was für ein Irrtum! Dünne Rinnsale liefen lautlos über ihre Wangen, am Hals entlang bis auf die Jacke.

„Du gemeiner Lügner!" stieß sie nur mühsam hervor. „So raffiniert, wie du vorgegangen bist, hast du sicher schon öfter betrogen!

„Stimmt genau", gab ihr Gegenüber unumwunden zu, wobei sich ein maskenhaftes Grinsen auf sein Gesicht legte. „Genaugenommen schon sechsmal." Insgeheim hoffte er natürlich, dass es nun – in diesem Fall – wieder genau so sein würde wie sonst auch.

„Du hast sie alle verraten?!" Emily konnte nicht fassen, dass es so viel Boshaftigkeit gab.

„Ja", gestand er provozierend selbstbewusst. „Es war mir ein Vergnügen."

Die Kleine ihm gegenüber spürte, wie irgendwas in ihrem Innersten mit lautem, schrillem Klirren zersprang. Zahllose Scherben bohrten sich unaufhaltsam in ihr Fleisch. Hatte Obsidian ihr damals nicht ausdrücklich befohlen, niemandem zu vertrauen? Hatte sie – seine vertrottelte Enkeltochter – ihm nicht hoch und heilig versprochen, sich an diese Anweisungen zu halten? Wie hatte sie das alles einfach vergessen können? Jetzt waren durch ihre Dummheit unzählige Gefährten ums Leben gekommen. Sie schluchzte hemmungslos.

Genaugenommen sechsmal. Diese Worte gingen ihr nicht mehr aus dem Kopf. Wo waren sie jetzt? Sicher lagen sie längst unter blutgetränktem Gras – mausetot und halb verwest. Sechs Mädchen hatte er auf dem Gewissen… sechs… Sie würde nur eine von vielen sein.

Emily starrte den großen Schönen noch immer an. Sein vertrautes Gesicht war ihr fremd geworden. Nicht mal mehr die samtig grünen Augen konnten über sein niederträchtiges Wesen hinwegtäuschen!

Citrine hat es gewusst, dachte sie bitter. Nur deshalb hat sie mit mir gestritten. Wenn sie schon eine der wichtigsten Regeln vergessen hatte, warum hatte sie dann nicht wenigstens auf ihre Freundin gehört? Weil er der erste Junge gewesen war, für den sie sich interessiert hatte?

Emily versuchte krampfhaft, eine Erklärung für ihr Verhalten zu finden. Sie wollte ihn hassen – diesen Verräter – doch es gelang ihr nicht. Sie wollte sich auf ihn stürzen, doch sie blieb stehen. Was war nur mit ihr los?

Alexandrit schmunzelte. Er genoss den Kampf, der in ihr tobte. Zufrieden stellte er fest, dass auch sie nicht die Kraft aufbringen würde, sich gegen ihn zu stellen. Wie ein unbesiegbarer, schwarzer Engel schwebte er über dem Unheil, das er angerichtet hatte.

„Du liebst mich noch", tönte er selbstgefällig. „Du wirst mich auch dann noch lieben, wenn ich dir das Messer an die Kehle setze… wenn du vor Angst zitterst und um dein Leben bettelst!"
Emily hörte ihn nur dumpf, so, als wäre er meilenweit weg.
„Ich weiß genau, was in dir vorgeht", fuhr er fort. „Du willst mich töten, kannst es aber nicht." Sein hämisches, verzerrtes Lachen verhallte nur ganz langsam in der Ferne.

Emily wandte sich ab. Sie wollte nicht mehr mit ihm sprechen. Stattdessen schaute sie über das Schlachtfeld, wo sie unzählige Todesgeister in schwarzen, zerfransten Leinen zu den Kämpfern eilen sah. Einige zeigten den Dahingeschiedenen ihre abgelaufenen Uhren; andere setzten sich neben die Sterbenden auf den besudelten Boden, um bei ihnen zu sein, wenn die letzten Körner durch den Trichter fielen.
In all dem Durcheinander kniete ein mächtiger Tiger vor der weiblichen Gestalt eines Mädchens. Es war das Mädchen mit den wilden, bunten Haaren. Calcite. Ihr Körper war zu blass, um sich noch regen zu können; ihre Lippen zu fahl, um noch sprechen zu können; die Brust zu still, um noch atmen zu können. Krampfhaft presste er ihre bleiche Hand an sein Gesicht, so, als könne er sie dadurch wieder zum Leben erwecken.
Tränen liefen wie Sturzbäche aus seinen gescheckten Raubtieraugen. Unaufhaltsam und stumm fanden sie ihren Weg durch das gestreifte Fell, bis er sich irgendwann – unendlich langsam – in einen Steinträger zurück verwandelte. Dann küsste er sie ein letztes Mal.
Emilys Knie wurden weich. Sie wankte.

„Ich habe Calcite getötet", hauchte sie entsetzt, bevor sie endgültig das Gleichgewicht verlor.

Es ist schon wahr: Nichts wirkt so rasch wie Gift!

Erich Kästner- Die Ballade vom Nachahmungstrieb

24. Der Schwur

Metall blitzte auf. Schlagartig kam die Gestürzte wieder zu sich; alle Muskeln vor Schreck gespannt. Mit Entsetzen sah sie, dass Alexandrit eine Waffe gezogen hatte; eine Art Messer, dessen Klinge die Abenddämmerung mit der Helligkeit eines Wetterleuchtens durchbrach.

„Ich nehme an", sagte er kalt, „du weißt, was jetzt passieren wird."

Instinktiv tastete Emily nach ihrem Gürtel, während sie sich zwang, trotz dieser Bedrohung gleichmäßig und ruhig durchzuatmen. Wenn sie die Lage richtig einschätzte, wusste ihr Gegner nicht, dass sie diese Disziplin nahezu perfekt beherrschte. Das war ihre Chance!
Mit betont langsamen, schlurfenden Schritten – sein machetenförmiges Kampfgerät lässig von einer Hand in die andere werfend – kam der verhasste Junge auf sie zu.

„Nimm es nicht persönlich", spottete er ohne mit der Wimper zu zucken, „aber du warst – genau wie die anderen – einfach viel zu naiv…" Ein zynisches Grinsen huschte über sein Gesicht. „Trotzdem gefällst du mir – warum auch immer. Wahrscheinlich werde ich es irgendwann sogar bereuen, dich getötet zu haben." Er zuckte kurz mit den Schultern. „Wirklich schade, dass ich keine andere Wahl habe."

Emily kniff die Augen zusammen, um trotz der schlechten Sichtverhältnisse die Entfernung zum Ziel millimetergenau einschätzen zu können. Dann ging alles wie von selbst – genauso wie immer: Ganz ohne eigenes Zutun fand ihr Körper die richtige Position, …sirrte das Messer wenig später sicher auf seiner Bahn, …zerriss ein schmerzverzerrter, gellender Fluch die schwere, feuchte Luft; ein Fluch, der ihr die wohltuende Gewissheit gab, dass ihr Stein sie niemals im Stich lassen würde – auch dann nicht, wenn sie außerstande war, klar zu denken.
Das grobe Buschmesser, mit dem Alexandrit sie eben noch eingeschüchtert hatte, lag im Matsch zu seinen Füßen. Berglilienblaues Blut tropfte von seinen Fingerspitzen hinunter auf den Boden. Voller Entsetzen musste der Verletzte feststellen, dass sich eine federleichte, kleine Klinge mit der Spitze voran durch seinen linken Handrücken gebohrt hatte.
Er stöhnte kurz auf, beschloss dann aber, sich nicht allzu viel anmerken zu lassen. Mit einer schnellen, ruckartigen Bewegung zog er den Fremdkörper aus der Einstichstelle.

„Nicht schlecht für so ein unerfahrenes, kleines Ding wie dich", kommentierte er, sobald er seinen altbekannten, überlegenen Tonfall wiedergefunden hatte. „Nur schade, dass es dir nichts nützen wird. Du wirst sterben – so oder so." Bei diesen Worten bewegte er sich mit hämischer Miene weiter auf sie zu.

Möglichst unauffällig suchte Emily nach ihrem Lieblingsmesser; nach dem mit der Doppelklinge. Ah! Da war es ja! Voller Hast zog sie es hervor, um seine furcherregenden, langen Zacken so schnell wie möglich auf die Brust des Gegners zu richten.

„Wenn du es wagst, auch nur einen Schritt näherzukommen", drohte sie mit erstaunlich fester Stimme, „wird jede dieser Spitzen einen deiner Lungenflügel durchbohren. Das verspreche ich dir."

Sichtlich irritiert blieb Alexandrit stehen. „Nein", entgegnete er von oben herab. „Das wirst du bestimmt nicht tun…" Für einen kurzen Moment verzog er den Mund, womit er ungewollt verriet, dass er sich seiner Sache doch nicht ganz so sicher war.

„Warum denn nicht?" Emilys ametrinfarbene Iris funkelte ihn herausfordernd an.

„Weil du mich trotz allem noch liebst", antwortete der Schöne zögernd, während er inständig darauf hoffte, dass er auch richtig lag und es der kleinen Widerspenstigen nicht ein zweites Mal gelingen würde, auf ihn zu werfen. Eher fragend als wissend fixierte er sie mit seinen außergewöhnlichen, moschusgrünen Augen. Er schien Glück zu haben. Ein viel zu schroffes, ziemlich unglaubwürdiges *Du irrst dich* zerstreute zuverlässig jeden seiner Zweifel. „Wie ich sehe, verfliegt dein Hass schon wieder…", triumphierte er unverhohlen. „Sehr schön, denn ohne ihn – Das kannst du mir ruhig glauben! – wirst du mich niemals vernichten können."

Du darfst nicht auf sein Gequatsche eingehen, befahl Emily sich selbst. Er will dich nur ablenken. Er will die schrecklichen Bilder aus deinem Kopf vertreiben; …mit ihnen auch deine Wut und deine Enttäuschung. Dann bist du wehrlos. Du musst ihn töten, solange du es noch kannst… sofort. Los, töte ihn!

Doch das Messer in ihrer Hand bewegte sich nicht. War es schon zu spät? War der Alptraum, den sie gerade eben erlebt hatte, etwa schon vergessen? Zu keiner Handlung fähig ließ sie ihn von hinten an sich herantreten... Sie ließ sich sein dreckbeschmiertes Messer an die Kehle legen…

„Warum vermeidest du einen fairen Kampf?", versuchte sie das Ruder in letzter Sekunde doch noch herumzureißen. „Bist du etwa so schlecht, dass du nur mit Wehrlosen fertig wirst?"

Er ließ sich tatsächlich provozieren. Gott sei Dank! „Nun gut", lenkte er ein. „Auf welche Weise wir es hinter uns bringen ist mir im Grunde egal. Wenn du unbedingt kämpfen willst, soll es mir Recht sein."

Emily versuchte, sich zu konzentrieren. Was hatte er gerade eben zu ihr gesagt… über den Hass? Ob sie ihm ohne dieses machtvolle Gefühl hilflos ausgeliefert war? Ob die grausamen Erlebnisse der letzten Stunden ihr dabei geholfen hatten, ihn zu verletzen? Mit aller Kraft zwang sie sich, einen weiteren Blick auf das Schlachtfeld zu werfen. Da waren sie ja wieder: all die Toten, all die Verletzten… Calcite, leblos in den Armen ihres Freundes; ein verzweifelt winselnder Ivo, der von nun an für den Rest seines Lebens leiden würde; und natürlich Tigerauge – tränenüberströmt. Wie grässlich! Sie – Emily – hatte durch ihre Leichtsinnigkeit den Tod und die Qualen all dieser Wesen verursacht. Durch Alexandrit hatte sich – kaum in Orcus angekommen – ein Fluch auf ihre Schultern gelegt; einer, der für immer auf ihr lasten würde.

Als sie in sich hinein spürte, fühlte sie den ganzen Schmerz, das Leid und die Qualen der verstorbenen Gefährten, wodurch ihr Hass auf den Verräter augenblicklich wieder zurückkehrte. Unaufhaltsam breitete er sich aus, bis er schließlich jede Zelle ihres Körpers erfüllte. Wenn sie diese Bilder nicht gleich wieder vergessen würde, würde sie ihn ganz sicher besiegen.

„Nun, wie willst du sterben?" fragte Alexandrit mit höhnischer Stimme, als sie außerhalb des Lagers angekommen waren; auf einer staubigen Anhöhe, die er sich für den bevorstehenden Zweikampf ausgesucht hatte. „Soll ich gleich ins Herz zielen oder willst du lieber ganz langsam Tropfen für Tropfen verbluten?" Dabei hielt er seine Waffe, die er zuvor aufgehoben und mitgenommen hatte, zusammen mit der ihren in seiner unversehrten Rechten.

Emily bemühte sich nach Kräften, seine widerlichen Frotzeleien zu überhören. Stattdessen suchte sie verzweifelt nach einer Stelle, die ihr guten Stand gewährte. Dort checkte sie ihre übrig gebliebenen Messer.

Alexandrit sah ihr grinsend zu. Geduldig wartete er, bis sie mit ihrer Aufmerksamkeit zu ihm zurückgekehrt war. Dann öffnete er seine schwere, matt glänzende Jacke, worauf der

Atem seiner Gegnerin augenblicklich ins Stocken geriet. Über der Brust trug er einen Gürtel, in dem zwölf Klingen steckten – sechs mehr als in ihrem.

„Ich bin einer der Besten", erklärte er betont lässig. „Messerwerfen gehört zu meinen Talenten."

Emily schluckte. Das machte die Sache natürlich wesentlich komplizierter. Ängstlich fragte sie sich, wie groß der Unterschied zwischen einem Talent und einer Gabe wohl war. Darüber hatte sie mit ihrem Großvater noch nie gesprochen. Ob er ausreichte, um siegen zu können?

Mit einer lässigen Handbewegung schleuderte Alexandrit ihr das kleine Spitze zurück. „Wie du siehst, brauche ich keines von deinen!"

So verhöhnt versuchte Emily sofort auf ihn zu zielen – leider vergebens. Sie konnte die passende Bahn einfach nicht finden – so sehr sie sich auch darum bemühte. Es war wie verhext. Je länger sie ihm in die Augen sah, umso blasser wurden die Erinnerungen an das Grauen, das er über ihre Kameraden gebracht hatte. Am Ende stand sie wieder nur da… Sie ließ ihn ein weiteres Mal an sich herankommen; ganz nahe, genau wie eben. Sie rührte sich nicht von der Stelle, als er hinter sie trat, ihre Haare zur Seite schob und seine Lippen auf ihren langen, weißen Hals drückte.

„Siehst du", flüsterte er leise, während er dem Mädchen erneut eine seiner Klingen an die Kehle setzte, „auch du kannst dich der Magie meines Steines nicht entziehen. Auch du erliegst meinem Charme, obwohl du ganz genau weißt, dass ich dich umbringen werde."

Verdammt! Wo waren denn die Bilder? Die blutigen Kämpfe, …die verblichenen Gesichter, …Calcite leblos im Matsch, …Tigerauge innerlich zerstört… Emily versuchte krampfhaft, all das wiederzufinden, weshalb sie nur auch undeutlich hörte, was Alexandrit gerade zu ihr sagte.

„Weißt du Ametrine", drang es wie aus weiter Ferne an ihre Ohren, „unser Timing war äußerst schlecht. In Friedenszeiten wäre aus uns vielleicht sogar ein glückliches Paar geworden." Er ließ ein paar Blutstropfen aus ihrer weißen Haut hervorquellen. „Wirklich schade, dass ich das Leben eines Verräters gewählt habe; ein Los voller Ruhm und Ehre, doch leider auch eines voller Verluste."

Während seiner schwülstigen Abschiedsrede bemerkte er gar nicht, dass er mit einer Abwesenden sprach. Er verstand nicht, was sich gerade im Kopf seines Opfers abspielte. So kam es dann auch, dass der gellende Schrei, den er plötzlich von sich gab, seinen Fluch von eben noch bei Weitem übertraf.

Fast ohnmächtig vor Schmerz ließ er von ihr ab. Sein Arm, mit dem er das Messer grade noch an ihren Hals gehalten hatte, war vom Handgelenk bis zum Ellenbogen hin aufgeschlitzt. Er krümmte sich zusammen. Blaues Blut lief in Strömen auf den Boden, wo sich eine ständig wachsende Lache bildete.

Mit letzter Kraft riss er ein Stück Leinen aus seinem Hemd, um den Schnitt zu verbinden. Wie hatte das nur passieren können? Wie war es ihr gelungen, ihn absolut kampfunfähig zu machen? War sie vielleicht doch stärker, als er angenommen hatte?

„Du willst allen Ernstes mit mir abrechnen!?" stammelte er fassungslos, wobei er mit schweren Schritten zurückwich.

„Ja." Das Mädchen antwortete überraschend ruhig. „Ich werde dich umbringen – früher oder später. Ich werde dir jede Ader einzeln aufschlitzen und dabei zusehen, wie du zu meinen Füßen um Gnade winselst, du Bastard."

Mit letzter Kraft versuchte Alexandrit den zerfetzten Ärmel weiter nach oben zu schieben, um ausreichend Platz für eine Kompresse zu schaffen, was ihm – wie er schnell feststellen musste – aufgrund seiner Handverletzung kaum möglich war. Notgedrungen nahm er den Mund zu Hilfe.

Derweil verfolgte Emily jede seiner Bewegungen. Was zum Teufel war das denn? Widerwillig befahl sie sich, noch etwas genauer hinzusehen. Ja… tatsächlich! Sie hatte sich nicht vertan! Zwei bösartige, ginstergelbe Augen funkelten angriffslustig unter dem ausgefransten Stoff hervor. Eine Schlange, durchfuhr es sie. Sein Steinteiler ist ein Taipan! Nun gut, was sonst hätte man von einem Verräter auch erwarten können!

Langsam glitt das unheimliche Reptil am Körper ihres Kontrahenten hinunter auf den lehmigen Boden.

„Das ist Zarah", erklärte der Junge mit zusammengebissenen Zähnen, während er die Schleife vorsichtig zuzog. „Jetzt, da ich es nicht mehr kann, wird sie sich um dich kümmern." Mit einem lässigen Pfiff rief er Ardoukoba herbei, der sich unaufgefordert neben ihn legte, damit er besser aufsteigen konnte.

„Du haust ab?!" Emily wollte nicht glauben, was sie sah. „Du bist ein Feigling, Alexandrit!" schrie sie außer sich vor Wut. „Glaube ja nicht, dass du mir entkommen kannst. Eines Tages werden wir uns wiedersehen… ganz sicher… Dann wirst du deine Schuld endgültig begleichen!"

Sie war so gefangen von dieser Wendung, dass sie seinen hinterlistigen Teiler schon wieder vergessen hatte.

„Es wird keinen zweiten Versuch geben", erwiderte der Junge lächelnd, den Blick gespannt auf ihre Beine gerichtet. „In ein paar Minuten wird alles vorbei sein."

Er war so froh, dass er sich auf Zarah verlassen konnte! Sie würde im Bruchteil einer Sekunde vollbringen, was er selber nicht geschafft hatte. Mit einem kurzen Biss ließ sie das Mädchen kraftlos zu Boden sinken. Anschließend schob sie sich an einem der grauen Pferdebeine wieder nach oben, um still und heimlich da zu verschwinden, wo sie hergekommen war.

Das erste was Emily sah, als sie wieder zu sich kam, waren Bäume. Geblendet vom Tageslicht kniff sie die Lider zusammen.

„Ametrine ist wieder bei Bewusstsein!", hörte sie Amazonit erleichtert rufen, wobei sich sein Gesicht sogleich über das ihre beugte. „Hey, Blackstone, Sodalitha, kommt mal her!"
Die beiden haben überlebt, dachte Emily immer noch benommen. Gott sei Dank! Doch was war mit Obsidian?
„Tigerauge hat dich gerade noch rechtzeitig gefunden", ertönte seine Stimme gleich darauf ganz aus der Nähe. „Er hat dir das Gift aus dem Bein gesaugt."

Es dauerte eine Weile bis Emily begriff, was sich vor ihrer Ohnmacht ereignet hatte.

„Wie lange war ich denn weg?" fragte sie dann.
„Genau drei Tage", antwortete Amazonit ruhig. „Das ist nicht viel, wenn man bedenkt, dass die Neurotoxine dieser gefährlichen Schlangenart bei einem erwachsenen Steinträger binnen weniger Minuten zum Herzstillstand führen."
Emily schluchzte.
„Hey!" Citrines Freund half ihr behutsam auf. „Was hast du denn?"
„Es ist alles meine Schuld!"
„Was ist deine Schuld?"
„Dass wir verraten worden sind, ...dass so viele gestorben sind, ...dass Calcite tot ist..."
Sie wich seinem Blick aus. „Ich habe euch alle ins Verderben gestürzt."
„Nein", entgegnete der Ältere einfühlsam, „das stimmt nicht. Das darfst du nicht sagen – nicht mal denken! Wir tragen mindestens so viel Schuld wie du. Wir hätten Alexandrit niemals bei uns aufnehmen dürfen."

„Ich habe ihm so viel erzählt: alles über meine Familie, meine Freunde, über mich…", jammerte das Mädchen ungeachtet dessen.

„Du bist ja auch noch nicht lange hier. Du konntest es nicht wissen."

Es war wirklich rührend, dass Amazonit sich solche Mühe gab, ihr Verhalten zu entschuldigen, doch leider half Emily auch das nicht wirklich weiter. „Citrine hat so oft versucht, mir die Augen zu öffnen…", klagte sie am Boden zerstört, „…ich habe einfach nicht auf sie hören wollen."

Nervös schaute sie sich um. So, wie es aussah, hatten nur wenige ihrer Kameraden überlebt. Sie konnte gar nicht fassen, dass ausgerechnet ihre engsten Vertrauten – Blackstone, Sodalitha, Obsidian, Amazonit und Citrine – unversehrt in ihrer Nähe saßen.

„Ihr habt es geschafft, dieser Hölle zu entkommen?", fragte sie erstaunt; gleichzeitig aber auch ziemlich erleichtert.

„Wir haben gekämpft – wie alle anderen – bis es keinen Sinn mehr gemacht hat", berichtete die älteste der Schwestern. „Dann sind wir geflohen. Tigerauge hat uns sicher durchs Dickicht geführt. Ohne ihn hätten wir es nicht geschafft. Er war es auch, der dich gefunden und hierher getragen hat."

Zaghaft sah Emily zu ihrem Retter hinüber, der regungslos an einem der Bäume lehnte. „Danke", sagte sie leise in seine Richtung gewandt. Sie fand es ganz schön unangenehm, dass ausgerechnet er sich so aufopfernd um sie gekümmert hatte. Immerhin war sie für sein Leid verantwortlich – daran änderten auch Amazonits Worte nichts. „Er hätte mich sterben lassen sollen", murmelte sie leise vor sich hin. „Ich bin so viel Mühe gar nicht wert."

Der in sich Versunkene war gedanklich weit weg von hier. Seine traurigen Augen starrten ausdruckslos in die Ferne. Er sah die Dinge nun mal anders als sein Freund – eher so wie Emily. Für ihn trug sie die größte Schuld an dieser Tragödie. Durch ihre Leichtgläubigkeit hatte er seine Liebste verloren. Im Grunde wusste er selbst nicht, warum er ihr das Gift aus der Wunde gesaugt hatte. Wegen Blackstone vielleicht? Hatte er seiner Verflossenen ersparen wollen, was er gerade durchmachte?

Immer wieder sah er das feindliche Schwert vor sich. Er sah, wie es mit einem gewaltigen Zischen durch die Luft glitt, um sich erbarmungslos in Calcites Rücken zu bohren, so, dass sie augenblicklich ohne einen Laut von sich zu geben zu Boden stürzte. Er hatte ihren Tod nicht hinnehmen wollen… hatte sich mit Händen und Füßen dagegen gewehrt. Schließlich war er vollkommen ausgerastet. Ein weiteres Mal war der Tiger in ihm erwacht. Ein weiteres Mal hatte er zahllose Gegner bestialisch zerfleischt.

Missmutig verließ der Junge seinen Platz am Baum, um den anderen nun doch noch Gesellschaft zu leisten. Er wollte nicht länger über die Vergangenheit nachdenken; nicht länger mit diesen trüben Erinnerungen alleine sein.

Am Feuer angekommen legte Ivo sich vertrauensvoll zu seinen Füßen. Seitdem seine Herrin tot war, verstanden sich die beiden wesentlich besser. Immerhin hatten sie mit dem gleichen Verlust zu kämpfen; waren im Schmerz miteinander vereint.

Fahrig zog Tigerauge ein allerletztes, glitzerndes Nebelkrautblatt hervor. Mit geübten Bewegungen rollte er es zwischen seinen Fingern zusammen, um es gleich darauf am Feuer anzuzünden. Als es dann endlich amarillisrot zu glimmen begann, nahm er einen tiefen Zug.

Sowas könnte ich jetzt auch brauchen, dachte Emily, worauf sie ihren Platz verließ und sich neben ihn setzte. Sie verstand selbst nicht, warum sie seine Nähe suchte, obwohl sie doch genau wusste, dass er nicht gut auf sie zu sprechen war.

„Solltest du dich nicht ausruhen?" Die Frage des zerzausten Braungelockten klang abweisend, undeutlich und dumpf. An ihrer Melodie erkannte Emily gleich, dass die im Rauch enthaltene Substanz ihre Wirkung längst entfaltet hatte.

„Ich kann mich nicht ausruhen", erwiderte sie tonlos, „solange ich nicht vergessen kann."

„Wer kann das schon?"

Tigerauge inhalierte abermals.

„Hilft das?", fragte seine Nachbarin vorsichtig nach.

„Für kurze Zeit schon."

„Dann gib es mir!", bettelte sie. „Lass mich wenigstens für einen Moment die Sache mit Alexandrit vergessen."

Der Junge überlegte kurz. Dann reichte er ihr das starke, leise vor sich hin qualmende Heilmittel. „Nur ein Mal", mahnte er.

In den nächsten Tagen kam Emily wieder zu Kräften, doch war von nun an nichts mehr so wie früher. Sie war nicht mehr das niedliche, unbedarfte Mädchen aus der anderen Welt. Die Last auf ihren Schultern hatte sie schneller als erwartet reifen lassen.

Wie erwachsen sie geworden ist, dachte Blackstone jedes Mal, wenn sie ihre Schwester genauer betrachtete. Sie hat ja überhaupt nichts Kindliches mehr an sich. Auch Sodalitha wunderte sich. Das ist ja gar nicht mehr die quirlige Kleine, die andauernd dumme Fragen stellt und auch gerne mal ausrastet, ging es ihr immer wieder durch den Kopf. *Ametrine ist nicht mehr fröhlich*, bemängelte Amazonit. *Sie wirkt wie eingefroren.*

Auch Emily selbst bemerkte diese Veränderung. Es war ihr schon klar, dass sie mit den Scherben zusammenhing, die sie seit dem Tag des Verrats mit sich herumschleppte. *Füge sie wieder zusammen*, befahl ihre innere Stimme. *Sonst wirst du nie mehr die Alte sein; …sonst wirst du nie mehr jemandem wirklich vertrauen können – schon gar keinem Jungen.*

Als sie wieder ganz gesund war, verließ sie zusammen mit dem kläglichen Rest der Truppe den Ort des Schreckens. Wochenlang zog sie mit den Kameraden durch Orcus auf der Suche nach einem sicheren Lagerplatz. Wo sie auch hinkamen wimmelte es von Schwarzen, sodass Obsidian sie schließlich zu den Ruinen der Kinderfestung führte. Hier würde Rubine sie ganz sicher nicht vermuten!

Oberhalb einer felsigen Schlucht bauten sie auf, was von ihren Zelten noch übrig geblieben war; Stangen, Planen und Matten, die sie gleich nach der Schlacht aus den Trümmern geborgen hatten.

Am nächsten Abend zog es Emily, die gerade unterwegs war, um Brennholz zu suchen, an einen schwindelerregenden Abgrund direkt neben dem Lagerplatz. Dahinter – nicht allzu weit entfernt – zeigte sich ein dampfender Höhenzug; die sagenumwobenen Feuerberge, welche zu jedem Jahreswechsel glühende Lavaströme in die Täler schickten.

Wie einfach wäre es, jetzt in die Tiefe zu springen, um endlich frei zu sein, dachte sie traurig; frei von Gewissensbissen, frei von zersetzenden Gefühlen, frei von allem, was sie bedrückte. Wirklich schade, dass sie sich nicht davonstehlen durfte, …dass sie Citrine vor ein paar Tagen hoch und heilig versprochen hatte, ihr Schicksal künftig ohne ein Wort der Klage hinzunehmen.

So in ihre trüben Gedanken vertieft, übersah sie die blinde Seherin. Sie war genauso überraschend aufgetaucht wie damals, mitten in der Schlacht.

„Was machst du denn hier?" fragte sie mit sanfter Stimme.

„Ich denke über mein Leben nach."

„Auch über deine Zukunft?"

„Vielleicht." Emily starrte abwesend in die Tiefe. „Du wusstest es doch, oder?", fragte sie ein wenig vorwurfsvoll. „Du wusstest ganz genau, dass es so kommen würde."

Citrine schwieg.

„Warum wurde ausgerechnet mir so was angetan? Womit habe ich das verdient?"

„Das Leben", erklärte ihr die Freundin, „ist nicht berechenbar. Viele Dinge bekommen erst im Nachhinein einen Sinn. Glaube mir, irgendwann werden sie von ganz alleine in einen großen Zusammenhang rücken."

„Dann sag mir wenigstens, wie es ausgehen wird!", bettelte die Geplagte. „Nur dieses eine Mal!" Flehend klammerte sie sich an Citrines Arm. „Lohnt es sich denn überhaupt weiterzuleben?"

„Wie oft soll ich dir das denn noch erklären?", stöhnte die Blinde, während sie Emilys Hände von sich abschüttelte. „Man kann die Zukunft nicht ändern. Jeder von uns muss seine Erfüllung selber finden – auch du."

Emily blickte verlegen auf ihre Wade. Die tiefen Bisswunden waren fast verheilt. Rein äußerlich würde sie nicht mal eine Narbe davontragen. Doch was war mit ihrem Inneren?

„Alex!", hörte sie sich plötzlich schreien, so laut, dass es von den Felsen widerhallte, „…Alex …Alex …Alex. Ich werde dich finden! …werde dich finden …finden. Und ich werde erst Ruhe geben, wenn du tot bist, du Bastard! …Bastard …Bastard. Das schwöre ich dir! …schwöre ich dir …ich dir."

Sie brüllte aus vollem Halse, bis ihre Schmerzen endlich nachließen. Tränen rannen ihr übers Gesicht; nicht etwa Tränen der Trauer oder des Selbstmitleids, sondern Tränen des Hasses, die gnadenlose, unbarmherzige Rache forderten.

Unruhe ist der ärgste Dämon im Leben.

Bertold Auerbach

25. Ruhelos

Seit der großen Niederlage hatte Emily schreckliche Albträume – immer die gleichen. Sie sah Calcites Geist – ein gruseliges, unwirkliches Wesen – mit langen Fingern nach ihrem Arm greifen.

Lass mich los, flehte sie jede Nacht aufs Neue, worauf der ungebetene Gast schrill und geifernd lachte: *Ich werde dich erst in Ruhe lassen, wenn du deine Schuld beglichen hast.* Etwas später löste er seinen durchscheinenden Körper langsam auf, bis nur noch das Skelett zu sehen war. *Ich will Vergeltung. Räche meinen Tod!*, lärmte er mundlos weiter; seine leeren Augenhöhlen vorwurfsvoll auf die Schlafende gerichtet.

Kannst du mich nicht einfach in Frieden lassen? In der Regel verlegte sich Emily aufs Betteln – bedauerlicherweise jedoch ohne Erfolg. Die knochigen Hände des lästigen Gerippes drückten nur noch fester zu, wenn sie versuchte, es wieder loszuwerden. Außerdem rückte es dann erst recht ganz nahe an ihr Gesicht heran, sodass sie in seinen Schädel hineinsehen konnte. *Töte Alex, töte Alex, töte Alex…*, schrie es ihr fortwährend entgegen, bis sie endlich aufschreckte; völlig erschöpft und schweißgebadet.

Anschließend lief sie für gewöhnlich planlos im Lager umher.

Wochenlang ging das nun schon so, weshalb auch nicht damit zu rechnen war, dass dieser Wahn eines Tages von alleine wieder aufhören würde. Emily hatte den anderen nichts davon erzählt. Sie wollte ihre Familie – insbesondere Blackstone – mit solchen Schauergeschichten auf gar keinen Fall in Unruhe versetzen.

Als sie in dieser Nacht auf Zehenspitzen hinausschlich, ging draußen ein rauer, frischer Wind. Sie fror. Doch das störte sie nicht. Die Qualen in ihrem Inneren machten sie unempfindlich gegen die äußere Kälte. Mit Unbehagen hatte sie bereits vor einiger Zeit zur Kenntnis genommen, dass ihre Schmerzen mit jedem Tag, den sie nutzlos hier am Fuße der Feuerberge verbrachte, zunahmen. Immer wieder hatte sie sich gefragt, warum sie ihrem Schwur nicht schon längst gefolgt war.

Im Grunde war es nur die Angst, die sie aufhielt; Angst davor, die Sache ganz alleine durchziehen zu müssen. Daran würde sich aber auch in Zukunft nichts ändern – egal wie lange sie es noch vor sich her schob. Wenn sie also nicht bis in alle Ewigkeit wie ein gehetztes Tier im Mondschein zwischen den schlafenden Kameraden herumirren wollte, musste sie ihre Furcht früher oder später überwinden.

Leise schlich sie sich an Citrine vorbei um notdürftig ein paar Sachen zusammenzupacken: getrockneten Fisch, gepökeltes Fleisch, einen Lederschlauch voll Wasser sowie ein paar kleine Fläschchen gefüllt mit medizinischen Tränken. Nachdem sie den Bogen samt Köcher geschultert hatte, schnallte sie ihre Messer um.

Gedankenverloren ließ sie den Blick noch einmal durch den Raum gleiten. Hatte sie noch etwas vergessen? Natürlich! Wo war denn ihr Schwert, das mit dem ametrinbesetzten Griff? Nach einigem Hin und Her fand sie es hinter Citrines Bett, wo es schon seit einiger Zeit vernachlässigt auf dem staubigen Boden herumlag.

Wehmütig sah sie zu dem blonden, still vor sich hin träumenden Mädchen hinüber. Ob sie ihre Freundin jemals wiedersehen würde? Langsam aber entschlossen wandte sie sich zum Ausgang. Sie wusste, dass es keinen anderen Weg gab. Sie musste ihren Frieden zurückgewinnen, bevor sie gänzlich an dieser Situation zerbrach.

„Wacht auf!" Amazonits Stimme dröhnte über das ganze Lager hinweg, als er von seinem morgendlichen Kontrollgang zurückkam.

„Was ist denn los?", fragte Blackstone, die widerwillig, noch hundemüde aus ihrem Zelt kroch.

„Ametrine! Sie ist weg!", schrie der Junge vollkommen verzweifelt. „Eines der Pferde fehlt. Abgesehen davon sind auch ihre Sachen verschwunden."

Sofort waren alle im Lager hellwach. Aufgeregt liefen die Kameraden herbei, um die Lage zu diskutieren.

„Was denkt sie sich dabei? Sie kennt sich hier doch gar nicht aus!", schimpfte Obsidian, der eher verärgert als besorgt klang.

„Na ja." Nephrita gähnte herzhaft, während sie ihre langen braunen Locken etwas unbeholfen zurecht zupfte. „Vielleicht reitet sie ja nur ein wenig in der Gegend herum." Sie konnte nicht verstehen, dass man sie wegen so einer Lappalie aus dem Schlaf gerissen hatte.

„Blödsinn!", entgegnete Sodalitha schroff. „Dann hätte sie doch nicht alles mitgenommen. Außerdem ist sie noch nie ohne Begleitung ausgeritten. Nein, ich weiß was sie vorhat."

Die anderen schauten gespannt auf ihre Lippen.

„Sie will Alexandrit finden."

„Das ist ja glatter Selbstmord!" Entsetzt sprang Blackstone auf. „Dieser Kerl ist unberechenbar. Was passiert denn, wenn er seine Schlange auf sie hetzt? Ohne Tigerauge wäre sie doch schon beim letzten Mal gestorben! Wir müssen ihr helfen!" Mit wilder Entschlossenheit in den rabenschwarzen Augen schaute sie in die Runde.

„Ich glaube kaum, dass wir sie finden", bemerkte Citrine mit leiser Stimme. „Ihr Wille ist ungeheuer stark. Er treibt sie schneller voran, als wir ihr folgen können. Außerdem muss sie – wie jeder von uns – am Ende doch alleine mit ihrem Schicksal zurechtkommen. Es wäre falsch von uns, ihr zu helfen."

Mit ihren altbekannten Worten, die sie in solchen Situationen immer wieder hervorkramte, hatte sie natürlich Recht, weshalb die Zurückgebliebenen widerwillig beschlossen, die Kleine aus der anderen Welt ziehen zu lassen; in der Hoffnung, dass sie ihrer Aufgabe auch gewachsen war.

Stunde um Stunde verging, ohne dass Emily müde wurde. Schweigend trieb sie die gutmütige Braune weiter voran, wobei ihre Bewegungen auf wundersame Weise mit denen des zarten Tieres verschmolzen.

„Erzählst du mir, wo du hin willst?"

Als die Stute gegen Abend wagte, die endlose Stille zu brechen, zuckte die junge Gammeuserin erschrocken zusammen. Um ein Haar wäre sie heruntergefallen! Sie war noch immer nicht daran gewöhnt, dass hier – in Orcus – nicht nur die Steinträger sprachen. „Ich weiß es nicht", bekannte sie bereitwillig, während sie versuchte, wieder ins Gleichgewicht zu kommen. „Wirklich nicht!"

„Wie lenkst du mich denn, wenn du gar kein Ziel hast?" Das Pferd klang verwundert, vielleicht sogar ein bisschen amüsiert.

„Ich lenke dich?" Ungläubig legte die Schwarzgelockte ihre Stirn in Falten. Was für ein Blödsinn! Bisher hatte sie noch nicht ein Mal die Richtung vorgegeben!

„Ich spüre, was in dir passiert", kam es prompt von vorne zurück, so, als wäre es das Selbstverständlichste auf der Welt. „Du führst mich mit deiner Intuition."

„Aber ich weiß doch nicht wohin!" Emily war sichtlich irritiert. „Ich weiß doch nur, wen ich finden will."

Verflixt! Diese Unterhaltung nahm jetzt langsam aber sicher einen ziemlich unangenehmen Verlauf. Konnten sie denn nicht einfach über etwas anderes sprechen? Konnte die angeblich so feinfühlige Stute ihren stummen Wunsch denn nicht erahnen?

„Du suchst also nach einem Jungen", fuhr die Neugierige stattdessen völlig unbeirrt fort, „nach einem hübschen Kerl, von dem du nicht genau weißt, ob du ihn lieben oder hassen sollst?"

Die Ertappte schwieg. Dieser Gaul war ja wirklich ganz schön scharfsinnig, viel zu schlau für ihren Geschmack.

„Warum suchst du denn nach ihm?", wollte er jetzt auch noch wissen.

„Weil ich ihn umbringen muss."

„Obwohl du ihn liebst?"

„Manchmal liebt man eindeutig den Falschen", erklärte das Mädchen eisig. Eine lange Pause entstand, bevor es nachdenklich hinzufügte: „Es ist schon seltsam. Obwohl er so grausam war, tut es mir leid, dass ich ihn vernichten muss."

„Warum lässt du ihn denn dann nicht einfach in Ruhe?"

„Weil er ein widerlicher Verräter ist, und es mir deutlich besser gehen wird, wenn er nicht mehr lebt. Er hat mir eine Last aufgebürdet, die ich nicht länger tragen kann."

An der nächsten Wegbiegung blieben die beiden stehen.

„Was ist denn los?", erkundigte sich die Braune.

„Alex ist hier… ganz in der Nähe." Emily hob den Kopf, um die Waldluft noch etwas genauer zu prüfen. Seit sie sich in Orcus befand – seit sie ihren Stein bekommen hatte – konnte sie nicht nur besser hören, sondern auch deutlich besser riechen, was schon ziemlich hilfreich war, wenn man jemanden finden wollte. „Er muss hier sein", stellte sie fest, worauf das eben noch so geschwätzige Tier nervös mit den Hufen scharrte. „Siehst du die frischen Fußabdrücke vor uns im Matsch? Das sind seine."

Sie schwieg für einen Moment, in dem sich völlig unerwartet eine merkwürdige, nie zuvor erlebte Ruhe auf ihre eben noch so unruhige Seele legte.

„Was um Himmels Willen machen wir denn jetzt?" Blackstone wandte sich verzweifelt an ihre Gefährten. „Zwei Tage warten wir nun schon darauf, dass sie zurückkommt. Wir müssen etwas unternehmen!" Da niemand reagierte, fügte sie aufgeregt hinzu: „Ich habe ihr ganz fest versprochen, sie zu beschützen wenn wir in Orcus sind."

„Wie dumm von dir", schalt Obsidian. „So eine Zusage kann man doch gar nicht einhalten; erst recht nicht in Zeiten wie diesen. Außerdem ist sie weder notwendig noch sinnvoll. Ametrine ist kein Kind mehr. Die Luft hier hat sie verändert. Sie ist stärker und mutiger geworden. Wenn sie uns brauchen würde, wäre sie nicht einfach verschwunden. Wir werden sie schon wiedersehen, wenn sie erledigt hat, was sie tun muss."

Citrine nickte zustimmend. Sie war froh darüber, dass er ihre Sichtweise teilte.

Für einen Moment wurde es still, bis Sodalitha sich vorsichtig in das Gespräch einmischte.

„Eines habt Ihr übersehen, Professor!", gab sie zu bedenken, den Blick fest auf Blackstone und den Großvater gerichtet. „Wir können hier nicht warten, bis sie zurückkommt. Wir müssen unseren Plan verfolgen. Habt ihr das schon vergessen?"

„Ihr wollt uns verlassen?" Tigerauge sah sie vorwurfsoll an.

„Wir müssen euch verlassen.", erklärte Obsidian anstelle seiner Enkelin. „Jetzt, da wir uns wieder eingelebt haben, da wir auch sonst keine wichtigen Aufgaben mehr haben, müssen wir endlich nach meiner Tochter suchen… Amethyste. Sie wird schon seit einiger Zeit vermisst."

„Wo vermutet ihr sie denn?", fragte Nephrita, die nur zu genau wusste, wie schwer es war, einen verlorengegangenen Bunten zu finden.

„Wir beginnen mit der Korallenfestung. Dort war sie früher oft zu Gast."

„Das sind ja ganze zehn Tagesritte", wandte Amazonit ein. „Außerdem führt der Weg dorthin durch feindliches Gebiet…"

Sichtlich nervös fuhr sich Tigerauge durch die zerzausten Haare. „Wenn das so ist, müssen wir euch begleiten." Seine Worte kamen ohne Zögern; fast schon ein wenig übereifrig. „Ich habe sowieso keine Lust hier noch länger tatenlos herumzusitzen." Bittend schaute er von einem zum anderen. „Ametrine wird uns schon finden. Wir schreiben ihr eine Nachricht."

Mit Erleichterung nahm er zur Kenntnis, dass sein Ansinnen nach einigem Hin und Her tatsächlich Zustimmung fand. Auf diese Weise war es ihm möglich, weiterhin in Blackstones Nähe zu bleiben.

Schon ein paar Tage später brachen sie ihre Zelte ab. Als sie alle Habseligkeiten gebündelt auf die Pferde gepackt hatten, kritzelte die mittlere der Schwestern noch schnell ein paar Worte auf einen alten, speckigen Lederfetzen:

Wir sind in der Korallenfestung.
Wir warten dort auf dich.

Sie überlegte kurz, ob sie ihren Namen darunter setzen sollte; dann ließ sie es aber. Es musste ja schließlich nicht jeder gleich wissen, von wem das Geschreibsel stammte. Mit zwei dünnen Schnüren befestigte sie den abgewetzten Fetzen an einem knorrigen Baum, der etwas abseits stand; an einer Stelle, die nicht sofort ins Auge fiel. Ametrine würde ihn schon sehen; da war sie sich sicher.

„Jetzt ist er ganz nah", flüsterte das Mädchen aufgeregt. „Ob er vor uns flieht?"
„Ich glaube eher, dass er uns geradewegs in eine Falle locken will", erwiderte die sprechende Stute ängstlich. Sie rechnete vorsichtshalber lieber mal mit dem Schlimmsten.
„So ein Quatsch!" Emily schüttelte entschieden den Kopf. „Wenn er uns schon irgendwohin führt, dann doch eher an einen Ort, der sich für das große Finale eignet." Diese Vorstellung beunruhigte sie nicht weiter. Dieses Mal – da war sie sich sicher – würde sie ihn besiegen.

„Lass uns kurz rasten", bat das Tier als es merkte, dass seine Reiterin nicht anders aufzuhalten war. „Wenn ich dich noch länger tragen soll, muss ich jetzt erst mal verschnaufen."
Emily gab nach. Es hatte ohnehin keinen Zweck mit dieser nervenschwachen Kreatur zu streiten.
Gemächlich, so, als wolle es für immer bleiben, trottete das Pferd zum Ufer des nahe gelegenen Baches, um seinen Durst zu stillen. Anschließend begann es zu grasen. „Du könntest ruhig auch mal was essen", bemerkte es, während es ausdauernd auf Hainhopfen und Gamklee herum kaute, „Deine letzte Mahlzeit liegt immerhin schon vier Tage zurück."
„So lange folgen wir ihm bereits?" Die Schwarzhaarige rechnete im Stillen nach. Konnte man denn so lange ohne Schlaf ausgekommen? Ohne etwas zu trinken oder zu essen? Sicherheitshalber schob sie sich ein Stück Trockenfleisch zwischen die Zähne, das sie nach wenigen Sekunden halbzerkaut mit einem Schluck Wasser hinunterspülte. Auf mehr ließ sie sich nicht ein. Stattdessen drängte sie das Pferd gleich wieder zum Aufbruch: „Können wir jetzt endlich weiter?"
Lustlos kam die Braune herbei getrottet.

„Diese Spur führt aber immer tiefer in den Wald", begann sie von Neuem zu jammern, gleich nachdem Emily sich wieder aufgeschwungen hatte.
Oh je! Die eilige Reiterin stöhnte innerlich. Das konnte ja noch heiter werden! Am Ende scheut dieses ängstliche Wesen noch, wenn wir endlich vor ihm stehen, dachte sie. Bei so einem Gemüt war schließlich alles möglich.

Kurze Zeit später musste sie jedoch zugeben, dass die Bäume tatsächlich näher zusammenrückten – unheimlich nahe. Schon bald drang kein Licht mehr zum Boden.

"Es ist wirklich etwas gruselig", gab sie widerwillig zu, während sie beschloss, diesem unangenehmen, flauen Gefühl mit einem Themenwechsel zu entgegen zu wirken.
„Wie heißt du eigentlich?", fragte sie arglos.
„Man nennt mich Abendsonne", gab das Pferd zur Antwort. Es schien sehr stolz auf diesen wohlklingenden Namen zu sein.
„Wer hat ihn dir gegeben?"
„Mein Steinträger." Seine Muskeln verkrampften sich.
„Du bist ein Teiler!?"

Emily staunte. Sie hatte den Partner eines anderen bekommen?! Welcher Gammeuser würde denn so was zulassen? Obwohl dieser Gedanke ziemlich abwegig war, schien er aber doch der Wahrheit zu entsprechen. Wie sonst hätte dieses Tier sprechen können; wie sonst hätte es einen Steinträger verstehen können?

„Ich war einer", stellte die Stute zögernd richtig. „Mein Partner ist schon lange tot. Er hatte ganz besondere Fähigkeiten im Bogenschießen, die ihm jedoch leider nicht geholfen haben." Ihre Stimme wurde brüchig. „Die Gegner haben einen Bach gestaut… Sie haben das Schlachtfeld in Sekundenschnelle überflutet... Er ist ertrunken, weil ich zu spät kam."

Die Schwarzhaarige strich ihr beruhigend durch die lange, weiche Mähne. Sie sah ein, dass auch diese Unterhaltung nicht dazu geeignet war, die Stimmung zu verbessern.

Gewaltige Steinmauern umgaben die Korallenfestung. Eine von ihnen befand sich so dicht am Meer, dass ihre Außenseite bis zur Hälfte im Wasser stand. Bei besonders hohem Tidenstieg wurde sie auch schon mal von den Kämmen der sanft heranrollenden Wellen überspült.
Wenn das passierte, mussten die Bewohner auf die Wehrgänge klettern, um dort oben zu warten, bis sich die Fluten wieder zurückzogen. Danach gab es für gewöhnlich einiges zu tun: Das Tor musste weit geöffnet werden, um die Brühe abfließen zu lassen; das angeschwemmte Getier musste in seinen Lebensraum zurückgebracht werden. Außerdem dauerte es Tage, die Gebäude von Algenresten und Schlick zu befreien.
Dort, wo die Wogen unablässig am Gestein hinaufkletterten, hausten bunte, schillernde Nesseltiere. Sie hatten im Laufe der Jahre ein gigantisches Saumriff geschaffen, das den

Betrachter mit seiner Vielfalt und Farbenpracht zum Staunen brachte. Ja, dieses Gemäuer machte seinem Namen wirklich alle Ehre!

Darüber hinaus war es auch eine der wehrhaftesten Festungen der Bunten. Auf mehr als zehn hohen Türmen tummelten sich unzählige Wachen, die unentwegt nach feindlichem Gesindel Ausschau hielten.

Schon von Weitem konnte man Saphires Banner erkennen; auf ihm die blaue Taube, die Friedensbringerin, das Zeichen der Freiheit.

Niemand hatte es je geschafft dieses Bollwerk zu erobern. Es galt als sichere Zuflucht für alle Bunten. Hierher kam man, wenn man Schutz oder einfach nur Ruhe suchte. Hier wurde man gepflegt, bis man bereit war, sich erneut an den Kämpfen zu beteiligen.

Blackstone erinnerte sich vage daran, dass sie als Kind schon einmal dort gewesen war – vermutlich wegen einer infizierten Wunde. Heute dachte sie längst nicht mehr an die Schmerzen; sie dachte einzig und allein an die Korallen. Diese kleinen, filigranen Lebewesen zerschnitten jedem Eindringling Hände und Füße, sobald er versuchte mit ihrer Hilfe über die Mauer zu klettern. Bei Sonnenschein leuchteten sie wie Blumen durch das verdongrüne, glasklare Wasser.

Mal abgesehen von ein paar weißen Wölkchen, die gelegentlich an den Zinnen vorbei zogen, war der Himmel über ihnen jeden Tag blau – blau wie der Enzian in den Bergen der anderen Welt. Wenn sie doch nur ohne Zwischenfälle dort ankommen würden!

Mit Erleichterung dachte die mittlere der Schwestern daran, dass Amazonit ein ausgesprochen versierter Führer war, der unzählige Geheimwege kannte, über die sie unbemerkt an den Feinden vorbeiziehen konnten. Sie dachte auch daran, dass Falkenauge die Reise von der Luft aus überwachten würde! Er würde sie schon warnen, wenn ihm etwas Verdächtiges auffiel.

Tigerauge trottete missmutig hinter den anderen her. Er fühlte sich nicht gut. Ametrines Abwesenheit bereitete ihm scheußliche Magenschmerzen. Wenn ihr etwas zustößt, dachte er betrübt, werde ich mir das nie verzeihen.

Obwohl er sich vor Kurzem noch gewünscht hatte, dass sie tot wäre, quälten ihn solche Gedanken nun schon seit einiger Zeit. Betrübt verwandelte er seinen Kopf in den eines Tigers, um – so hoffte er zumindest – auf andere Gedanken zu kommen.

Eine vollständige Metamorphose war ihm seit Calcites Tod nicht mehr gelungen; sie gelang ohnehin nur, wenn er Wild roch oder Blut sah – so viel wusste er inzwischen. Dann aber kam sie wie ein Wirbelwind über ihn, ohne dass er sich dagegen wehren konnte.

Im Alltag versuchte er, solche Situationen tunlichst zu vermeiden, was jedoch gar nicht so einfach war. Jedes Mal wenn er ein Stück Fleisch zu Gesicht bekam, musste er sich gleichzeitig Nase und Augen zuhalten, damit er nicht – wie er es selbst nannte – zu tigern begann.

Wenn Ametrine etwas zustößt, werde ich mir das nie verzeihen. Dieser Satz ließ ihn einfach nicht mehr los. Warum eigentlich nicht? Wieso musste er immerzu an diese alberne Gans denken? Bei ehrlicher Betrachtung konnte er nicht verleugnen, dass er die Antwort auf diese Frage nur zu genau kannte: Er dachte unentwegt an Ametrine, weil er an Blackstone dachte.

Nach dem Tod seiner Freundin war ihm schnell klar geworden, wie sehr sie ihm gefehlt hatte. Wenn sie mich nicht verlassen hätte, dachte er bitter, wäre ich wohl kaum mit Calcite zusammengekommen. Niemals – so schwor er sich – werde ich zulassen, dass sie unglücklich wird.

Die Abdrücke des Feuerhufers waren trotz des Dämmerlichts noch deutlich zu sehen.

„Bist du dir sicher, dass wir ihm weiter folgen sollen?", fragte Abendsonne wankelmütig. Sie fürchtete noch immer, geradewegs in einen Hinterhalt zu laufen.

Emily überhörte ihren Einwand. Rastlos trieb sie die Stute voran, bis endlich zwei moschusgrüne Augen zwischen den Zweigen eines Dohlenbusches hervor blitzten. Schneeweiße Haut – noch bleicher als damals – leuchtete durch die Finsternis. Gott sei Dank! Sie war am Ziel! Sie hatte ihn tatsächlich gefunden.

„Ametrine", begann er emotionslos, als er aus dem Unterholz trat, „ich habe nicht damit gerechnet, dich so schnell wiederzusehen." Dann lachte er verlegen. „Eigentlich habe ich gehofft, dich niemals wiederzusehen. Um es genauer zu sagen...", seine Stimme wurde plötzlich tief und bedrohlich. „...war ich mir sogar ziemlich sicher, dass du irgendwo tief unter der Erde neben deinen Kameraden verrottest."

Obwohl ihr das Herz bis zum Halse schlug, stellte Emily zufrieden fest, dass sie die neue, kühle Ruhe von eben auch jetzt, wo er vor ihr stand, noch in sich trug.

Ein erleichtertes Seufzen drang aus ihrer Kehle. „Da hast du dich geirrt", erklärte sie erstaunlich selbstsicher. „Weißt du, Alexandrit, hin und wieder soll es Wunder geben; ...und glaube mir, bevor dieser Tag zu Ende geht wirst auch du noch eines erleben."

Tigerauge saß neben Blackstone, die trübsinnig vor sich hin starrte.

„Ich habe solche Angst.", sagte sie leise in die abendliche Stille. „Sie ist doch noch so jung."

„Ametrine ist stark." Der Braungelockte versuchte, sie zu trösten, indem er ihr etwas unbeholfen über den Rücken strich. „Sie wird zurückkommen, wenn sie ihre Angelegenheiten in Ordnung gebracht hat."

„Sie will Alexandrits Leben", wiederholte die Besorgte aufgeregt, „und das wird sie nicht so einfach bekommen. Schließlich liebt sie ihn noch immer. Das habe ich ganz deutlich in ihren Augen gesehen! Ich weiß ja, dass es ihr Kampf ist. Trotzdem fällt es mir schwer, sie ganz alleine ins Unheil rennen zu lassen." Schwermütig schloss sie die Lider, so, als könne sie sich damit von all ihren Sorgen befreien. „Vermisst du sie manchmal?", fragte sie dann etwas später, als sie die Augen wieder geöffnet hatte.

„Immer… wenn ich mir nicht verbiete an sie zu denken." Der Junge neben ihr wusste gleich, dass sie in diesem Moment nicht von Ametrine, sondern von ihrer Freundin sprach, die auch seine gewesen war. „Man muss die Toten ruhen lassen", fügte er zögernd hinzu, um für sich selbst endlich einen Schlussstrich zu ziehen.

Dann wurde es ruhig zwischen den beiden; beklemmend ruhig, bis Tigerauge schließlich fragte: „Warum bist du eigentlich damals, am Tag deiner Rückkehr so plötzlich im Wald verschwunden? **Du** warst es doch, die **mich** verlassen hat."

Blackstones Mundwinkel zuckten verlegen. Da sie nicht gleich zugeben wollte, dass er sie durchschaut hatte, erwiderte sie mit gespielter Ahnungslosigkeit: „Ach, ich wollte mir nur ein wenig die Beine vertreten."

„So ein Quatsch." Ihr Nachbar grinste. „Ich glaube dir kein Wort. Sag mir die Wahrheit!"

„Weil…", sie rang kurz mit sich, „ich die Hoffnung nicht aufgegeben hatte, dass du und ich…"

Obwohl sie diesen Satz nicht ganz zu Ende brachte, war der Junge neben ihr dankbar, für das, was sie meinte. „Weißt du, es ist seltsam", bekannte er daraufhin, „als ich dich nach all den Jahren am Fluss gesehen habe, hab' ich mich gleich wieder zu dir hingezogen gefühlt, so, als ob du gar nicht weggewesen wärest." Vor lauter Nervosität wuchs gestreiftes Fell auf seinen Armen. „Blackstone", gestand er schließlich „ich glaube, dass ich dich immer noch liebe!"

Huhhh! Nun war endlich mal heraus, was er schon seit Längerem mit sich herumtrug. Gedanklich entschuldigte er sich bei Calcite, in der Hoffnung, dass sie ihm verzeihen würde. Dann berührten seine Lippen ganz vorsichtig die der schönen Schwarzäugigen.

Das ist ein Gefängnis! Man kommt da leicht rein, Probleme kriegen wir erst, wenn wir wieder raus wollen.

Der Mann in der eisernen Maske, Filmzitat

26. Die Höhle

Emily verfolgte ihr Ziel ohne Angst und ohne Eile. Die Rastlosigkeit der vorangegangen Wochen war nun endgültig vorbei. Ihre Denkweise veränderte sich zusehends, sodass die teilnahmslose Ruhe in ihr noch weiter zunahm, je länger sie diesem ruchlosen Cherub hinterher ritt.

Bedauerlicherweise empfand Abendsonne nach wie vor ganz anders als sie! Nervös kaute die Stute auf den Zähnen herum, während sie ihrem grau gescheckten Artgenossen artig hinterher trabte. Nur widerwillig setzte sie ein Bein vor das andere. Nur widerwillig dachte sie an das, was vor ihnen lag. Würden sie dieses waghalsige Unterfangen am Ende nicht doch noch teuer bezahlen müssen – vielleicht sogar mit dem Tod?

Bei derart trüben Zukunftsvisionen meldete sich ihr Fluchtinstinkt. Wie einfach wäre es, jetzt noch schnell umzudrehen, dachte sie immer wieder. Doch dann… dann würde sie der Steinträgerin auf ihrem Rücken nicht helfen können; dem Mädchen mit der verletzten Seele, der kleinen, frischgebackenen Gammeuserin, die ihr so furchtbar leid tat.

Ob sie wohl eine Chance hatte? Im Vergleich zu dem kräftigen, schwarzhaarigen Kerl direkt vor ihnen wirkte sie doch eher schwach; fast schon zerbrechlich. Außerdem war sie sich über ihre Gefühle noch nicht im Klaren, was – wie die Braune fand – auch nur einem Steinträger passieren konnte. Kein anderes Wesen konnte so zwiespältig sein; keines derartig verwirrende Empfindungen überhaupt verstehen.

Sie wusste ja nicht, dass Emily noch immer im Bann des Alexandrits stand. Obwohl ihr Verstand längst festgelegt hatte, was zu tun war, änderte sich ihr vernebelter, zum Teil fremdbestimmter Wille ständig.

Wollte sie ihm tatsächlich eines ihrer Messer in die Brust rammen? Oder wollte sie ihm doch lieber um den Hals fallen? Wollte sie ihn vielleicht sogar küssen, so, wie früher, als es diese schmerzhaften Scherben noch nicht gegeben hatte?

Nein, lieber nicht! Der kleine Rest Vernunft in ihr widersprach energisch. Was die zahllosen Splitter verändert hatten, ließ sich nun mal nicht rückgängig machen. Sie hatten ihr alle Freuden genommen; ihr dafür aber Nervenstärke, Todesmut und Beharrlichkeit geschenkt.

So, wie es aussah, hatte sie sämtliche Eigenschaften ihrer alten Persönlichkeit hinter sich lassen müssen, um andere, für Orcus wichtigere, zu bekommen.

Entsetzt stellte sie fest, dass sie zu etwas Fremdartigem, zu etwas ganz Abscheulichem geworden war: zu einer der starren Figuren, vor denen sie sich damals im Ahnensaal so gefürchtet hatte. Jetzt fühlte sie sich selbst versteinert, so, als habe sie gar kein Leben mehr in sich.

Dafür aber funktionierten ihre Sinne umso besser – noch viel besser als nach der Steinvergabe. Auch ihr Blut hatte sich verändert. Kalt wie Eis rann es durch ihre Adern. Wo war ihr Mitgefühl geblieben, ihr Humor – eben das, was die frühere Emily ausgemacht hatte? All das war fort, so, als habe es nie existiert. Ob sie es jemals wiederfinden würde?

Der Rücken des elenden Verräters vor ihr war gut zu erkennen – viel zu gut. Emily hätte ihm mit Leichtigkeit eine ihrer Klingen ins Herz schleudern können; in diesen schwarzen, verhärteten Klumpen ohne Erbarmen, ohne jede Reue. Warum tat sie es nicht einfach? Hatte sie etwa Angst, ihn zu verlieren?

Nein! So durfte sie nicht denken, nicht mal eine Sekunde lang! Dieser mächtige, gefallene Engel musste sterben! Es ging nicht anders! Wütend stellte sie sich vor, wie sie ihm jede Feder seiner pechschwarzen Schwingen einzeln ausrupfen würde, bis er vom Himmel fallen würde; von dem wunderschön leuchtenden Sternenhimmel, in dem er wirklich nichts, rein gar nichts mehr zu suchen hatte.

Alexandrit spürte ihren Blick. Gleichzeitig spürte er, dass die Kraft seines Steines noch immer groß genug war, um ihre Phantasien zu schwächen. Er brauchte sich keine Sorgen zu machen. Ametrine würde ihm nichts tun – jetzt noch nicht.

Mit Genugtuung verfolgte er, wie der Hass in ihr mit der Liebe kämpfte. Sie litt Qualen – schreckliche Qualen. Das freute ihn. Ja, sie konnte ihm nicht ansatzweise das Wasser reichen – so viel war sicher. Er würde gewinnen und dieses Mal – er grinste heimlich – würde ihr auch keiner der Freunde zu Hilfe eilen.

Allein die Tatsache, dass sie ihr Ziel mit einer unberechenbaren, wilden Entschlossenheit verfolgte, brachte ihn ins Wanken. Ob sie doch stärker war, als ihr zarter Körper vermuten ließ? Ob sie noch ein Ass im Ärmel hielt? Niemals zuvor war er so nervös gewesen wie bei dieser unerfahrenen, anders denkenden Weltenwechslerin. Ach was! Sie würde verlieren. Ein sauberer Wurf würde genügen. Dann würde sie sich röchelnd an die Kehle fassen; an den Griff seines Messers und er… er würde genüsslich zusehen, wie sie blutspuckend in die Knie ging.

Der Weg wurde bald steiniger; der Wald lichtete sich. Laub bedeckte den Boden wie ein weicher, bunter Teppich. Wo man auch hinsah waren Ziele aufgebaut: runde, an Bäumen befestigte, strohgebundene Scheiben; daneben unzählige hölzerne Figuren. Das Mädchen fragte sich, wie der Mistkerl es wohl fertiggebracht hatte, diese Personen – allesamt Bunte – so lebensecht nachzubauen.

„An denen übe ich, wenn ich nichts Besseres zu tun habe", erklärte er, als er abgestiegen war.

„Du meinst wohl, wenn du ausnahmsweise mal nicht als Verräter unterwegs bist!" stichelte Emily, während sie erneut einen halbherzigen Blick auf seine fragwürdigen Kunstwerke warf. „Hast du die alle selbst gemacht?"

„Ja", erwiderte Alexandrit nachdem er ihr der Höflichkeit halber vom Pferd geholfen hatte, „das habe ich."

Seine Begleiterin verzog spöttisch den Mund. „Du hast deine Berufung eindeutig verfehlt", stellte sie trocken fest. „Warum bist du nicht einfach beim Schnitzen geblieben? Das hätte uns allen eine Menge Ärger erspart."

„Es macht keinen Sinn über die Vergangenheit zu sprechen", blockte Alexandrit ihre Kritik an seinem Lebenswandel ab. „Wir sollten uns lieber auf das einstimmen, was vor uns liegt!"

Behände zog er eines der zwölf Messer hervor. Emily folgte seinem Beispiel. Wie er das mit dem *Einstimmen* wohl gemeint hatte? Wollte er sich nur warm werfen oder doch eher gleich hier mit dem Kampf beginnen?

Noch bevor sie ihn fragen konnte, stellte er sich an die weiße Startlinie. Aha! Vermutlich hatte er die Absicht, sie einzuschüchtern; ihr zu zeigen, wie gut er war. Das passte zu ihm! Ohne zu zögern schleuderte er die soeben ausgewählte Klinge unbarmherzig ins Stroh – mitten ins Schwarze.

Er lächelte zufrieden: „Wie du siehst, hast du nicht die geringste Chance."

Seine Zuschauerin wartete, bis er die Waffe zurückgeholt hatte; dann zielte auch sie. Als ihr gebogenes, leichtes Bandolero mit einem scharfen Sirren an der gleiche Stelle stecken blieb, bekam der Junge neben ihr eine Gänsehaut.

Verdammt, fluchte er insgeheim, während er krampfhaft darum bemüht war, seinen überlegenen Gesichtsausdruck zu wahren. Sie ist ja viel besser, als ich dachte. Damit hatte er im Traume nicht gerechnet! Er musste unbedingt herausfinden, was sie so alles drauf hatte. Er musste wissen, mit wem er es im Ernstfall zu tun hatte. „Nicht schlecht", lobte er zähneknirschend, bevor er sich erneut in Position brachte.

Gleich drauf schleuderte er voller Eifer Messer um Messer auf eine der Figuren: eines in ihren Bauch, das nächste und übernächste in ihre Arme, die folgenden in beide Beine… bis der hölzerne Gammeuser am ganzen Leibe gespickt war. Nach einer kurzen Atempause zielte er ein letztes Mal. Zufrieden verfolgte er, wie die kleinste seiner Klingen in der Herzgegend versank.

„Na, was sagst du dazu?" fragte er triumphierend, wobei er sich lässig ein paar dunkle Strähnen aus dem Gesicht strich.

Emily war platt. Sowas hatte sie noch nie gesehen. Ob sie das auch mal versuchen sollte? Ob der Ametrin ihr dabei helfen würde? Unsicher, fast fahrig legte sie die Hand an ihren Gürtel. Dann schloss sie die Lider, um sich die Flugbahnen vorzustellen; jede einzelne, alle zusammen... Nur wenig später begann sie mit ihrer Performance – ohne weiter darüber nachzudenken, ganz ohne hinzusehen.

Laut zischend zerrissen ihre Klingen die Luft, um anschließend mühelos in den Gliedmaßen der benachbarten Figur stecken zu bleiben. Sie warf ununterbrochen mit vor Aufregung fest zusammengepressten Lippen, bis kein einziges ihrer Messer mehr übrig war. Erschöpft öffnete sie ihre Augen.

Alexandrit konnte kaum glauben, was da gerade passiert war. Sie hatte es geschafft… und nicht nur das. Sie hatte blind geworfen; in ungeheurem Tempo, wesentlich schneller als er. Sie war wirklich verdammt gut. Offensichtlich hatte sie mehr als nur Talent. Sie hatte wohl eher eine außergewöhnliche Gabe; eine, die der verfluchte Ametrin um ihren Hals auch noch perfektionierte.

Besorgt erinnerte er sich an das Lied, welches auch er aus seinen Kindertagen kannte; das Lied, von dem niemand so recht wusste, wo es eigentlich herkam; das Lied von dem Mädchen mit den singenden Klingen. Ob Ametrine dieses Mädchen war?

Natürlich hatte er längst begriffen, dass sie in diesem Krieg eine wichtige Rolle spielte. Warum sonst hatte Rubine ihn beauftragt, sie zu töten? Sollte dieses zarte Mädchen tatsächlich Frieden nach Orcus bringen... wenn ja, wie sollte er wohl aussehen, dieser Frieden?

Überrascht von der eigenen Leistung zog Emily ihre Messer aus dem Holz. So, wie es aussah, war sie bereit für den alles entscheidenden Kampf! Neugierig schaute sie zu Alexandrit hinüber. Ob er beeindruckt war? Sein bleiches Gesicht ließ keine Regung erkennen.

„Ich muss dich warnen", bemerkte er nach einer Weile mit auffällig überzogener Selbstsicherheit, „wenn du dich auf diese Sache einlässt, wirst du sterben. Überlege dir also gut, ob du nicht doch wenigstens versuchen willst zu fliehen."

„Nein", gab das Mädchen entschlossen zurück. „Abgesehen davon, dass ich es nicht will, kann ich es auch gar nicht, schon allein deshalb nicht weil..." Sie fixierte seine Augen. „...du jemand bist, der nicht davor zurückschrecken würde, hinterrücks auf einen wehrlosen Gegner einzustechen."

Ein breites Grinsen legte sich auf das alabasterne Antlitz ihres Gegenübers. „Wie gut du mich kennst!"

„Ja, da staunst du, was?", erwiderte Emily ohne Furcht. „Inzwischen durchschaue ich dich. Glaube mir, wenn du mich nur halb so gut kennen würdest wie ich dich, dann wüsstest du, dass ich außer meinen wechselhaften Gefühlen auch noch einen klaren Verstand besitze, dem ich auf jeden Fall gehorchen werde!"

Die Mimik des Jungen gefror. „Nun gut", sagte er mit trockener, eisiger Stimme, „dann schlage ich vor, dass wir unseren Kampf in einer der nahe gelegenen Höhlen austragen."

„Warum das denn?" Emily schaute argwöhnisch zu ihm hinüber. Sein völlig überraschendes Ansinnen schien ihr nicht besonders zu gefallen.

„Nun, die Dunkelheit macht den Kampf um einiges spannender", erklärte Alexandrit bereitwillig, „außerdem kann keiner von uns entkommen, wenn wir den Eingang zuvor mit Basaltbrocken verschließen."

Emily war schon klar, dass er versuchte, sich einen Vorteil zu verschaffen. Vermutlich kannte er die unterirdischen Gänge rings herum wie seine Westentasche. Trotzdem stimmte sie zu. Es würde – wie Citrine zu sagen pflegte – ohnehin passieren, was das Schicksal vorgesehen hatte.

Bis zum Eingang der Höhle mussten sie noch ein gutes Stück zu Fuß gehen; immer weiter bergauf, einen unwegsamen, schmalen Pfad entlang. Regungslos nahmen sie hin, dass ihre Hände von Zeit zu Zeit aneinanderstießen. Das machte ihnen nichts aus; jetzt nicht mehr.

Während Emily ausschließlich an das bevorstehende Duell dachte, beschäftigte sich der Junge an ihrer Seite noch immer mit der alten Weissagung. War Ametrine nun das Mädchen mit den singenden Klingen oder war sie es nicht? Das hätte er wirklich zu gerne gewusst. Seit ihrer Ankunft hatte sie – wenn er sich recht erinnerte – als Lamm unter Wölfen gelebt. Wie also sollte sie Orcus verändern? Sie verfügte ja nicht mal über gammeusische Eigenschaften! Wie auch immer. Eines stand jedenfalls fest: Er würde alles tun, um sie daran zu hindern.

Die Höhle schien riesig und endlos zu sein. Vermutlich handelte es sich um eine vulkanische Röhre wie die Thurston lava tube oder die Cueva del viento. Solche Gebilde entstanden, wenn der Lavafluss an der Oberfläche erstarrte, darunter jedoch flüssig blieb und weiterfloss. Versiegte der Strom, ließ er einen kilometerlangen, unwegsamen Tunnel zurück. So jedenfalls hatte Emily es in der Schule gelernt.

Die bizarre Landschaft im Inneren der Röhren schimmerte für gewöhnlich in den verschiedensten Rot- und Brauntönen. Feuchtigkeit tropfte von den Wänden. Oftmals hingen Wurzelfäden von der Decke, die man erst abreißen oder zur Seite schieben musste, um voran zu kommen. Außerdem herrschten dort unten äußerst unangenehme Temperaturen – so etwa 5 C°- 10C°.

Hoffentlich war diese hier nicht allzu verzweigt! Hoffentlich lagen nicht überall Basaltbrocken herum, zwischen denen sich womöglich allerlei ekelerregendes Getier tummelte! Hoffentlich gab es dort nicht gleich mehrere Galerien, die einen Zweikampf um einiges erschweren würden!

„Beeindruckend, nicht wahr?", bemerkte Alexandrit. Er war sichtlich stolz darauf, seine Begleiterin an diesen entlegenen Ort gebracht zu haben. „Willst du eintreten?"

„Ja", erwiderte Emily entschlossen, „Lass uns hineingehen… nur wir beide… nur du und ich." Sie sah ihm fest in die Augen „Deine Schlange bleibt draußen. Das hier ist eine Sache, die außer uns beiden niemanden etwas angeht."

Der Junge zögerte. Er hatte nicht damit gerechnet, dass sie ihn auf Zarah ansprechen würde. Gezwungenermaßen gab er nach: „Ganz wie du wünschst."

Mit einem wütenden Funkeln in den hinterlistigen, gelben Augen glitt das gefährliche Reptil an seinem Körper hinunter auf den Boden. „Du bist die Erste, die mein Gift überlebt hat", zischte es böse, bevor es lautlos zwischen den Büschen verschwand.

Emily wollte gerade einen Fuß in die schwer einsehbare Öffnung setzen, als sie etwas weiches Samtiges im Nacken spürte.

„Tu das nicht!", flehte Abendsonne ganz außer Atem. Sie war ihr wider Erwarten bis hierher gefolgt. „Ich habe kein gutes Gefühl dabei."

Die Überraschte ließ ihre Finger langsam durch das Fell des Tieres gleiten. „Wie die Sache auch ausgehen wird", erwiderte sie aufrichtig, „ich muss es tun."

Ein aufgebrachtes Wiehern folgte. „Das musst du gar nicht", flüsterte die Braune eindringlich, „noch können wir fliehen. Wenn es drauf ankommt, bin ich so schnell, dass wir schon verschwunden sind, ehe er es bemerkt." Hasserfüllt sah sie zu Alexandrit hinüber. „Ametrine", fuhr sie daraufhin flehend fort, so, als wolle sie gleich in Tränen ausbrechen, „bitte komm mit mir! Dieser Satan wird dein Tod sein. Du wirst ihn nicht besiegen, solange du noch einen Funken Liebe für ihn empfindest."

Die Schwarzhaarige schüttelte bedauernd den Kopf. „Keine Sorge", erklärte sie mit sanfter Stimme, „ich schaffe das schon!"

Silberne Tropfen quollen aus den Lidern des besorgten Tieres.

Emily staunte. Sie hatte bis zu diesem Moment noch gar nicht gewusst, dass auch Steinteiler weinen konnten. Tröstend schlang sie ihre Arme um seinen Hals.

„Er wird dein Tod sein… Er wird dein Tod sein…", drang immer wieder an ihre Ohren.

„Was würdest du denn tun, wenn du eingesperrt wärest?", fragte Emily, um ihre Lage verständlicher zu machen, „eingesperrt in einen engen Käfig, so eng, dass du kaum darin stehen kannst. Würdest du nicht auch für die Freiheit kämpfen?"

„Ich würde kämpfen", gab die Besorgte widerwillig zu.

„Würdest du auch ohne Waffen kämpfen?", bohrte das Mädchen weiter.

„Ich würde es trotzdem versuchen."

„Auch wenn du dabei sterben würdest?"

Die Stute überlegte kurz. „Auch wenn ich dabei sterben würde", sagte sie schließlich.

„Nun, dann sind wir uns ja einig."

Langsam aber sicher löste sich Emily von ihrem Hals. „Bleib hier stehen, bis ich dich rufe", bat sie leise. „Sollte er an meiner Stelle herauskommen, dann lauf so schnell du kannst weit weg von diesem schrecklichen Ort…" Abrupt hielt sie inne. Womöglich bin **ich ihr** Tod, dachte sie plötzlich. Wenn ich verliere, und sie nicht schnell genug fliehen kann...

„Was stehst du hier noch rum?" unterbrach der ungeduldig wartende Junge ihre unangenehmen, nicht gerade hilfreichen Überlegungen. „Lass uns endlich gehen!"

Nun gut! Emily atmete ein letztes Mal tief durch, bevor sie ihm in die feuchte, stickige Höhle folgte. Mit kritischem Blick prüfte sie, ob Zarah auch wirklich draußen geblieben war. Dann verschlossen die beiden den Eingang – so wie abgesprochen. Geduldig schichteten sie Stein für Stein aufeinander, bis sie schließlich vollends von der Dunkelheit verschluckt wurden.

Fürs Erste wurde es ganz still. Man sah nichts mehr; rein gar nichts, bis auf die weiße Haut, bis auf das Blitzen der Klingen.

„Eines muss dir klar sein", sagte Alexandrit schließlich, während er vorsichtig nach einem seiner Messer tastete. „Nur einer von uns wird diesen Ort hier lebend verlassen."

Emily schluckte. „Ja, so wird es sein", stimmte sie zu, worauf sie ihre rechte Hand vorsorglich um den Griff des kleinen Spitzen legte.

„Nun gut", schloss ihr Gegenüber mit gespielter Leichtigkeit, „dann können wir jetzt ja mit dem Sterben beginnen, mein Herz!" Übertrieben lässig warf er den Kopf zurück. Dann lachte er so schallend laut, dass es wie Donnergrollen von den Wänden widerhallte.

Aber das Glück kann nie kommen. Sind die Umstände endlich gefügig gemacht, so verlegt die Natur den Kampf von außen nach innen und bringt allmählich in unserm Herzen eine Wandlung hervor, so dass es etwas anderes wünscht, als was ihm zuteilwerden wird.

Marcel Proust

27. *Wenn Engel sterben*

Ruhe. Vollkommene Dunkelheit. Alabasterartig leuchtende Flecken. Fliederfarbene, golddurchzogene Punkte; eingegraben in moschusgrüne. Bedrohlich blitzende Klingen.

Die beiden brauchten etwas Zeit, um sich an die Situation zu gewöhnen, bevor sie sich langsam, ganz ohne einen Laut in Bewegung setzten. Vorsichtig tasteten sie sich durch die beklemmende Finsternis.

Emily wagte kaum zu atmen, bis sie erleichtert feststellte, dass ihr Orientierungssinn mit jedem Schritt besser wurde. Erstaunlich schnell lernte sie, die verbliebenen Lichtreflexe zu deuten. Sie lernte, die Umrisse ihres heimtückischen Gegners im Schwarz der unterirdischen Szenerie zu erahnen.

Ob es diesem engelsgleichen Jungen, dessen pechfarbenes, eisiges Herz sie schon bald in Stücke reißen würde, genauso gut gelang wie ihr?

Ein lautes Zischen ließ die Gedankenversunkene erstarren. Gebannt folgte ihr Blick dem feindlichen Messer, das direkt neben ihrem Kopf gegen die Höhlenwand schlug. Laut klirrend fiel es zu Boden. Verdammt! Er schien ja ganz genau zu wissen, wo sie war; so genau, dass sie ihn auf jeden Fall davon abhalten musste weiterzumachen. Sie musste selbst zum Angriff übergehen – je schneller desto besser.

Instinktiv griff sie nach ihrer Klinge – nach der leichten, spitzen, die sich im nächsten Moment auch schon in der Luft befand. Schnurgerade flog sie zur anderen Seite des Tunnels, wo sie den ahnungslosen Jungen mit der geschärften Kante am rechten Unterarm streifte.

„Aaah!" Er schrie laut auf. So eine schnelle Reaktion hatte er von dieser unerfahrenen Göre nun wirklich nicht erwartet.

„Ziemlich gut für den Anfang!" lobte Emily sich selbst, während sie neugierig zu ihm hinüber schaute.

Alexandrit bebte. „Dieser kleine Schnitt ändert nichts an der Tatsache, dass du sterben wirst!", stieß er wütend hervor, krampfhaft darum bemüht, trotz allem überlegen und zuversichtlich zu wirken. „Es ist nur eine Frage der Zeit."

Deutlich hörbar holte er aus. Ein schrilles Sirren folgte. Emily versuchte in letzter Sekunde auszuweichen, doch es war zu spät! Sein Messer grub sich gnadenlos in ihre linke Schulter. Glitzerndes Blut lief ihren Rücken hinunter. Es tropfte auf den Basalt, wo es in den Gesteinsspalten kleine, blau schimmernde Seen entstehen ließ.

Sie musste ungeheuer viel Kraft aufbringen, um die höllischen Qualen zu verdrängen; noch mehr, um die fremde Waffe mit einem kräftigen Ruck aus der Wunde zu ziehen. Als sie es endlich geschafft hatte, steckte sie das verschmierte Metall ohne Skrupel an die freie Stelle in ihrem Gürtel. Vielleicht würde es ihr später noch von Nutzen sein.

„Du wirst sterben, Mädchen mit den singenden Klingen", raunte der gemeine Verräter drohend. Er freute sich darüber, dass er nun endlich wieder Oberwasser hatte. Siegesgewiss lehnte er sich an einen Vorsprung.

„Wie hast du mich gerade genannt?" Emily stutzte. Sie konnte sich beim besten Willen nicht erklären, warum seine Worte so vertraut klangen; warum sie ihr keine Angst einjagten.

„Du kennst das Lied nicht? Das von der alten Prophezeiung?" höhnte Alexandrit, bevor er kurzerhand ein weiteres Geschoss in ihre Richtung schmetterte.

Gerade noch rechtzeitig sprang sie zur Seite! „Welches Lied?"

„Na, das von der messerwerfenden Furie." Er grinste breit, wobei seine ebenmäßigen Zähne hier – tief unter der Erde – noch weitaus heller leuchteten als seine Haut.

Während er den nächsten Angriff vorbereitete, erinnerte Emily sich an Citrines Gesang; an die Melodie, welche so reizend gewesen war, dass sie selbst Tigerauge berührt hatte. „Ich kenne es", sagte sie schnell, bevor ihr plötzlich ganz heiß wurde – glühend heiß, schwindelig irgendwie. War es etwa ihr Schicksal, das sich im Text dieses Liedes offenbarte? War die Last auf ihren Schultern vielleicht sogar noch größer als bisher angenommen? Voller Verzweiflung beschloss sie, die Sache so schnell wie möglich zu klären. „Glaubst du wirklich, dass ich gemeint bin?"

„Ich weiß es." Alexandrit schien sich inzwischen tatsächlich sicher zu sein. „Doch keine Sorge!" setzte er rasch hinzu. „Ich werde nicht zulassen, dass du deine Aufgabe erfüllst. Kein Steinträger – erst recht keine Fremde, jemand aus einer anderen Welt, jemand, der hier gar nicht hingehört – wird die Pläne meiner Herrin durchkreuzen!"

Er hatte kaum ausgesprochen, als sich Emilys Bandolero mit unbändiger Wucht in eine seiner Hände bohrte – in die rechte, die bisher unversehrte. Sprachlos vor Schmerz stöhnte er auf. Wie hat sie es nur geschafft, fragte er sich zähneknirschend, mich an einer so wichtigen Stellen zu treffen?

Unruhig begutachtete er seine Verletzung. Sie sah wirklich übel aus – weitaus schlimmer als damals, nach der Schlacht an seiner Linken. Wenn es ihm nicht gelang, sich darum zu kümmern, bevor der Kampf in die nächste Runde ging, würden seine Chancen äußerst schlecht stehen.

„Hast du Angst vorm Sterben?", stieß er hastig hervor, um seine Gegnerin für eine Weile abzulenken.

„Darüber habe ich noch nie nachgedacht."

Ihre Arglosigkeit gab ihm die Gewissheit, dass sein Plan aufging. Vermutlich merkte sie gar nicht, dass er im Augenblick völlig wehrlos war. Vorsichtig zog er das Tauminzenelexier aus seiner Jackentasche.

„Wie ist es denn bei dir?"

Von ihrer Gegenfrage unangenehm überrascht beschloss er, sich zu beeilen. Mit fahrigen Bewegungen träufelte er ein paar Tropfen des starken Heilmittels auf die klaffende Wunde. Es brannte fürchterlich, als das Fleisch wieder zusammenwuchs, …als sich die Haut sekundenschnell schloss, ohne eine Narbe zurückzulassen.

„Wovor sollte ich Angst haben?" Geräuschlos ließ er die schillernde Flüssigkeit wieder verschwinden.

„Vor dem, was danach kommt natürlich!"

Da er nicht wusste, worauf sie hinaus wollte, machte er sich sicherheitshalber gleich wieder wurfbereit. „Vor der Ewigkeit?"

„Ja, ja. Die Ewigkeit!", spottete Emily. „Wie wird die für einen wie dich wohl aussehen?" Alexandrit schwieg.

„Weißt du…" Die Schwarzgelockte schob ihre Füße vorsichtig über den unebenen Grund.

„Es ist schon traurig, dass ein intelligenter, ein wirklich bezaubernder Kerl wie du auf diese Weise enden muss!"

Seine dritte Klinge landete nur knapp vor ihren Zehen. Zum Teufel! Wie war dieses gefährliche Teil denn so schnell dorthin gekommen? Emily hatte ihn noch nie mit links werfen sehen. Wahrscheinlich konnte er es gar nicht. Ob er tatsächlich seine Rechte – die Zerfleischte – benutzt hatte? Nein, das würde selbst er nicht aushalten… es sei denn…

Rot vor Zorn wollte sie losbrüllen; sie wollte an ihren Gürtel greifen, sie wollte ihm seine Betrügerei auf der Stelle heimzahlen… doch es geschah nichts – gar nichts. Was war nur los mit ihr? War sie noch recht bei Sinnen? Sie wusste es nicht.

Sie wusste nur, dass das Klirren des Messers als Folge seiner Hinterlist und Tücke in ihrem Hirn urplötzlich ein entsetzliches Chaos in Gang gesetzt hatte. Emily und Ametrine hatten im Augenblick des Aufpralls damit begonnen, sich um ihren Körper zu streiten; um einen Körper, den sie schon seit geraumer Zeit teilten; um einen Körper, der nun zu klein für beide geworden war.

So ein Mist! Wo steckte er denn jetzt? Das Mädchen konnte Alexandrit nicht mehr sehen. Sicher hatte er ihre Abwesenheit dazu genutzt, still und heimlich in der Tiefe des Berges zu verschwinden. Sie geriet in Panik. Lauerte er vielleicht irgendwo in einer der Galerien? Verzweifelt schaute sie nach oben.

„Alexandrit?"
Keine Antwort.
„Alexandrit, wo bist du?" Ihre Stimme klang leise, dummerweise aber auch ein wenig ängstlich.
„Wo soll ich schon sein?"
Emily erstarrte. Wenn sie richtig gehört hatte, war er gar nicht weit weg. Er war sogar ganz in der Nähe; näher, als ihr lieb war; so nah, dass sein Atem ihren Nacken streifte.
„Keine Sorge, ich bin noch hier", säuselte er mit honigsüßer Stimme, während er ihr seine lange, machetenartige Klinge an den Hals legte.

Nein! Nicht doch! Dieses Gefühl kannte sie nun wirklich zur Genüge; das Gefühl, nicht mehr schlucken, nicht mehr atmen zu können, weil das gleißende Metall ihr bei der kleinsten Bewegung in die Kehle schneiden würde!
Sie bemühte sich nach Kräften, ihre aufgewühlten Gedanken in sinnvolle Bahnen zu lenken. Wie war sie ihm denn damals – nach dem Verrat, nach der verheerenden Schlacht – entkommen? Hatte sie – Emily – ihm nicht einfach den Arm aufgeschlitzt? Bedauerlicherweise sah sie diesen grauenvollen Tag nur undeutlich vor sich, da der unerbittliche Kampf in ihr sämtliche Erinnerungen überschattete.

Inzwischen rangen Emily und Ametrine hemmungslos und verbissen miteinander. Sie schlugen sich gegenseitig in den Magen; sie rissen sich unbarmherzig an den wallenden Mähnen. Obwohl sie beide genau gleich aussahen, waren sie doch so unterschiedlich.

Eine von ihnen – die Sanftere – verkörperte längst abgelegte Eigenschaften, jene aus dem früheren Leben; die andere – die Unnahbare – das Idealbild eines über die Jahre verkümmerten Steinträgers.

Ametrine war am Tage ihrer Ankunft erwacht, daran konnte sich die sonst so heillos Verwirrte noch gut erinnern. Kurz danach hatte sie dann auch schon den ersten Mord verübt. In ihren Augen spiegelten sich sämtliche kriegerischen Tugenden; vor allem aber die Kenntnis vom Töten.

Kalter Stahl strich über den Hals der Hin- und Hergerissenen – ganz sanft, fast zärtlich. Die Aura des schwarzen Engels umschloss sie wie abertausend seidene Fäden eines unheilvollen, klebrigen Trichternetzes. Als er sich nach vorne beugte, konnte sie ihm seitlich in die Augen sehen; in seine grünglitzernde Iris, die begierig – fast leidenschaftlich – zu flackern begann.

„Jetzt, Mädchen mit den singenden Klingen, ist es so weit", hob er feierlich an. „Jetzt werde ich dafür sorgen, dass Rubine ihren Platz in dieser Welt behält. Wie wäre es also, wenn du mir Lebewohl sagen würdest, mein Schatz!"

Sein hilfloses Opfer nahm kaum wahr, was er sagte. Ametrines Geschrei in ihr übertönte sein niederträchtiges, selbstgefälliges Geschwätz.

Bist du wirklich die Auserwählte? Das Mädchen zwang die abgebrühte, tobende Gestalt in ihm für einen Moment innezuhalten. *Natürlich*, bekam es barsch zur Antwort. *Ich bin die Auserwählte. Ich brauche deinen Körper von nun an für mich alleine. Wenn ich ihn nicht bekomme, werde ich für immer verschwinden. Entscheide dich endlich! Nimmst du sie*, dabei deutete sie abfällig auf die warmherzige Blasse, *wirst du totsicher sterben. Nimmst du mich, helfe ich dir, die alte Prophezeiung zu erfüllen.*

Das hörte sich ja nicht gerade nach einer fairen Wahl an! Dennoch zögerte die Zwiegespaltene. Welche von beiden entsprach am ehesten ihrem wahren Ich? Wenn sie recht darüber nachdachte, hatte sie es längst vergessen!

Ohne Ametrines Hilfe – daran gab es leider nichts zu rütteln – war sie hoffnungslos verloren. Abgesehen davon stand es ihr auch gar nicht zu, sich der überlieferten Weissagung entgegenzustellen.

So kam es schließlich, dass sie der Gammeuserin gestattete, Emily niederzuschlagen; sie gewaltsam am Boden festzuhalten. Mit Tränen in den Augen erlaubte sie ihr, das vertraute Menschwesen auf unabsehbare Zeit in einen kleinen, eisernen Käfig zu sperren.

Als das Schloss eingerastet war, begann Ametrine augenblicklich, die Macht über sie an sich zu reißen – erst die über ihre Gefühle, dann die über ihren Verstand. Das ging sehr schnell – zu schnell, fast wie im Flug. Für ein Zurück blieb keine Zeit. Die sich Verwandelnde musste alles über sich ergehen lassen, wenn sie ihren Peiniger töten wollte – egal wie schlecht sie sich dabei fühlte.

Mit Verwunderung stellte sie fest, dass ihr Wille währenddessen zusehends klarer wurde; ...dass sich sämtliche Widersprüche, die sie Tag für Tag gequält hatten, im Handumdrehen auflösten. Jetzt würde ihrem Ziel nichts mehr im Wege stehen!

Neue, völlig unbekannte Bilder entstanden vor ihrem inneren Auge; ...Bilder so deutlich wie noch nie, gnadenlos und grausam; ...Bilder eines röchelnd niedersinkenden Jungen, den sie nun endlich von ganzem Herzen hassen konnte; ...Bilder eines Jungen, den sie mit aller Gewalt dazu zwingen konnte, seine Schuld zu begleichen.

Nie zuvor hatte sich dieses menschenunwürdige Vorhaben so zweifelsfrei in ihrer Seele gespiegelt!

Egal, sie bereute nichts. Sie hatte Emily ganz bewusst in Fessel legen lassen. Sie hatte sich aus eigener Kraft zu einer harmonischen – wenn auch furchterregenden – Persönlichkeit gemacht. Und eines war sicher: Frei von diesen kräftezehrenden Reibereien würden ihre Klingen schon in Kürze zu singen beginnen.

Alexandrit ahnte nicht, was in ihr vorging. Sein Narzissmus ließ ihn großzügig darüber hinwegsehen, dass sie gerade durch und durch zu Ametrine geworden war.

„Nimm das Messer von meinem Hals!" befahl sie ihm ganz unvermittelt; so barsch, dass er verblüfft, gleichzeitig auch etwas beunruhigt zu ihr hinunter sah.

„Warum sollte ich das tun?", fragte er sichtlich irritiert, während er seine Waffe vorsichtshalber noch fester an ihren Hals drückte. „Der Spaß fängt doch gerade erst an." Dann lachte er schrill.

„Nun, ich glaube nicht, dass du mich umbringen wirst…"

Erschrocken zuckte er zusammen. Warum fiel ihm denn erst jetzt auf, dass er ihre Stimme gar nicht kannte?! Diese Melodie hatte ja rein gar nichts Menschliches mehr an sich. Sie war viel tiefer; etwa so wie die eines Raubtieres, grollend und knurrend.

Ametrine nutzte seine Konfusion, um sich mit ungeahnter Geschicklichkeit aus der soeben noch ausweglosen Lage zu befreien. Ihr Gegner ließ es geschehen. Einfach so. Widerstandslos. Er fasste nicht nach. Er lief ihr nicht nach. Er rührte sich nicht vom Fleck.

Voller Entsetzen bemerkte er, dass die schwarzen Todesgeister aus ihren Verstecken stiegen, um elfengleich – eigens für ihn – herbeizuschweben.

Wie oft war er ihnen schon begegnet... diesen Gestalten, von denen niemand wusste, woher sie kamen, erst recht nicht wohin sie gingen; diesen zarten, geistigen Wesen, von denen keiner sagen konnte, wie sie aussahen, da sie ihr Äußeres stets mit einem schwarzen Umhang verhüllten. Kam man ihnen zu nahe, lösten sie sich einfach auf, in ihre dunstähnlichen, feinstofflichen Bestandteile; in eine Art Rauch, der mit dem nächsten Luftzug wieder verwehte.

Unzählige Mythen rankten sich um diese schaurig schönen Erscheinungen. So munkelte man, dass sie erst sichtbar wurden, wenn ein Todgeweihter in ihre Nähe kam. Dann konnte man – mit etwas Glück – ihre Augen unter den großen Kapuzen hervor blitzen sehen. Sie waren nicht leer – wie manch einer vermutete – sondern voller Leben; so betörend, dass man den Blick schnell wieder abwenden musste. Ihre strahlenden Farben konnten nur Sterbende ertragen.

Für gewöhnlich traf man sie auf Schlachtfeldern, gelegentlich aber auch auf Friedhöfen, wo sie für einen kurzen Augenblick regungslos über den frischen, gerade erst zugeschaufelten Gräbern verharrten.

Alexandrit erinnerte sich noch genau daran, wie es gewesen war, als sie seine Freundinnen gefunden hatten. Sie hatten sich mit ihren schwarzen, zerfetzten Kutten über die Mädchen gebeugt, sie ein letztes Mal zum Lächeln gebracht, ihre ausgehauchten Seelen eingefangen und mit sich fortgetragen.

Ja, er hatte wirklich schon viel gesehen – sehr viel. Doch all das war nichts im Vergleich zu dem, was in diesem Augenblick direkt vor seinen Augen geschah.

Die fremde Kreatur ihm gegenüber, das Mädchen, welches er im Geist schon längst besiegt hatte, entwickelte fast schlagartig einen unerklärlichen, silbrigen Glanz. Ihr Körper füllte sich zusehends mit weiß leuchtender, greller Energie, die sie ihm nur allzu gerne durch ihre stechende, fliedergoldene Iris entgegen schleuderte. Wie Stiche von abertausend gläsernen Dolchen traf sie auf seinen Körper. Es war unerträglich.

Obendrein ließ ihre Kraft ihn kleiner werden; ganz von alleine, ohne dass er sich dagegen wehren konnte. Sein Selbstbewusstsein schrumpfte unaufhörlich, während sie nur da stand – heldenhaft und siegessicher. Ja, sie war gefährlich – mindestens so gefährlich wie Jade; das stand fest. Für ihn vermutlich sogar tödlich.

Von ihrem Schein geblendet kniff er die Brauen zusammen. „Wer bist du?", fragte er am ganzen Leibe zitternd. Krampfhaft umklammerte er das Messer, mit dem er die fremd Gewordene vor wenigen Augenblicken noch bedroht hatte.

„Ich bin sicher, dass du es weißt!" Sie lächelte überlegen – gleichermaßen beängstigend wie freundlich, wobei ihre wenig hilfreiche, knappe Antwort ähnlich einer vox coelestis von den Wänden des endlosen Ganges widerhallte.

Verzweifelt durchsuchte er seine Erinnerungen. Nein. Ausgeschlossen. Er kannte sie nicht. Er kannte niemanden, der so mächtig war. Wahrscheinlich war sie nichts weiter als ein Hirngespinst; eine unerfreuliche, überaus beängstigende Halluzination.

„Was willst du von mir?" fragte er sicherheitshalber, den Blick sorgenvoll auf ihre Lippen gerichtet.

„Nun... ich würde sagen..." Sie wartete, bis die Melodie ihrer Worte verklungen war. „...du weißt auch das."

Wie gebannt starrte er in ihr bleiches Gesicht. „Bist du es, Ametrine?", stammelte er kaum hörbar. „Bist du das Mädchen, das mir in diese Höhle gefolgt ist?"

„Mein armer, einfältiger Alexandrit... Alexandrit.", drang es nur verschwommen, wie aus der Ferne an seine Ohren. „Es ist dir wohl entgangen… entgangen, dass ich soeben erst zu Ametrine geworden bin… bin. Alles, was du bisher kanntest… kanntest, war ein unzulängliches Mischwesen... Mischwesen… ein Wesen aus beiden Welten… Welten. Jetzt wird alles anders... anders. Jetzt, da ich Emily verbannt habe… habe, um durch und durch zu Ametrine zu werden… werden, ist deine Zeit endgültig abgelaufen… abgelaufen! Du wirst nie wieder einem gutgläubigen Mädchen… Mädchen das Herz brechen… brechen!"

Er konnte sich immer noch nicht rühren. Das war es also! Kein Wunder, dass er sie nicht erkannt hatte. Durch ihre Verwandlung war sie – wie er widerwillig zugeben musste – zu einer Göttin geworden; zu einer noch anmutigeren, noch tödlicheren Göttin als Rubine.

„Du bist… die wahre Ametrine?" Voller Ehrfurcht wich er zurück, bis er mit dem Rücken gegen die Höhlenwand stieß.

„Du sagst es. Ich bin nicht mehr und nicht weniger als Ametrine, dein Verderben!"

Amüsiert über seine Fassungslosigkeit folgte sie ihm mit leichten, kaum hörbaren Schritten. Still vor sich hin grinsend griff sie nach ihrer geliebten V-förmigen Doppelklinge.

„Nein, bitte", winselte er angsterfüllt. „Das kannst du mir doch nicht antun. Dafür bist du doch viel zu sanftmütig!"

Die hell Erstrahlende zeigte keinerlei Regung. „Ich muss dich enttäuschen, mein Liebster", erklärte sie kühl. „Ich habe keine Gefühle mehr. Sie sind für mich nichts weiter als eine schmerzliche Erinnerung an Emily."

Ihr Zweizack blitzte auf – erwartungsfroh und voller Ungeduld. Sie ließ ihn beim Gehen lässig von einer Hand in die andere springen; genauso wie er es damals, vor seiner feigen Flucht, getan hatte.

„Eines würde mich vor deinem Ende nun doch noch interessieren!" bekannte sie indessen voller Neugier. „Was hat denn einen wie dich so tief sinken lassen? Was um alles in der Welt hat dich zu diesem erbärmlichen Maulwurf gemacht? Waren es deine Gene, schlechte Vorbilder oder beides zusammen?"
Er schwieg, den Blick panisch auf die seltsame Waffe gerichtet.
„Wie du willst", fuhr sie fort, als sie merkte, dass er ihr eine Antwort schuldig bleiben würde. „Früher oder später werde ich es auch ohne deine Hilfe herausfinden." Dann steuerte sie geradewegs auf ihn zu.
„Ametrine… bitte… du liebst mich doch! Erinnere dich an unseren Ausritt, an die Sumpfesparsetten, an die Sonnenboten… Wir könnten es wieder tun!" Der Todgeweihte versuchte verzweifelt, sie doch noch von ihrem Vorhaben abzubringen – vergebens. Sein Gerede von den alten Zeiten brachte das Mädchen nur noch mehr gegen ihn auf.
„Versteh doch endlich", erwiderte es ungehalten, „Emily hat dich geliebt, nicht Ametrine. Ametrine wird dich töten – ohne dabei mit der Wimper zu zucken."
In seiner Verzweiflung suchte er nach einem besseren, absolut unschlagbaren Argument. Es musste doch eines geben, etwas neutrales Sachliches, mit dem er selbst ein so emotionsloses Wesen wie Ametrine ins Wanken bringen konnte. „Ohne deine Mutter wirst du Rubine nie besiegen", warf er in letzter Sekunde hastig ein, „daran ändert auch die alte Weissagung nichts!" Sichtlich stolz auf seinen Einfall entspannte er sich.
„Ach wirklich?" Das Mädchen ließ den Arm sinken. „Woher willst du das denn wissen?"
„Jeder hier in Orcus weiß es. Jeder weiß, dass du eine Fremde bist, dass du dich nicht auskennst und dir auch niemand weiterhelfen kann – niemand außer Amethyste."
„Immerhin habe ich einen Großvater und meine beiden Schwestern!"
Alexandrit schüttelte den Kopf. „Die waren viel zu lange fort. Sie haben zu viel verpasst."
„Und meine Freunde: Amazonit, Tigerauge, Citrine und…?"
„Die sind ebenfalls nutzlos. Sie wissen so gut wie Nichts über das Nebelschloss."

Seine Hinweise waren einleuchtend.

„Glaube mir, du brauchst Amethyste. Wenn du mich verschonst, sage ich dir, wo sie steckt."

„Also gut." Sie sah ihn auffordernd an. „Leg los."

„Sie ist in der Schwanenfestung. Ich habe sie dort gesehen – ziemlich verschmutzt und abgemagert. Sie sieht dir wirklich sehr ähnlich…"

„Das reicht!", unterbrach sie ihn. „Mehr will ich gar nicht wissen. Ich bin dir sehr dankbar. So hast du wenigstens einmal in deinem Leben etwas Sinnvolles getan!"

Alexandrit wollte gerade aufatmen, als er das seltsame, grelle Blitzen in ihren Augen bemerkte. Es war so unberechenbar und wild, wie er es sonst nur von Seinesgleichen kannte. Obwohl es ihm zugestanden hätte, wagte er nicht, sie an ihr Versprechen zu erinnern.

Stattdessen verfolgte er tatenlos, wie sich zu all dieser Unberechenbarkeit und Wildheit eine verhängnisvolle, bösartige Entschlossenheit gesellte; eine Entschlossenheit, die ständig zunahm; eine Entschlossenheit, die ihre Klingen auf wundersame Weise zum Singen brachte.

Ihn aber machten diese sphärischen Klänge benommen, weshalb ihm das Hinhören immer schwerer fiel. Was in aller Welt ging hier vor? Eine zutiefst anrührende, melancholische Melodie erklang. Ein Lied, das alle Freuden mit allen Qualen dieser Welt vereinte. War es das Lied vom Tod?

Als plötzlich etwas nasses Kaltes über seine Rippen lief, fasste Alexandrit sich zitternd an die Brust. Er war verletzt – tödlich verletzt. Wie hatte das nur passieren können? Immer mehr Blut quoll aus seinen Wunden. Es färbte den Stoff seines Hemdes blau – blau wie die Blüten der Berglilie.

Langsam sank er auf die Knie. Dann sah er ihn: seinen Todesgeist, der sich allmählich aus der Gruppe löste und auf ihn zu kam. Jetzt würde es nicht mehr lange dauern, bis er ihn von hier fortbrachte.

„Du… wolltest… mich… doch… verschonen!", stammelte der Junge mit brüchiger Stimme, während sein Bewusstsein langsam schwand.

„Wie dumm von dir, mir zu glauben", entgegnete das Mädchen ungerührt. „Sieh es doch endlich ein. Ich bin nicht die kleine, gutmütige Emily. Ich bin Ametrine! Feinden gegenüber habe ich kein Gewissen!"

Der Sterbende konnte kaum noch sprechen, versuchte aber, mit letzter Kraft ein paar Buchstaben in den unebenen, staubigen Boden zu ritzen. „Das ist nicht für dich gedacht", erklärte er mühsam. „Es ist für Emily… Es ist das Passwort für die Schw…" Seine Hand erschlaffte.

Ob er sich auf diese Weise in letzter Sekunde Absolution verschaffen wollte? War es dafür nicht schon viel zu spät?

Gespannt studierte Ametrine seine langsam verlöschenden Züge, die entgegen aller Erwartung nicht finster, sondern hell und freundlich wurden. Sie schienen sich tatsächlich zu verklären. Kurz darauf, als der schwarze Geist nach seinem Körper griff, durfte der Verräter sich ohne Furcht in dessen geheimnisvoll strahlenden Augen verlieren. Sie versprachen ihm, dass es selbst für ihn ein Leben nach dem Tod gab – ein buntes, ein gutes.

Rote Flamme, bezwing die Wälder las Ametrine, bevor sie hemmungslos zu weinen begann. Sie wusste selbst nicht, woher ihre Tränen so plötzlich kamen. Ob Emily sie geschickt hatte?

Nachdem sie wieder zur Ruhe gekommen war, drückte sie dem regungslos vor ihr liegenden Jungen die Augen zu.

Ja, es lag schon eine gewisse Ironie in seinem Schicksal. Wenn man es genau betrachtete, hatte er selbst Ametrine erschaffen; seine Henkerin, ein Geschöpf voller Misstrauen und Hass; ein Wesen, ohne Wärme; eine Kreatur, die nicht mehr lieben konnte; die niemandem mehr Zugang zu ihren Gefühlen gewährte. Allein wegen ihm saß Emily nun hinter Schloss und Riegel.

Nachdenklich begrub sie den Leichnam unter lose herumliegenden Gesteinsbrocken. Sollte so *die Hüterin des Friedens und der Gerechtigkeit* aussehen? Oder hatte sich das Lied in ihr vielleicht doch geirrt?

Dumpf erinnerte sie sich an ein kurzes Gespräch zwischen Emily und diesem dahingeschiedenen engelsgleichen Teufel. Sie hatten nebeneinander am Lagerfeuer gesessen – ihr Kopf auf seiner Schulter.

„Tötest du, Alexandrit?", hatte die Sanfte ihn still auf ein Nein hoffend gefragt.

„Ich töte öfters", war seine erschreckende Antwort darauf gewesen. „In dieser Welt wirst auch du es lernen. Wenn du über den Moment hinwegkommst, indem sie dir in die Augen sehen, ist es viel leichter als selbst zu sterben."

Nun, sie hatte es gelernt. Auch sie konnte töten – skrupellos und absolut zuverlässig. Konnte sie deshalb aber auch Recht von Unrecht unterscheiden? Alexandrit hatte es nicht gekonnt. Ihm war nur das erste von beidem gelungen – das jedoch besser als jedem andern.

„Alexandrit", flüsterte Ametrine, während sie neben seinem Grab zu Boden sank. „Hättest du jemals damit gerechnet, dass dir ausgerechnet eines deiner Mädchen zum Verhängnis wird?"

Nachdenklich fuhr sie mit dem Finger über seine letzten Worte – unausgesprochen in den porösen Stein geritzt. *Rote Flamme bezwing die Wälder!* Das sollte es also sein, das Passwort für die Schwanenfestung? Ob sie ihm denn dieses eine, letzte Mal trauen konnte?

Unschlüssig erhob sie sich, um all ihre Messer aufzusammeln. Das des Toten hatte sie am Ende doch nicht gebraucht. Voller Abscheu schleuderte sie es tief ins Innere des Berges.

Als ihr Gürtel endlich wieder so bestückt war, wie Blackstone ihn ihr vor langer Zeit auf dem Güldschen Gut übergeben hatte, fühlte sie sich bereit zum Aufbruch. Ihre Aufgabe hier war beendet. Nun würde etwas Neues beginnen. Sie würde sich auf die Suche nach ihrer Mutter machen – mit Hilfe der Kameraden oder ganz allein.

Ob Tigerauge ihr nun, wo sie Calcites Blut mit dem des Mörders vergolten hatte, endlich vergeben würde?

Tu' aus das Licht und dann – Tu' aus das Licht; -

Ja, lösch' ich dich, du flammenheller Diener -

Kann ich dein vorig Licht dir wiedergeben,

Sollt' ich's bereun; – doch dein Licht ausgetan,

Du reizend Muster herrlichster Natur,

Nie find' ich den Prometheusfunken wieder,

Dein Licht zu zünden.

Shakespeare, Othello der Mohr

28. Aufbruch

Dass ihre Freundin sich verändert hatte, merkte Abendsonne gleich, nachdem Ametrine ans Tageslicht getreten war.

Die strahlende Gammeuserin zwischen all den Steinen schien längst nicht mehr so sanftmütig zu sein wie einst, da sie sich mit klopfendem Herzen verabschiedet hatte, um auf Leben und Tod gegen den ihr verhassten Geliebten zu kämpfen. Sie schien sich in ein neues, unheimliches Wesen verwandelt zu haben.

Ihre weiße Haut glitzerte eisig, wie frisch gefallener Schnee; ihre Iris so kalt wie der stürmische Nordwind, wie einer der Orkane, die zur Winterzeit gnadenlos über die einsamen, wilden Meere fegten.

Ohne ihre blutigen Messer, die zerrissene Kleidung und dieses merkwürdige, furchteinflößende Lächeln im Gesicht hätte man sie geradewegs für ein Geschöpf des Himmels halten können – am ehesten für die weibliche Erscheinungsform des Uriel.

„Ich bin wieder da!", rief sie der treuen Stute mit ruhiger, ungewöhnlich hart klingender Stimme entgegen. „Schau nicht so ängstlich drein. Es gibt doch nicht den geringsten Grund zur Sorge!"

Abendsonne schüttelte sich. Für sie war allein diese unbekannte, grelle Erscheinung vor dem Ausgang der Höhle Grund genug! Nervös scharrte sie mit ihren Hufen über den staubigen Boden. „Ich erkenne dich kaum wieder", brachte sie nur mühsam, am ganzen Leibe zitternd heraus. „Sieh dich nur an! Wo ist deine sanfte, liebenswerte Art geblieben? Wo dein weiches, warmes Herz?" Sie musste ihrem Unmut über die Veränderung der jungen

Steinträgerin trotz aller Furcht Luft machen. „Dein sonniges Gemüt war die letzte Erinnerung an bessere Zeiten; an das Leben vor dieser unerträglichen Dunkelheit. Wie konntest du es verlieren?"

Ametrine gab keine Antwort. Sie wusste, dass die Braune eine ganze Weile brauchen würde, um die Notwendigkeit ihrer Entscheidung zu verstehen.

Nur vorsichtig – Schritt für Schritt – näherte sie sich dem scheuen Tier, das immerhin überraschend tapfer hier auf dem holprigen Untergrund zwischen Felsbrocken und Gestrüpp auf sie gewartet hatte.

„Ist er tot?" Als Ametrine endlich neben ihr stand, versuchte Abendsonne krampfhaft, das Gespräch zu versachlichen.

„Ja! Ist er!" Sichtlich stolz schüttelte die strahlende Siegerin ihr rabenschwarzes Haar in den Nacken. „Ich habe ihn vorausgeschickt, über den großen, schwarzen Fluss, in den ewigen Garten für Lügner und Verräter."

„Vorausgeschickt? Wie meinst du das denn?" Ihre Stute, die wie immer aufmerksam zuhörte, war gleich über diese merkwürdige Formulierung gestolpert. Neugierig spitzte sie die Ohren.

„Nun… dummerweise", erklärte die Unterkühlte bereitwillig, „werde auch ich irgendwann mal als Verräter sterben. Wenn nicht als Verräter anderer, dann doch als Verräter meiner selbst – wie wir alle eben."

Die beiden schwiegen. Still spürte jeder für sich dem Klang dieser düsteren – wenn auch weisen – Worte nach, ehe sie aufbrachen, ohne die Sache weiter zu diskutieren.

Abendsonne lief, wohin sie ihre Hufe trugen. Es war ihr völlig egal. Hauptsache weit weg! Weg von der Höhle! Weg von den gruseligen Geschehnissen im Schlund dieses Feuerberges! Alles Weitere überließ sie wie zuvor den Wünschen der ihr anvertrauten Gammeuserin.

Etliche Stunden, ja Tage gingen ins Land, bis sie sich – in der Hoffnung auf eine geruhsamere, weniger nervenaufreibende Mission – endlich nach dem Ziel der Reise erkundigte.

„Ich folge den anderen", antwortete Ametrine prompt. „Sie müssen mir helfen, meine Mutter aus den Händen der Schwarzen zu befreien! Sie müssen mir zur Schwanenfestung folgen!"

Etwas Schlimmeres hätte sie überhaupt nicht sagen können. Ruckartig hielt das Pferd mitten im Lauf inne. „Ohne mich!", schnaubte es entrüstet, „wenn du zur Schwanenfestung willst, musst du dir ein dümmeres Tier suchen!"

„Warum denn?" Seine Reiterin beugte sich nach vorne, um es besser verstehen zu können.

„Niemand von unserer Seite", raunte Abendsonne ehrfürchtig, „hat es jemals geschafft, dort lebend hineinzukommen. Die Schwanenfestung ist die wehrhafteste Festung weit und breit. Mag ja sein, dass du eine neue Identität hast, …dass du jetzt stärker und mutiger bist als früher, doch das allein wird dir nichts nützen. Nicht ohne Grund ist dieses elende Gemäuer aus unzähligen kleinen Steinen erbaut… aus Edelsteinanhängern…"

Ametrine verstand. Sie schluckte betroffen. Das hatte man ihr bisher ja noch gar nicht erzählt. „Wenn nun aber jemand das Passwort wüsste…", hakte sie nach einer Weile vorsichtig nach, „…könnte es vielleicht doch gelingen?!"

„Das weiß aber niemand!" Die Ängstliche schnaubte verächtlich. „Glaube mir, es hat schon viele gegeben, die es herausfinden wollten… Keiner von ihnen hat es geschafft. So eine Information kriegt man eben nicht an der nächsten Wegbiegung…" Sie brach in hysterisches Gelächter aus.

„An der nächsten Wegbiegung bestimmt nicht, aber…", flüsterte Ametrine geheimnisvoll, „…in einer Höhle vielleicht."

Ihre Worte ließen die Stute erstarren. „Du weißt den Codesatz?!" Die Stimme des Tieres bebte. „Ganz unmöglich!" Laut keuchend schnappte es nach Luft, während ihm das Mädchen beruhigend auf die Schulter klopfte.

„Also, wie sieht es aus? Wirst du mich unter diesen Umständen nun doch begleiten?"
Abendsonne zögerte.

„Woher willst du denn wissen, dass es richtig ist?" Sie zweifelte mal wieder – so wie bei allem, was die Schwarzhaarige auf ihrem Rücken sagte.

„Ich weiß es nicht!", gestand Ametrine. „Ich werde es ausprobieren müssen."

„Ich vermisse sie", wandte Sodalitha sich mit gedämpfter Stimme an ihre Schwester. „Was denkst du? Ist unsere Ausreißerin… noch am Leben?"

„Natürlich ist sie das." Die Jüngere der beiden hatte nicht den geringsten Zweifel daran.

„Wie kannst du dir da so sicher sein?"

„Ich weiß es halt!"

Während Blackstone dieser Einschätzung Nachdruck verlieh, glänzten ihre Augen so schwarz wie die Nacht um sie herum; der flackernde Schein des Feuers verlieh ihrem drahtigen, durchtrainierten Körper eine rot-gelbe Silhouette. Ja, sie war schon ein rätselhaftes Wesen, diese schwermütige Kühle.

Argwöhnisch folgten Sodalithas Blicke dem Tigerjungen, der gerade zu ihnen gestoßen war. Er zog Blackstone mal wieder an sich, um besser mit ihr tuscheln zu können. Ob sie diesem halbstarken Aufreißer womöglich mehr vertraute als ihr? Ob **er** dieses tiefe, dunkle Gewässer voller Geheimnisse vielleicht sogar besser kannte als sie selbst?

Kalter, frostiger Wind peitschte ihr ins Gesicht. Obwohl er scharf, fast schneidend auf ihre Haut traf, spürte sie ihn kaum; denn sie war Ametrine, das Mädchen mit den singenden Klingen. Wenn es nach ihr gegangen wäre, hätte es gar keine Rast mehr gegeben.

Die gab es nur wegen Abendsonne. Das Tier brauchte nun mal seine Pausen, um bei Kräften zu bleiben. Abgesehen davon wollte sie die treue Stute durch ihren Aktionismus auf gar keinen Fall weiter verärgern. Vielleicht konnte sie die Braune ja doch noch dazu bringen, ihr bei der bevorstehenden Aufgabe zur Seite zu stehen.

Bereits gestern hatten sie Blackstones Nachricht gefunden. Sie wussten also, dass die anderen gerade auf dem Weg zur Korallenfestung waren. Was sie da wohl zu suchen hatten? Weder Ametrine noch Abendsonne hatten es sich erklären können – wie auch immer. Jetzt galt es jedenfalls, sie so schnell wie möglich einzuholen; es galt ihnen klar zu machen, dass sie auf dem falschen Weg waren.

Schon bald würde sie ihren Großvater, die Schwestern und Freunde wiedersehen. Freunde. Besaß sie – Ametrine – denn überhaupt Freunde? Oder waren es doch eher Emilys Freunde, auf die sie sich so freute? Was war mit dem durchscheinenden, zarten Mädchen, dessen Wahnvorstellungen sich mit absoluter Sicherheit bewahrheiteten? Citrine? War sie ihre – Ametrines – Freundin?

„Ob Emily uns hier findet?" Die älteste der Schwestern sah sorgenvoll zu der blonden Seherin hinüber.

„Emily… bestimmt nicht. Ametrine… dagegen ganz gewiss", antwortete ihr Gegenüber schleppend.

„J…ja, die meine ich doch." Sodalitha war jetzt völlig verwirrt. Sie ärgerte sich darüber, dass dieses freundliche, goldgelb gekleidete Wesen mal wieder in Rätseln sprach.

„Die meinst du… sicher nicht!" Citrine hob die Stimme ein wenig, um ihre Worte zu bekräftigen. „Die kennst du ja gar nicht."

„Was willst du mir denn damit sagen?"

Die milchige Iris der Blinden nahm einen seltsamen, irgendwie mitleidigen Ausdruck an. „Du wirst es schon bald erfahren", erwiderte sie ausweichend. „Ich hoffe, dass du nicht erschrickst, wenn sie in Kürze zu uns stößt."

Obwohl die Zeit sämtliche Spuren verwischt hatte, gelang es Ametrine, ihren Kameraden zu folgen. Sie konnte deren Pferde riechen, die verschwitzte Kampfkleidung; ja, sogar die Federn von Falkenauge. Gelegentlich entdeckte sie ein paar von ihnen zwischen Sternanemonen und Sumpfesparsetten. Wahrscheinlich, so dachte sie, hat er sich genau an dieser Stelle verwandelt.

Am deutlichsten stach der süßliche, ledrige Duft der Kleidung hervor, weshalb sie sich fragte, woraus diese auffällig geschuppten Jacken und Hosen wohl gemacht wurden? Sie musste zugeben, dass sie noch nie darüber nachgedacht hatte.

„Sie werden aus Häuten der Schuppenkriecher genäht", erklärte Abendsonne, die ihre Gedanken erriet.

„Schuppenkriecher?" Die hatte der Großvater ihr gegenüber nie erwähnt.

„Das sind riesige Echsen, steinalt, etwas dümmlich, dafür aber ausgesprochen friedfertig. Man kann deren abgestreifte Haut verwenden, was den Vorteil hat, dass man keine dieser gutmütigen Kreaturen töten muss."

„Es ist Ametrine!"

Falkenauge schien sie schon von Weitem zu erkennen. Die Truppe hielt jedenfalls an, worauf die erschöpfte Stute noch an Tempo zulegte, um möglichst schnell aufzuschließen. Als sie die Kameraden endlich erreicht hatte, wurde die so lange Herbeigesehnte von allen freudig umarmt und geküsst. Erst dann konnte sie sich die abgekämpften, zerzausten Gestalten – ihre alten Freunde – genauer ansehen… Alle Gesichter, in die sie blickte, erstarrten – nur das von Citrine nicht.

„Ametrine, du hast dich verändert!", brachte Tigerauge nur mühsam heraus. „Ich erkenne dich ja kaum wieder!" Die alte Ametrine, das Mädchen, welches ihm damals am Fluss zum ersten Mal begegnet war, hatte wirklich rein gar nichts mehr mit diesem hier zu tun! In diesem Körper wohnte eine fremde Person; eine mit umwerfender, fast magischer Ausstrahlung.

Instinktiv wich er zurück. Obwohl Citrine schon Tage zuvor von dieser Veränderung gesprochen hatte, fiel es ihm schwer, sich an ihren Anblick zu gewöhnen. Genaugenommen wollte er es auch gar nicht.

„Was ist mit Alexandrit?", fragte Nephrita, die ebenfalls Mühe hatte, ihr Entsetzen zu verbergen.

„Was soll schon mit ihm sein?", antwortete Ametrine barsch. „Der wird ganz sicher keinen Schaden mehr anrichten. Glaube mir, der hat angemessen für all seine Fehler bezahlt."

Erleichtert atmeten die Umstehenden auf; ganz besonders Tigerauge, dessen Iris augenblicklich ein zufriedenes, warmes Honiggelb annahm. „Hat er Calcites Tod bereut?", wollte er noch wissen.

„Keine Ahnung…", erwiderte Ametrine unschlüssig. „Er hat nichts dergleichen gesagt… Stattdessen hat er mir im Angesicht des Todes ganz überraschend etwas Wichtiges anvertraut."

Die Augen der anderen ruhten gespannt auf ihren Lippen.

„Den Codesatz", verriet sie mit einem Augenzwinkern, „das Passwort für die Schwanenfestung."

Eine Weile wagte niemand zu atmen.

„Was um Himmels Willen", brachte der Gefiederte dann endlich heraus, „sollen wir denn in der Schwanenfestung?!"

Ametrine lächelte überlegen. „Dort", erklärte sie langsam, „werden wir finden, was wir suchen."

„Du meinst", fragte Sodalitha aufgeregt, „unsere Mutter?!"

„Ja, so ist es. Sie befindet sich im dunkelsten Raum der Festung – tief unter der Erde."

„Im Verließ?!", keuchte Blackstone.

Die Jüngere nickte zustimmend. „Du hast es erraten."

„Und wie denkst du, sollen wir sie dort herausholen?" Falkenauge sah sie verständnislos an. „Das ist selbst mit Passwort unmöglich. Rubine beschäftigt unzählige Spione!"

„Wir werden es schon schaffen", entgegnete das Mädchen ihm gegenüber so fest, dass niemand an ihren Worten zweifelte. „Vertraut mir!"

„Wir haben ohnehin keine andere Wahl", entschied Obsidian in seiner Rolle als Ältester. Er wollte die aufflammende Diskussion lieber gleich wieder ersticken. „Wir können Amethyste doch nicht einfach aufgeben."

Eine Weile herrschte Stille, bis Amazonit als erster zustimmte. „Dann lasst uns aufbrechen", sagte er entschlossen, wobei er auffordernd in die Runde sah. „Wir sollten keine Zeit verlieren!"

Ohne die Antwort seiner Kameraden abzuwarten griff er nach Citrines Hand. Die schwieg mal wieder – so wie immer, wenn es um folgenschwere Entscheidungen ging. Vorsichtig hob er sie hinter sich aufs Pferd.

„Es ist nicht gut, dass du uns so unüberlegt in dieses Abenteuer stürzt", klagte Abendsonne, als sich der Trupp in Bewegung setzte. „Deine Beharrlichkeit wird uns ganz sicher noch in Schwierigkeiten bringen."

Die Steinträgerin auf ihrem Rücken gab keine Antwort. Wild entschlossen hielt sie ihr Gesicht der untergehenden Sonne entgegen; den Strahlen, die längst nicht mehr gelb waren, sondern rot – myrthenbeerrot. Prismenartig brachen sie sich auf ihrer eisigen Haut.
Sie preschte voran, in mörderischem Tempo, einer Zukunft entgegen, von der niemand wusste, wie sie aussehen würde – niemand, bis auf Citrine natürlich.
Alles war ungewiss, nur eines nicht: die herannahende Nacht würde schwarz werden – finsterwaldschwarz. So schwarz wie das Gefieder des Schwanen, der wie gewöhnlich seine abendlichen Runden hoch oben über dem Reich der gefährlich schönen Fürstin zog.

Danksagungen

Ich bedanke mich bei meiner Mutter, die meine Autorinnentätigkeit von Anfang an unterstützt und gefördert hat.

Ich bedanke mich bei meinem Vater, der meine Homepage gestaltet und den Druck möglich gemacht hat.

Ich bedanke mich bei meinem Bruder, der mich immer angefeuert und fest an mich geglaubt hat. Er war es auch, der sich mit großer Geduld und kritischem Ohr meine unausgereiften Manuskripte angehört hat.

Ich bedanke mich bei meinen lieben Lektoren, Helga Bohnenberger, Andrea Kleisa und Dominik Förger, die in mühevoller Kleinarbeit nach Fehlern in meinen Manuskripten gesucht haben.

Ich bedanke mich bei meiner Kusine Maren Knickelmann für die engagierte Promotion.